Knaur.

Knaur.

*Über dieses Buch:*

Tief im Herzen der Sahara liegt völlig isoliert vom Rest der Welt das Tassili N'Ajjer, ein Sandsteinplateau, das tausendjährige, geheimnisumwobene Felsmalereien birgt. Hannah Peters, eine erfahrene Archäologin, begibt sich auf ihre Spur und macht eine seltsame Entdeckung: Eine Medusen-Skulptur, verziert mit Landkarten und Symbolen, kündet von einem Kultgegenstand von sagenhafter Schönheit und dunkler Kraft. Und das Volk, das ihn schuf, scheint sich selbst ausgelöscht zu haben ...

Ein Team der National Geographic Society erhält den Auftrag, sich mit Hannah auf Schatzsuche zu begeben, und man macht sich auf zu einer gefahrvollen, immer wieder von Rebellen bedrohten Reise zu den Gebirgshöhlen des Niger. Im letzten Moment findet Hannah zusammen mit Chris, dem Klimatologen der Gruppe, in achthundert Metern Tiefe den lang gesuchten Medusentempel – und in seinem Innersten einen höchst eigenartigen Gesteinsbrocken.

Der Lohn der Strapazen scheint in greifbare Nähe gerückt, da beschleicht Hannah starker Widerwille. Ein Alptraum beginnt: Was das steinerne Auge der Medusa vermag, ist mit menschlichen Sinnen nicht zu greifen. Es ist nicht bestimmt für die Lebenden ...

*Über den Autor:*

Thomas Thiemeyer, geboren 1963, studierte Geografie und Geologie in Köln. Heute lebt er mit seiner Frau und seinen beiden Söhnen in Stuttgart und arbeitet als selbständiger Illustrator und Umschlagdesigner. *Medusa* ist seine erste große Romanveröffentlichung.

Mehr Informationen über den Autor unter: www.thiemeyer.de

Thomas Thiemeyer

# Medusa

Roman

Knaur Taschenbuch Verlag

Besuchen Sie uns im Internet:
www.knaur.de

Vollständige Taschenbuchausgabe November 2005
Knaur Taschenbuch

Umschlaggestaltung: ZERO Werbeagentur, München
Umschlagabbildung: Artwork Zero unter Verwendung
einer Illustration von Thomas Thiemeyer
Satz: Ventura Publisher im Verlag
Druck und Bindung: GGP Media GmbH, Pößneck
Printed in Germany
ISBN-13: 978-426-63230-7
ISBN-10: 3-426-63230-6

8 10 9

Jeder ist ein Mond und hat eine dunkle Seite,
die er niemandem zeigt.
*Mark Twain*

Wer eine Blume pflückt, stört einen Stern.
*Francis Thompson*

*Für Bruni,*
*in tiefer Dankbarkeit*
*für siebzehn wundervolle Jahre …*

# 1

Das Geröll knirschte unter ihren Stiefeln, als sie das ausgetrocknete Flussbett emporstieg. An den Spitzen vertrockneter Grasbüschel glitzerten morgendliche Tautropfen. Der Ruf eines Ziegenmelkers verhallte klagend in den Tiefen des namenlosen Tals, und vereinzelt summten Fliegen durch die Luft, auf der Suche nach einem Ort, an dem sie vor der Hitze des heranbrechenden Tages Schutz suchen konnten.

Hannah Peters blickte über den Rand ihrer Brille und sah hinauf in den kobaltblauen Himmel. Nicht der kleinste Wolkenschleier war zu erkennen. Obwohl die Sonne bereits so hoch stand, dass ihre Strahlen auf die Felswand zu ihrer Linken fielen, führte die Luft noch die Kälte der Nacht mit sich. In zwei Stunden aber würde es hier unten kaum noch Schatten geben. Dann würde die Luft flirren und jeder Schritt zu einer Qual werden. Bis dahin musste sie das markierte Gebiet erreicht haben, einen steilen Felsabbruch am Zusammenfluss dreier *Wadis*, wie die Einheimischen die nur zeitweise Wasser führenden Trockentäler nannten. Auf ihrer Karte sah das Gelände ideal aus. Wie geschaffen für einen Überhang mit Felsmalereien.

Hannah wühlte in ihrem Rucksack auf der Suche nach ihrer Uhr. Dabei stieß sie auf ihren Reisepass, der hier eigentlich gar nichts verloren hatte, doch dann fand sie, wonach sie suchte.

Schon sieben Uhr vorbei. Verdammt. Eigentlich hätte sie seit über einer Stunde unterwegs sein wollen, aber sie musste ja gestern Abend unbedingt diesen Dattelwein trinken. Die Zunge klebte ihr am Gaumen, aber es war noch viel zu früh, um einen Schluck aus ihrer Feldflasche zu nehmen. Hier tat man gut daran, sich seinen Vorrat an Wasser einzuteilen, das hatte sie schmerzhaft lernen müssen. Außerdem wollte sie vorankommen, um nicht in die Gluthitze des Mittags zu geraten.
Sie war gerade im Begriff, ihren Schritt zu beschleunigen, als sie ein sonderbares Schnauben vernahm, das so gar nicht in die Stille des felsigen Tals passen wollte: das Schnauben eines großen Tieres.
Hannah bog um einen Felsvorsprung und blieb wie angewurzelt stehen. Nicht mehr als fünfzig Meter von ihr entfernt stand eine Addaxantilope. Einmal hatte Hannah eine Herde dieser scheuen Tiere gesehen, doch das war draußen gewesen, in den weiten Ebenen der Wüste. Sie hatte noch nie gehört, dass einzelne Tiere sich so weit in die Berge hineinwagten. Es war ein Bock, mit graubraunem Fell und geschraubten Hörnern, die gut einen Meter maßen. Ein herrliches Tier.
Prüfend hielt es seine Nase in den Wind. Seine Flanke zitterte. Es schien, als stünde das Tier unter großer Anspannung. Wovor hatte es solche Angst? Hannah ließ ihren Blick über das Gelände wandern, konnte aber nichts entdecken. Sie wusste, dass es gefährlich war, sich in der Nähe eines solchermaßen verstörten Tieres aufzuhalten. Langsam, um es nicht zu erschrecken, ging sie rückwärts, während ihre Augen die umliegenden Felsen nach einer geschützten Stelle absuchten.
Plötzlich hörte sie Steine fallen. Der Antilopenbock riss den Kopf hoch. Gehetzt blickte er nach allen Seiten. Angstvolles Stöhnen entrang sich seiner Kehle. Ein kurzes Aufbäumen, dann brach er aus und stürmte mit atemberaubender Geschwindigkeit los. Hannah erstarrte. Die pfeilspitzen Hörner

gesenkt, donnerte die Antilope in vollem Galopp auf sie zu. Wie ein Güterzug, schoss es ihr durch den Kopf. Sie war vollkommen ungeschützt. Es gab hier keinen Fels, hinter dem sie sich hätte verstecken, keinen Baum, auf den sie hätte klettern können. Ihr Puls flatterte. Sie glaubte zu spüren, wie der Hufschlag den Boden erzittern ließ. Sie öffnete den Mund zu einem Schrei, doch ihre Stimme versagte. Fassungslos starrte sie auf die entsetzlichen Hörner, als ein gewaltiger Schlag die Antilope von den Beinen riss. Der massige Körper stürzte und rutschte, in eine Staubwolke gehüllt, vor ihre Füße. Endlose Sekunden vergingen, ehe Hannah durchatmete.
Der Bock lag regungslos vor ihren Füßen. Zitternd ging sie einige Schritte zurück und schlang die Arme um sich, unfähig zu begreifen, was soeben geschehen war. Sie hatte weder einen Schuss gehört noch etwas anderes wahrgenommen, was auf die Ursache dieses Sturzes hindeuten konnte. Erst als der Staub sich legte, erkannte sie zwei sandfarbene Hunde, die neben der Antilope kauerten. Sie mussten so schnell gewesen sein, dass Hannah sie nicht hatte kommen sehen. Oder war es die Todesangst gewesen, die ihren Blick umnebelt hatte? Es waren große Tiere mit lang gezogener Schnauze und kurzem Fell. Einer hatte den Hinterlauf der Antilope erwischt und hielt ihn mit seinen gewaltigen Zähnen gepackt. Der andere hatte sein Gebiss in den Hals des Tieres geschlagen. Ein bedrohliches Knurren drang aus ihren Kehlen.
Hannah wankte zurück und ließ sich auf einen flachen Felsen sinken. Mit zitternden Fingern öffnete sie ihren Rucksack und holte die Wasserflasche heraus. Das kühle Nass tat ihr gut. Sie schloss die Augen für einige Augenblicke und spürte, wie die Schwäche verflog. Als sie wieder aufblickte, stand ein *Targi* vor ihr, ein männlicher Tuareg. Seine Augen leuchteten aus dem dunkelblauen Gesichtsschleier.
*»Ça va?«* Seine Stimme war voll und klar. Er sprach ein akzent-

freies Französisch. Zu verblüfft, um Angst zu empfinden, nickte sie und zwang sich ein Lächeln aufs Gesicht.
*»Oui. Tout va bien. Merci.«* Sie wischte sich den Staub aus dem Gesicht. Der Targi nickte. Dann drehte er sich um und ging hinüber zu der Antilope. Erst jetzt begriff sie, dass die Hunde ihm gehörten. Auf ein Zeichen ihres Herrn hin ließen sie das Tier los und legten sich einige Meter abseits mit lauerndem Blick ins Geröll. Oben auf der Felskante entdeckte Hannah zwei Pferde, herrliche, pechschwarze Tiere. Sie scharrten aufgeregt mit den Hufen, als würden sie ungeduldig auf Befehle ihres Meisters warten. Hannah wandte ihre Aufmerksamkeit wieder der Antilope zu und erschrak. Das Tier hatte sich durch den Sturz etliche Schürfwunden zugezogen, doch es lebte. Es stand unter Schock und lag apathisch auf der Seite. Der Targi streichelte mit der Hand für einige Momente beruhigend über die Nüstern des Tieres. Dann drehte er den Körper mit einer kraftvollen und doch sanften Bewegung, bis die Antilope auf dem Rücken lag. Es war verblüffend zu sehen, wie sie all das willenlos mit sich geschehen ließ. Die Beine angewinkelt, lag sie absolut regungslos und starrte in die Luft.
Hannah hielt den Atem an, während der Targi ein Messer zog. Mit einer beinahe zärtlichen Geste öffnete er den Brustkorb unterhalb des Rippenbogens. Dann befreite er seinen rechten Arm vom schützenden Stoff des Gewandes und führte seine Hand in den Körper des Tieres, dorthin, wo das Herz sein musste. Hannah betrachtete die Szene voller Faszination. Es blutete kaum. Die Augen der Antilope waren von Frieden erfüllt, und fast schien es, als erwartete das Tier den eigenen Tod mit Zuversicht. Nichts deutete darauf hin, dass hier ein Lebewesen gewaltsam aus dem Leben schied. Die Hand des Targi drückte auf das Herz, verlangsamte seinen Schlag und brachte es schließlich zum Stillstand. Hannah sah verwundert, wie

der Körper der Antilope erschlaffte und ihre Augen stumpf wurden.
Mit geschickten Bewegungen schnitt der Targi die Innereien aus dem Tier und stopfte den größten Teil davon in einen ledernen Sack. Stücke des Darms verfütterte er an die Hunde, die mit großem Eifer ihren Anteil an der Beute in sich hineinschlangen. Von den Nieren schnitt er zwei Stücke ab, eines für sich und eines für Hannah. Als sie zögerte, nickte er ihr aufmunternd zu. »Hier nehmen Sie. Ist gut für die Nerven. Stärkt das Blut.«
Sie wusste, dass es einer Beleidigung gleichgekommen wäre, diese Geste abzulehnen. Also griff sie nach dem daumengroßen Stück und steckte es sich in den Mund. Es war warm, schmeckte nach Blut und war überraschend zart. Dennoch rebellierte ihr Magen. Nahezu ungekaut schluckte sie das ganze Stück hinunter und versuchte die aufsteigende Übelkeit zu verdrängen. Der Targi erhob sich, während er den Schleier, der sein Gesicht vor Sand und Sonne schützte, ablegte. Hannah war überrascht, als sie das Gesicht eines alten Mannes erblickte. Fünfzig, vielleicht sechzig Jahre alt mochte er sein. Die Haare, die das wettergegerbte Gesicht einfassten, begannen bereits grau zu werden.
»Kore. Kore Cheikh Mellakh, vom Stamm der *Kel Ajjer«,* sagte er und streckte ihr die Hand entgegen. Sie schlug ein. Dann führten beide ihre rechte, reine Hand zum Herzen. Hannah lebte lang genug in Algerien, um die Gepflogenheiten zu kennen.
»Hannah Peters. Ich bin Archäologin; studiere und katalogisiere steinzeitliche Felsmalereien.«
»Ah, die Frau, die mit den *kel essuf* spricht. Ich habe von Ihnen gehört.«
»Ich hoffe, nur Gutes.«
»Ehrlich gesagt, die Menschen hier halten Sie für verrückt. Eine Frau, die ganz allein zu den Geistern geht, muss verrückt

sein, sagen sie. Kein Tuareg würde freiwillig dorthin gehen, wo die Alten wohnen.«
»Aber ich bin nicht allein. Mein Mitarbeiter befindet sich eine knappe Tagesreise entfernt im Basiscamp. Außerdem studiere ich die Alten, wie Sie sie nennen, schon seit fast zehn Jahren.«
»Seltsam, dass wir uns noch nicht begegnet sind. Ich kehre alle zwei bis drei Jahre hierher zurück, um zu jagen.«
»Wahrscheinlich liegt es daran, dass ich bisher in anderen Gegenden gearbeitet habe. Ich bin zum ersten Mal hier im Sefar.«
Sie blickte ihn neugierig an. Seine Füße steckten in kunstvoll bemalten und geflochtenen Ledersandalen. Um seinen Hals trug er das traditionelle *gris-gris,* ein Amulett aus mehreren kleinen Lederbehältern, in denen die Tuareg Fetische und Koran-Suren mit sich trugen, zum Schutz gegen die Geister der Wüste.
Hannah kam eine Idee. »Vielleicht können Sie mir mit einer Auskunft weiterhelfen«, sagte sie. »Ich war auf dem Weg zu einem bestimmten Punkt in dieser Gegend.« Sie zog ihre Karte aus dem Rucksack. Dann deutete sie auf die Stelle, die sie als Etappenziel ausgewählt hatte. »Kennen Sie diesen Ort? Gibt es dort irgendwelche Zeichnungen oder Ritzungen? Felsmalereien oder etwas in der Art?«
Der Targi trat näher. Sein Blick verriet Unsicherheit. Hannah deutete auf eine andere Stelle. »Sehen Sie, wir befinden uns hier. Dies ist unsere Schlucht, der steile Anstieg, rechts und links davon das Plateau.« Sie beobachtete den Mann. Langsam schien er zu begreifen. Mit seinem rissigen Finger fuhr er über das Papier, während er die Karte studierte. »Diese Stelle dort?« Er schüttelte den Kopf. »Nein, da ist nichts. Die Mühe hätten Sie sich sparen können.«
Hannah sank in sich zusammen. Den ganzen Weg umsonst gegangen. Heute war einfach nicht ihr Tag. Während sie die Karte zusammenfaltete, beschäftigte der Mann sich mit der

Antilope. Er pfiff seine Pferde heran, stemmte den schweren Körper mit äußerster Kraftanstrengung auf den Rücken des Packpferdes und hängte die Lederbeutel seitlich an die Tragegurte. Dann bestieg er das Reitpferd. »Seien Sie nicht enttäuscht. Das Plateau birgt noch viele Geheimnisse, die auf Menschen wie Sie warten. Ich habe Sie in Gefahr gebracht. Als Wiedergutmachung möchte ich Ihnen etwas zeigen, was Sie bestimmt interessieren wird.« Er streckte seine Hand aus.

Hannah zögerte. Sie war unschlüssig, ob sie die Einladung annehmen sollte. Die Tuareg waren Frauen gegenüber für gewöhnlich sehr zuvorkommend. Denn Frauen führten das Lager in den langen Monaten, die die Männer unterwegs waren. Dementsprechend groß waren ihr Einfluss und der Respekt, der ihnen von den Männern entgegengebracht wurde. Aber auch unter den Targi konnte es schwarze Schafe geben.

»Ich weiß nicht. Ich brauche Wasser, und mein Mitarbeiter erwartet mich zurück.«

»Wasser ist kein Problem. Kommen Sie, Sie werden es nicht bereuen.«

Irgendetwas in den Augen des Mannes überzeugte sie von seinen ehrlichen Absichten. Sie nahm die ausgestreckte Hand und schwang sich hinter ihm in den Sattel.

Eine Stunde später saß sie unter dem flatternden Dach eines *khaima* und hielt ein Glas Tee in den Händen. *Thé de Tuareg*, den die Wüstenbewohner aus grünen Blattkugeln brühten. Er war süß und stark. Hannah mochte das Getränk, dessen Zubereitung sehr aufwändig war. Aber im Lager eines Tuareg besaß Zeit keine Bedeutung.

Während sie an ihrem Tee nippte, sah sie sich um. Sie liebte die Sahara, und hier befand sie sich an dem schönsten Ort, den sie sich vorstellen konnte: *Tassili N'Ajjer*, das Plateau der Flüsse, wie die Tuareg ihn nannten. Eine von Wind und Wasser zerfressene Hochebene im Südosten Algeriens, ein Ort, so unbe-

rührt und ursprünglich wie zu Beginn der Schöpfung. Südlich von ihrer jetzigen Position lagen zwei Gebirgszüge, der *Hoggar* und der *Aïr*. Beide waren dunkel und vulkanisch; Orte, wie aus Dantes *Inferno* entsprungen. Im Westen wie im Osten gab es nur noch Sand. Endlosen Sand. Meere aus Sand, Wellen, die eine Höhe von zweihundertfünfzig Metern erreichen konnten. Das war das Reich der Ergs, der größten Sandwüsten, die es auf der Erde gab. Kein menschliches Wesen konnte dort überleben, ausgenommen die Tuareg. Gegen diese Wüsten wirkte selbst das *Tassili N'Ajjer* wie der Garten Eden. Hier gab es Quellen, Zypressenhaine und Dattelpalmen, hin und wieder begegnete man einer Schlange, einer Ziege oder einem Fennek. Auch Vögel lebten hier. Krähen, Geier und sogar Eulen. Das *Tassili N'Ajjer* war wie eine Insel, auf die sich die Geschöpfe der Sahara vor den Fluten aus Sand gerettet hatten.
Hannah beobachtete, wie Kore sich der erlegten Antilope zuwandte. Vier fachgerechte Schnitte um die Fesseln, einen am Schädel. Dann blies er ihr mit einer dafür vorgesehenen Pumpe Luft unter die Haut und zog ihr das Fell wie einen Handschuh ab. Er hängte es sorgfältig zum Trocknen auf und begann anschließend, die Antilope in handliche Teile zu zerlegen. Die Stücke verstaute er in Lederbeuteln. Den Hunden warf er währenddessen immer wieder kleine Bissen hin, aber nie so viel, dass sie wirklich satt wurden. Sie durften ihren Jagdtrieb nicht verlieren. Als Kore seine Arbeit beendet hatte und klar war, dass es für die beiden nichts mehr geben würde, verzogen sie sich, um sich zwischen den Felsen noch selbst zu versorgen.
»So«, wandte er sich nach getaner Arbeit seinem Gast zu. »Entschuldigen Sie meine Unhöflichkeit, aber ich musste das jetzt erledigen, damit das Fleisch nicht verkommt. In den Beuteln kann es jetzt reifen, bis ich in mein Lager zurückkehre.«
Hannah winkte ab. »Das ist doch selbstverständlich. Sie haben übrigens gute Gehilfen. Was sind das für Hunde?«

Kore lächelte. »Mischlinge. Das sind die besten Jäger. Immer hungrig, nie zufrieden. Bei ihnen ist der Jagdinstinkt noch nicht verloren gegangen. Außerdem wissen sie genau, dass sie die Beute nicht töten dürfen. Sie sind sehr gelehrig.« Er setzte sich zu ihr und goss sich ebenfalls einen Tee ein. »Erzählen Sie. Warum suchen Sie nach Felsbildern?«
»Weil ich davon fasziniert bin. Es gibt sie auch im südlichen Afrika, doch nirgendwo sind sie besser erhalten und prächtiger als hier, mitten in der Sahara. Die trockene Luft bewahrt die Gravuren und Farben besser als jedes Museum.« Sie spürte, dass sie ins Dozieren geriet, aber Kore zeigte keine Anzeichen von Desinteresse. Also fuhr sie fort. »Das Problem ist nur, die Bilder aufzuspüren. Auf einer Fläche, so groß wie ganz Europa, sind sie so schwer zu finden wie die sprichwörtliche Nadel im Heuhaufen. Doch hier, nordöstlich von Djanet findet man die schönsten und bedeutendsten Bilder Afrikas. Vielleicht sogar der ganzen Welt. Höchstens die Malereien in den Höhlen an der Vézère im Südwesten Frankreichs können sich damit messen. Höhlen mit schillernden Namen wie Font de Gaume, Les Combarelles oder Lascaux. Orte, die Weltruhm erlangt haben.«
Kore nickte bedächtig. »Hier gibt es keine Namen, nur Felsen und die Malereien der Alten.«
»Ja, aber dafür sind sie von unvergleichlicher Schönheit. Als ich sie das erste Mal sah, wusste ich, dass ein einziges Menschenleben nicht ausreichen würde, um sie zu erforschen.« Ihre Stimme wurde bei diesen Worten immer leiser.
Kore strich mit seinem Finger über das Teeglas. »Was sagt Ihre Familie dazu, dass Sie so allein in die Wüste gehen?«
»Meine Familie?« Sie lachte bitter. »Ich habe seit Jahren keinen Kontakt zu ihr. Vater hasst mich, weil ich nicht seinen Wünschen entsprochen habe. Er wollte, dass ich sein Geschäft übernehme oder dass aus mir eine anständige Ehefrau wird. Es gab nur diese zwei Möglichkeiten. Nun ja, im Gegensatz zu

meiner Schwester muss ich wohl eine einzige Enttäuschung gewesen sein.« Sie stockte. Seit langer Zeit hatte sie zu niemandem mehr so offen gesprochen, nicht einmal zu ihrem Assistenten. Aber sie hatte auch seit langer Zeit keinen Außenstehenden gefunden, der ihr so geduldig zuhörte. Mit schmerzhafter Deutlichkeit wurde ihr bewusst, wie einsam sie im Grunde war. Sie richtete sich auf. »Wollten Sie mir nicht etwas zeigen?«

Kore sah sie aus seinen unergründlichen Augen an. »Verzeihen Sie, wenn ich zu neugierig war. Das war unhöflich.«

Sie winkte ab. »Meine Schuld. Ich hätte Sie nicht mit meinen Problemen langweilen sollen. Aber es tut gut, sich mal wieder mit jemandem zu unterhalten.«

Er lächelte. »Darf ich Ihnen noch einen Tee anbieten?«

»Vielen Dank. Genug für mich.«

»Gut. Dann wollen wir gehen. Es ist nicht weit.« Der Targi klatschte in die Hände. Augenblicklich waren die Hunde wieder da. Kore stand auf und verließ mit Hannah den Schatten des Zeltes.

Sofort bildeten sich Schweißtropfen auf ihrer Stirn. Es war noch nicht einmal Mittag und bereits so heiß, dass man sich auf dem Geröll die bloßen Füße verbrennen konnte. Kore ging mit weiten Schritten voraus und steuerte eine enge Stelle zwischen den Felsen an. Die Hunde schlüpften als Erste hindurch, dicht gefolgt von ihrem Herrn. Hannah blieb zurück und blickte sich um. Die Stelle sah wenig viel versprechend aus. In all den Jahren hatte sie ein untrügliches Gespür für Felsformationen entwickelt. Die Felsen hier trugen die Spuren von Winderosion. Wenn hier einmal etwas gewesen war, hatte es das Sandstrahlgebläse der Wüste längst zerstört. Aber, so wusste sie, man sollte niemals voreilige Schlüsse ziehen. Vielleicht wollte er ihr gar keine Malereien zeigen.

Sie folgte dem Tuareg in den schmalen Gang. Je weiter sie

ging, desto enger rückten die Wände zusammen. An zwei Stellen konnte sie sich nur seitlich voranschieben. Die Kamera scheuerte über das raue Gestein. »Verdammt«, murmelte sie, als sie bemerkte, dass das Gehäuse Kratzer abbekommen hatte. Sie nahm die Kamera und legte schützend ihren Arm um sie. Nach wenigen Metern rückten die Wände auseinander und gaben den Blick auf einen märchenhaft anmutenden Talkessel frei. Umsäumt von bizarr abgeschliffenen Felsen, die zu allen Seiten senkrecht in die Höhe wuchsen, bildete der Kessel ein fast perfektes Rund. In seiner Mitte befand sich ein grob gemauerter Brunnen, neben dem eine uralte Zypresse wuchs. Der Form und der Dicke ihres Stammes nach zu urteilen, musste der Baum seit gut und gerne dreitausend Jahren hier stehen. Er war so alt, dass er beinahe versteinert wirkte. Ein lebendes Fossil, ging es Hannah durch den Kopf. Zusammen mit dem Brunnen an seiner Seite war er von beinahe überirdischer Schönheit.
»Fantastisch. Wie kommt es, dass nichts über diesen Ort bekannt ist?«
»Wir Tuareg halten ihn geheim. Früher war er eine wichtige Wasserstelle und ein Gebetsplatz, aber der Brunnen ist seit vielen Generationen ausgetrocknet, und so blieben auch die Pilger aus.«
Hannah hob die Kamera an ihr Auge, doch Kore schüttelte den Kopf. »Bitte nicht. Dies ist ein heiliger Ort. Nach den Gesetzen des Koran dürfen von solchen Orten keine Bilder gemacht werden. Es tut mir Leid.«
Hannah blickte ihn enttäuscht an. »Schade. Dieser Platz könnte berühmt werden. Allein dieser Baum ...«
»Genau das ist der Punkt. Streng genommen hat der Koran nicht viel damit zu tun. Es geht um die Stille. Können Sie sich vorstellen, wie es hier zugehen würde, wenn die Welt davon erfährt?«

Hannah wusste, wovon er sprach. Sie hatte oft genug mit ansehen müssen, wie die Touristen mit Heiligtümern anderer Kulturen umgingen. Doch sie verspürte das Bedürfnis, jemanden an ihrer Entdeckung teilhaben zu lassen. Jemanden, der ihr nahe stand. Kore schien ihre Gedanken zu erraten.
»Ich verstehe Ihren Wunsch. Aber überlegen Sie gut, ob und wem Sie davon berichten. Dies ist für uns Tuareg seit Tausenden von Jahren ein geweihter Ort, und das soll er bleiben. Aber eigentlich wollte ich Ihnen etwas anderes zeigen.« Er deutete auf die Felsen. »Sehen Sie die Spalte hinter dem Baum, auf der anderen Seite?«
Hannahs Blick folgte seinem ausgestreckten Arm. Tatsächlich – sie hatte es zuerst für einen Schatten gehalten. Das Gestein musste dort vor langer Zeit aufgebrochen sein. Wahrscheinlich durch die enormen Temperaturschwankungen. Wind und Wasser hatten seine Kanten rund geschliffen. Von ungeheurer Neugier angezogen, näherte sie sich der Spalte. Erst als sie kurz davor stand, bemerkte sie, dass Kore und seine Hunde ihr nicht folgten.
»Kommen Sie nicht mit?«
»Nein«, antwortete er mit einem schwer zu deutenden Ausdruck im Gesicht. »Dies ist ein Ort der *kel essuf*. Für uns ist er tabu. Aber für Sie dürfte er von großem Interesse sein.«
Hannah lächelte. Wie konnte er das wissen, wenn er dort noch nie war? »Sind Sie sicher? Ich könnte einen guten Führer gebrauchen. Selbstverständlich würde ich mich erkenntlich zeigen.«
Kore winkte ab. »Lassen Sie es gut sein. Gehen Sie ruhig allein, es ist nicht weit. Vermutlich werden Sie keine Zeit mehr haben, um sich mit mir zu unterhalten, wenn Sie erst die Schlucht betreten haben. Ich mache mich auf den Weg ins Aïr-Gebirge, genauer gesagt zu den *Montagnes Bleues*, in deren kühlen Schatten ich den Sommer verbringen werde. Ich würde mich

freuen, wenn Sie mich dort einmal besuchen und mir berichten würden, was Sie hier herausgefunden haben. Ich lasse Ihnen ausreichend Wasser an der Zypresse zurück. Leben Sie wohl, Hannah Peters. Allah beschütze Sie.«

»Leben auch Sie wohl, Kore. Und vielen Dank für alles. *Allah es malladek!«* Sie hob die Hand, doch Kore befand sich bereits auf dem Rückweg.

Sie wandte sich dem Spalt zu. Mit klopfendem Herzen betrat sie das mystische Halbdunkel. Die Felsen wirkten wie gegerbtes Leder. Während Hannah ihre Hände über die raue Oberfläche gleiten ließ, spürte sie überwältigende Neugier in sich aufsteigen. Warum hatte Kore so geheimnisvoll getan? Was mochte sich im Inneren der Schlucht befinden? Hoch über ihr pfiff der Wind über das Plateau. Ein Heulen erklang, dessen Echo von den Steilwänden widerhallte. Als würden Stimmen nach ihr rufen. Manchmal klang es, als flüsterten sie dicht neben ihrem Ohr, dann wieder hörte sie entfernte Schreie. Hannah drehte sich um, aber da war niemand. Ein Schauer lief ihr über den Rücken. Kein Wunder, dass die Tuareg glaubten, dieser Ort sei von Geistern bewohnt. Sie zwang sich, an die physikalische Ursache des Phänomens zu denken. Die steilen Wände umschlossen eine Luftsäule, die durch den Höhenwind in Schwingung versetzt wurde. Die Stimmen waren nichts weiter als schwingende Luftmoleküle. Alles ganz einfach. Dennoch: Sie wurde das Gefühl nicht los, dass sie an diesem Ort nicht allein war. Hannah, Hannah, schienen die Stimmen zu rufen. Es war ganz deutlich zu hören. Sie verschränkte die Arme vor der Brust und ging weiter, Schritt für Schritt. Mit jedem Meter, den sie zurücklegte, wurde das Gefühl der Bedrohung größer. Es war das erste Mal, dass ihr so etwas widerfuhr. Warum nur hatte Kore sie in diese Schlucht geschickt? Warum war er nicht mitgekommen? Wollte er sie ängstigen? Wenn das sein Ziel war, dann hatte er es geschafft. Sie war geneigt umzukehren, als sie etwas entdeckte. Einen Schatten an der Felswand. Eine Form, und dort drüben noch eine. Undeutlich und doch vertraut. Arme, Beine, Leiber. Sie waren riesig, sie waren ...

Hannah hielt den Atem an. Dort waren noch mehr. Sie bedeckten die Felswände, so weit das Auge reichte. Dreißig, vierzig. Gigantische Wesen aus längst vergangenen Tagen. Und alle schienen sie anzustarren, als hätten sie schon seit Urzeiten auf sie gewartet. Hannah, Hannah, riefen die Stimmen.

Sie stolperte vorwärts, und mit jedem Schritt wurde ihr klarer, dass sie Kore würde enttäuschen müssen. Dieser Ort ließ sich unmöglich geheim halten.

Etwas Mächtiges hatte sie gepackt und wollte nicht zulassen, dass sie entkam. Etwas, was einen eigenen Willen zu besitzen schien. Ein Wesen aus dunkler Vorzeit. Immer tiefer wurde sie hineingezogen in eine Welt aus Mythen und Legenden. Die Gesichter erzählten Geschichten und flüsterten von dem Geheimnis am Ende der Schlucht. Und Hannah ging durch die verborgene Welt, bis sie dorthin gelangte, wo jegliches Wissen endete und alles Legende war.

# 2

Sechs Monate später ...

Die Staubwolke, die sich von Norden näherte, krümmte und wand sich wie eine gigantische Schlange aus Sand. Kilometer um Kilometer zog sie sich über die Ebene. Die Sommerhitze ließ die Luft flirren und trug damit noch mehr zu dem Eindruck bei, dass sich ein lebendes, atmendes Geschöpf auf sie zubewegte.

»Komm schnell, Hannah, das glaubst du nicht.« Abdu Kader, ihr Assistent, stand seit einigen Minuten an der Felskante, die Augen an sein Fernglas gepresst.

»Was ist denn los?« Hannah, die versuchte, ihre braune Haarflut mit einem Gummi zu bändigen, blickte auf. »Ist es wichtig?«

»Und ob. Sieht nach Militärfahrzeugen aus.«

Hannah sprang auf. Sie griff nach dem kleinen Fernglas, das sie neben ihrer Sandbrille immer in einer Tasche bei sich trug, und eilte zu Abdu. Nach kurzem Suchen hatte sie die Fahrzeuge im Blick.

»Das ist kein Militär«, stellte sie fest. »Es ist das Team, das man uns angekündigt hat.« Sie versuchte einen genaueren Blick auf die Fahrzeuge zu werfen, aber die Staubwolken ließen die Details verschwimmen. Doch was sie sah, versetzte sie in Erstaunen. »Ich bin davon ausgegangen, dass man uns ein

kleines, unbedeutendes Filmteam schickt«, sagte sie, »aber da habe ich mich wohl mächtig geirrt. Das sind Hummer-Wagons, nagelneue Hummer-Wagons.«
Sie erinnerte sich, wie vor zwei Tagen ein schweres Transportflugzeug über ihre Köpfe hinweg Richtung Djanet gebraust war, dem einzigen Ort weit und breit, der über einen Flugplatz verfügte. Sie hatte sich schon gefragt, was eine solch große Maschine in diesem Teil der Wüste verloren hatte. Jetzt kannte sie die Antwort.
Von Djanet aus führte eine staubige Piste bis zu ihrem Lager. Hier oben, hundert Meter über der Ebene, wehte ein trockener Wind, der auf der Haut brannte. Unten in der Ebene war die Hitze jetzt mörderisch. Hannah stellte sich neben Abdu. »Die scheinen festzuhängen.«
Abdu nickte. »Haben wohl das Warnschild nicht ernst genommen und sind in die Sandwanne gefahren.«
Hannah blickte auf den Konvoi hinab und stimmte ihm zu. »Ich habe ihnen geraten, besser bis zum Herbst zu warten. Aber sie wollten ja nicht hören. Von der *National Geographic Society* hätte ich eigentlich mehr Professionalität erwartet. Erst lassen sie Monate verstreichen mit ihren langwierigen Verhandlungen über Budgets, und dann kann es auf einmal nicht schnell genug gehen. Sie haben es noch nicht einmal für nötig befunden, uns darüber zu informieren, wer das Team leitet. Ich kann nur hoffen, dass sie uns keine Amateure geschickt haben.«
Hannah lebte lange genug in der Wüste, um zu wissen, dass eine Expedition in dieser Region während des Hochsommers selbst für Menschen mit langjähriger Erfahrung in der Sahara eine ungeheure Strapaze war. Abgesehen von den gnadenlosen Temperaturen war jetzt die Zeit der Sandstürme. Davon überrascht zu werden – ungeschützt und auf freier Ebene, wie es die Fahrzeuge dort unten waren – konnte den Tod bedeuten.

Der Sand würde sich in Minutenschnelle um sie herum anhäufen. Sie hatte es selbst erlebt. Schon nach einer Stunde wären die Autos ein Teil der Wüste geworden.
Hannah kniff die Augen zusammen. Nur jemand wie sie, der seit vielen Jahren hier lebte, konnte das Risiko abschätzen, das von dem unberechenbaren Wind ausging. Die Insassen hatten ein Riesenglück, dass er sich zurzeit ruhig verhielt. Verdammter Leichtsinn.
»Soll ich runter und ihnen helfen?«, fragte Abdu.
Hannah schüttelte den Kopf. »Nein. Sie sollen versuchen, allein klarzukommen. Betrachten wir es einfach als einen ersten Test. Wenn sie die kurze Strecke von Djanet bis hierher nicht bewältigen, wie wollen sie es dann tiefer in die Wüste hinein schaffen?«
»Du gehst also immer noch davon aus, dass die Suche weitergeht?«
»Darauf wette ich eine Flasche Pernod mit dir. Die Frage ist nur, ob die das durchstehen.«
Abdus Augen zwinkerten belustigt. »Du bist heute wieder besonders liebenswürdig. Freust du dich denn gar nicht?«
»Doch schon. Ich möchte es ihnen nur nicht zu leicht machen, verstehst du? Immerhin habe ich hier Jahre mit mühseliger Kleinarbeit verbracht. Sie sollen ruhig mal etwas von den Strapazen erleben, die wir auf uns genommen haben.«
Abdu schüttelte den Kopf. »Seltsame Denkweise. Ich bin immer davon ausgegangen, dass du dir genau diese Aufmerksamkeit immer gewünscht hast. Und anstatt das Glück mit offenen Armen willkommen zu heißen, legst du ihm Steine in den Weg.«
Hannah seufzte. »Ich frage mich manchmal, ob ich das Richtige getan habe. Vielleicht hätte ein einfacher Artikel in der *Archaeology Today* auch seine Funktion erfüllt. Jetzt haben wir hier ein Filmteam, das alles auf den Kopf stellen wird – für

einen einstündigen Beitrag im Discovery Channel. Eingequetscht zwischen zwei Werbepausen, versteht sich. Und wenn sich herausstellt, dass meine Vermutungen falsch sind? Dann stehe ich vor der gesamten Welt wie ein Trottel da. Ich glaube, es ist einfach die Angst vor der eigenen Courage.«

Abdu nickte. »Das wäre möglich. Aber irgendwie habe ich das Gefühl, dass das nicht der wirkliche Grund für deine Verstimmung ist. Könnte es sein, dass du einfach ein schlechtes Gewissen hast, weil du etwas versprochen hast, was du nicht gehalten hast?«

Sie hob den Kopf. »Ich weiß nicht, wovon du redest.«

»Und ob du das weißt. Ich rede von deinem Versprechen, das du Kore gegeben hast – nämlich diesen Ort geheim zu halten.«

Sie lächelte. Abdu kannte sie inzwischen besser als sie sich selbst. »Ich gebe ja zu, dass ich die Unwahrheit gesagt habe, und auch wenn Kore deswegen enttäuscht ist, hielt ich es doch für richtig, damit an die Öffentlichkeit zu gehen. Ich spüre, dass hier etwas von enormer kultureller Bedeutung verborgen liegt, und habe mir diese Entscheidung wirklich nicht leicht gemacht. Aber manchmal muss man einfach Prioritäten setzen.« Damit war das Thema für sie beendet.

Ihr Begleiter nickte in der für ihn so typischen knappen Art, dann blickte er wieder auf die Ebene hinab. »Scheint so, als hätten sie das Fahrzeug freibekommen. Soll ich ihnen nicht doch entgegenfahren?«

»Du bleibst, wo du bist! Ich habe ihnen die genauen GPS-Daten gegeben. Die müssen allein in der Lage sein, uns hier zu finden.« Sie zwinkerte ihrem Begleiter zu. »Nur ein weiterer Test.« Mit diesen Worten ließ sie den kopfschüttelnden Abdu zurück und ging zu den Zelten.

Die beiden dünnwandigen Stoffgebilde schmiegten sich an den Fels unterhalb eines steilen Überhangs. Das kleinere diente

zum Schlafen, im großen lagerten ihre Aufzeichnungen, die Computer, das Satellitennavigationsgerät sowie die übrige technische Ausstattung, darunter ein Diktiergerät und eine Digitalkamera, die ihr das Frobenius-Institut zur Verfügung gestellt hatte. Die Zelte stammten aus den Beständen der algerischen Armee und standen die meiste Zeit offen. Die Technik war gewissenhaft in Aluminiumkisten verstaut und gut geschützt gegen den allgegenwärtigen Sand. Da Hannah es vorzog, ihre Aufzeichnungen handschriftlich zu Papier zu bringen, und auch sonst nicht viel Wert auf die elektronischen Helfer legte, waren die Geräte noch so gut wie unbenutzt. Sie hatte die Erfahrung gemacht, dass die Technik immer das Erste war, was bei den hohen Temperaturen ausfiel, und zwar umso schneller, je komplizierter sie war.
Abdu hatte kein eigenes Zelt. Er liebte es, in Hannahs altem, soliden Toyota Landcruiser zu schlafen, dessen grüne Farbe über die Jahre zu einem stumpfen Gelb verblichen war. Die zerschlissenen Kunstledersitze waren mit fein gewebten Tuareg-Stoffen überzogen und sehr bequem. Der Wagen war fast schon zu einem dritten Mitglied ihres Teams geworden, hatte er ihnen doch mehr als einmal das Leben gerettet. Natürlich war er nicht zu vergleichen mit den drei chromblitzenden Ungeheuern, die im Schneckentempo auf ihr Lager zusteuerten. Hannah kannte sich in diesem Geschäft gut genug aus, um zu wissen, dass allein eines dieser Fahrzeuge gut und gern achtzigtausend Dollar kostete. Eine Summe, von der sie und Abdu bequem zwei Jahre lang hätten leben und forschen können.
Während Hannah die Aufzeichnungen der letzten Tage durchblätterte, schlenderte Abdu heran. An der Art, wie er sich bewegte, erkannte sie, dass er etwas auf dem Herzen hatte.
»Was gibt's denn?«, fragte sie ungehalten.
»Ich möchte dich nicht stören«, entgegnete er, während er

beobachtete, wie sie einige lose Blätter in einen Ordner heftete. Sie seufzte. Wenn Abdu reden wollte, hatte es keinen Sinn, sich dagegen zu wehren. Er hatte das bei weitem dickere Fell.
»Also gut, schieß los.«
Mit ernstem Blick schnappte er sich einen Klappstuhl und setzte sich neben sie. »Es ist wegen vorhin. Ich habe das Gefühl, dass du irgendwie enttäuscht bist.«
»Enttäuscht? Ich wüsste nicht, weshalb. Läuft doch alles bestens.«
»Du solltest nicht versuchen, mich für dumm zu verkaufen«, sagte er, während er auf dem Stuhl vor und zurück wippte und an einem Grashalm herumknabberte. »Das funktioniert bei mir nicht.«
Sie lächelte. »Du bist schrecklich, weißt du das?«
Abdus Zähne schimmerten weiß, als er sie angrinste.
Sie ließ ihre Hände in einer Geste gespielter Resignation auf die Schenkel fallen. »Also gut. Ich bin sauer. Warum? Überleg doch mal. So viele Jahre arbeiten wir nun schon hier. Wir haben wichtige Grundlagenforschung betrieben, doch noch nie hat jemand unsere Arbeit zur Kenntnis genommen. Abgesehen von einigen Kollegen, die meine Berichte in den Fachzeitschriften lesen. Aber nun, da wir etwas entdeckt haben, was nach Sensation riecht, kommen sie an. Allen voran die *National Geographic Society*, die angesehenste und vermögendste geografische Gesellschaft weltweit.«
»Du übertreibst ...«
»Von wegen. Die *NGS* finanziert Hunderte von Forschungsprojekten rund um den Globus, besitzt einen eigenen Fernsehkanal und das *National Geographic Magazine* ist die weltweit erfolgreichste Zeitschrift in diesem Bereich. Ein oder zwei Artikel darin, und die ganze Welt kennt unseren Namen.«
»Und warum kommt dir das so ungelegen? Ich dachte immer, du wolltest genau das.«

»Schon, aber hat es unsere bisherige Arbeit etwa nicht verdient, veröffentlicht zu werden? Haben wir in den letzten Jahren etwa nur in den luftleeren Raum hinein gearbeitet?«
»Aha!« Abdus Augen leuchteten. »Jetzt kommst du zum Kern der Sache. Da hat die verletzte Eitelkeit gesprochen. Du willst nicht, dass jemand anderer die Lorbeeren für unsere Arbeit erntet, das ist es.«
»Genau das! Zufrieden?« Mit energischen Bewegungen klappte sie den Ordner zu und stellte ihn an seinen Platz hinter den Aluminiumkisten. Dann begann sie den Klapptisch abzustauben.
Abdu ließ sich lange Zeit mit seiner Antwort, und als er weitersprach, schien er seine Worte genau abzuwägen. »Der Fund ist in Wirklichkeit zu großartig, um geheim gehalten zu werden oder als Fußnote in der *Archaeology Today* zu verkümmern. Du weißt das, und ich weiß das auch«, sagte er. »Aber ob wir nun den Ruhm dafür ernten oder jemand anderer, ist im Grunde egal. Genau genommen waren es ja die Tuareg, die die Entdeckung gemacht haben. Dies ist ihr Gebiet, ihr Geheimnis, ihr heiliger Ort, und sie haben uns lediglich gestattet, ihn zu besichtigen. Nun, du hast das Geheimnis ausgeplaudert, und das ist eine Sache, die dir schwer im Magen liegt. Irgendwann wirst du dich vor den Tuareg und deinem eigenen Gewissen verantworten müssen.« Damit stand er auf und ging wortlos davon.
Hannah atmete tief durch. Sie wusste, dass er Recht hatte.

Eine halbe Stunde später erschienen die Expeditionsfahrzeuge auf dem Hochplateau.
»Merkwürdige Kisten«, bemerkte Abdu lapidar, als sie sich über die Kante des Plateaus schoben.
Hannah fand, dass sie mit ihrem hohen Radstand aussahen wie bösartige Käfer. Das markante Rechteck mit der Aufschrift

*National Geographic Society* prangte in gelben Lettern auf den Türen. »Das sind keine Autos, sondern Prestigeobjekte«, brummelte sie vor sich hin. »Dass man uns solche Fahrzeuge schickt, kann nur bedeuten, dass sie hier Großes erwarten.« Ihr kundiges Auge erkannte sofort, dass an den Fahrzeugen aufwändige Veränderungen vorgenommen worden waren. Sie waren mit Seilwinden, Rammschutz, Außenhalterungen sowie Vorrichtungen ausgestattet, die es erlaubten, auf den Dächern der Fahrzeuge Schlafkabinen einzurichten. Das alles unterstrich den Eindruck, dass hier keine Kosten und Mühen gescheut worden waren. Durch die Scheiben konnte sie die angespannten Gesichter der Teammitglieder erkennen. Der Besuch in der Sandwanne schien sie mitgenommen zu haben, und sie spürte einen Anflug von schlechtem Gewissen in sich aufsteigen.

Die Fahrer lenkten die Autos in den Schatten des Überhanges. Als sich die Tür des vorderen Fahrzeugs öffnete, erkannte Hannah, weshalb sie nicht über das Team informiert worden war. Offensichtlich befürchtete man einen Rückzieher ihrerseits, würde sie vorzeitig erfahren, dass man eine Frau als Teamchefin eingesetzt hatte. Die braun gebrannten Beine steckten in sandfarbenen Boots und gehörten niemand Geringerem als der amerikanischen Journalistin Dr. Irene Clairmont. Hannah kannte ihr Gesicht aus Zeitschriften, Dokumentationen und Nachrichtensendungen. Sie musste so um die vierzig sein, also etwa im gleichen Alter wie sie selbst. Auch ein Kind der wilden Sechziger, stellte Hannah belustigt fest. Irene Clairmont war durch zahlreiche spektakuläre Aktionen berühmt geworden. Sie war eine der ersten Frauen gewesen, die den Mount Everest ohne Sauerstoff erklommen hatten. Musste so um 1982 herum gewesen sein, wenn Hannah sich recht erinnerte. Ihre Polarexpeditionen waren ebenso spektakulär wie ihr mehrmonatiger Aufenthalt bei den letzten Berggorillas. Außerdem war sie seit mehreren Jahren unangefochten die Nummer eins in Sachen Naturdokumentation. Eine beachtliche Zeitspanne in einer Branche, die sonst ausschließlich von Männern dominiert wurde. Als Hannah in Irene Clairmonts Gesicht blickte, wurde ihr schlagartig klar, wie hoch der Stellenwert war, den man ihrer Entdeckung zumaß.

Irenes halblanges blondes Haar flatterte im Wind, als sie mit einem Lächeln auf sie zukam.

»Dr. Peters, endlich lernen wir uns kennen.« Ihre Stimme klang tiefer als im Fernsehen. »Ich kann Ihnen gar nicht sagen, wie sehr ich mich freue.« Sie tauschten einen warmen Händedruck. »Es ist mir furchtbar unangenehm, dass wir hier so hereinplatzen. Ich kann mir vorstellen, wie das auf Sie wirken muss. Und dann noch mit diesen scheußlichen Kisten«, sie deutete auf die Autos. »Sponsoring von *American Motors General*. Da kann man nichts machen.« Sie zuckte mit den Achseln. »Aber lassen Sie uns von etwas anderem reden. Darf ich Sie mit Vornamen anreden?«

»Gerne«, antwortete Hannah, ehe sie sich darüber im Klaren war, ob sie das überhaupt wollte. Doch die Offenheit dieser Frau war auf positive Art überwältigend. Irene Clairmont verfügte über Charisma, so viel war sicher. Die Falten um ihren Mund ließen zwar auf eine gewisse Härte schließen, aber ihr Auftreten war rundherum sympathisch.

»Ich freue mich ebenfalls, Irene. Wir haben euer Flugzeug bereits vor zwei Tagen gesehen. Gab es Schwierigkeiten mit den Behörden?«

Die Expeditionsleiterin winkte ab. »Das Übliche. Umständliche Anmeldeformalitäten, teure Expeditionsfreigabescheine, Drehgenehmigungen und jede Menge Versorgungsprobleme. Sie sehen die Ausrüstung, und dann geht das Feilschen los. Dadurch, dass sich das Land praktisch im Bürgerkrieg befindet, sind die Formalitäten noch komplizierter geworden. Präsident

Bouteflika und die Generäle, zu deren Marionette er sich gemacht hat, haben den Kuchen zwar längst unter sich aufgeteilt, aber sie können sich nicht einigen, wer das größte Stück bekommen soll. Im Grunde wird das Spiel in den meisten Ländern der Welt auf dieselbe Art gespielt. So oder so. Kommen wir lieber zu angenehmeren Dingen.«
Ihre Augen wanderten weiter. »Du musst Abdu sein. *Lebes?*« Mit einem bezaubernden Lächeln streckte sie dem Targi ihre Hand entgegen.
*»Lebes.«* Abdu hob erstaunt die Augenbrauen. *»Hamdoullah, Lebes?«*, fragte er mit einem Lächeln, doch Irene kannte die richtige Antwort: *»Lebes. Giddegid. Hamdoullah!«*
Abdu führte die Hand zur Brust und verneigte sich. »Ich fühle mich geehrt, dass du die Begrüßungsformeln der Tuareg beherrschst.«
Hannah bemerkte ein Glitzern in seinen Augen und spürte, dass Irenes Charme ihn beeindruckte.
»Ich bin nicht zum ersten Mal in Nordafrika. 1989 habe ich einen Film über die Hochzeitsrituale der Wodaabe gedreht. Bei der Gelegenheit konnte ich einige Brocken eurer Sprache aufschnappen. Aber jetzt möchte ich euch die Mitglieder der Expedition vorstellen.«
Der Rest des Teams hatte mittlerweile die Fahrzeuge abgestellt und war auf dem Weg zu ihnen. Alles Männer, wie Hannah nicht ohne eine gewisse Ironie feststellen konnte. So sympathisch Irene Clairmont auch wirkte, eine andere Frau duldete sie offensichtlich nicht an ihrer Seite.
Mit einer einladenden Geste winkte sie die Gruppe zu sich heran. Der Erste, der bei ihnen eintraf, war ein kurzer stämmiger Kerl mit Vollbart und einer Zigarette im Mundwinkel.
Irene klopfte ihm auf die Schulter. »Darf ich vorstellen? Malcolm Neadry, ein gebürtiger Waliser. Er ist unser Aufnahmeleiter. Habt ihr *Die Schwingen des Kondors* gesehen? Hat

seinerzeit einen Emmy für die beste Naturdokumentation gewonnen. Das war seine Arbeit. Glücklicherweise konnten wir ihn überzeugen, von der BBC zu uns zu wechseln.«
Hannah konnte sich nicht erinnern, den Film gesehen zu haben, aber der Mann mit der schimmernden Halbglatze machte einen unangenehmen Eindruck auf sie. Sein Gesicht wirkte, als seien die Muskeln, die für das Lächeln zuständig waren, verkümmert. Irene ging weiter zu einem hoch gewachsenen Mann mit kurz geschorenen Haaren, auf dessen Nasenspitze eine Nickelbrille funkelte. »Albert Beck aus Berlin. Er sorgt für den richtigen Ton – und das nicht nur bei unseren Filmen. Albert ist ein fantastischer Tontechniker und ein begnadeter Saxofonspieler. Seit drei Jahren bei uns im Team. Und das hier ist Gregori Pattakos aus Griechenland.« Sie legte ihren Arm auf die Schulter des dunkelhäutigen Mannes, dessen schmale Gesichtszüge durch einen Spitzbart verstärkt wurden. »Er ist unser Geophysiker und wird in der Sendung die schwierige Aufgabe haben, den Zuschauern die geologischen Zusammenhänge begreiflich zu machen.« Mit diesen Worten warf sie ihm einen Blick zu, in dem Hannah mehr als nur freundschaftliche Zuneigung entdeckte. Dann wandte sie sich einem jungen Mann in ausgebeulten Khakis zu, der aussah, als sei er schon mit einem Grinsen auf die Welt gekommen. Mit seiner zappeligen Art erinnerte er Hannah an ein Frettchen.
»Patrick Flannery aus Irland, unser technisches Multitalent. Er und Malcolm sind praktisch Nachbarn. Nur durch eine schmale Meerenge voneinander getrennt. Patrick schafft es, aus einem Stück Draht und einem Nagel in null Komma nichts einen Satellitenreceiver zu bauen. Außerdem kann er mehr trinken als wir alle zusammen. Sehr praktisch, wenn man bei fremden Kulturen Eindruck schinden will. Last, not least haben wir hier Dr. Chris Carter aus Washington D. C. Er ist das einzig neue Mitglied unserer Gruppe. Promovierter Klimato-

loge und ein ausgezeichneter Fotograf. Er wird unsere Expedition dokumentieren und einen Bildband herausgeben. Die Verträge sind bereits unterzeichnet.«

»Freut mich.« Carters Händedruck ließ darauf schließen, dass hinter seinem gemächlichen Auftreten ein zäher Charakter steckte. »Im Namen des gesamten Teams möchte ich euch ebenfalls das *Du* anbieten. Ihr könnt euch dagegen wehren, solange ihr wollt, aber ich muss euch warnen. Gegen eine Branche, in der man sich schon fast zwanghaft duzt, habt ihr einen schweren Stand.« Als er lächelte, entdeckte Hannah eine Narbe, die sich über die rechte Wange zog.

»Ich glaube, dass ich mich daran gewöhnen werde, Chris.« Sie war froh, dem eisernen Griff zu entkommen.

Irene breitete die Arme aus. »Das war es im Großen und Ganzen. Eine bunte Truppe, nicht wahr?«

Es war ein ungewohntes Gefühl, als sich alle Augenpaare auf sie richteten. Hannah räusperte sich. »Ihr macht alle den Eindruck, als wärt ihr viel in der Welt herumgekommen. Sicher habt ihr schon weitaus Beeindruckenderes zu sehen bekommen als das hier.« Sie schob ihre Brille nach oben und machte eine einladende Geste in Richtung der Zelte. »Macht es euch erst mal bequem. Nachher gibt es Couscous nach einem Spezialrezept von Abdu. Darf ich euch bis dahin einen Tee anbieten? Wir können uns dann über euren Auftrag und eure Pläne unterhalten. Außerdem sterbe ich vor Hunger auf Neuigkeiten aus der zivilisierten Welt.«

Irene lächelte entschuldigend. »Ehrlich gesagt, wir haben in den vergangenen zwei Tagen nichts anderes getan, als Tee zu trinken. Bitte halte uns nicht für unhöflich, aber wir alle brennen darauf, endlich deinen Fund zu bewundern. Ich glaube, ich spreche für alle, wenn ich sage, dass wir es vor Aufregung kaum noch aushalten. Wie weit ist die Stelle entfernt?«

Hannah fühlte sich geschmeichelt. Sie spürte, dass ihre anfängliche Zurückhaltung zu bröckeln begann. Diese Menschen waren um den halben Globus geflogen und hatten unzählige Strapazen auf sich genommen, nur um ihre Schlucht zu sehen. Die Menschen, die später einmal den Film zu sehen bekommen würden, bedeuteten ihr wenig, aber diese sechs Zeitgenossen mit den erwartungsvoll glänzenden Augen waren real – und sie waren nur wegen ihres Fundes gekommen.

»Gern, wenn ihr unbedingt wollt. Es ist nur wenige hundert Meter von hier entfernt. Nach der Entdeckung der Felsen vor fünf Monaten haben wir unser Basiscamp direkt hierher verlegt. Seitdem bin ich jeden Tag in der Schlucht gewesen. Es ist ein geweihter Ort, das werdet ihr spüren. Kommt!«

Hannah ging mit Irene voran, der Rest des Teams folgte ihnen. Abdu, der die Schlucht schon oft genug gesehen hatte, wandte sich seiner Feldküche zu.

Die Sonne stand bereits tief, als die Gruppe den Eingang zur Schlucht erreichte. Sie schoben sich durch den schmalen Durchlass und betraten den magischen Kreis, wie Hannah ihn getauft hatte. Nacheinander zwängten sich die Teammitglieder ins Innere des Kreises. Als sie die Zypresse erblickten, verstummten die Gespräche, und ehrfürchtiges Schweigen breitete sich aus. Hannah lächelte. Dieser Ort ließ niemanden unberührt, selbst wenn er noch so viel von der Welt gesehen hatte.

Mit zögernden Schritten trat Irene in die Mitte und blickte sich um. Der Ausschnitt des Himmels über ihren Köpfen spiegelte sich in ihren Augen.

»Wundervoll«, hauchte sie. »Einfach wundervoll. Was für eine Kulisse.«

Malcolm Neadry schlich um den Baum und den Brunnen herum wie ein Raubtier um seine Beute. Er kramte im Inneren seiner Umhängetasche, förderte eine kleine digitale Videokamera zutage und blickte durch den Sucher. »Großartig«, brummte er. »Wie geschaffen für einen Szeneneinstieg. Ich kann die Sequenz schon vor mir sehen. Mit dem 35-er machen wir einen Rundumschwenk, ehe wir auf den Baum zoomen. Dann gehen wir auf Halbtotale und schneiden anschließend auf dich, wie du durch den schmalen Einstieg das Tal betrittst. Was hältst du davon, Irene?«

»Ist in Ordnung, Malcolm. Aber wenn du erlaubst, möchte ich diesen Ort erst noch in Ruhe genießen.«

»Ja, ja.« Neadry fuhr fort, den Kreis durch sein Objektiv zu beäugen, aber er hielt den Mund, wofür Hannah sehr dankbar war. Chris Carter, der Klimatologe, hatte sich von der Gruppe entfernt und ließ seine Hände über die geschliffenen Felswände gleiten. Hannah lächelte. Eine verwandte Seele. Es gab Menschen, die einen Gegenstand erst berühren mussten, um zu glauben, dass er wirklich existierte. Alle anderen standen schweigend neben Irene. Hannah nutzte die Stille, um mit einem Räuspern die Aufmerksamkeit auf sich zu lenken. »Ich störe eure Begeisterung nur ungern, aber ich bitte euch, vorerst noch keine Aufnahmen zu machen. Nicht, bis wir einige Dinge geklärt haben.«

Irene hielt ihren Kopf schief. »Was für Dinge?«

»Es geht um ein Versprechen, das ich gegeben habe. Das Versprechen, diesen Ort geheim zu halten.«

Jetzt war es raus.

»Geheim halten?«, schnappte Neadry. »Soll das etwa heißen, dass wir hier nicht filmen dürfen?« Er kam mit gesenktem Kopf auf sie zu. »Das kann doch nicht dein Ernst sein. Und selbst wenn es das ist, liegt die Entscheidung, ob wir filmen dürfen, in den Händen der zuständigen Behörden. Und die können wir kaufen.« Er funkelte sie an.

»Halt, halt. Nur die Ruhe.« Irene stellte sich schützend vor Hannah. »Ich bin sicher, dass es dafür eine Erklärung gibt, nicht wahr?«

Hannah verschränkte die Arme vor der Brust. »Es tut mir Leid,

wenn ich euch jetzt die gute Laune verdorben habe, aber was ihr hier seht – und vor allem, was ihr gleich noch sehen werdet –, sind geweihte Orte. Die Tuareg suchen sie seit Tausenden von Jahren auf, um hier ihre spirituelle Mitte zu finden. Da sie weder über Kathedralen noch Moscheen verfügen, wählen sie sich markante Punkte in der Landschaft, um ihre Gebete zu verrichten. Diese Orte sind aufgeladen mit Energie, das werdet ihr spüren. Man hat mir dieses Tal unter der Bedingung gezeigt, dass ich es geheim halte. Andererseits halte ich den Fund für so wichtig, dass ich davon berichten musste. Das ist das Dilemma, in dem ich stecke. Sicherlich haben die Tuareg nichts gegen ein paar Wissenschaftler einzuwenden, die hier forschen und einen Film darüber drehen, aber wenn wir die genaue Lage bekannt geben, kommen Scharen von Touristen. Und ihr könnt euch vorstellen, was das bedeutet.«
»Na, großartig!« Neadry schüttelte den Kopf. »Warum sind wir überhaupt hier? Fünf Monate Vorbereitung, endlose Verhandlungen, zehntausend Kilometer Flug – und dann heißt es: Bitte nicht filmen!«
»Wir finden bestimmt eine Lösung.« Irene strich sich über ihre Haare. »Nicht wahr, Hannah?«
»Die gibt es: Ich möchte euch bitten, die genaue Lage dieses Ortes geheim zu halten. Keine Längen- und Breitengrade, keine Ortsnamen und dergleichen. Man könnte sogar bewusst unklare Daten verwenden, um die sensationslüsterne Meute auf eine falsche Fährte zu locken. Natürlich könnt ihr auch die Behörden bestechen. Für die wäre das ein gefundenes Fressen. Aber ich bitte euch von ganzem Herzen: Tut das nicht. Wenn ihr die Schlucht seht, werdet ihr mich verstehen.«
Irene stemmte die Hände in die Hüften. »Also ich finde die Idee gut. Natürlich müssen wir uns erst mal ein Bild von der Situation machen, aber ich glaube, der Vorschlag ist akzeptabel. Nicht wahr, Malcolm?«

Der Kameramann brummte etwas Unverständliches, nickte aber. Auch die restlichen Teammitglieder zeigten sich einverstanden.

»In Ordnung, Hannah«, fuhr Irene fort und klatschte in die Hände. »Das wäre geklärt. Und jetzt zeig uns deinen Schatz. Ich muss gestehen, ich bin so aufgeregt, dass ich es kaum noch aushalte.«

Hannah lächelte erleichtert. »Also gut, dann will ich euch erlösen. Folgt mir.«

# 3

Chris Carter spürte einen kühlen Wind auf der Haut, als sie sich im Gänsemarsch der Schlucht näherten. Niemand wagte zu sprechen oder unnötige Geräusche zu machen. Lediglich das steinige Knirschen unter ihren Schuhsohlen durchbrach die Stille. Seine Nerven waren gespannt. Er spürte, dass hier etwas Besonderes auf sie wartete. Aus unerklärlichen Gründen hatte auch Norman Stromberg, sein Auftraggeber, das gespürt, als er ihn auf diese geheime Mission angesetzt hatte. Die Nase seines Chefs in solchen Dingen war legendär. Diesem untrüglichen Gespür hatte er es zu verdanken, dass aus ihm einer der wohlhabendsten und einflussreichsten Männer der Welt geworden war. Und einer der größten Kunstsammler dazu. Genau darum ging es bei diesem Auftrag. Um Kunstschätze von historischen Dimensionen. Chris war einer seiner erfolgreichsten Scouts, wie man diese Spürhunde in der Branche nannte.
Während er Malcolm, Irene und Hannah folgte, dachte Chris über die komplizierten Verflechtungen des Netzwerkes nach, dem er angehörte. Strombergs Scouts waren rund um den Globus tätig. Wo immer sich eine Gelegenheit bot, waren sie angehalten, Kunstwerke aufzukaufen. Inzwischen gehörten Stromberg Höhlen in Südfrankreich, Paläste in Indien, Tempel in Japan und Schiffe, die mitsamt ihren Schätzen in den Tiefen

des Meeres versunken waren. Sein Hunger auf Relikte mit einer außergewöhnlichen Geschichte war unstillbar – und sein Bankkonto unerschöpflich. Und jetzt sollte seiner Sammlung eine ganze Region im *Tassili N'Ajjer* hinzugefügt werden.
Die Gruppe folgte einer engen Biegung und erreichte ein helles, lichtdurchflutetes Tal. Mit seinem Kennerblick erkannte Chris sofort, dass die Darstellungen spektakulär waren: Gestalten, die nur mit einem Lendenschurz bekleidet waren und Federschmuck trugen. Bewaffnet mit Bogen und Speeren machten sie Jagd auf Elefanten, Giraffen und Antilopen. Im Gegensatz zu den Tieren sahen die Menschen vergleichsweise unproportioniert aus. Arme und Beine wirkten grob, die Leiber in die Länge gezogen. Am auffälligsten aber waren ihre Köpfe. Es handelte sich um bizarre, kugelförmige Gebilde mit einem Zyklopenauge in der Mitte und schlangenartigen Auswüchsen an den Seiten.
Patrick Flannerys Kopf bewegte sich hin und her, wie der eines Wiesels. »Unglaublich«, murmelte er. »Ich habe so etwas noch nie gesehen. Wie alt sind die denn?«
»Hast du etwa die Dossiers nicht gelesen, die wir bekommen haben?« Patrick erntete einen tadelnden Blick von Albert Beck, dem Tontechniker. »Natürlich nicht. Denn dann wüsstest du ja, dass die Bilder aus der Rundkopf-Epoche stammen. Sie sind also mindestens neuntausend Jahre alt.« Ein feines Lächeln huschte über sein Gesicht, als er vor den anderen sein Wissen ausbreiten durfte. »Damit sind sie dem Neolithikum, der Jungsteinzeit zuzurechnen, der frühesten Phase nordafrikanischer Felsmalerei. Hannah, du korrigierst mich bitte, wenn ich Unsinn erzähle.«
»Ich bin beeindruckt«, grinste Hannah. »Verfügen alle von euch über so gute Fachkenntnisse, oder soll ich auch mal ein bisschen dozieren?«
Irene lächelte verlegen. »Ich glaube, da tätest du uns einen

großen Gefallen, denn außer Albert und Chris kennt sich niemand so richtig damit aus. Dossiers hin oder her«, fügte sie mit einem spöttischen Blick in Alberts Richtung hinzu. Hannah kramte in ihrer Tasche und förderte ihre Brille zutage. »Also gut, ihr habt es so gewollt.« Sie wandte sich einer besonders ausgeprägten, fliegenden Figur zu. »Beginnen wir mit dieser Darstellung. Wie Albert schon erwähnte, ist dieses Bild etwa neuntausend Jahre alt. Namensgebend für diese Epoche sind die ausgeprägten runden Köpfe, die entfernt an Astronauten erinnern. Da ist es kein Wunder, dass Henri Lhote, der berühmte Afrikaforscher, diese Figuren bei ihrer Entdeckung als große Marsgötter bezeichnet hat. Das Volk, das die Bilder schuf, stammte nach neuesten Forschungen aus dem Herzen Afrikas. Bis auf den heutigen Tag ist das abrupte Verschwinden dieser blühenden Kultur ungeklärt. Keines der nachfolgenden Völker hat jemals Bildnisse hinterlassen, die Rückschlüsse auf ihren Verbleib zuließen. Mehr noch, es gibt Hinweise darauf, dass Darstellungen, die Licht in diese Angelegenheit gebracht hätten, absichtlich ausgelöscht wurden. Es scheint fast, als sollte das Volk der Rundköpfe aus den Geschichtsbüchern getilgt werden. Mysteriös, nicht wahr? Eines der großen Rätsel der Archäologie.«

Chris spürte, wie ein Verdacht in ihm aufstieg. Hatte Hannah eine Antwort auf diese Frage gefunden? Vielleicht hatte sie Darstellungen entdeckt, die in der Lage waren, das Geheimnis zu lüften. Und wenn ja, hatte die *National Geographic Society* davon Wind bekommen? Zumindest würde das den immensen Aufwand rechtfertigen, den sie hier betrieb.

Sein Blick wanderte hoch zu der überhängenden Felswand. Eine prächtige, zwei Meter große Antilope prangte dort. Weiße Farbe mit roter Kontur. Ihre Vorderläufe in die Luft erhoben, schien sie über die Felswand zu galoppieren. Daneben, ebenso detailliert, befand sich eine Herde Mufflons. Die urzeitlichen

Künstler hatten die Darstellungen so geschickt angebracht, dass die natürlichen Ausformungen der Felsen die Körpermerkmale der Tiere plastisch hervortreten ließen. Unter dem Fell schienen tatsächlich Muskeln zu spielen. Es war atemberaubend.

Hannah fuhr indessen fort. »Was ihr hier seht, ist der erste von drei Bereichen, die ich in den letzten sechs Monaten dokumentiert und katalogisiert habe.« Ihre Worte hallten wie in einer Kathedrale von den Wänden wider. »Die Bilder stammen aus einer Zeit, in der zum ersten Mal Farben verwendet wurden. Über euren Köpfen seht ihr die klassischen Tierdarstellungen, wie ihr sie aus unzähligen Bildbänden kennt. Hier drüben ...«, sie deutete mit der Hand auf die gegenüberliegende Wand, »... befinden sich Abbildungen von Menschen in einer dörflichen Gemeinschaft. Ihr werdet jetzt sicher verstehen, warum diese Periode so geheimnisumwittert ist.«

Aufgeregtes Gemurmel erfüllte die Schlucht. Die Figuren waren in der Tat bizarr. Schwebende, lang gestreckte Körper mit Köpfen, die einem Science-Fiction-Film entsprungen sein konnten. Frauen mit übereinander angeordneten Brüsten und vorgewölbten Bäuchen. Fliegende Gestalten, deren Leiber mit Ornamenten und Tätowierungen überzogen waren. Antennen, Helme, Stacheln und Raumanzüge. Kein Wunder, dass frühe Forscher geglaubt hatten, die Menschen der Urzeit hätten Wesen aus dem Weltall abgebildet. Natürlich war man sich heute längst einig, dass die Jäger, die diese Zeichnungen anfertigten, einen ausgeprägten Körperkult gepflegt und es offenbar geliebt hatten, sich mit fantasievollen Attributen zu schmücken. Doch soweit Chris feststellen konnte, fand sich auch hier kein Hinweis auf das rätselhaftes Verschwinden dieser Kultur.

Er wandte sich an Hannah. »Die Bilder sind großartig. Aber so ganz verstehe ich die Aufregung nicht. Immerhin wurden ähnliche Funde bereits bei *Tan Zoumaitak* und *Tin Aboteka* gemacht.«

Hannah nickte anerkennend. »Das ist wahr. Die Bilder der Rundkopf-Epoche sind in der gesamten Sahara verbreitet. Was es allerdings nirgendwo gibt, ist eine Vermischung der Stile. Die einzelnen Phasen frühmenschlicher Malerei sind streng getrennt, die Fundorte liegen weit auseinander. Aber nicht in dieser Schlucht.« Ihre Augen glitzerten. »Bitte folgt mir zu Abschnitt zwei.«

Chris schob sich an Malcolm und Irene vorbei, um direkt neben Hannah gehen zu können. Nach einer weiteren Biegung befanden sie sich unvermittelt inmitten einer weiteren Gruppe exotischer Darstellungen. Nur dass es sich diesmal nicht um Malereien, sondern um Ritzungen handelte. Irene schlug die Hände vor den Mund. »Sagenhaft. Ich glaube das einfach nicht. Seht euch diese wundervollen Tiere an. Elefanten, Nashörner, Giraffen. Sie sind schöner als alles, was ich bisher gesehen habe.«

Chris stimmte ihr im Stillen zu. Sein fachkundiger Blick glitt über eine sieben Meter hohen Giraffe auf der gegenüberliegenden Felswand. Mehrere maskierte Jäger hatten sie umzingelt und schleuderten Speere auf das Tier. Daneben stand eine Elefantenkuh, die ihr Kalb vor dem Angriff eines Leoparden schützte. Hannah, die das Staunen sichtlich genoss, unterbrach das erregte Geflüster.

»Schön, nicht wahr? Was ihr hier seht, ist in der Tat einmalig in der gesamten Sahara. Ein Ort, der mehrere Stilrichtungen vereint, und zwar in chronologischer Abfolge. Im ersten Abschnitt habt ihr Rundkopf-Malereien gesehen. Die Ritzungen hier stammen aus der Jägerperiode, sind also älter. Wegen der häufigen Darstellungen des damals noch lebenden Wildrindes wird sie auch Bubalusperiode genannt. Die hier angewandte Technik beruht im Wesentlichen darauf, dass man mit einem

harten Stein in den weichen Fels ritzte und die Kerbe anschließend glatt polierte. Auf diese Weise entstanden Bilder, die uns einen hervorragenden Einblick in das Leben vor etwa zehntausend Jahren vermitteln. Und genau wie bei den Rundköpfen ist auf der einen Seite die Jagd dargestellt und auf der anderen ...«, sie deutete auf die Darstellung über ihren Köpfen, »... das Leben im Dorf.«
Chris konnte sich ein breites Grinsen nicht verkneifen. Die Bilder waren, gelinde gesagt, pornografisch. Hier hatten sich die Künstler regelrecht ausgetobt. Männer mit riesigen Geschlechtsteilen waren dort zu sehen, denen sich Frauen in aufreizenden Posen anboten, sowie Dorfschönheiten, die sich mit mehreren Männern gleichzeitig paarten. Jäger, die Elefanten begatteten, dazwischen seltsame Kreaturen, halb Tier halb Mensch, deren gewaltiger Phallus bis zum Boden reichte. Chris bemerkte, dass sogar Irene, die er für ziemlich abgebrüht hielt, vor Scham verstummte. Hannah indessen überspielte die zotigen Bemerkungen von Patrick und Gregori mit bewundernswerter Gelassenheit. »Wenn man das sieht, bekommt man den Eindruck, dass die menschliche Zivilisation in Sachen Sexualpraktiken in den letzten zehntausend Jahren etwas verarmt ist. Aber mal im Ernst, wie würdet ihr diese seltsamen Kreaturen mit den überdimensionalen Geschlechtsteilen deuten?«
Albert Beck schob seine Nickelbrille nach oben. »Es ist doch ein Volk von Jägern, und alle Jagdkulturen hatten eine ausgeprägte Götterwelt. Wäre es da nicht logisch zu behaupten, dass diese Figuren Gottheiten darstellen? Tiergötter, die auf die Erde gekommen sind, um mit den Frauen des Dorfes zu schlafen. Dieses Motiv ist auch aus der griechischen Mythologie hinreichend bekannt.«
»Schön, dass endlich mal jemandem auffällt, dass die Griechen Nachfahren der Götter sind«, sagte Gregori. Hannah erhob ihre Stimme über das allgemeine Gelächter. »Danke, Albert. Das ist

die geläufige Deutung dieser Figuren. Aber was sagt ihr zu diesen Gestalten?« Sie zeigte auf Kreaturen, die nur noch mit viel Fantasie als menschlich zu bezeichnen waren. Arme und Beine suchte man vergebens. Dafür gab es einen überdimensionalen Kopf mit schlangenartigen Auswüchsen, auf dessen Stirn ein einziges Auge prangte. »Welches Tier oder welchen Gott soll das darstellen? Um es gleich vorwegzunehmen, ich kann es euch auch nicht sagen. Aber eines ist sicher. Diese Darstellungen sind noch älter als die Tiergravuren. Sie stammen aus der frühesten Phase menschlichen Schaffens. Laut bisheriger Forschung beginnt die Felsbildkunst der Sahara schlagartig vor etwa elftausend Jahren. Es gibt kein einleitendes Stadium und keinerlei Anzeichen dafür, dass irgendwo geübt wurde, kein Experimentieren mit Materialien oder Stilen, nichts. Die Bilder treten sozusagen von heute auf morgen auf. Und sie sind gleich von Anfang an perfekt. Die Proportionen, die Bewegungen, alles stimmt. Hinzu kommt ein künstlerischer Ausdruck, der einem Picasso zur Ehre gereicht hätte, nicht war?« Sie machte einen Augenblick Pause, um dann die Frage zu stellen, die wahrscheinlich allen im Kopf herumging. »Wie konnte so etwas geschehen? Woher kam diese plötzliche Revolution künstlerischen Schaffens?« Sie stemmte die Hände in die Hüften. »Keine Ahnung? Hm? Ich will es euch sagen. Es gibt zwei Möglichkeiten. Erstens, wir haben es mit einer Völkerwanderung von Künstlern zu tun, die irgendwo aus dem Süden gekommen sind. Genaueres weiß man aber nicht, es gibt keine Belege dafür. Zweitens ...«, sie machte eine rhetorische Pause, »... die Ureinwohner sind mit einem Schlag zu Künstlern geworden.«
Ihre Mutmaßungen ernteten ungläubige Blicke und verlegenes Hüsteln. Irene war die Erste, die sich traute, etwas zu sagen. »Ein göttlicher Funke?« Ihre Stimme klang zweifelnd. »Tut mir Leid, aber das klingt in meinen Ohren zu sehr nach Aber-

glaube.« Sie fuhr mit ihrem Finger durch eine Rille im Fels. »Die Frage ist doch: Woher stammt diese Perfektion? Ehrlich gesagt, da klingt die Geschichte mit der Völkerwanderung glaubwürdiger.«
»Es muss ja nicht gleich ein göttlicher Funke im Spiel sein«, konterte Hannah. »Oft genügt ein einschneidendes Erlebnis, um einen Menschen zu verändern. Um aus ihm einen Künstler zu machen. Möglicherweise ist etwas geschehen, das all diese Menschen verändert hat. Aber ich möchte nicht spekulieren.«
»Trotzdem: Was soll das für ein Erlebnis gewesen sein?«, fragte Chris. »Etwa ein Raumschiff, das vom Himmel herabschwebte?«
»Vielleicht liefern uns die Medusenköpfe eine Antwort, die wir bisher in allen Epochen gefunden haben«, antwortete Hannah.
»Das sind doch höchstwahrscheinlich nur Masken.« Chris starrte auf die Figuren. Aus irgendeinem Grund verursachten ihm die verdrehten Leiber körperliches Unbehagen. »Diese schlangenartigen Auswüchse könnten Federn oder Hörner sein. Auf jeden Fall sind sie ein Produkt der Fantasie.«
»Bist du dir da so sicher?« Hannah sah ihn mit einem Blick an, der verriet, dass sie auf diesen Einwand nur gewartet hatte. »Bisher war man immer der Meinung, dass es keine älteren Darstellungen als die der Bubalusperiode gibt. Ich möchte euch jetzt etwas zeigen, das die Fachwelt auf den Kopf stellen wird. Es gibt ältere Darstellungen, und sie sind hier. Folgt mir bitte zu Abschnitt drei, dem hintersten Teil der Schlucht.«
Jetzt kommt es, dachte Chris. Jetzt kommt das große Geheimnis, von dem Stromberg gesprochen hatte. Der Grund, warum er hier war.
Sie betraten einen schmalen Gang. Das Licht war trüb, da die Felswände über ihnen sich beinahe berührten. Chris' erster Gedanke war, die Taschenlampe, die er immer bei sich trug, hervorzuholen, doch seine Augen gewöhnten sich bald an das

Dämmerlicht. Immer mehr schloss sich der Gang über ihren Köpfen, so dass Albert mit seinem hoch gewachsenen Körper gebeugt gehen musste. Glücklicherweise öffnete sich der Durchgang bald wieder. Die Wände rückten auseinander, und was sie dort zu Gesicht bekamen, überstieg alles, was sie bisher gesehen hatten. Wortlos scharte sich die Gruppe um einen Gegenstand, den es hier eigentlich gar nicht geben durfte. Eine Skulptur. Gefertigt aus schwarzem, hartem Basalt. Was für ein Rätsel verbarg sich dahinter? Die Künstler der Frühzeit mochten begnadete Maler und Zeichner gewesen sein, doch Bildhauer waren sie bestimmt nicht. Und dennoch stand die Skulptur so real und plastisch vor ihnen, dass Chris nur eine einzige Frage in den Sinn kam.
»Ist die echt?«
»O ja«, antwortete Hannah. »Ich habe Proben der Gesteinsoberfläche an die Kernforschungszentren in Jülich und Karlsruhe geschickt. Dort wurden sie anhand des natürlichen radioaktiven Zerfalls der Blei-Isotope datiert. Die Ergebnisse variieren leicht, aber man kann mit großer Wahrscheinlichkeit davon ausgehen, dass diese Figur vor dreizehntausend Jahren aus dem Fels gemeißelt wurde. Also tausend Jahre vor Entstehung der Jägerbilder und ganze viertausend Jahre vor den Rundköpfen, zu einer Zeit also, als ganz Europa noch von einer dicken Eiskruste überzogen war. Als Cromagnon-Menschen in dicken Fellen über die winterlichen Ebenen Europas zogen, um Mammuts und Wollhaarnashörnern nachzustellen. Damit ist sie das älteste Zeugnis künstlerischen Schaffens in der gesamten Sahara.«
Chris runzelte die Stirn. Die Skulptur war in der Tat erstaunlich. War das ein Insekt, ein Oktopus oder nur ein Hirngespinst? Aus einem sackförmigen Körper staken sieben Auswüchse, die wie Schlangen in die Luft ragten. Ihre Durchmesser betrugen etwa fünf Zentimeter, ihre Länge einen knappen

Meter. Sie waren derart kunstvoll aus dem Stein gearbeitet, das sie sich zu bewegen schienen. Über ihre ganze Länge hinweg waren sie mit Ringen überzogen, und die Enden waren gekerbt. Dort, wo sie in den Kopf, oder was immer es war, mündeten, befanden sich Verdickungen. Der Kopf selbst war, bis auf ein einziges Auge, völlig amorph. Es gab keine Strukturen, Untergliederungen oder Symmetrien. Lediglich ein feines Netzmuster ließ sich bei genauer Betrachtung erkennen. Das Auge allerdings verdiente besondere Aufmerksamkeit. Es sah ganz anders aus als das Auge von Tieren. Die Lider waren senkrecht angeordnet, und die Pupille wies eine sternförmige Dreiteilung auf. Umschlossen von mehreren Lagen Hautfalten, wirkte es reichlich unheimlich. Die Gestalt sah aus, als wäre sie eben erst aus dem Fels gekrochen. Wer immer sie gefertigt hatte, er war ein Meister seines Fachs gewesen. Bemerkenswert war überdies die Tatsache, dass sie aus schwarzem Basalt gehauen war, einem Material, das im Sandsteingebirge des *Tassili N'Ajjer* überhaupt nicht vorkam. Chris wich einen Schritt zurück. Die anderen Gruppenmitglieder taten es ihm gleich. Niemand wollte der Skulptur zu nahe kommen.

»Unheimlich, nicht war?« Hannah verschränkte ihre Arme. »Das ist die Quelle. Der Ursprung. Das älteste und, wie ich finde, vollkommenste Kunstobjekt in der gesamten Sahara. All die Epochen, durch die wir gekommen sind, waren Rückschritte, verglichen mit dieser Arbeit. Es hat fast den Anschein, als hätten die Künstler ihre alte Kunstfertigkeit wieder verlernt. Doch diese Plastik steckt voller Kraft, voller Leben. Obwohl ihre Oberfläche von der Erosion angegriffen wurde, besitzt sie immer noch genug Energie, um mir schlaflose Nächte zu bereiten.«

Irene nickte. »Kann ich gut nachvollziehen. Mir wird kalt, wenn ich die Skulptur länger betrachte. Sie wirkt so lebendig. Hast du eine Vorstellung, was sie darstellt?«

Hannah schüttelte den Kopf. »Nein. Keine Ahnung. Vielleicht wirklich einen Gott. Ich weiß nur, dass sie von den frühen Menschen als etwas Besonderes verehrt wurde. Die Form dieses Wesens klingt wie ein Echo durch alle nachfolgenden Kulturen. Die Jäger haben es abgebildet, die Rundköpfe, wir finden diese Form in der Rinder-, Pferde- und Kamelperiode. Die Abbildungen lassen sich bis in die Antike verfolgen, daher habe ich mir erlaubt, sie Medusa zu taufen.«
Patrick Flannery ließ seinen Finger über den Steinsockel gleiten. »Bemerkenswert. Ich habe mal an einer Dokumentarreihe über Ägypten mitgewirkt. In Theben habe ich eine solche Figur schon einmal gesehen. An irgendeinem Obelisken, glaube ich.«
»So weit braucht man gar nicht zu gehen«, warf Chris ein. »Sagt jemandem von euch der Name Leptis Magna etwas? Eine römische Hafenstadt, östlich von Tripolis und ungefähr siebenhundert Kilometer von hier entfernt. Gegründet wurde sie so um Tausend vor Christus von den Phöniziern. Zu ihrer Blütezeit war sie eine der reichsten Städte des Mittelmeerraums. Und jetzt ratet mal, für welche Art von Darstellungen sie berühmt war.«
Irene starrte ihn an. »Medusen?«
»Genau. Die Stadt wurde 1921 von ihren meterdicken Sandschichten befreit und 1951 wieder aufgebaut. Praktisch überall fanden sich Medusenköpfe. Hunderte. Das ganze Forum war gesäumt davon.« Chris verschwieg, dass Norman Strombergs Vater den Wiederaufbau in die Wege geleitet hatte.
»Die Medusa ist eine der ältesten mythischen Gestalten. Ursprünglich war sie ein Wassersymbol. Später fügten die Griechen sie in ihre eigene Welt aus Göttern und Halbgöttern ein, und zwar als eine der Gorgonen. Drei Schwestern, die so schrecklich anzusehen waren, dass allein ihr Blick einen Menschen in Stein verwandeln konnte. Einzig die Medusa war sterblich, weswegen Perseus ihr den Kopf abschlug.«

Hannah grinste. »Ja, es war keine gute Zeit, um als Ungeheuer durchs Leben zu gehen. Aber Zufall oder nicht, du hast etwas erwähnt, was uns weiterführen könnte. Ich wusste nämlich nicht, dass die Medusa ein Wassersymbol war.«
»Oh, doch. Nimm zum Beispiel die große unterirdische Zisterne von Istanbul. Bewacht wird dieser uralte Wasserspeicher von einem gigantischen Medusenkopf. Auch die Schlange wird in vielen Kulturen als Flusssymbol verehrt.«
»Das ist in der Tat erstaunlich. Es gibt hier nämlich noch mehr zu sehen. Wenn ihr den Sockel genauer betrachtet, könnt ihr erkennen, dass er mit feinen Linien überzogen ist. Ich glaube, es sind Schriftzeichen. Ich habe schon versucht, sie zu entziffern, aber die Verwitterung ist zu weit fortgeschritten. Alles, was ich erkennen konnte, war das hier.« Hannah kniete neben der Steinsäule nieder und ließ ihre Finger über die Gravuren gleiten.
Chris, der ihr am nächsten stand, konnte erkennen, dass die gesamte Fläche unterhalb der Skulptur bearbeitet worden war. Was er zunächst für eine natürliche Felsstruktur gehalten hatte, war in Wirklichkeit ein Netzwerk von Mustern und Zeichen. Sie waren so unscheinbar, dass er sie ohne den Hinweis nicht entdeckt hätte. Er erkannte Wellenlinien und kleine Menschen, die zu schwimmen schienen.
»Wasser.« Er griff in die Tasche seiner Weste, holte die Lampe hervor und schaltete sie ein. Dann kniete er sich neben Hannah und beleuchtete die Inschriften von der Seite. Durch den Lichteinfall traten die Bilder hervor.
»Seht euch das an«, hauchte Irene. »Hieroglyphen!«
»Nie im Leben.« Albert Becks hagere Gestalt beugte sich über Chris. »Ich kenne mich mit ägyptischen Schriftzeichen ganz gut aus, doch das hier ist etwas anderes. Vielleicht ein Vorläufer der ägyptischen Schrift, das will ich nicht bestreiten, aber völlig fremdartig. Hieroglyphen sind unterteilt in phonetische

Zeichen, Wortzeichen und Deutzeichen. Hier kann ich diese Gliederung nicht erkennen. Vielleicht eine reine Bildsprache. Nur lesen kann ich sie leider nicht.« Er richtete sich auf. »Vielleicht werden wir nie verstehen, was dort steht, aber wie man es dreht und wendet, der Stein ist eine Sensation.«
Chris gab ihm in allen Punkten Recht. Doch eines unterschied ihn von Albert. Er konnte einiges von dem entziffern, was auf dem Stein geschrieben stand, und es versetzte ihn in helle Aufregung.

# 4

Irene, wo bleibst du denn? Ich möchte endlich mit dem Drehen beginnen, und das Licht ist gleich weg.« Malcolms Stimme hallte von den Felswänden wider und vermischte sich mit dem Brummen des Stromgenerators, den sie in angemessener Entfernung aufgestellt hatten. Der Aufnahmeleiter hielt prüfend einen Belichtungsmesser an die Felswand. »Patrick, geh mal mit dem Halb-KW etwas weiter nach links. Wir müssen den Bereich dort drüben noch besser ausleuchten. Irene, hör mit der Schminkerei auf und setz deinen Hintern in Bewegung. Uns läuft die Zeit davon!«

Irene puderte sich gerade die Nase. »Ist ja gut. Mach dir wegen der paar Minuten mal nicht gleich ins Hemd. Notfalls können wir die Aufnahme morgen nachholen. Das Licht ist doch hier jeden Tag gleich.«

»Es geht nicht um das Licht, sondern um den Zeitplan. Jeder Tag, den wir hier verplempern, kostet zehntausend Dollar, und ich bin unseren Auftraggebern gegenüber verpflichtet, das Budget nicht zu überziehen.«

Irene bedachte Malcolm mit einem strahlenden Lächeln. »Soll meine Nase etwa glänzen wie eine Speckschwarte? Schau mich an und dann sag mir, was wichtiger ist: dein verdammtes Budget oder mein Aussehen?«

»Schon gut, schon gut. Aber jetzt beeil dich bitte.«

Hannah befand sich bereits seit einer halben Stunde am Drehort und verfolgte die Vorbereitungen mit großer Neugier. Zwei Tage waren seit der Ankunft des Teams vergangen, und heute würde zum ersten Mal gedreht werden. Sie hatte noch nie an einem Film mitgewirkt, für sie war das alles neu und aufregend. Schon vor Tagesanbruch hatten Malcolm, Patrick und Albert an der besprochenen Stelle Kamera, Beleuchtung und Tonequipment aufgebaut, um die Sequenz an den Rundkopf-Felsen zu drehen. Hannah blickte verwundert auf das viele technische Gerät, das nötig war, um eine einzige Einstellung zu drehen. Patrick, der den Scheinwerfer neu justiert hatte, schlenderte in seinen ausgebeulten Khakis auf sie zu. »Aufgeregt?«

»Und ob«, erwiderte sie. »Das ist das erste Mal, dass ich vor einer Kamera stehe. Ich werde sicher total steif aussehen.«

»Quatsch. Das wird ein Kinderspiel. Und ein bisschen Lampenfieber hat noch niemandem geschadet. Sieh dir Irene an. Sie macht das jetzt schon seit zehn Jahren und hat immer noch die Angewohnheit, erst im letzten Moment aufzukreuzen. Wenn du mich fragst, ist das nichts anderes als Lampenfieber.«

Hannah versuchte sich auf andere Gedanken zu bringen und wandte ihre Aufmerksamkeit wieder der Technik zu. »Wozu dieser Aufwand? Ich habe immer geglaubt, eine gute Videokamera genügt, um einen Dokumentarfilm zu drehen.«

Patrick bot Hannah eine Zigarette an. Als sie ablehnte, zuckte er mit den Schultern und steckte sich selbst eine an. »Ein weit verbreitetes Vorurteil. Die Leute denken, man braucht nur eine schöne Location, hält die Kamera drauf und fertig. Aber bei einem solchen Projekt kann man Video vergessen. Wir drehen noch mit richtigem Filmmaterial auf fünfunddreißig Millimetern. Malcolm schwört auf seine alte Arriflex, eine unverwüstlichen Kamera. Wir packen die unbelichteten Filmrollen in die Kühlbox und ziehen, wenn wir wieder zu Hause sind, ein

Master. Davon kann man Videos oder DVDs produzieren, man kann den Film im digitalen Fernsehen zeigen oder sogar im Kino. Eine Art Videokamera haben wir trotzdem. Siehst du den silbernen Kasten seitlich an der Filmkamera? Das Bild wird ausgespiegelt und auf ein zusätzliches Videotape aufgenommen, für die Dailies. Das sind die Aufnahmen des jeweiligen Tages. Wenn da etwas nicht stimmt, zum Beispiel wenn ein Mikrofon im Bild hängt, können wir die Aufnahme gleich am nächsten Tag wiederholen. Und wenn alle Stricke reißen, hat Malcolm ja noch seine kleine digitale Canon, von der er sich nie trennt. Ich glaube, er nimmt sie sogar mit ins Bett.«

Irene hatte nicht übertrieben. Dieser Typ war wirklich ein Freak. Wie jemand sich so für Technik begeistern konnte, war Hannah ein Rätsel. Und doch mochte sie diesen dünnbeinigen Jungen. Er war noch nicht so abgeklärt wie der Rest des Teams. Bei ihm sprühten Begeisterungsfähigkeit und Neugier aus jedem Knopfloch. Während sie Patrick aus dem Augenwinkel heraus beobachtete, plapperte dieser weiter wie ein Wasserfall.

»Gerade bei einem Drehort wie diesem muss man enorm viele Vorbereitungen treffen. Wusstest du, dass man an einem sonnigen Tag viel mehr Scheinwerfer braucht, als an einem bedeckten? Sonnenlicht macht die Kontraste härter, und man muss Gegenlichter oder Reflektoren aufstellen, um sie wieder weicher zu machen. Die Schattenbereiche werden sonst pechschwarz. Erinnere dich mal an *Lawrence von Arabien*, und jetzt stell dir die Dreharbeiten vor. Auf der einen Seite die brennende Sonne, auf der anderen Dutzende von Scheinwerfern. Für die Schauspieler ist das härter als ein Triathlon. Der Ton ist auch ein Problem. An einem solchen Ort den Hall herauszufiltern, schafft nur ein echtes Genie. Aber bei Albert würde sogar ein Konzert im Petersdom so klingen, als sei es im Tonstudio aufgenommen. Vorausgesetzt, jemand würde das wol-

len. Aber ich rede und rede, und dabei habe ich das Wichtigste ganz vergessen.« Er blickte sie mit einem beinahe schüchternen Lächeln an. »Ich möchte dir dafür danken, dass wir hier sein dürfen. Es ist wirklich ein ganz besonderer Ort.«
Hannah hob abwehrend die Hände. »Oh, da solltest du deinem Auftraggeber, der *National Geographic Society* danken. Ich hatte damit herzlich wenig zu tun.«
»Aber es ist dein Fund. Ohne dich wären wir nicht hier. Außerdem habe ich dieses dumpfe Gefühl, dass es hier noch viel mehr zu entdecken gibt.«
»Wie kommst du denn darauf?« Hannah war überrascht, dass sie nicht die Einzige zu sein schien, die so empfand.
»Es ist diese aufgeladene Atmosphäre.« Patrick zog an seiner Zigarette. »Irgendein Geheimnis schwebt über diesem Tal, und ich wette, dass die Suche noch weitergeht. Nimm zum Beispiel Chris. Er verlässt die Schlucht nur zum Essen, Trinken und Schlafen. Die letzten zwei Tage hat er ausschließlich bei der Skulptur und den Inschriften verbracht. Er redet nicht viel, aber ich glaube, dass er auf irgendetwas gestoßen ist. Oh, ich sehe gerade Malcolms Zeichen. Irene hat bereits ihre Position eingenommen. Du solltest jetzt besser auch rübergehen.« Aufmunternd richtete er seinen Daumen nach oben. »Viel Glück.« Hannah ging zu dem markierten Punkt, an dem Irene bereits auf sie wartete.
»Jetzt ist der Augenblick der Wahrheit gekommen. Übrigens siehst du fantastisch aus. Ich wünschte, ich hätte deinen goldenen Teint, dann könnte ich mir die Schminkerei sparen.«
Hannah seufzte. »Und ich wünschte, ich hätte deine Routine.«
Malcolm kam auf sie zu und hielt ihr den Belichtungsmesser unter die Nase, während er von einem dick belegten Butterbrot abbiss. »Kannst du deinen Text?«, nuschelte er.
»Ich habe gestern den ganzen Tag gepaukt, aber wenn ich noch länger warten muss, vergesse ich ihn bestimmt wieder.«

»Aufgeregt?«
»Und wie! Könnten wir bitte bald anfangen?«
Malcolm grinste, ging zurück zur Kamera und wischte sich die fettigen Hände an der Hose ab. »Also gut, dir kann geholfen werden. Und immer daran denken: ganz locker und entspannt bleiben, und nicht in die Kamera schauen. Genieße es. Wenn etwas danebengeht, drehen wir einfach noch mal.« Er hob die Hand. »Aufpassen bitte! Ton ab!«
»Ton läuft«, meldete sich Albert unter seinem Kopfhörer.
Malcolm nickte. »Kamera läuft, und Klappe bitte!«
Patrick hielt eine altmodische Klappe vor die Linse und ließ sie zuschnappen.
»Geister der Wüste, die Erste. Und Action!«

Der Abend kam und mit ihm die Geräusche der Nacht. Grillen fingen an zu zirpen, und über der Ebene schwebte der klagende Ruf einer Eule. Hannah entzündete eine Gaslampe, um in ihrem kalten Licht einige Skizzen vom Vortag zu vervollständigen. Bisher hatte sie etwa achtzig Felsdarstellungen kopiert, mit Bleistift und als Aquarell. Die Zeichnungen waren nicht nur besser zu katalogisieren als Fotografien, sondern auch ideal, um Besonderheiten hervorzuheben und eventuell zerstörte Abschnitte zu ergänzen. Außerdem machte es einfach Spaß. Sie hatte sogar schon versucht, die Bilder mit den Mitteln nachzuempfinden, mit denen sie damals geschaffen wurden. Doch ihr Versuch, das Originalpigment selbst anzumischen, war misslungen. Erstens war es zu zeitraubend, und zweitens entpuppten sich die Farben als nicht geeignet, um damit auf Papier zu arbeiten.
Mit geübter Hand färbte sie die Skizze eines Speerwerfers in einem Goldockerton aus ihrem Aquarellkasten. Es dauerte eine Viertelstunde, dann war das Bild fertig. Das Licht war inzwischen so schwach geworden, dass sie den Pinsel zur Seite legte

und den Rest der Arbeit auf den nächsten Tag verschob. Abdu hatte ein Feuer angefacht, dessen Flammen wilde Schatten auf die nahe gelegenen Felsen warfen. Das Abendessen stand kurz bevor, und er hatte es sich nicht nehmen lassen, ein Festmahl vorzubereiten. Der Geruch scharfer Gewürze ließ Hannah das Wasser im Mund zusammenlaufen. Albert spielte *All Blues* auf seinem Saxofon, eine alte Miles-Davis-Nummer, die Hannah schon seit Ewigkeiten nicht mehr gehört hatte. Sie ließ sich auf ihren Klappstuhl sinken, drehte die Gaslampe herunter und sah dem Treiben an der Feuerstelle zu, wo Abdu Hühnerfleisch auf einem Rost grillte. Der Tag war anstrengend gewesen, anstrengend und aufregend. Das Fest wurde ihr zu Ehren gegeben, als Belohnung und Taufe für ihren ersten Auftritt vor der Kamera. Das war so Tradition, hatte man ihr erklärt. Ihr wurde ganz flau im Magen bei dem Gedanken, dass Millionen von Menschen, darunter ehemalige Kollegen und Mitarbeiter, sie sehen würden. Sie konnte nur hoffen, dass Ton, Musik und Kameraführung über ihre Unsicherheit hinwegtäuschen würden. Wenn nicht, gab es ein Desaster.

Plötzlich fühlte sie einen Stich im Herzen, als sie daran dachte, was wohl ihre Familie dazu sagen würde. Das Bild, wie Vater, Mutter und Inge daheim in Hamburg einträchtig zusammensaßen, jagte ihr einen Schauer über den Rücken. Wie würde Vater wohl reagieren, wenn er sie erkannte? In ihrer Fantasie malte sie sich die Situation aus. In allen Einzelheiten. Zuerst wäre Irene Clairmont zu sehen. Engagiert, gleichzeitig aber kühl und professionell würde sie auf dem Fernseher erscheinen. Die Kamera würde um sie herumfahren, während sie die Geschichte des Tals erzählte. Danach ein Kameraschwenk über die Felsdarstellungen. Nichts entging der hochauflösenden Optik. Das Licht war perfekt gesetzt, jede Linie, jede Gravur wie unter einem Mikroskop zu erkennen. Dann wieder ein Schwenk auf eine kleine Gestalt in weiter Ferne, die vornüber-

gebeugt auf einem Hocker saß, während die Stimme des Erzählers aus dem Off sprach. Die Kamera schwebte durch die Schlucht, und nun wurde es immer deutlicher: Da saß eine Frau und zeichnete. Bekleidet mit kurzen Khakishorts und einem weichen Baumwollhemd, saß sie da und betrachtete den Fels, während ihre Hand das Bild eines springenden Antilopenbocks auf das Papier übertrug. Die Frau hob den Kopf und blickte auf die Felsdarstellungen. Das war der Augenblick, an dem Friedrich Peters seine Tochter erkennen würde.
Würde er einen Herzinfarkt bekommen? Aufspringen und den Fernseher abschalten? Oder demonstrativ den Raum verlassen, den Mund zu einem Strich zusammengepresst?
Am besten gefiel Hannah die Vorstellung, dass alle drei mit offenem Mund sitzen blieben, unfähig, sich zu bewegen. Und dann? Würde Vater seine Meinung ändern? Würde er in der Lage sein, zuzugeben, dass er einen Fehler begangen hatte? Würde die Familie eines Tages wieder zusammenfinden?
Das war ein schöner Gedanke, aber realistisch war er nicht. Viel wahrscheinlicher war, dass sie den Film gar nicht ansehen würden, selbst wenn Hannah sie auf den Termin hinweisen oder ihnen gar eine Videokassette schicken würde. Außerdem ließ sich die Dornenhecke aus Schweigen, die so viele Jahre Zeit gehabt hatte zu wuchern, nicht mit einer einzigen Fernsehsendung niederreißen.
Sie seufzte und begann die Zeichnungen zu sortieren und wegzuräumen. Plötzlich spürte sie, dass sie Besuch bekommen würde. Sie sah sich um, doch niemand war zu sehen. Ein undefinierbares Kribbeln kroch ihre Nackenwirbel entlang, ein Zeichen dafür, dass etwas geschehen würde. Als kleines Mädchen hatte sie diese Fähigkeit immer als den Blick bezeichnet, eine Gabe, vor der besonders die Tuareg große Ehrfurcht hatten. Der Blick war etwas Außergewöhnliches. Mal war er da, mal nicht. Mal bezog er sich auf ein wichtiges Ereignis, mal

auf eine Nebensächlichkeit. Meistens trat er dann in Erscheinung, wenn sie am wenigsten damit rechnete. So wie jetzt.
Sie hob den Kopf, rechtzeitig genug, um zu sehen, wie Irene aus ihrem Zelt kam und geradewegs auf sie zusteuerte. Ihr Gesicht war gerötet und drückte Entrüstung aus.
»Männer«, schnaubte sie empört, als sie eintrat, vier Flaschen Bier unter dem Arm haltend. Ein schelmisches Grinsen umspielte ihren Mund. »Die haben wirklich nur ein Thema.«
Hannah hob die Augenbrauen. »Frauen?«
»Wo denkst du hin?« Irene öffnete zwei Flaschen und reichte Hannah eine davon. »Das wäre ja interessant. Nein, Sport. Genauer gesagt, Football. Kann man sich etwas Langweiligeres vorstellen? Mir schwirrt schon der Kopf von den Namen all dieser Quarterbacks, Receiver und Runningbacks. Gregori hatte noch eine *Sports Illustrated.* Dann ist Patrick auf die glorreiche Idee gekommen, den Satellitenempfänger einzuschalten und die neuesten Ergebnisse und Tabellen aus dem Äther abzurufen. Ich fürchte, es ist nicht gut bestellt um die Gattung Mann. Prost!« Sie stieß ihre Flasche gegen Hannahs. »Darf ich?« Damit deutete sie auf einen Klappstuhl.
»O bitte. Ich würde mich freuen.« Hannah räumte die Zeichnungen weg. Mit einem Seufzer der Erleichterung ließ Irene sich auf den Stuhl fallen und legte die Beine auf eine Alukiste.
»Ah, herrlich ist es hier. Besonders um diese Uhrzeit. Wenn die Sonne untergegangen ist und die Steine in der Kühle des Abends zu knacken beginnen. Das ist etwas, was man an keinem anderen Ort der Welt findet.«
»Na ja, ich verfüge nicht über deine Erfahrung, aber trotzdem glaube ich, dass du Recht hast. Zumindest, was die Wüste betrifft.« Hannah lächelte schüchtern. »Bei deiner Bemerkung über Männer bin ich mir nicht so sicher. Bestimmt gibt es Ausnahmen. Sieh dir zum Beispiel Chris an.« Ihre Augen verharrten auf dem stillen Klimatologen, der mit ausdrucksloser

Miene in das Feuer starrte. »Seit geschlagenen dreißig Minuten sitzt er schon so da. Man könnte meinen, er sei eingeschlafen.«
»Interessanter Typ, nicht wahr? Redet nicht viel. Er verbringt die meiste Zeit mit seinen Studien an der Medusa. Besonders die Inschriften auf dem Steinsockel scheinen es ihm angetan zu haben. Außerdem ist er der einzige Kerl, bei dem ich auf Granit beiße.«
Hannah blicke Irene mit hochgezogenen Augenbrauen an.
»Nicht, dass ich es ernsthaft versucht hätte. Es ist mehr so ein Spiel. Das kennst du doch. Ein kurzer Blick, ein angedeutetes Lächeln, einfach mal testen, wie die Chancen stehen.«
Hannah drehte die kühle Bierflasche in ihren Händen. »Ich fürchte, ich habe nicht so viel Übung wie du. Meine Umgangsformen sind in den letzten Jahren etwas eingerostet. Es kann ziemlich einsam sein hier draußen.«
»Aber du willst mir doch nicht erzählen, dass mit Abdu noch nichts gelaufen ist. Er ist charmant. Außerdem ist er ein wirklich gut aussehender Mann, wenn man auf den dunklen Typ steht.«
Hannah schüttelte den Kopf. »Abdu ist glücklich verheiratet. Hat eine nette Frau und vier Kinder in Algier. Er sieht seine Familie zwar selten, aber das ist bei den Tuareg nichts Außergewöhnliches. Und glaube mir, es ist besser so. Nichts ist tödlicher für eine Beziehung als ein gemeinsamer Job. Das führt nur zu Streit.«
Irene legte den Kopf in den Nacken und betrachtete die Sterne. »Stimmt schon. Bei mir hat es auch nie lange gehalten. Zwei Monate hier, drei Monate da, dann verlor man sich wieder aus den Augen. Und es hat immer wehgetan. Deshalb lasse ich mich auf nichts Ernsthaftes mehr ein. Aber so ganz ohne Sex ist es auch fad. Erzähl mir nicht, dass du das hinbekommst.«
Hannah spürte, dass ihr dieses Gespräch zu intim wurde.

Außerdem musste sie sich eingestehen, dass im letzten halben Jahr tatsächlich nichts gelaufen war. Nicht, solange sie in der Wüste war. Das letzte Mal, dass sie mit einem Mann geschlafen hatte, war während eines kurzen Heimspiels an der Goethe-Universität in Frankfurt, kurz nachdem sie die Medusa entdeckt hatte. Sie war zurückgeflogen, um sich ihre Forschungsgenehmigung am Frobenius-Institut verlängern zu lassen, und hatte sich bei der Gelegenheit mit Paul, einem ehemaligen Studienkollegen, getroffen. Paul war zwar ein echter Langweiler, aber er hatte eine Art an sich, die ihre Beschützerinstinkte weckte. Außerdem war er ein ausdauernder und geduldiger Liebhaber. Und er war verfügbar, was man von den meisten ihrer ehemaligen Freunde und Kollegen nicht behaupten konnte. Paul war immer da. Er machte nie Urlaub und hatte nie etwas vor, was sich nicht verschieben ließ. Vielleicht war es diese Beständigkeit, die ihre romantischen Gefühle geweckt hatte. Doch Paul war nicht der Mann, mit dem man angeben oder den man bei dieser Art von Unterhaltung als Trophäe vorweisen konnte. Nicht so wie Simon, mit dem sie vor vier Jahren Schluss gemacht hatte. Oder er mit ihr, genauer gesagt.
Ohne es zu wollen, glitten ihre Gedanken in die Vergangenheit. Das war das erste Mal seit über einem Monat, dass sie an Simon Gerling denken musste. Ein Rekord. Früher war kein Tag vergangen, an dem sie sich nicht den Kopf zerbrochen hatte, wo er jetzt war und was er gerade tat. Er war das, was man wohl als große Liebe bezeichnet. Er war der Einzige gewesen, für den sie ihre Karriere hingeschmissen hätte, um eine Familie zu gründen. Vielleicht hatte er das gespürt, und vielleicht war genau das der Grund gewesen, weshalb er sie verlassen hatte. Was auch immer zu ihrer Trennung geführt haben mochte, für Hannah war sie jedenfalls Anlass genug gewesen, alles stehen und liegen zu lassen, zu Theodore Monod in die

Wüste zu gehen und ein Leben in Einsamkeit zu wählen. Sie schrak aus ihren Gedanken auf, als sie bemerkte, dass Irene sie erwartungsvoll anblickte.

»Du wirst lachen, aber ich war in letzter Zeit so in meine Arbeit vertieft, dass ich keinen Gedanken daran verschwendet habe. Ich glaube tatsächlich, dass man sich Sex auch abgewöhnen kann. Wahrscheinlich gehöre ich sowieso nicht zu dem Typ Frau, den Männer begehrenswert finden.«

»Blödsinn!«, entgegnete Irene. »Stell dein Licht nicht unter den Scheffel. Du bist attraktiv, glaub mir. Nimm zum Beispiel Chris. In der Art, wie er dich bei unserer ersten Begegnung angesehen hat, habe ich sein Interesse an dir bemerkt.«

Hannah spürte eine Wärme in ihrem Bauch aufsteigen. Ob es an dem Bier lag oder an dem Kompliment, wusste sie nicht, allein, dass es ihr dabei gut ging. Zuerst hatte sie gedacht, dass sie sich das mit Chris nur eingebildet hatte, aber jetzt sprach auch noch Irene davon. Vielleicht war ja doch etwas dran. Lächelnd hob sie die Flasche an den Mund und ließ sich das kühle Bier durch die Kehle rinnen. Sie blickte zum Feuer, wo er bis eben noch gesessen hatte. Er war fort.

Sie sah sich um und entdeckte ihn am Rand der Klippe. Er stand da und spähte in die Nacht hinaus. Was er wohl gerade dachte? Als ob er ihren Blick gespürt hatte, wandte er sich um und kam auf sie zu.

»O verdammt, ich glaube, er kommt. Hoffentlich hat er nicht gehört, was wir über ihn geredet haben. Das wäre mehr als peinlich«, zischte Hannah.

»Und wenn schon. Das könnte unserer Sache nur dienlich sein«, antwortete Irene mit einem süffisanten Lächeln.

Hannah verstand nicht, was damit gemeint war, aber ihr blieb auch keine Zeit, länger darüber nachzudenken.

»Guten Abend, die Damen. Wäre es Ihnen recht, wenn ich mich bis zum Essen zu Ihnen gesellen würde?« Er sprach in der

perfekten Imitation eines Clark Gable, und Hannah bemerkte die Andeutung eines Augenzwinkerns.
»*Au contraire, Monsieur.* Ein wenig Unterhaltung wäre uns sehr willkommen«, antwortete Irene mit demselben öligen Tonfall. Chris schnappte sich einen Stuhl und setzte sich breitbeinig darauf, die Arme über der Lehne verschränkt. »Myladys, es ist mir eine Ehre. Darf ich erfahren, wovon Sie gerade sprachen?«
»Von Ihnen natürlich«, antwortete Irene ohne Umschweife.
»Oh, ich verstehe.« Chris räusperte sich, und Hannah hatte das Gefühl, dass ihn Irenes Direktheit überraschte. Er hatte sich jedoch schnell gefangen. »Nun, ich fürchte, das ist ein Thema, zu dem ich nicht viel beisteuern kann. Vielleicht möchten die Damen sich doch lieber allein weiterunterhalten?«
»Keineswegs«, entgegnete Irene. »Dann würden wir ja nie erfahren, wie unsere Chancen stehen, sich mit Ihnen zu einem romantischen Candlelight-Dinner zu verabreden.«
»Romantischer als das hier?« Er deutete auf das umliegende Lager. »Schwer vorstellbar, dass es so etwas gibt.«
Hannah bemerkte trotz der schwachen Beleuchtung, dass sich ein roter Schimmer auf Chris' Wangen abzeichnete, und sie spürte, dass sie Gefallen an dem Spiel fand.
»Ich habe das Gefühl, Sie versuchen auszuweichen, Dr. Carter«, nahm sie den Faden auf. »Heraus mit der Sprache, gibt es eine bestimmte Person in Ihrem Leben? Oder ist der Platz an Ihrer Seite noch zu vergeben?«
Irene nickte anerkennend. »Sehr gute Frage, Hannah, hätte ich besser nicht stellen können. Nun, Dr. Carter, Karten auf den Tisch.«
Chris stand auf, räusperte sich, legte eine Hand in den Rücken und neigte den Kopf wie Clark Gable in *Vom Winde verweht.* »Myladys, leider muss ich Ihnen mitteilen, dass mein Herz schon in festen Händen ist. Sollte sich an diesem Tatbestand

etwas ändern, werden Sie die Ersten sein, die es erfahren. Vergeben Sie mir, aber ich muss Sie bitten, nicht weiter in mich zu dringen, da ich sonst in meinen festen Vorsätzen wankelmütig werden könnte.«
Irene lachte laut auf. »Lügner! Schon gut, schon gut. Du hast deinen Hals mit Anstand aus der Schlinge gezogen. Ich glaube dir zwar kein Wort, aber ich denke, wir werden dich mit weiteren peinlichen Fragen verschonen. Nicht wahr, Hannah?«
»Von mir aus gern«, antwortete Hannah mit einem Lächeln. Allerdings fand sie es schade, nicht mehr über ihn erfahren zu haben. Er war und blieb ein Buch mit sieben Siegeln.
Chris sah erleichtert aus. »Ich glaube, ich könnte jetzt auch eins von diesen da vertragen.« Er deutete mit der Hand auf die beiden Bierflaschen, die neben Hannah auf dem Boden standen. Seine Augen leuchteten im Schein der Gaslampe, als er sich ihr zuwandte. »Und, wie fühlt man sich als Filmstar?«
Hannah merkte, dass sie das Bier nicht mehr gewohnt war. Es stieg wesentlich schneller zu Kopf als Dattelwein. »Beschwipst«, antwortete sie mit schwerer Zunge. Sie öffnete eine Flasche und reichte sie Chris.
»Nein im Ernst, es war schrecklich. Ich kann nicht verstehen, dass manche Menschen das gern machen. Ich habe das Gefühl, noch nie in meinem Leben so dummes Zeug geredet zu haben.«
»Oh, das gibt sich«, meldete sich Irene zu Wort, ohne Chris aus den Augen zu lassen. »Bei mir war das am Anfang genauso. Hat etwa ein halbes Jahr gedauert, dann war es so selbstverständlich wie Gutenachtgeschichten vorlesen. Wenn man das richtige Team hat, ist es ein Kinderspiel. Und du, Chris, hast du auch schon mal vor der Kamera gestanden?«
Chris, der gerade einen herzhaften Schluck genommen hatte, winkte ab. »Um Gottes willen! Nein! Schreiben ja, Fotos auch, sogar Pressetermine machen mir nichts aus, aber bloß nicht vor laufender Kamera stehen. Da komme ich mir vor, als würde

man mich mit heruntergelassener Hose erwischen. Ich kann gut nachvollziehen, wie du dich heute gefühlt hast.« Er zwinkerte Hannah zu. So langsam begann Hannah zu verstehen, warum Irene ihn scherzhaft einen Lügner genannt hatte. In seinem Blick lag mehr als bloße Sympathie. Wollte er mit ihr flirten, oder was hatte er vor? Irene schien nichts bemerkt zu haben und mit ihren Gedanken woanders zu sein. Auf ihrer Stirn hatten sich tiefe Falten gebildet. Als sie wieder sprach, klang ihre Stimme verändert. »Du hast wirklich noch nie vor der Kamera gestanden? Noch nie ein Interview gegeben oder an einer Reportage mitgearbeitet?«

»Nein, niemals. Wie kommst du darauf?«

Hannah spürte durch ihren Bierschleier, dass das Gespräch mit einem Mal eine andere Wendung bekam.

»Nun«, bemerkte Irene mit einem scharfen Unterton, »ich habe das unbestimmte Gefühl, dass ich dich schon mal irgendwo gesehen habe.«

Chris schüttelte den Kopf. »Ausgeschlossen. So wahr ich hier sitze, ich bin noch nie im Fernsehen gewesen. Aber man hat mich schon oft verwechselt. Ich habe offenbar ein Allerweltsgesicht«, fügte er mit einem Grinsen hinzu. Irene nickte, doch ganz zufrieden schien sie mit der Antwort nicht zu sein. Es blieb eine schmale, skeptische Falte zwischen den Augenbrauen. Um die Stimmung nicht absacken zu lassen, versuchte Hannah es mit einem Themenwechsel.

»Was machen die Studien an der Skulptur? Wir haben dich seit fast drei Tagen nicht zu Gesicht bekommen. Gibt es irgendwelche Fortschritte?«

Beinahe augenblicklich spürte sie, dass sie einen Fehler gemacht hatte. Der leichte, spielerische Charakter, den ihr Gespräch bis zu diesem Zeitpunkt hatte, war nun endgültig verschwunden. Chris nahm einen tiefen Schluck, als wollte er sich Mut antrinken. Sein Gesicht verriet Anspannung.

»Die Skulptur. Nun ja ...«
»Wir können auch warten.«
»Psst!« Irene rempelte sie an. »Ist schon in Ordnung. Ich will es hören. Was hast du herausgefunden? Bist du mit der Entzifferung weitergekommen?«
»In der Tat.« Sein Lächeln wirkte kalt. »Und ich glaube, das hier war erst der Anfang. Wir werden weiterziehen müssen.«
»Was meinst du damit?«
»Ich kann euch das jetzt nicht erklären. Ich zeige es euch morgen früh, bei Sonnenaufgang. Lasst euch überraschen.«

# 5

Es war noch früh am Morgen, als sich die Gruppe fröstelnd und verschlafen um die Medusa versammelte. Albert und Malcolm litten unzweifelhaft an einem kapitalen Kater, während Irene und Gregori sich zaghaft, beinahe zufällig an den Händen berührten. Hannah war nicht überrascht. Sie hatte gleich bemerkt, dass die beiden ein Verhältnis hatten. Vermutlich hatten sie die Nacht zusammen verbracht. Patrick trat von einem Bein aufs andere und rieb sich die Arme warm, während Chris in den Himmel blickte und sehnlichst die ersten Sonnenstrahlen in der Schlucht erwartete. Niemand sprach ein Wort. Hannah fühlte ganz deutlich die Anspannung, die auf der Gruppe lastete. Mehr als Andeutungen und Rätsel hatte er nicht von sich gegeben. Sie mussten diesen Ort verlassen? Aber warum? Und wohin?
Sie blickte nach oben. Gerade schob sich die Sonne über den Felsgrat – es schien, als würde sich goldenes Wasser in die Schlucht ergießen.
»Es ist so weit. Passt jetzt gut auf!« Chris verließ seinen Standort neben der Skulptur und ging einige Meter auf die Felswand zu, an der die Schlucht endete. Dort blieb er stehen. Er legte seine Hand auf den Fels und lächelte Hannah aufmunternd zu. Das Sonnenlicht wanderte mit verblüffendem Tempo auf seine Hand zu. Sie hielt den Atem an, wollte einen Schritt in seine

Richtung gehen, doch er hatte ihre Absicht bemerkt und gab ihr zu verstehen, dass sie dort bleiben solle, wo sie stand. Jetzt hatte das Licht seine Hand erreicht und kroch wie ein Lebewesen an ihr hoch. Und noch während Hannah dachte, was für ein angenehm warmes Gefühl das wohl sein müsse, entdeckte sie etwas. Die anderen Gruppenmitglieder hatten es auch gesehen, denn mit einem Mal kam Unruhe auf. »Da sind ja Symbole an der Wand«, rief Irene. »Ich erkenne Punkte und Linien.«
»Ja, und dort drüben sind noch mehr.« Hannah eilte auf Chris zu, der sich ein Grinsen nicht verkneifen konnte, und legte ihre Hände auf den Fels. Während die Sonne immer neue Abschnitte der Wand beschien, enthüllte sie Unmengen dieser seltsam gepunkteten Zeichnungen. Hannah fuhr mit dem Finger darüber und stellte fest, dass die Einkerbungen unendlich fein waren. Bei normaler Beleuchtung wären sie nicht zu entdecken gewesen.
»Das ist der Grund, warum ich euch so früh hierher bestellt habe«, sagte Chris. »Die Zeichnungen sind so stark verwittert, dass ich sie erst nach zwei Tagen entdeckt habe. Sie sind nur bei extrem flachem Sonnenstand zu erkennen. Es ist genau wie mit der Taschenlampe vor drei Tagen«, fügte er hinzu.
»Aber was ist das?«, fragte Malcolm, der in die Hocke gegangen war, um eine der Darstellungen näher zu untersuchen.
»Sternzeichen«, erklärte Chris ohne Umschweife. »Du hockst da gerade vor Orion. Eben noch zu erkennen über dem astronomischen Horizont, der hier unten dargestellt ist. Rechts davon ist Aldebaran, gefolgt vom Sternzeichen des Stiers. Etwas darüber der Widder mit den Plejaden, gefolgt vom Sternzeichen der Fische. Links von dir die Zwillinge mit Kastor und Pollux, darunter der kleine Hund, dann Krebs, Löwe und so weiter. Ich habe mir aktuelle Karten aus dem Netz runtergeladen und mit diesen hier verglichen. Es stimmt alles ganz genau. Natürlich

existieren einige Abweichungen, aber die lassen sich mit der Sternendrift erklären. Die Karte ist immerhin einige tausend Jahre alt.«
Eine atemlose Stille trat ein. Jeder schien das eben Gehörte erst einmal verdauen zu müssen. Chris' Erläuterungen waren so ungeheuerlich, dass es keinem der Anwesenden leicht fiel, eine Bewertung abzugeben. Hannah konnte förmlich hören, wie die Gedanken ratterten. Sie hatte Mühe, ruhig zu bleiben. Wenn es stimmte, was Chris behauptete, würden große Teile der Frühgeschichte neu geschrieben werden müssen. Allein der Gedanke, dass die Menschen vor dreizehntausend Jahren über detailliertes astronomisches Wissen verfügt haben sollen, war dermaßen absurd, dass noch niemand sich damit ernsthaft auseinander gesetzt hatte. Die ersten astronomischen Beobachtungen schrieb man den Sumerern und den Megalithvölkern zu, zwei Hochkulturen, die sich um dreitausend vor Christus entfaltet hatten. Während die Menschen in Europa die gewaltigen Observatorien von Stonehenge und Carnac aus Felsblöcken errichtet hatten, waren die Menschen im Vorderen Orient dazu übergegangen, ihre Keilschriftplatten mit Himmelskarten zu dekorieren. Davor gab es nur vereinzelte Ausschmückungen auf Grabplatten, die entfernt an Sternbilder erinnerten. Aber man konnte dabei keinesfalls von einer systematischen Himmelsbeobachtung sprechen.
Das hier war etwas völlig anderes. Es war eine komplette und genaue Karte des gesamten Nachthimmels, entstanden in dunkler Vergangenheit.
»Die Darstellungen sind sensationell«, löste Hannah das Schweigen. »Aber was haben sie für einen Sinn? Bei Stonehenge wissen wir, dass es sich um ein Observatorium gehandelt hat, mit dem sich die Jahreszeiten und eine Sonnenfinsternis bestimmen ließen. Die präzise Ausrichtung einzelner Blöcke auf die Sonnenauf- und Untergangspositionen an Sonnwendtagen

sowie des Mondes zu den extremen Deklinationswerten lassen diesen Schluss zu. Aber das hier ...«

»Nein, das hier ist etwas völlig anderes«, erläuterte Chris. »Ich vermute, dass es eine Art Wegweiser ist. Aber, wie ich zugeben muss, ein ziemlich komplizierter. Die Skulptur markiert durch die Richtung, die ihr Schatten zu einem bestimmten Zeitpunkt des Jahres wirft, eines der Sternbilder hier an der Wand. Wenn man dieses Sternbild zu einer bestimmten Nachtstunde anvisiert, erhält man die Richtung, in der der gesuchte Ort liegt. Misst man von zwei verschiedenen Orten, erhält man eine genaue Punktangabe. Ziemlich kompliziert, nicht wahr?« Er lächelte erwartungsvoll in die Runde. »Man kann also davon ausgehen, dass es noch mehr von diesen Säulen gegeben haben muss. Mittels einfacher Triangulation wären die Frühmenschen in der Lage gewesen, den gesuchten Ort exakt zu markieren. Da wir die anderen Säulenstandorte aber nicht kennen und auch nicht wissen, an welchem Datum und zu welcher Uhrzeit wir ablesen müssen, ist uns dieser Weg leider verschlossen. Abgesehen davon, hat sich der Stand der Sonne in den vergangenen dreizehntausend Jahren so weit verändert, dass unser Ergebnis sehr ungenau wäre. Es muss sich aber um einen Ort von großer spiritueller Bedeutung gehandelt haben, denn sonst hätte man nicht so einen Aufwand getrieben.«

Irene warf ihm einen skeptischen Blick zu. »Wie kommst du auf diese verrückte Theorie? Ich meine, für mich sind das einfach nur Sternzeichen.«

»Du vergisst die Inschriften auf dem Sockel. Ich konnte nicht alles lesen, aber doch genug, um herauszufinden, wozu die ganze Konstruktion gedient hat.«

»Was? Du hast die Schrift entziffern können?« Albert rückte seine Brille zurecht. »Wie das?«

Chris ging zurück zu dem Steinsockel, auf dem die Medusa

stand. »Seht her. Irenes Bemerkung, es könnte sich um Hieroglyphen handeln, hat den entscheidenden Hinweis gebracht. Ursprünglich hat man bei den altägyptischen Schriftzeichen ja angenommen, es handele sich um eine Art Bildersprache. Es hat lange gedauert, bis man herausfand, dass die Symbole in Wirklichkeit Buchstaben oder, besser gesagt, Lautzeichen sind. Von dieser Theorie ausgehend, habe ich den Spieß einfach umgedreht, und siehe da: Wenn man die Symbole wieder zurückführt und als Bildersprache interpretiert, bekommt die Inschrift einen Sinn. Wir dürfen nicht vergessen, dass es sich hier um ein Volk von begnadeten Künstlern gehandelt hat. Was also läge näher als eine Bilderschrift?«

»Eine neue Sprache?« Irene atmete tief ein. »Das ist sensationell! Das müssen wir unbedingt im Film bringen.«

»Ein Comic aus der Urzeit.« Malcolm pfiff durch die Zähne. »Und das hast du ganz allein herausgefunden? Alle Achtung! Ich dachte immer, du wärst Klimatologe.«

Hannah fand den Ton, den der Aufnahmeleiter anschlug, zwar unpassend, aber auch sie hatte das Gefühl, dass Chris etwas vor ihnen verbarg. Sie konnte sich des Gefühls nicht erwehren, dass er mehr wusste, als er vorgab.

Chris zuckte mit den Schultern. »Das war nicht weiter schwierig. Ihr müsst wissen, Linguistik ist mein Hobby, und wir haben es hier mit einer sehr primitiven Sprache zu tun. Wenn man den ersten Puzzlestein gefunden hat, ist alles Weitere nicht mehr schwierig.«

Irene blickte ihn mit hochgezogenen Augenbrauen an. »Das ist ja alles sehr interessant, aber ich verstehe immer noch nicht, wie uns das weiterbringt. Wie sollen wir deinen geheimnisvollen Hinweis verstehen, dass wir bald von hier verschwinden müssen?«

»Ah, jetzt kommen wir zum interessanten Teil.« Chris hockte sich neben den Stein. Seine Augen sprühten, als er die Umstehenden bat, sich die Inschriften auf dem Sockel einmal genau anzusehen.

»Ich habe von diesen Inschriften digitale Aufnahmen gemacht, und zwar bei unterschiedlichen Ausleuchtungen. Alle zusammen ergeben einen recht guten Eindruck davon, was ein Bildsymbol ist und was nicht. Die Daten habe ich per Satellit an einen Freund an der *University of Houston* geschickt, der sie digital geprüft hat. Sämtliche Fehler wie Unebenheiten, Kratzer oder Erosionsspuren wurden dabei entfernt. Herausgekommen ist das hier.«

Er legte drei Digital-Prints vor ihnen in den Sand. Sie zeigten verschiedene Abschnitte des Sockels, aber in einer Klarheit und Perfektion, wie sie selbst bei ihrer Herstellung nicht zu sehen gewesen sein dürften. Die Bildsymbole wirkten wie auf eine Metallplatte geätzt. Jedes noch so kleine Detail war zu erkennen.

Hannah sah, dass die Darstellungen viel feiner und perfekter waren, als sie zunächst angenommen hatte. Sie musste in Gedanken an ihre Diskussion in der Schlucht zurückdenken und war jetzt überzeugter denn je: Diese Menschen waren nicht einfach nur umherreisende Künstler gewesen. Ihnen war an diesem Ort etwas Außergewöhnliches widerfahren, etwas, was sie auf immer verändert hatte.

Trotzdem verstand sie immer noch nicht, wie ihnen das weiterhelfen sollte, und als sie das sagte, erntete sie beifälliges Gemurmel von allen Seiten.

Chris schüttelte tadelnd den Kopf. »Nicht so ungeduldig. Ich komme schon noch darauf zu sprechen. Also, was ich bisher übersetzt habe, lautet ungefähr wie folgt: ... *gesegnetes Wesen, das du uns Wasser schenkst, wir sind dir zu ewigem Dank verpflichtet.* Das hier konnte ich nicht lesen, dann folgt: ... *leuchtende Himmelserscheinung, dein Kuss befruchtete die Erde, blah, blah, blah.* Dann hier wieder: ... *sollst du ruhen in den*

*Bergen der Dunkelheit, wo ein Schrein aus schwarzem Glas dein ewiger Ruheplatz ist.«*
»Ziemlich blumige Sprache«, bemerkte Albert. »Ich verstehe kein Wort.«
»Habe ich anfangs auch nicht«, entgegnete Chris. »Aber dann ist mir aufgefallen, dass die Bilderschrift nicht symbolisch verwendet wurde. Nehmt zum Beispiel dieses Zeichen: Es sieht genau aus wie eine Antilope und nicht wie das Symbol für eine Antilope. Oder diese Palme. Sie wurde so exakt dargestellt, dass man sie in einem Botanikführer unter dem Eintrag Dumpalme finden könnte. Jedes Detail ist zu erkennen. Und jetzt seht euch das immer wiederkehrende Zeichen für Berg an. Meiner Meinung nach ist das kein Bergsymbol, sondern die genaue Bergsilhouette, so, wie sie damals ausgesehen hat. Davon ausgehend, habe ich den Gedanken weitergesponnen. Die Form wird sich kaum verändert haben, da es hier seit ewigen Zeiten keine Erosion gibt. Unter der Voraussetzung, dass sich die Bergregion nicht in allzu großer Ferne befand, konnte ich das Gebiet großzügig einkreisen. Mit diesen beiden Parametern, Form und Gebiet, hat mein Freund erneut den Computer in Houston gefüttert. Er hat die Werte in einem geomorphologischen Programm verwendet. Unter Zuhilfenahme von Daten, die wir von einem satellitengestützten Laser-Altimeter abgerufen haben. Kurze Zeit später spuckte das Programm ein Ergebnis aus. Hier. Seht euch das an.«
Er breitete eine Karte der westlichen Sahara vor ihnen aus.
Hannah runzelte die Stirn. »Der *Adrar Tamgak?* Der liegt doch im *Aïr*-Gebirge.«
»So ist es. Die *Berge der Dunkelheit* liegen fünfhundert Kilometer südlich von hier und sind vulkanischen Ursprungs. Der Untergrund besteht aus basaltischen Magmakammern, was wiederum ein Hinweis auf den erwähnten Schrein und unsere Medusa geben könnte, denn Basalt ist bekanntlich ...«

» ... schwarz«, vervollständigte Irene den Satz. Sie griff sich an den Kopf. »Ich bin ganz durcheinander. Diese Geschichte ist so fantastisch, dass sie schon wieder wahr sein könnte.«
Malcolm, der jetzt auch vom Jagdfieber gepackt wurde, tippte mit dem Finger auf die Karte. »Liegt im Niger. Leute, habt ihr eine Ahnung, was das für einen bürokratischen Rattenschwanz nach sich zieht? Wahrscheinlich müssen wir zuerst nach Agadez, um uns die Expeditionsfreigabescheine zu besorgen. Vorausgesetzt, wir bekommen die Gelder von der *NGS* bewilligt.« Er lachte laut auf. »Diese Story glaubt uns keiner. Ich meine, ich kann sie ja selbst kaum glauben. Nein, das ist illusorisch. Ich finde, wir sollten hier unseren Job machen und dann ab, nach Hause.«
Hannah bedachte Irene mit einem Seitenblick. »Ist das auch deine Meinung? Schließlich bist du die Teamleiterin. Dein Wort hat bei der *NGS* das größte Gewicht.«
Irene stemmte die Hände in die Hüften und schüttelte den Kopf. »Ich weiß nicht. Zugegeben, hier im *Tassili N'Ajjer* bekämen wir Material genug für einen außergewöhnlichen Bericht. Wir könnten noch ein paar Tage an diesem Ort drehen, dann die anderen bekannten Fundstellen abklappern und dort weitere Aufnahmen machen. Mit Sicherheit genug Stoff für fünfundvierzig Minuten. Oder ...?«
Alle blickten Irene erwartungsvoll an. »Oder wir lassen uns die Gelder bewilligen und holen uns die Genehmigung zu einer Expedition in den Niger.« Sie grinste übers ganze Gesicht.
»Ich weiß, dass es eine schwierige Tour werden wird. Das Land befindet sich in einem bürgerkriegsähnlichen Zustand. Ich habe erst neulich mit einem Kollegen darüber gesprochen. Rebellische Tuareg bekämpfen das schwarzafrikanische Regime, und unter der Zivilbevölkerung herrscht großes Elend. Aber ehrlich gesagt, ich könnte es nicht ertragen, wenn uns jemand die Story vor der Nase wegschnappt. Wenn es euch recht ist,

klemme ich mich gleich ans Telefon und rede mit Washington. Ich müsste mich sehr irren, wenn *National Geographic* bei dieser Geschichte nicht anbeißt. Was meint ihr, sollen wir es versuchen?«

Alle nickten und versuchten, sich ihre Aufregung nicht anmerken zu lassen. Aber das Strahlen der Gesichter und der Glanz in den Augen waren nicht zu übersehen. Es war, als hätte das Goldfieber die Gruppe erfasst.

Selbst Hannah, die sich der Risiken einer solchen Expedition sehr wohl bewusst war, konnte ihre Begeisterung kaum zügeln. Sie waren einem Geheimnis auf der Spur. Einer Entdeckung von enormer Tragweite. Einem Rätsel. Davon hatte sie schon immer geträumt.

»Also dann, liebe Freunde«, sagte sie, »fangen wir besser gleich mit den Vorbereitungen an. Es gibt eine Menge zu tun, falls Irene mit ihrem Anruf wirklich Erfolg haben sollte.«

Die Gruppe schlenderte zurück zum Lager. Vereinzelt erklangen Gesprächsfetzen, während Albert eine seiner eigenen Kompositionen pfiff.

Hannah wartete noch auf Chris, der die Ausdrucke und Karten zurück in seinen Umhängebeutel stopfte. Er war der Einzige gewesen, der sich bei den Freudenausbrüchen zurückgehalten hatte.

»Ist irgendetwas nicht in Ordnung?«, fragte Hannah.

»Doch, alles bestens. Ich wollte nur noch ein paar letzte Aufnahmen machen. Wer weiß, ob ich diesen Ort jemals wiedersehen werde.«

»Das klingt aber düster. Natürlich werden wir hierher zurückkehren. Glaub mir, mit dieser Geschichte werden wir beide berühmt. Ich, weil ich den Ort entdeckt habe, und du, weil du das Rätsel der Medusa gelöst hast.«

»Gelöst?« Chris lachte trocken. »Ich glaube, dass wir noch weit von einer Lösung entfernt sind. Wir haben noch nicht mal an

der Oberfläche gekratzt. Es gibt da etwas, was ich den Anwesenden bisher nicht erzählt habe.«
»Und was ist das?«
»Es sind einige Sterne auf dieser Wand verzeichnet, von denen das Medusenvolk nichts gewusst haben kann.«
»Was?« Hannah spürte eine unerklärliche Furcht in sich aufsteigen.
»Weil sie mit normalem Auge nicht auszumachen sind. Sie wurden erst vor wenigen Jahren mit Hilfe modernster Radioteleskope entdeckt.«
»Das ist doch nicht möglich«, flüsterte Hannah. »Bist du dir da ganz sicher?«
Chris nickte. »Hundertprozentig. Ich habe das Astroprogramm zigmal durchlaufen lassen. Da gibt es keinen Zweifel. Ehrlich gesagt, ich bekomme eine Gänsehaut bei dem Gedanken, was uns im *Aïr* erwarten könnte.«
Hannah warf einen Blick auf die unheimliche Steinskulptur und nickte. Sie spürte, dass er Recht hatte.

# 6

Zwei Wochen später ...

Die Akazien der Oase Iférouane flimmerten unwirklich, als sie im Licht des späten Nachmittags hinter einem Wall aus rund geschliffenen Granitblöcken wie aus dem Nichts auftauchten. Fahrzeug um Fahrzeug kroch aus dem Glutofen der Wüste, der ihnen einen letzten trockenen Schwall heißen Staub hinterherblies. Endlich hatten sie es geschafft. Das Ziel ihrer Reise lag in greifbarer Nähe.

Hannah erinnerte sich nur ungern an die zurückliegenden Tage. Die Fahrt war eine endlose Strapaze gewesen. Vom *Tassili N'Ajjer* aus hatten sie die Südpiste genommen, in Richtung Assamakka, dem einzigen Grenzübergang zwischen Algerien und dem Niger. Von dort aus war es in südwestlicher Richtung weiter nach Arlit gegangen, dem ehemaligen Zentrum der Uranerzgewinnung. Der Traum vom großen Reichtum, der diesen Ort einst beherrschte, war offenbar genauso schnell zerfallen wie die Farbe am Gebäude der Unterpräfektur, in der sie sich die Genehmigung für die Weiterfahrt nach Agadez holen mussten. Dies war eine der Lektionen, die Hannah und das Team zu lernen hatten. Im Niger funktionierte nichts ohne Genehmigungen und Freigabescheine. Jedes Abweichen von der Straße, und sei es nur, um kurz pinkeln zu gehen, war mit strenger Strafe bedroht. Es sei denn, man konnte eine der eng beschriebenen und mit vielen Stempeln versehenen Genehmigungen vorweisen. Diese umständliche Vorgehensweise war Hannah neu, und sie konnte nicht behaupten, dass sie ihr gefiel.

Schließlich waren sie nach Agadez aufgebrochen, der größten Stadt im Norden des Niger und Sitz der Oberpräfektur der nördlichen Departements. Hannah und Abdu an der Spitze, da sie sich mit den Tücken einer Geröllpiste am besten auskannten. Der mattgelbe Toyota wirkte neben den dunkelblauen Hummer-Wagons klein und unscheinbar, während die Kolonne auf einem Umweg von beinahe tausend Kilometern das *Aïr*-Gebirge passierend nach Süden zockelte. Er hatte sich während der Fahrt den klobigen Fahrzeugen als weit überlegen erwiesen. Nicht nur, weil er wegen seines geringeren Gewichts weniger anfällig für das Einsinken in Sandwannen war, er erregte auch weit weniger Aufmerksamkeit. Die Hummer-Wagons hatten für einen regelrechten Volksauflauf gesorgt, als sie vor fünf Tagen in Agadez eingetroffen waren. Rund um die Uhr mussten Wachen aufgestellt werden, um den Fahrzeugen das Schicksal zu ersparen, spontan ihren Besitzer zu wechseln. Als sie endlich die Expeditionsfreigabescheine und einen Lkw, beladen mit Proviant und einer bewaffneten Eskorte, erhalten hatten, war Hannah froh gewesen, wieder in die offene Wüste fahren zu dürfen. Sie war die Aufregung und Lautstärke einer größeren Stadt nicht mehr gewohnt – doch was war an Agadez schon groß? Die *kasbah,* das traditionelle Marktviertel, bestand aus einem zusammengewürfelten Haufen lehmfarbener Häuser, der von dem bizarren, spitzkegeligen Turm einer Moschee überragt wurde. Eingerahmt von Hunderten von Dattelpalmen, glich der Ort einer Insel, an der unaufhörlich die Fluten der Wüste nagten.

Hannah blickte versonnen in den Rückspiegel. Der Lkw, das neue Mitglied ihrer Kolonne, wankte und schlingerte im Staub-

wind, hielt sich trotz seiner Größe und seines Gewichts aber recht wacker.
In Agadez hatte man ihnen mitgeteilt, dass es an Selbstmord grenzen würde, ohne bewaffnete Eskorte in den *Aïr* zu fahren. Seit zehn Jahren schon wurde diese Gegend von Tuareg-Rebellen kontrolliert, die gegen das Militärregime des Niger kämpften und nur das Faustrecht gelten ließen. Die Anweisung, die sie in Agadez erhalten hatten, war klar und unmissverständlich gewesen: keine Freigabescheine ohne Eskorte. Hannah hatte mit so etwas gerechnet, aber Irene war außer sich, als man ihr die Summe nannte, die man ihnen für Proviant und Schutzmaßnahmen abverlangen wollte. Gouverneur Ben Jamar, ein blendend aussehender Mann von etwa sechzig Jahren, war sehr daran interessiert, zu erfahren, was ein so großes Team unter Leitung der berühmten Irene Clairmont ausgerechnet im *Aïr* verloren hatte. Hannah und Abdu erklärten es ihm, ohne allzu viel von der eigentlichen Mission durchsickern zu lassen. Zwei Tage dauerten die Verhandlungen, ehe sich Jamar, dem es gewaltig gegen seine Prinzipien zu gehen schien, mit zwei Frauen zu streiten, auf einen Betrag einließ, der knapp die Hälfte der ursprünglich veranschlagten Summe betrug. Die Differenzen ließen sich überraschend schnell aus der Welt schaffen, als Irene vorschlug, mit ihm zusammen für ein Foto zu posieren, das in dem geplanten Bildband erscheinen würde. Seine Eitelkeit war seine Achillesferse.
Als sich alle Parteien mit dem Handel einverstanden erklärt hatten, wurde er mit einem scharfen Dattelschnaps besiegelt. Anschließend wurde das besagte Foto geschossen und mit einem weiteren Dattelschnaps gefeiert. Danach hatte man sie zu dem versprochenen Lkw geführt. Hannah war ganz schlecht geworden, als sie sah, was man sich hierzulande unter einer leichten Eskorte vorstellte. Vierzehn Mann, bis an die Zähne bewaffnet mit Kalaschnikows, panzerbrechenden Gra-

naten und einem schweren Maschinengewehr, hatten es sich zwischen den Konserven und Reissäcken gemütlich gemacht. Angeführt wurde die Truppe von Mano Issa, einem vierschrötigen Tuareg vom Stamm der *Kel-Aïr,* der zugleich als einheimischer Berater der Expedition fungierte. Mano war für einen Tuareg überraschend kurz geraten, doch wusste er die fehlende Körpergröße durch eine Ehrfurcht gebietende Autorität zu kompensieren. Seine Leute, Männer aus dem Hochland des *Aïr,* waren ihm bedingungslos ergeben. Sosehr Hannah sich auch gewünscht hatte, das Unternehmen ohne diese hochgerüstete militärische Präsenz fortsetzen zu können, hatte sie sich eines Besseren belehren lassen, als sie der ersten bewaffneten Patrouille begegnet waren. Der *Aïr* war nicht zu vergleichen mit dem *Tassili N'Ajjer.* Dies war eine andere Gegend, und hier herrschten andere Gesetze.

Der Staubsturm peitschte die Akazien von Iférouane und ließ sie wie wabernde Gespenster aussehen.

»Gott sei Dank, wir haben es geschafft«, seufzte Hannah erleichtert, während sie die Last der Fahrt abzuschütteln versuchte. Ihr Baumwollhemd klebte schweißnass am Körper. Acht Stunden in dieser mörderischen Hitze waren mehr, als selbst sie zu ertragen vermochte. Durch die getönten Scheiben der Hummer-Wagons war nicht zu erkennen, wie es den restlichen Mitgliedern des Teams ergangen war, aber sie vermutete, dass sie in ähnlicher Weise unter der mörderischen Hitze gelitten hatten. Zumal sie schon wenige Kilometer hinter Agadez die Klimaanlagen abgeschaltet hatten, weil sie eine Überhitzung der Motoren befürchteten.

Nur Mano Issa und seine Tuareg schienen guter Dinge zu sein. Sie lachten und scherzten, während ihnen der Staub um die Ohren pfiff. Es machte doch einen Unterschied, ob man in diesem Land geboren war oder lediglich einige Jahre hier gelebt hatte. Während sie den Landcruiser in den Schutz lehmfarbener Gebäude steuerte, erinnerte sie sich an ihren Lehrer und Mentor Theódore Monod, der einmal gesagt hatte, dass man die Wüste als Europäer nie so verstehen und lieben könne wie ein Tuareg. Selbst wenn man sein ganzes Leben hier verbracht hatte. Diese Worte stammten aus dem Munde eines Mannes, der die Wüste mehr geliebt und verehrt hatte als alle Forscher, denen Hannah je begegnet war.

»Hannah?« Abdu beugte sich zu ihr herüber. »Alles in Ordnung?«

»Ja, entschuldige«, murmelte sie. »War nur kurz in Gedanken. Es ist diese verdammte Hitze. Sie bringt mich ganz durcheinander.«

Abdu nickte und deutete voraus in den Dunst. »Halt mal kurz, da vorne winkt uns jemand. Ich bin gleich wieder da.«

Abdu öffnete die Wagentür und ging dem Mann entgegen. Sofort drang ein Schwall Staub ins Fahrzeug, der sich auf Polster und Armaturen legte. Hannah beugte sich über den Beifahrersitz und zog die Tür zu. Sie beobachtete, wie Mano Issa vom Lkw sprang und sich zu den beiden Männern gesellte. Es wurde heftig gestikuliert, wobei der Fremde immer wieder Richtung Westen deutete. Schließlich kam Abdu zurück. »Es ist ein Wachposten des nahe gelegenen Forts. Er möchte, dass wir ihm folgen.«

»Hat er gesagt, was er von uns will?«

Abdu nickte. »Er will uns dem hiesigen Kommandanten vorstellen und unsere Papiere kontrollieren.«

»Natürlich, die Papiere. Wie konnte ich das nur vergessen? Ich kann nur hoffen, dass es keine Schwierigkeiten gibt. Am liebsten würde ich mich hier hinlegen und schlafen.«

Der Fremde ging in Begleitung von Mano Issa vor dem Konvoi her, als sie im Schritttempo auf das Fort zusteuerten. Die militärische Konstruktion ragte wie ein Fremdkörper aus dem grünen Akaziendach heraus. Der weiße, unversehrte Beton ließ darauf schließen, dass die Anlage erst vor kurzem renoviert und ausgebessert worden war. Hannah zog die Stirn in Falten. Wie so oft in diesen Ländern schien das Militär über fast unbegrenzte finanzielle Mittel zu verfügen, während die Bevölkerung in Armut versank. Ihr Führer winkte einem der Wachposten auf der Mauer zu. Kurze Zeit später wurde das schwere Metalltor zur Seite geschoben, und der Wachposten wies sie an, die Fahrzeuge abzustellen und ihm zu folgen.

»Na, dann wollen wir mal«, schnaubte Hannah, öffnete das Handschuhfach und griff nach einem Wust von Papieren. »Audienz bei Seiner Majestät. Kommst du?«

Die anderen Fahrzeuge stellten sich neben den Landcruiser und spuckten müde, überhitzte Menschen aus. Hannah bemerkte, dass auch Irene, die sie für unverwüstlich gehalten hatte, matt und träge wirkte. Alle streckten sich und stießen Verwünschungen aus. Chris trat neben sie und wischte umständlich den Staub von seiner Nase. »Was geschieht jetzt? Dürfen wir hier bleiben?«

»Das wird sich noch herausstellen,« antwortete Hannah. »Ich weiß nichts über den Mann, der hier das Kommando hat, aber ich schätze, es wäre unklug, ihn lange warten zu lassen. Also, wer kommt mit?«

Die meisten Mitglieder des Teams hoben die Hand.

»Vielleicht ist es besser, wenn wir eine Wache zurücklassen. Auf jeden Fall sollte die bewaffnete Eskorte hier draußen bleiben. Ich habe keine Lust, dass die sich mit den Militärs in die Haare geraten. Ich denke, es genügt, Mano Issa mitzunehmen. Er scheint hier bekannt zu sein. Außerdem schlage ich vor, dass Irene, Chris, Malcolm und Abdu mitkommen. In Ordnung?«

Nachdem sich alle mit dieser Regelung einverstanden erklärt hatten, betraten sie den Innenhof des Forts. Einige der Soldaten beobachteten ihre Ankunft mit Misstrauen. Ihrem Äußeren

nach zu urteilen, waren es keine Tuareg, sondern Schwarzafrikaner.
Der Mann, der sie hergeführt hatte, wies ihnen den Weg zu einem Seitengebäude, über dessen Wellblechdach die Hitze flimmerte. Er klopfte an und öffnete die Tür. Hannah nahm ihren ganzen Mut zusammen, senkte den Kopf und trat ein.
Das Erste, was ihr auffiel, war ein überdimensionaler Deckenventilator, der die rauchgeschwängerte Luft verwirbelte. Der Mann, der unter dem Ventilator saß und eine Zigarette rauchte, war klein, hellhäutig und kahlköpfig. Er trug eine tadellos sitzende Uniform, die seinen Körper wie eine zweite Haut umschloss. Sein Gesicht wurde von einer markanten Nase geprägt, über der zwei lebhafte Augen leuchteten.
»Ah, die Expedition, die mir aus Agadez angekündigt wurde. *Bonjour, Mesdames et Messieurs.* Verzeihen Sie, dass ich Sie draußen nicht selbst empfangen konnte, aber ich hatte noch zu arbeiten.«
Während sich Hannah noch darüber wunderte, was es in diesem entlegenen Ort wohl für dringende Amtsgeschäfte geben könne, sprang der Mann auf, drückte die Zigarette aus und reichte ihr die Hand.
»François Philippe Durand, Befehlshaber der Nordlegion des Niger. Ich bin ehemaliger Offizier der Fremdenlegion, falls es Sie wundert, ein weißes Gesicht zu sehen. Oberst Durand, wenn Sie mich mit meinem militärischen Rang anreden möchten«, sagte er und tippte lächelnd auf seine Epauletten. »Ich freue mich, Sie kennen zu lernen, und möchte Sie in der Oase Iférouane herzlich willkommen heißen.«
Hannah war überrascht. Nie im Leben hatte sie damit gerechnet, in dem Fort einem Mann mit derart gepflegten Umgangsformen zu begegnen. Sie beeilte sich, die Mitglieder des Teams vorzustellen. Der Oberst begrüßte jeden Einzelnen mit Handschlag. Danach nahm er die Papiere in Empfang und studierte

sie mit einer Gewissenhaftigkeit, die an Pedanterie grenzte. Währenddessen hatte Hannah Zeit, sich umzusehen. Außer Atlanten und Schmökern über Militärgeschichte entdeckte sie in den Bücherregalen erstaunlich viele Werke der Weltliteratur – unter anderem *Der alte Mann und das Meer, Schuld und Sühne, Hundert Jahre Einsamkeit, Jahrmarkt der Eitelkeit, Auf der Suche nach der verlorenen Zeit* sowie ein sehr zerlesenes Exemplar von Arnauds *Lohn der Angst.* Beeindruckt schüttelte sie den Kopf. Wie kam es nur, dass ein derart belesener Mann in der Einöde des *Aïr* lebte?
Es dauerte eine Ewigkeit, bis Durand seinen Kopf hob und sie mit einem zufriedenen Lächeln bedachte. *»Bon.* Die Papiere sind in Ordnung.« Er sortierte die Durchschläge, legte sie in einen abgewetzten Ordner und händigte ihnen den Rest wieder aus. »Verlieren Sie sie nicht. Es ist durchaus möglich, dass Sie im *Tamgak* von einer Patrouille danach gefragt werden. Dies ist in den letzten Jahren eine unsichere Gegend geworden. Die Tuareg-Clans haben sich unter der Führung von Ibrahim Hassad zu einer mächtigen Allianz verschworen, die uns viel Ärger bereitet. Ihr Ziel ist es, einen eigenen Staat zu gründen. Eine absurde Idee, die wir im Keim ersticken werden.« Der Oberst machte eine Bewegung mit der Hand, als wolle er eine Fliege zerdrücken. »Erlauben Sie mir die Frage, was es so Besonderes in diesem Teil der Welt gibt, dass die *National Geographic Society* eine Expedition schickt?«
Hannah spürte, dass sie diesen Mann nicht so leicht abwimmeln konnten wie den Gouverneur in Agadez. Sie entschied sich daher, mit offenen Karten zu spielen.
»Wir kommen geradewegs aus dem *Tassili N'Ajjer*, wenn man den Umweg von tausend Kilometern einmal außer Acht lässt.«
Der Oberst lachte. »Ich vermute, Sie spielen auf den Umweg über Arlit und Agadez an. Von hinten durch die Brust ins Auge, wie man so schön sagt. Nun ja, es mag einem ein wenig

umständlich vorkommen, aber so funktionieren die Dinge hier nun einmal. Europäische Geradlinigkeit ist unerwünscht. Der Verwaltungsapparat will etwas zu tun haben, und er will vor allem gut geschmiert sein. Aber bitte, fahren Sie fort.«
»Vor etwa einem halben Jahr bin ich auf außergewöhnliche Felszeichnungen gestoßen, die ein ganz neues Bild auf die Entwicklungsgeschichte der Menschheit werfen. Die *National Geographic Society* fand die Darstellungen so interessant, dass sie eine Expedition ausrüstete. Sie plante, einen Film über meine Entdeckungen zu drehen. Während der Arbeiten stießen wir auf Spuren, die direkt hierher wiesen. Mit Ihrer Erlaubnis würden wir diesen Spuren gerne folgen.«
Durand runzelte die Stirn. »Spuren? Ich möchte Ihnen ja nicht die gute Laune verderben, aber es gibt in diesem Gebirge keine Spuren. Hier ist nichts, was irgendwie außergewöhnlich oder gar sensationell wäre. Ich lebe schon seit fünfzehn Jahren in diesem Land und kenne den *Aïr* so gut wie die sprichwörtliche Westentasche. Besonders den *Adrar Tamgak*. Wie Sie sich vielleicht denken können, habe ich in diesen fünfzehn Jahren genug Zeit gehabt, um mich mit meinem Einsatzgebiet vertraut zu machen. Ich habe alle geologischen Besonderheiten und prähistorischen Felsdarstellungen aufgesucht. Sie wurden bereits vor vielen Jahren dokumentiert und sind mit denen des *Tassili N'Ajjer* nicht zu vergleichen, wenn Sie mir das bescheidene Urteil eines Laien gestatten.« Seinen freundlichen Worten zum Trotz warf er ihr einen scharfen Blick zu, als wollte er sie warnen, ihm eine Lüge aufzutischen.
Hannah entschied, dass es besser war, die Wahrheit zu sagen. Sie wussten ja noch nicht mal mit Bestimmtheit, ob sie hier wirklich etwas finden würden. Darüber hinaus lehrte sie die Erfahrung, dass es in diesem Teil der Welt verhängnisvoll war, wenn man das Militär gegen sich hatte. Sie griff in ihre Umhängetasche und zog einen großformatigen Digiprint heraus.

»Haben Sie so etwas schon einmal gesehen?« Sie konnte hören, wie Irene scharf die Luft einsog.
Der Oberst kam um den Tisch herum und beugte sich zu dem Foto herunter, das auf der frisch lackierten Tischplatte lag. Er presste seine Lippen aufeinander, während er die Aufnahme, die die Medusa zeigte, mit äußerster Konzentration betrachtete. Als er zu sprechen begann, tat er dies leise und mit Bedacht.
»Eine seltsame Darstellung. Es ist eine Art Medusa, richtig? Und hier auf dem Sockel sind Inschriften, die ein wenig an Hieroglyphen erinnern. Es sind aber keine.« Hannah zog die Augenbrauen hoch. Der Mann war ein bemerkenswert guter Beobachter.
Sein Finger glitt über das Fotopapier. »So etwas gibt es hier nicht, da gebe ich Ihnen mein Wort drauf. Weder eine Skulptur noch eine Ritzung oder Malerei. Eine derart bizarre Darstellung wäre schon vor Jahren dokumentiert worden. Was mich verblüfft, ist die Tatsache, dass sie erst jetzt entdeckt wurde. Ich dachte immer, das *Tassili N'Ajjer* sei gut erforscht.«
»Ist es auch. Im Großen und Ganzen«, sagte Hannah, während sie das Bild wieder in die Tasche steckte. »Aber es gibt immer noch Orte, die nur den Tuareg bekannt sind.«
»Ja, sie sind ein stolzes und verschlossenes Volk. Es ist nicht leicht, in ihre Geheimnisse einzudringen.« Durand bewegte sich wieder auf die andere Seite des Tisches. »Das bringt mich zu einem wichtigen Punkt. Ihren bewaffneten Tuareg ist der Zugang zum Fort untersagt, das werden Sie sicher verstehen. Sie hingegen dürfen unsere bescheidenen Quartiere gern in Anspruch nehmen. Ich möchte es Ihnen sogar sehr ans Herz legen, wenn Sie sich nicht der Gefahr aussetzen wollen, bestohlen zu werden.«
Irene setzte ihr charmantestes Lächeln auf. »Vielen Dank für das großzügige Angebot, aber ich denke, es ist für uns alle am einfachsten, wenn wir uns im Dorf eine Bleibe suchen. Wir

wollen Ihnen unter keinen Umständen zur Last fallen. Gibt es hier ein Hotel, eine Pension oder etwas Ähnliches?«

»Ich fürchte, da überschätzen Sie unsere Möglichkeiten. Es gibt zwei leer stehende Hütten am Rande des Bewässerungsgrabens, die für Gäste zur Verfügung stehen. Sie sind einfach und schmutzig. Aber wenn Sie es wünschen, werde ich veranlassen, dass sie hergerichtet werden. Außerdem werde ich Ihnen zwei Diener zur Verfügung stellen. Wollen Sie es sich nicht doch noch einmal überlegen? Wir haben hier sogar Fernsehen.«

Irene schüttelte den Kopf. »Danke, nein. Wir wissen Ihre Großzügigkeit wirklich zu schätzen, aber die beiden Hütten wären genau das Richtige für uns.«

Seine Augen ruhten eine ganze Weile auf ihr, dann klatschte er auf seine Schenkel und stand auf. *»D'accord,* dann will ich Sie nicht länger aufhalten. Ich wünsche Ihnen Glück bei Ihrer Suche und würde mich sehr freuen, über den aktuellen Stand der Dinge auf dem Laufenden gehalten zu werden.«

Oberst Durand öffnete ihnen die Tür und entließ sie in die Nachmittagshitze. Nachdem sie sich voneinander verabschiedet hatten, wandte er sich noch einmal zu ihnen um. In seinen Augen war ein seltsames Glühen.

»Fast hätte ich vergessen, es zu erwähnen. Sollten Sie auf Ihrer Expedition tatsächlich etwas finden, und sei es noch so klein und unbedeutend, versuchen Sie nicht, es vor mir zu verbergen. Alle Kunstgegenstände sind Eigentum des Staates Niger und dürfen unter keinen Umständen außer Landes gebracht werden. Ich bitte Sie, mich in dieser Beziehung nicht auf die Probe zu stellen. *Au revoir.«*

# 7

Chris erwachte aus einem Traum voller Nebel und Schatten. Die Trommeln und Gesänge der Tuareg, zu deren Klang er letzte Nacht eingeschlafen war, hallten noch immer in seinem Kopf nach. Ächzend richtete er sich auf und blickte sich um. Malcolm, Albert und Patrick schliefen noch. Gregori war schon auf und hängte, mit einem fröhlichen Lied auf den Lippen, eine große Kanne Kaffee an einen Haken über dem Feuer. Die Frauen im Nebenhaus schienen auch noch zu schlafen, jedenfalls brannte dort kein Licht.

Der Morgen kündigte sich als schmaler Lichtstreif am Horizont an. Chris gab sich einen Ruck und verließ die unbequeme Pritsche. Heute war der große Tag. Heute würden sie endlich in den *Tamgak* aufbrechen. Sollte er noch schnell eine Nachricht an Norman Stromberg absenden, jetzt, wo alle noch schliefen? Er entschied sich, es zu lassen. Erst vor zwei Tagen hatte er eine Mail über Satellit abgeschickt und wäre dabei fast von dem Wiesel Patrick überrascht worden. Stromberg war äußerst ungehalten gewesen, so lange nichts über die Entwicklung in Sachen Medusa erfahren zu haben. Doch er hatte ein Einsehen gehabt, als Chris ihm von den Schwierigkeiten während ihrer langen Fahrt berichtete. Die Gier Strombergs konnte Chris aus den knappen Zeilen deutlich herauslesen. Ohne genau zu wissen warum, spürte Chris, dass sein Auftraggeber mehr Informationen über die Mission besaß, als er zugab. Irgendetwas von beträchtlichem Wert schien am Ende der Reise auf sie zu warten. Stromberg konnte gar nicht abwarten, es in die Finger zu bekommen.

Chris zog seine abgewetzte Jeans an und streifte seinen Pullover über. Die Luft war um diese Zeit immer noch empfindlich kühl. »Guten Morgen, Gregori. Kann ich etwas von dem Kaffee haben? Ich hab ganz vergessen, wie kalt es hier nachts wird. Hab mir fast die Eier abgefroren.«

Der Grieche lächelte. »Setz dich und trink.«

Er reichte Chris einen verbeulten Blechbecher, aus dem es gewaltig dampfte. »Stark und schwarz. Ich hoffe, du magst ihn so. Zucker und Milchpulver sind uns nämlich ausgegangen.«

»Perfekt.« Chris setzte die Tasse an seine Lippen und zuckte schmerzvoll zusammen. »Verdammt. Statt sich immer neue Waffen auszudenken, sollten die besser ein Material erfinden, an dem man sich nicht den Mund verbrennt.«

»Gibt es schon«, erwiderte Gregori mit einem Grinsen. »Es heißt Porzellan. Leider ist es für Expeditionen dieser Art völlig ungeeignet. Außerdem hat Metall den Vorteil, dass man schneller wach wird.«

»Schon wahr, nur möchte ich manchmal gar nicht so schnell wach werden.« Während Chris vorsichtig in den Becher blies, stellte er fest, dass er den trockenen Humor des Griechen mochte. Gregori schenkte sich ebenfalls eine Tasse ein.

»Ich wünschte, wir hätten einen richtigen Koch mit auf die Reise genommen. Abdus Künste in allen Ehren, aber das Essen fängt an, mir zum Hals rauszuhängen. Tagein, tagaus dieselben Mehlfladen, gefüllt mit irgendeiner scharfen Soße. Oder dieser ewige Grießbrei. Ich bekomme schon Sodbrennen, wenn ich das Zeug nur rieche.« Er schüttelte den Kopf. »Vor Jahren war ich mit einer Expedition unterwegs, bei der es um das rätselhafte Verschwinden der Anasasi-Indianer ging. Die hatten einen genialen Koch dabei, Italiener, glaube ich. Man ahnt gar nicht, was das für die Moral der Truppe bedeuten kann.«

Chris stimmte ihm zu. »Das Essen ist wirklich gewöhnungsbedürftig. Aber Geduld. Vielleicht müssen wir unserem Verdauungsapparat nur genug Zeit geben, um sich auf die fremde Kost einzustellen. Ich habe es sogar geschafft, mich während eines halbjährigen Tibetaufenthalts ausschließlich von Reis zu ernähren. Es ist immer wieder verblüffend festzustellen, was für eine genügsame Maschine der menschliche Körper doch ist.« Er nahm noch einen Schluck Kaffee und blickte sich um. Die Kamele, die sie für ihre Reise in die Berge gemietet hatten, begannen wach zu werden. Dabei gaben sie Geräusche von sich, als litten sie unter massiven Verdauungsstörungen.

Gregori schüttelte den Kopf. »Merkwürdige Viecher, diese Kamele. Aber hochsensibel. Ich glaube, sie spüren, dass es bald losgeht.«

»Dromedare.«

»Wie bitte?«

»Es sind Dromedare.« Chris setzte die Tasse ab. »Kamele ist der Oberbegriff, die Familie sozusagen. Diese hier haben nur einen Höcker und werden Dromedare genannt. Und sie sind das Beste, was einem in der Wüste über den Weg laufen kann. Echte Überlebensmaschinen, und das seit Tausenden von Jahren. Bei einigen Tuareg-Stämmen ist es Brauch, lebenden Tieren Blut abzuzapfen, um daraus ein Essen zuzubereiten. Das kann einer ganzen Karawane das Leben retten.«

Gregori strich über sein Ziegenbärtchen. »Du scheinst einiges über das Leben in der Wüste zu wissen. Hast du mal längere Zeit hier gelebt?«

»So wie Hannah? Nein. Ich war je einen Monat in Tunesien

und in Äthiopien. Aber das ist lange her. Das meiste habe ich mir einfach angelesen. Die Vorstellung, mehrere Jahre hier verbringen zu müssen, jagt mir einen Schauer über den Rücken.«
»Was hältst von ihr?«
»Von der Wüste?«
»Nein, von Hannah natürlich.«
Chris merkte, dass er immer noch so müde war und dass er Gefahr lief, sich zu verplaudern. Er musste vorsichtiger sein.
»Oh, ich finde sie nett. Sie hat Humor, ist intelligent, und ohne ihre Brille ist sie ausgesprochen hübsch.«
»Eigentlich wollte ich ja wissen, was du von ihr als Wissenschaftlerin hältst. Aber da du damit angefangen hast ...« Gregori grinste schelmisch. »Läuft da was zwischen euch?«
»So wie zwischen dir und Irene?«
Der Grieche zuckte zusammen. »Ich wusste nicht, dass es so offensichtlich ist. Na ja, ist ja auch egal.«
»Entschuldige, Gregori. Ich habe das nicht herablassend gemeint. Irene ist eine sehr attraktive Frau. Ich kann dich gut verstehen. Doch Hannah ist für mich ein Rätsel. Ich werde nicht schlau aus ihr. Sie steckt voller Geheimnisse, eine Mischung, die mich schon immer fasziniert hat. Sehr introvertiert. Wenn man so lange wie sie in der Einsamkeit lebt, wird man wohl zwangsläufig verschlossen. Ob ich an ihr interessiert bin? Nein. Es ist der falsche Zeitpunkt und der falsche Ort. Außerdem würde es nicht gut gehen«, murmelte er in seine Tasse.
Gregori lächelte, aber sein Lächeln wirkte traurig. »Ich weiß genau, wovon du sprichst. Ich stecke in der gleichen Klemme. Irene ist eine schöne Frau, aber sie ist auch schwierig. Will immer ihren Kopf durchsetzen. An einem Tag ist sie zärtlich und aufmerksam, am nächsten bist du für sie nicht mehr als ein Bettvorleger. Ich habe schon alles versucht, um sie enger an mich zu binden. Nichts davon hat geholfen.«

»Vielleicht ist es genau das, was du nicht tun darfst. Wie ich Irene einschätze, hasst sie das Gefühl, irgendjemandem verpflichtet zu sein.«
»Wahrscheinlich hast du Recht. Das Problem ist nur, dass ich damit nicht klarkomme.« Gregori zuckte die Schultern. Obwohl seine Haut für einen Griechen eher hell war, verrieten seine Bewegungen den Südländer. »Ich brauche jemanden an meiner Seite, auf den ich mich verlassen kann. Jemanden, der mir Vertrauen und Liebe entgegenbringt.« Seine Augen wanderten zum Horizont, wo die erste Morgenröte aufgezogen war. »Es bricht gerade alles auseinander. Wenn ich dir einen gut gemeinten Rat geben darf: Überleg es dir zweimal, ehe du etwas mit einer Frau anfängst, die sich mit Haut und Haar der Wissenschaft verschrieben hat. Aber lass dir nicht zu viel Zeit, diese Hannah könnte mir auch gefährlich werden.« Er lachte warmherzig und ließ Chris im Unklaren darüber, ob die Bemerkung scherzhaft gemeint war oder nicht.
In diesem Moment ging im Nachbarhaus das Licht an, und Irenes Silhouette zeichnete sich im Eingang ab. Sie kam heraus, gähnte herzhaft und verschwand dann mit einer Rolle Klopapier in der Dämmerung.
Chris grinste Gregori an und hielt ihm seine Kaffeetasse hin. »Ich hoffe, dass sie nichts von unserem Gespräch mitbekommen hat. Frauen haben ein feines Gehör.«
»Keine Angst. Nicht bei dem Lärm, den die Dromedare veranstalten. Was eben gesagt wurde, bleibt unter uns, einverstanden?«

Eine Stunde später waren sie unterwegs. Chris führte die Karawane aus sechs Dromedaren an, und hinter ihnen quälte sich der Lkw die steile Piste empor. Die wertvollen Autos sowie einen großen Teil der Vorräte hatten sie im Fort zurückgelassen. Malcolm hatte jedoch darauf bestanden, die Film-

ausrüstung in greifbarer Nähe zu haben. Einerseits, weil er ein notorisch misstrauischer Mensch war, andererseits, weil gute Aufnahmen seiner Meinung nach nur dann entstehen konnten, wenn man stets bereit war.
Die Umgebung hatte sich drastisch verändert. Sie verließen das grüne fruchtbare Tal von Iférouane und drangen nun in östlicher Richtung in den *Adrar Tamgak* ein, ein Gebirge, das aus mehreren emporgestiegenen und erkalteten Magmablasen entstanden war.
Chris erinnerte sich, einmal eine Satellitenfotografie gesehen zu haben, auf der die Berge als wilde, sich überlappende Kreise zu erkennen waren, ähnlich einem Fingerabdruck. Es handelte sich um eine geologische Struktur, wie es sie auf der Erde kein zweites Mal gab. Der Anblick der Landschaft vom Rücken eines Dromedars aus war jedoch ungleich faszinierender als die Perspektive aus dem Weltraum. Felspyramiden aus rosafarbenen Granitkugeln wuchsen rechts und links ihres Weges in die Höhe – als hätte ein Riese Murmeln übereinander gestapelt. Die knackenden Geräusche, die das Material durch die stark schwankenden Temperaturen von sich gab, unterstrichen diesen Eindruck. Dazwischen befanden sich Wälle aus lackschwarzem Tiefengestein, die im Licht des frühen Morgens metallisch glänzten und die Erinnerung an den geheimnisvollen Obelisken wachriefen.
Niemand sprach ein Wort, als sie sich im Schatten der bizarren Formationen immer tiefer in das Gebirge hineinwagten. Ziel ihrer Reise war ein sichelförmig gebogener Canyon, der das Gebirge von Westen nach Osten durchschnitt. Chris war davon überzeugt, auf dem Obelisken einen Hinweis auf diese Form gefunden zu haben. Das Tal war für den Lkw unpassierbar, aber sie hatten beschlossen, die bewaffnete Eskorte, das Kameraequipment und Teile des Proviants so nahe wie möglich an das Erkundungsgebiet heranzubringen und dann ein Basis-

lager einzurichten, von dem aus sie ihre Erkundungen unternehmen wollten.
Er blickte auf die Uhr. Es war fast halb neun, und bereits jetzt begann die Hitze sich unangenehm bemerkbar zu machen. Es wehte kein Wind, und der Himmel hatte eine unerwartete Färbung angenommen. Unheilverkündend sah er aus, wie eine grünliche Glasglocke.
Ein Ruf von Irene ließ Chris aus seinen düsteren Gedanken auffahren. »Da vorn scheint es nicht weiterzugehen. Sieht fast so aus, als habe jemand die Straße blockiert.«
Sie ritten noch ein Stück, um das Hindernis einschätzen zu können. Wie sich herausstellte, war eine der Geröllpyramiden in sich zusammengefallen und hatte den Gebirgsweg mit mannshohen Steinbrocken versperrt. Jeder Einzelne von ihnen wog mehrere Tonnen. Ob es sich um einen natürlichen Einsturz handelte oder ob jemand die Straße mit einer gezielten Sprengung mutwillig unpassierbar gemacht hatte, war nicht festzustellen.
»Ich werde mit meinen Männern ein Stück den Hang dort hinaufklettern«, sagte Mano Issa in gebrochenem Französisch. »Nur um sicherzugehen. Wir wollen schließlich nicht in einen Hinterhalt geraten, oder?«
Irene nickte. »In Ordnung. Wir werden prüfen, wie es weitergehen kann.«
Während der Anführer der Tuareg mit einem Trupp den Hang erklomm, stiegen die Mitglieder des Teams von den Dromedaren ab. Patrick Flannery betrachtete den Hang mit einem missmutigen Gesichtsausdruck. »Wie sollen wir den Laster denn da hinüberbekommen? Wenn ihr mich fragt, ist das ein Ding der Unmöglichkeit. Die Kamele könnten es vielleicht schaffen, aber ein Lkw ... Vielleicht gibt es ja noch einen anderen Weg.«
Chris schüttelte den Kopf. »Ich habe heute Morgen in aller

Ruhe noch einmal die Karte studiert. Dies ist die einzige Zufahrt zu unserem Zielpunkt. Aber der Eingang zum Canyon befindet sich nur etwa fünf Kilometer von hier. Wenn ich die Satellitenkarte richtig interpretiere, wären wir mit dem Lkw ohnehin nicht viel weiter gekommen. Ich plädiere also dafür, die notwendigen Sachen auf die Dromedare zu packen und den Rest zu laufen.«

Irene nickte. »Sehe ich auch so. Wir sollten auf jeden Fall versuchen, das Hindernis zu überwinden, ehe wir über eine andere Lösung nachdenken. Ich glaube, wir haben die besten Chancen, wenn wir die Tiere über den rechten Hang treiben. In Ordnung?«

Es dauerte nicht lange, da kam der Spähtrupp zurück. Die Männer sahen müde, aber zufrieden aus. »Ist in Ordnung«, sagte Mano Issa. »Wir haben alles genau geprüft. Die andere Seite ist sicher.«

Malcolm klatschte in die Hände. »Dann also los. Wir müssen das ganze Zeug umladen. Ans Werk!«

Sie beeilten sich, die wichtigsten Ausrüstungsgegenstände vom Lkw auf die Dromedare zu packen. Als besonders schwierig stellte sich das Verladen der Satellitenanlage heraus, für die eigens eine Tragevorrichtung gebaut werden musste, um sie vor Erschütterungen zu schützen. Alle waren sich jedoch einig, den Aufwand in Kauf zu nehmen, um während der nächsten Tage weiterhin Verbindung mit der Außenwelt halten zu können.

Zwei Stunden später hatten sie es geschafft. Die Dromedare waren mit tatkräftiger Unterstützung der Tuareg beladen und startklar. Verärgert über das plötzliche Gewicht, das sie zu tragen hatten, brüllten sie herzzerreißend. Sie waren aber beileibe nicht die Einzigen, die sich beschwerten.

»Scheißhitze«, fluchte Malcolm, als er sich mit dem Ärmel den Schweiß von der Stirn wischte. »Mit jeder Stunde verfluche ich

den Tag mehr, an dem man uns nahe gelegt hat, diese Expedition in die Sommermonate zu legen.«
»Würdest du bitte aufhören, dich ständig selbst zu bemitleiden?« Irene funkelte den Aufnahmeleiter an. »Es bringt überhaupt nichts, sich jetzt darüber zu beklagen. Wenn du willst, dass uns jemand die Story vor der Nase wegschnappt, bitte sehr. Ansonsten verschone uns mit deiner miesen Stimmung.«
Malcolm schnaubte, hielt aber den Mund. Chris, den die Streiterei nervte, ging nach vorn und gesellte sich zu Hannah. Sie versuchte als Erste, ihr Dromedar über den Steilhang zu treiben.
»Na, gibt es Ärger da hinten?«
»Ach, es ist wieder Malcolm«, sagte Chris. »Heute passt ihm dies nicht, morgen das. Er ist ein notorischer Nörgler. Ich glaube einfach, dass er langsam zu alt wird für solche Touren.«
»Und wie ist es mit dir? Auch schon Anzeichen von Schwäche?«
Chris spielte den Entrüsteten. »Weißt du, wie alt ich bin? Bis zur Rente habe ich noch eine ganze Weile Zeit. Außerdem muss ich ordentlich Geld verdienen, ehe ich mich zur Ruhe setzen kann. Und dieser Auftrag riecht nach Geld.«
»So, es geht dir nur ums Geld. Dann bin ich ja erleichtert. Ich dachte, du hättest weiter reichende Absichten.« Hannah lächelte spitzbübisch und begann, ihr Dromedar an der Leine den Hang hinaufzuführen. »Wir sehen uns auf der anderen Seite.«
Chris war für einen Moment sprachlos. Weiter reichende Absichten? Hatte sie etwa bemerkt, dass er ihr hin und wieder einen verstohlenen Blick zuwarf? Sie schien ihn genauer zu beobachten, als ihm lieb war. Ihre Äußerung klang beinahe wie eine Aufforderung. Er spürte ein warmes Gefühl in sich aufsteigen, ermahnte sich aber, ruhig zu bleiben. Es hatte keinen Sinn, sich jetzt über eine Liebesaffäre Gedanken zu

machen. Zumal die anderen darauf zu warten schienen, dass er sich endlich in Bewegung setzte. Er griff also nach der Leine und folgte Hannah.

Die Führung eines Dromedars war weit schwieriger, als es zunächst aussah. Sein Tier, ein etwa sieben Jahre alter Bulle, der auf den Namen Boucha hörte, schnaubte verärgert und blies weißen Schaum um sich. Offenbar war er nicht willens, über das unsichere Gelände zu gehen. Je mehr Chris zerrte, umso mehr brüllte und schnaubte das Tier. Als ein großer Speicheltropfen auf seiner Brust landete und von dort auf die Hose tropfte, wurde Chris wütend. Ungehalten über so viel Trotz riss er an der Leine. Das Dromedar scharrte wütend mit den Vorderhufen, bewegte sich aber keinen Zentimeter vorwärts.

»Na los jetzt, wir haben nicht den ganzen Tag Zeit«, brüllte Chris den Bullen an. Er ging um das Tier herum und versetzte ihm einen kräftigen Schlag auf die Flanke. Boucha schleuderte daraufhin seinen Kopf herum und traf Chris mit voller Wucht an der Brust.

Als die Umnachtung nachließ, fand er sich im Staub sitzend wieder. Seine Brust schmerzte, und sein Nacken fühlte sich an, als hätte man ihm jeden Wirbel einzeln geknackt. Er rappelte sich auf. Jetzt war Schluss. Er musste dem Tier eine Lektion erteilen, so viel war sicher. Als er mit eingezogenem Kopf auf Boucha losging, kam Abdu zu ihm. »Langsam, langsam. Und vor allem: keine Gewalt! Das Tier merkt sich das bis an sein Lebensende und beißt dich bei jeder sich bietenden Gelegenheit. Weißt du nicht, wie man ein Dromedar führt?«

Chris schüttelte den Kopf und klopfte sich den Staub von der Jacke. »Keine Ahnung. Gibt es dafür ein Zauberwort?«

»So ähnlich. Pass auf. Du nimmst die Leine in die Hand und schnalzt zweimal mit der Zunge.«

»Das ist alles?«

»Versuch es.«

Chris sah Boucha mit strengem Blick an, griff nach der Leine und schnalzte. Das Tier hob den Kopf, grunzte, und dann, o Wunder, setzte es sich mit gemessenen Schritten in Bewegung. Als es an ihm vorüberging, glaubte Chris einen verächtlichen Blick in seinen Augen zu bemerken. Er ignorierte den Anflug von Jähzorn in sich und sorgte dafür, das sich der Abstand zwischen ihm und dem Tier nicht verringerte.
Es war alles andere als einfach, den Hang zu queren. Mehr als einmal geriet das Dromedar ins Rutschen, aber Chris war auf der Hut, und so gelang es beiden, unbeschadet auf die andere Seite zu gelangen. Hannah saß im Schatten eines Felsens und beobachtete sie. »Das hat aber gedauert. Gab es Schwierigkeiten?«
»Ja, Boucha und ich hatten ein paar Startprobleme. Aber wir haben darüber geredet, von Mann zu Mann, und jetzt sind wir dicke Freunde. Nicht wahr, Boucha?« Das Dromedar brüllte, dass es von den Felswänden widerhallte.
Kurze Zeit später hatte es auch der Rest der Gruppe geschafft. Die Tuareg-Eskorte amüsierte sich prächtig über das Ungeschick, das die Menschen aus dem Norden im Umgang mit den Dromedaren an den Tag legten. Besonders die Schwierigkeiten zwischen Chris und Boucha waren Gegenstand einer ganzen Reihe pantomimischer Einlagen, die stets mit lautem Gelächter endeten. Immerhin hatte die ganze Sache ein Gutes. Die Laune aller Expeditionsteilnehmer hatte sich deutlich verbessert.
Irene warf einen kurzen Blick auf die Karte. Dann hob sie den Kopf und spähte in den gelben Dunst.
»Chris hat Recht. Der Eingang zum Canyon liegt dort vorn. Ich kann bereits die beiden hohen Felszinnen erkennen, die ihn flankieren. Dahinter beginnt die endlose, halbmondförmige Schlucht, in deren Verlauf wir hoffentlich auf unser Ziel stoßen werden. Kommt, wir wollen die kurze Strecke noch bewältigen, ehe die größte Hitze einsetzt.«

Zwei Stunden nachdem sie den Eingang des Canyons gefunden und ihr Lager aufgeschlagen hatten, erreichten Chris und Hannah den Felsgrat, den sie sich für einen ersten Erkundungsgang ausgesucht hatten. Die anderen Expeditionsteilnehmer waren in der Hitze zu keiner körperlichen Anstrengung bereit gewesen, und so hatten Hannah und Chris beschlossen, allein loszuziehen.

Eine halsbrecherische Klettertour lag hinter ihnen, und sie befanden sich auf einem Sims oberhalb des Camps. Eine sanfte Brise wehte von Nordosten und kühlte ihre erhitzten Körper. Chris wischte sich den Schweiß von der Stirn. »Fantastische Aussicht hier oben«, keuchte er. »Ich wünschte, ich hätte meine Kamera nicht unten in der Schlucht vergessen. Hoffentlich entdecken wir nichts Wichtiges, sonst kann ich die Kletterei morgen wiederholen.«

»Ich glaube nicht, dass wir morgen noch hier sein werden«, entgegnete Hannah. »Wenn deine Berechnungen stimmen, müssen wir noch mindestens zwanzig Kilometer zurücklegen, ehe wir auf den Ort stoßen, der auf dem Obelisken angezeigt wurde. Ich würde ja am liebsten gleich heute Abend weiterziehen.«

»Du scheinst es ja verdammt eilig zu haben.«

»Normalerweise nicht, aber ich spüre, dass hier ein Geheimnis auf uns wartet. Stell dir vor, wir entdecken wirklich etwas. Wie schaffst du es nur, bei dem Gedanken daran so cool zu bleiben?«

»Erstens dürfen wir uns nicht zu sehr darauf versteifen, dass wir hier wirklich etwas finden. Die Chancen dafür sind minimal. Und zweitens ...«, er stockte, »... zweitens fände ich es schade, wenn diese Reise zu schnell endet.« Er warf ihr einen kurzen Blick zu. Hatte sie die Anspielung verstanden? Wahrscheinlich schon. Zumindest lächelte sie, ging aber leider nicht auf seine Bemerkung ein.

Er sah hinab ins Tal und entdeckte einige Tuareg aus ihrem Team. Sie nutzten die Zeit, um tiefer in den Canyon vorzudringen und die Gegend nach Rebellennestern abzusuchen. Es war aber unwahrscheinlich, dass sie etwas fanden. Durands Angaben zufolge konzentrierten die Rebellen ihre Aktivitäten auf die großen Zufahrtsstraßen. Ein Gebiet wie dieses zu kontrollieren, in dem es keine wertvollen Güter zu ergattern gab, wäre eine ziemlich sinnlose Angelegenheit. Trotzdem war Vorsicht geboten. Chris' Blick wanderte weiter über das zerklüftete Bergland, das in der Hitze des Nachmittags unwirklich flimmerte. Hier oben herrschte vollkommene Stille. Kein Insektengesumm, kein Rascheln von Blättern, nicht der leiseste Schrei eines Vogels waren zu hören. Es schien, als würde die Zeit stillstehen.
Plötzlich drang ein Laut an seine Ohren, ein Geräusch, das er in dieser Gegend am wenigsten erwartet hatte: das Geräusch von fließendem Wasser.
Hannah drehte sich ebenfalls um. Das Plätschern drang aus einer Felsspalte neben ihnen. Chris presste sein Ohr an den Spalt und nickte. Es war eindeutig, und es kam von der anderen Seite. Er hob den Blick und prüfte, ob es möglich war, über die Felswand zu klettern. Seine Finger fanden Risse und Spalten, die ausreichten, um daran hochzuklettern.
»Sollen wir es auf einen Versuch ankommen lassen?«
Hannah nickte.
Sie begannen, sich an dem stark erodierten Gestein hochzuziehen. Schon bald bemerkte Chris, dass Hannah eine gewandte Kletterin und viel schneller als er selbst war. Stück für Stück, Meter um Meter krochen sie in die Höhe, bis sie ihre ermatteten Körper über den Rand der Felswand stemmen konnten. Keuchend und schwitzend blieben sie liegen und gönnten ihren erlahmten Muskeln Entspannung.
Einige Minuten später richtete Chris sich auf, reichte Hannah

seine Hand und zog sie auf die Füße. Gemeinsam blickten sie auf das Wunder, das sich vor ihnen ausbreitete. Sie sahen auf ein gut fünfundzwanzig Meter langes Felsbecken, gefüllt mit dunkelgrünem Wasser.
Er sah Hannah an, und sie schien genau den gleichen Gedanken zu haben wie er. Ohne weitere Worte zu verlieren, zog sie sich das Leinenhemd über den Kopf. Im Nu war sie nackt und sprang mit einem eleganten Kopfsprung in das Becken. Prustend und lachend kam sie wieder an die Oberfläche. »Komm schon! Das Wasser ist herrlich.«
Chris zögerte noch einen Moment, dann riss er sich die Sachen vom Leib und folgte ihr in das kühle Nass. Allerdings nicht so waghalsig wic sie, sondern langsam und mit den Füßen voraus. Schließlich wollte er keinen Herzschlag riskieren.
»Feigling«, tönte es von der anderen Seite des Beckens. Hannah schwamm flink wie ein Fisch zu ihm herüber und verpasste ihm eine volle Ladung Spritzwasser.
»Na warte, das bekommst du zurück!« Chris holte tief Luft und sprang mit dem Kopf voran in die kühlen Fluten. Er wollte unter ihr hindurchtauchen und sie überraschen. Mit kräftigen Zügen zog er sich in die Tiefe. Das Wasser war so klar, dass er bis zum Grund blicken konnte. Das Becken mochte über acht Meter tief sein. Ein Teil des Bodens war mit einer eigenartigen Struktur bedeckt, die an horizontale Treppenstufen erinnerte. Er stieß noch weiter hinunter und spürte, wie der Druck auf seine Ohren zunahm. Über sich sah er Hannahs schlanke Beine, die das Wasser aufwühlten. Vor ihm erhob sich das gegenüberliegende Felsufer. Noch während er darauf zusteuerte, bemerkte er eine seltsame Struktur auf dem felsigen Grund. Sie war Besorgnis erregend vertraut. Das gebrochene Licht der Sonne wogte über die Gravur und verlieh ihr einen höchst lebendigen Ausdruck. Die Auswüchse am Kopf sahen aus, als würden sie sich bewegen und nach ihm schnappen, während

ihn ein dreilappiges Auge bösartig anfunkelte. Er stieg, so schnell er konnte, an die Oberfläche auf. Oben angekommen, schloss er die Augen vor der plötzlichen Helligkeit, während er nach Luft japste. Es dauerte einige Sekunden, bis er wieder sprechen konnte, und als er seine Stimme wiederfand, kamen die Worte stoßweise.

»Medusa«, keuchte er. »Direkt unter unseren Füßen.«

# 8

Die Nacht war mondlos und sternenklar. Es war kurz nach drei, und alle schliefen – bis auf Chris, der sich so sicher fühlte, dass er es gewagt hatte, per Satellit eine Videoschaltung aufzubauen.
»Und Sie haben sie wirklich ganz genau gesehen?«
Norman Strombergs Gesicht schob sich ein wenig näher an das Objektiv der Webcam. Noch etwas näher, und er würde sich seine breite Nase an ihr platt drücken.
»Jawohl, Sir. Sie hatte einen Durchmesser von etwa einem Meter. Natürlich wirkte sie unter Wasser größer, aber die Details lassen keinen Zweifel zu, dass sie aus derselben Periode stammt wie die Tassili-Skulptur. Endlich haben wir wieder eine Spur.«
»Großartig. Ich wünschte, ich könnte sie mit meinen eigenen Augen sehen.« Stromberg lehnte sich zurück und gab den Blick auf sein mahagonigetäfeltes Arbeitszimmer frei. Chris erkannte, dass die Kamera auf dem zentnerschweren Holztisch stand, der den Raum beherrschte.
Nur ein einziges Mal in seinem Leben hatte er das Allerheiligste seines Arbeitgebers betreten, doch er erinnerte sich daran, als sei es gestern gewesen. Rechts vom Eingang stand eine mannshohe Ming-Vase. Links hing eine Steintafel aus Assyrien, die König Assurbanipal zu Pferde bei einer seiner gelieb-

ten Löwenjagden zeigte. In den Regalen zu beiden Seiten des Raums reihten sich goldene Trinkkelche aus Persepolis neben bemalten Krügen aus dem Palast von König Minos. Umrundete man die viertausendsiebenhundert Jahre alte goldene Harfe der Königin, die unter anderem ein Bildnis von König Gilgamesch im Kampf gegen zwei Stiere aufwies, fand man sich vor ebenjenem Tisch wieder, auf dem jetzt die Kamera stand. Die kleine Auswahl von Kunstgegenständen, die Stromberg in seinem Arbeitszimmer aufbewahrte, stand stellvertretend für zahlreiche Museen und Hunderte von streng gesicherten Fundstätten rund um den Globus. Die in Gold gefasste Weltkarte im Rücken des monumentalen Ledersessels markierte jeden einzelnen Ort des Imperiums.

Strombergs Reichtum beruhte auf ausgedehnten Ölvorkommen in Alaska und dem Besitz der weltweit größten Tankerflotte. Er galt als einer der reichsten Männer der Welt. Doch schien er sich aus dem Reichtum nur insofern etwas zu machen, als ihm sein Geld den Weg zu immer neuen archäologischen Wundern ebnete. Fragte man ihn, was für ein Gefühl es sei, mehrfacher Milliardär zu sein, lief man Gefahr, vor die Tür gesetzt zu werden. Zeigte man ihm aber ein Mosaiksteinchen oder eine alte angelaufene Münze, begannen seine Augen zu leuchten. Dann konnte es geschehen, dass man in ein stundenlanges Gespräch über Weltgeschichte verwickelt wurde. Chris war ihm 1996 anlässlich des Weltklimagipfels in Kyoto begegnet, als er einen Vortrag über das rapide Abschmelzen des antarktischen Schelfeis-Gürtels hielt. Sein fundiertes Wissen über die klimatischen Veränderungen im Laufe der letzten hunderttausend Jahre schien den Milliardär beeindruckt zu haben. Er hatte ihn daraufhin zu einem Essen in einem teuren Restaurant eingeladen, wo sie alles um sich herum vergaßen und stundenlang Geschichten und Erfahrungen austauschten. Strombergs Augen hatten geleuchtet, als Chris ihm erzählte,

dass seine eigentliche Liebe der Archäologie galt, und er hatte ihm ein Angebot unterbreitet, das er nicht ausschlagen konnte.
»Wann werden Sie das Zielgebiet erreicht haben?« Strombergs Stimme riss Chris aus seinen Erinnerungen.
»Ich vermute, noch im Laufe des Tages, Sir. Vorausgesetzt, es kommt nichts Unerwartetes dazwischen.«
»Sehr gut. Ich wünsche ein Maximum an Sicherheit und Zurückhaltung während dieser entscheidenden Phase. Kontaktieren Sie mich nur, wenn es unbedingt nötig ist oder wenn Sie etwas Bedeutendes gefunden haben. Ich will Ihnen zu Ihrer eigenen Sicherheit keine genauen Informationen geben. Aber ich spüre, dass wir jetzt ganz nah dran sind.«
Chris ahnte nicht, worauf sich Strombergs Vermutungen stützten, aber er war sich bewusst, dass der Mann über einen siebten Sinn verfügte. Man war gut beraten, diese Vorahnungen ernst zu nehmen. »Ist in Ordnung, Sir. Ich werde jetzt abschalten, ehe jemand unser Gespräch mitbekommt. Sicher ist sicher.«
Strombergs Gesicht näherte sich wieder der Kamera. »Eins noch, Carter. Ich wurde darüber in Kenntnis gesetzt, dass ein konkurrierendes Unternehmen, mit dem ich schon in der Vergangenheit viel Ärger hatte, Wind von der Sache bekommen hat. Ich verfüge zwar noch nicht über detaillierte Informationen, aber es ist möglich, ja sogar wahrscheinlich, dass sie ebenfalls einen Agenten auf die Sache angesetzt haben.«
Chris spürte, wie eine Gänsehaut seinen Rücken entlangkroch.
»Uns ist ein gegnerisches Team auf den Fersen?«
»Schlimmer, Carter. Viel schlimmer. Ich habe Grund zu der Annahme, dass es sich um einen Maulwurf handelt.«
»Sir?«
»Carter, wenn ich richtig informiert bin, befindet sich der fremde Agent bereits in Ihrer Gruppe.«

Das Licht des frühen Morgens kroch über die Felslandschaft, und Chris erwachte aus einem bleiernen Schlaf. Alle waren schon auf den Beinen und eifrig damit beschäftigt, das Lager abzubauen. Die Entdeckung der neuen Medusa hatte auf die anderen Mitglieder des Teams wie eine Energiespritze gewirkt. War sie ein Vorbote größerer Entdeckungen? Die Gruppe war unruhig und voller Tatendrang.
Chris gähnte und kroch aus dem Schlafsack. Das Gespräch letzte Nacht hatte ihn beunruhigt. Er fühlte sich müde und ausgezehrt. Mit mechanischen Handgriffen zog er sich seine Sachen über, rollte den Schlafsack zusammen und hockte sich an die Feuerstelle. Unauffällig blickte er sich um. Er konnte es immer noch nicht glauben, dass jemand aus diesem Team für die Konkurrenz arbeiten sollte. Die Vorstellung war einfach absurd. Irene, Malcolm, Albert, Gregori und Patrick waren durch mehrere Jahre harter Arbeit zusammengeschweißt worden. Jeder kannte jeden, so dass ein Zugriff von außen schwierig, wenn nicht sogar unmöglich war. Genau genommen war er der einzige Fremdkörper in der Gruppe. Er war sich jedoch im Klaren darüber, dass er Strombergs Warnung nicht in den Wind schlagen durfte.
Die Sache begann ihm über den Kopf zu wachsen. Jetzt genügte es nicht mehr, unerkannt zu bleiben, nein, er musste auch noch einen vermeintlichen Gegenspieler enttarnen. Und wofür das Ganze? Stromberg hatte mit keinem Wort erwähnt, was sie hier eigentlich suchten. Es war eine verdammte Zwickmühle.
»Na, ausgeschlafen?« Hannah hatte sich unauffällig neben ihn gesetzt. Sie griff nach dem Kaffeetopf und schenkte sich einen Becher ein.
In diesem Moment kam er auf die Idee, ihr alles zu erzählen. Ihr seinen Auftrag und sein falsches Spiel zu offenbaren und sie vor dem vermeintlichen Maulwurf zu warnen. Doch der

Gedanke an die Konsequenzen einer solchen Beichte ließ ihn die Idee schnell wieder verwerfen.

»Habe schlecht geschlafen, das ist alles«, murmelte er.

»Das hätte ich auch, wenn ich die halbe Nacht durch die Gegend geschlichen wäre.« Die Stimme kam von Malcolm Neadry, der in einigen Metern Entfernung sein Dromedar bepackte. Sein Blick war von offenem Misstrauen geprägt. Auch die anderen schienen mitbekommen zu haben, dass etwas nicht stimmte. Chris fluchte innerlich über so viel Aufmerksamkeit, spielte aber den Ahnungslosen.

»Ich hab manchmal Probleme beim Einschlafen. Na und? Um euch nicht zu stören, habe ich mich ein paar Meter vom Lager entfernt. Hast du irgendwelche Probleme damit?« Chris spürte, dass seine Stimme eine Spur zu aggressiv war. Das machte nur diese verdammte Müdigkeit. Malcolm aber ließ sich nicht aus der Ruhe bringen und lächelte kalt. »Du vergisst, dass wir sehr aufmerksame Begleiter haben.« Er deutete auf die bewaffneten Tuareg, die in luftiger Höhe ihren Beobachtungsposten eingerichtet hatten. »Mano Issa hat mir vorhin berichtet, dass du am Satellitenreceiver herumgefummelt hast. Ich kann nur hoffen, dass du keine Geheimnisse ausplaudern wolltest. Diese Expedition steht immer noch unter der Leitung von Irene und mir. Wenn irgendjemand darüber zu entscheiden hat, wann welche Informationen nach draußen gelangen, dann sind wir das. Verstanden?«

Chris spürte, wie sich plötzlich alle Augen auf ihn richteten. Er konnte nicht behaupten, dass ihm das angenehm war. Diese Blicke und die erwartungsvolle Stille ließen ihn schlagartig wach werden.

»Ich habe nur einen Systemdurchlauf gemacht, das war alles. Ihr wisst doch, dass man den Check am besten dann macht, wenn es nicht so heiß ist. Und da ich ohnehin wach war, dachte ich, ich könnte mal prüfen, ob die Anlage durch den gestrigen Marsch Schaden genommen hat. Aber ich kann euch beruhigen, es ist alles in Ordnung. Kann ich jetzt in Ruhe meinen Kaffee trinken?«

Alles wandte sich wieder der Arbeit zu. Man schien seinen Worten Glauben zu schenken. Nur Malcolm nicht. Er war immer noch nicht zufrieden.

»Du hast an der Anlage nichts verloren. Ich wünsche nicht, dass irgendjemand ohne vorherige Genehmigung daran herumfummelt. Ist das angekommen?«

Chris hob entschuldigend beide Hände, sagte aber kein Wort.

»Ist ja gut«, mischte sich Irene ein. »Die Sache ist erledigt. Wir brauchen kein weiteres Wort mehr darüber zu verlieren. Nicht wahr, Malcolm?«

Neadry schien immer noch zornig zu sein. Unwirsch nestelte er an seiner Weste herum. »Ich werde schon noch herausfinden, was du tatsächlich an der Anlage gemacht hast.«

»Malcolm!«

»Ja, ja. Ich hab's kapiert.« Mürrisch verzog er sich in Richtung seines Lastdromedars.

»Mann, der hat ja eine Laune.« Hannah leerte ihre Tasse und erhob sich. »Da kann einem richtig unheimlich werden.«

»Er hat ja Recht«, lenkte Chris ein. »Es ist meine Schuld. Ich hatte wirklich nichts an der Anlage verloren, und dass ich gleich so giftig wurde, liegt nur daran, dass ich schlecht geschlafen habe. Wird nicht wieder vorkommen.«

Ohne weitere Worte zu verlieren, schulterte er seinen Rucksack und schlenderte zu Boucha, der seinen Führer fröhlich grunzend begrüßte. Doch Chris war für solche Freundschaftsbekundungen noch nicht empfänglich. Dieser Neadry ging ihm noch im Kopf herum. Er nahm sich vor, ihn bei passender Gelegenheit genauer unter die Lupe zu nehmen. Möglicherweise war er ja derjenige, auf den Strombergs Warnung zutraf.

Drei Stunden später hatten sie den größten Teil der Strecke zurückgelegt. Die Umgebung hatte sich schon wieder deutlich verändert, wie Chris bemerkte. Die Felsen des *Adrar Tamgak* wuchsen um sie herum in die Höhe, wie eine von Titanen erbaute Felsenburg. Wuchtig und düster. Immer enger rückten die Wände des Canyons zusammen. Er zog die Karte heraus und versuchte ihren Standort zu bestimmen. Die erstarrte Magmablase, in deren Gebiet sie sich befanden, wies, aus der Luft betrachtet, einen Durchmesser von über sechzig Kilometern auf. Genau genommen war der Canyon ebenfalls Teil dieser Ringstruktur. Er markierte den äußeren Rand einer zweiten, noch gewaltigeren Blase, die vor Urzeiten an die Erdoberfläche gestiegen und dort erkaltet war. Die Schlucht stieg, einen Bogen nach Osten schlagend, allmählich auf eine Höhe von tausendvierhundert Metern an.
»Verlier den Anschluss nicht«, rief Hannah ihm fröhlich winkend zu. Er blickte auf und merkte erst jetzt, dass die anderen ihn bereits überholt hatten. Schnell steckte er die Karte ein und beeilte sich, den Rückstand wieder wettzumachen.
Nach und nach tauchten Dumpalmen auf, die zwar Schatten spendeten, deren harte Früchte aber so schlecht schmeckten, dass sie von den Tuareg nur in allergrößter Not gegessen wurden. Das jedenfalls hatte er in einem Reisebericht gelesen. Allmählich wurde die Strecke unwegsamer. Die Lastkamele fingen an, sich mit tiefen, röhrenden Lauten über den steinigen Untergrund zu beschweren. Ihre tellerförmigen Füße waren Sandboden gewohnt. Sie waren nicht geschaffen für ein Gelände, das mit rund geschliffenen Granitkugeln übersät war. Ihr Wehklagen hallte von den Wänden wider.
Chris starrte auf die schwarzen Wände, die auf beiden Seiten in den Himmel wuchsen. So musste sich Odysseus gefühlt haben, als er mit seinen Schiffen Skylla und Charybdis passierte. Fast erwartete Chris, den Kopf des mythischen Unge-

heuers über sich auftauchen zu sehen. Schaudernd wandte er sich ab.
Hannah, die jetzt an der Spitze des Zuges ging, hob die Hand. »Seht mal da vorne«, rief sie und deutete auf eine Palme, in deren Krone sich Pflanzenmaterial verfangen hatte. Dahinter stand eine knorrige Akazie, die dieselbe Besonderheit aufwies. »Wasserstandsmarken«, fügte sie hinzu. »Treibgut, das sich bei der letzten großen Flutwelle dort oben verfangen hat.«
Chris blieb die Luft weg. Die Pflanzenreste hingen in einer Höhe von fünf Metern! Was das bedeutete, war klar. Während der Regenzeit im Herbst und Frühjahr gingen hier offensichtlich gewaltige Gewitter nieder, deren Wassermassen sich sintflutartig in die ausgetrockneten Canyons ergossen. Dort stauten sie sich binnen Minuten zu einer Flutwelle auf, die sich, Geröll und Baumstämme mit sich reißend, einen Weg hinab in die Ebene bahnte. Es musste schrecklich sein, diesen Naturgewalten ausgesetzt zu sein. Chris hatte Berichte von Überlebenden gelesen, die beschrieben, wie sich das Unheil durch Bodenvibrationen und plötzlich aufkommenden Wind ankündigte. Wer dann nicht um sein Leben lief und sich in Sicherheit brachte, wurde gepackt, zermalmt und weggespült. Es hieß, in der Wüste kämen mehr Menschen durch Ertrinken ums Leben als durch Verdursten. Als Chris die Wasserstandsmarken erblickte, war er geneigt, diesen Geschichten Glauben zu schenken.
»Alles in Ordnung? Weiter geht's«, rief Hannah ihnen zu. Die Dromedare setzten ihren Weg fort, und fast augenblicklich setzte ihr Klagegebrüll wieder ein. Chris spürte die Anspannung, die auf der Gruppe lag. Abgesehen von dieser kleinen Unterbrechung, hatte seit Stunden niemand mehr ein Wort gesprochen. Selbst die Tuareg waren in Schweigen versunken. Sich inmitten dieses prähistorischen Glutofens aufzuhalten, schien auch sie zu bedrücken. Chris beschloss, dem Schweigen

ein Ende zu machen. Er beschleunigte seinen Schritt und heftete sich an die Fersen des Geologen.
»Gregori, warte auf mich.«
Mit dem grunzenden Boucha im Schlepptau dauerte es einige Minuten, bis er zu seinem Vordermann aufgeschlossen hatte. »Dieses Gebirge ist auf eine seltsame Art unheimlich«, bemerkte er keuchend. »Ich weiß, dass sich solche Gefühle für einen Geologen nicht ziemen, aber empfindest du nicht auch so?«
Die Augen des Griechen leuchteten. »Im Gegenteil. Dies ist ein Ort, wie du ihn in deinem ganzen Leben nie wieder sehen wirst. Es mag dir nicht bewusst sein, aber wir befinden uns hier im Nabel der Welt.«
»Im Nabel der Welt? Das verstehe ich nicht.«
»Sagt dir der Begriff *Pangäa* etwas?« Gregoris Frage war offenbar rein rhetorischer Natur, denn er lieferte sofort die passende Antwort. »So nennt man den Superkontinent, aus dem im Laufe der Jahrmillionen die heutigen Kontinente hervorgegangen sind. Asien, Europa, Nord- und Südamerika, Australien, die Antarktis und Afrika: Sie alle waren vor etwa dreihundert Millionen Jahren Teil einer kompakten Landmasse.«
Chris nickte. »Ist mir bekannt. Und dann setzte die Kontinentaldrift ein und begann, die einzelnen Bruchstücke, unsere heutigen Kontinente, unkontrolliert auseinander zu schieben.«
»Nicht unkontrolliert. Die Kontinentaldrift folgt einem ganz bestimmten Muster. Sie hat einen inneren Motor, den wir erst vor wenigen Jahren entdeckt haben. Tatsache ist, dass sich alle Kontinente von Afrika fortbewegen. Afrika ist das Zentrum, der Nabel, wenn du so willst, das Herz der alten *Pangäa*-Landmasse. Unter diesem riesigen Deckel, der wie eine isolierende Schaumstoffplatte wirkte, begann ein gewaltiger Konvektionsstrom aus dem Erdinneren in Gang zu kommen.«
»Ein was?«

Gregori lächelte. »Ein Konvektionsstrom. Wir haben das mal vor Jahren in einem Becken mit warmem Wasser und einer Scheibe aus Styropor simuliert. In dem ruhigen Wasser setzte beinahe augenblicklich ein Aufwärtsstrom ein, und zwar direkt unter dem Mittelpunkt der Platte. Das warme Wasser begann von ganz allein zu zirkulieren. Unter der Platte aufwärts, an den Rändern abwärts. Dort, wo das Wasser auf die Unterseite der Platte traf, musste es zu den Seiten ausweichen. Genau diese Kraft wirkte auch auf *Pangäa.* Sie reichte aus, um den Superkontinent auseinander zu brechen und die einzelnen Bruchstücke in alle Himmelsrichtungen zu schieben. Irgendwann, in etwa zweihundert Millionen Jahren werden die Teile auf der gegenüberliegenden Seite der Erde wieder aufeinander treffen und einen neuen Superkontinent bilden.«

Chris lauschte fasziniert. »Und Afrika?«

»Der afrikanische Kontinent hat sich in der ganzen Zeit kaum bewegt. Er ist etwas nach Norden gedriftet und beginnt im Osten, am Rift Valley, auseinander zu brechen, aber das Zentrum dieser gewaltigen Landmassenverschiebung lag damals genau hier. Unter unseren Füßen. Es war ein gewaltiger *hot spot.* Durch die leichte Nordverschiebung des Kontinents liegt dieses Zentrum heute etwa tausend Kilometer südlich, unter dem Vulkangebiet des Virunga-Nationalparks. Wie auch immer, die alte Magmablase, durch die wir gerade gehen, ist ein Zeugnis aus dieser Zeit. Sie wurde im Verlauf von Jahrmillionen durch Erosion freigelegt und abgetragen.«

»Dann ist dies wohl wirklich der Nabel der Welt ...«

»Und das nicht nur aus geologischer Sicht«, sagte Gregori. »Wie du weißt, ist Afrika auch die Wiege der Menschheit, die Wiege unserer gesamten Zivilisation. Aber das ist ein Thema, bei dem ich mich nicht besonders gut auskenne.«

Chris nickte abwesend. Er war auf einen Gedanken gekommen. Er fragte sich, ob es wirklich ein anderes Thema war oder ob

das alles nicht in irgendeiner Form zusammenhing. Vielleicht gab es eine Verknüpfung, die sie bisher übersehen hatten. Vielleicht waren sie genau in diesem Augenblick auf etwas gestoßen, das die losen Enden des Rätsels zusammenführte. Er spürte, dass etwas in der Luft lag. Sie bewegten sich hier auf den Spuren eines uralten Geheimnisses.
Und sein Auftraggeber, Norman Stromberg, wusste davon.

# 9

Keuchend ließ sich Hannah im Schatten einer Akazie nieder. Die Mitglieder des Teams trafen nach und nach ein und setzten sich stöhnend neben sie.
»Ich glaube, wir haben es geschafft«, schnaufte sie, blickte auf ihre Karte und nickte dann. »Seht her. Dort ist der Felsendom, den uns deine Berechnungen ausgespuckt haben, Chris. Da drüben ist das kleine Seitental und hier auf unserer Seite die charakteristisch gezackte Bergkette. *Voilà!* Da wären wir.«
Patrick ließ sich neben sie fallen und streckte alle viere von sich. »O Mann. Ich habe geglaubt, dieses letzte Stück würde nie ein Ende nehmen. Ich wäre an dieser Schutthalde vorhin beinahe unter meinem Kamel begraben worden.«
Irene beugte sich vor und massierte ihre Waden. »Mir tun Muskeln weh, von denen ich noch nicht einmal ahnte, dass es sie überhaupt gibt. Hier zum Beispiel.« Sie drückte auf eine Stelle oberhalb des Hüftknochens. »Weiß irgendjemand, wie dieser Muskel heißt und wozu man ihn braucht?«
»Könnte mich irgendjemand in einer halben Stunde wecken?«, seufzte Albert. »Ich würde jetzt nämlich gern ohnmächtig werden.« Er ließ sich neben Patrick in den Sand fallen.
»Seht mal«, lächelte Chris. »Für unsere Freunde, die Tuareg, scheint das ein Sonntagsspaziergang gewesen zu sein. Die witzeln immer noch herum.«

Hannah ließ die Karte sinken und blickte zu der Eskorte hinüber. »Ich kann es auch nicht verstehen. Jetzt lebe ich schon seit so langer Zeit hier, aber es ist mir immer noch ein Rätsel, wie sie diese mörderischen Temperaturen aushalten. Wie macht ihr das nur?«, wandte sie sich an ihren Assistenten.
Abdu zuckte die Schultern. »Ich weiß gar nicht, was ihr alle habt. Es hat doch kaum mehr als vierzig Grad im Schatten. Angenehme Lauftemperatur.«
Hannah grinste und warf einen kleinen Stein nach ihm. »Ich glaube, ihr Tuareg verfügt einfach über einen anderen Metabolismus.«
»Sie hatten ja auch Tausende von Jahren Zeit, sich anzupassen«, stöhnte Irene. »Ich für meinen Teil würde jetzt ein Vermögen für ein kühles Bad geben. Kaltes, perlendes Bergwasser. Etwas in der Art wie dieser Tümpel, in dem ihr beide gebadet habt.« Um ihren Mund spielte ein spitzbübisches Grinsen, als sie Chris und Hannah ansah. »Ich glaube, das würde mir jetzt gefallen.«
Während sie so plauderten, wurden die Kamele von den Tuareg in den Schatten der Palmen geführt, wo sie sich sofort niederlegten. Nach und nach verstummte ihr Röhren, während sie anfingen, genussvoll wiederzukäuen.
Ein leichter Wind setzte ein und blies staubfeinen Sand über den Boden. Hannah gab die Karte an die anderen Teammitglieder weiter. Manche betrachteten sie und verglichen sie mit der Umgebung, andere warfen nur einen oberflächlichen Blick darauf und ließen sich dann wieder erschöpft auf dem Boden nieder. Malcolm griff nach seiner Feldflasche und schüttete sich Wasser über Kopf und Hemdkragen. Dann gab er die Flasche an Irene weiter und sah sich um.
»Das ist also das gelobte Land. Und wie geht's jetzt weiter?«
»Ich fände es klug, hier unser Basislager einzurichten«, meldete sich Abdu, der von allen Anwesenden die meiste Erfahrung

mit Wüstencamps hatte. »Da wir weder genau wissen, was wir suchen, noch, wo es zu finden ist, könnte es sein, dass wir Tage, wenn nicht sogar Wochen hier verbringen müssen. Ein festes Lager ist auf jeden Fall die beste Lösung. Von hier aus starten wir dann zu unseren Erkundungsgängen. Die bewaffneten Tuareg sollten die Umgebung baldmöglichst nach Rebellen absuchen. Wenn die Gegend sicher ist, könnten sie mit Hilfe der Dromedare eine Nachschubkette bilden. Ich denke, dass wir etwa einmal pro Woche frisches Wasser brauchen werden, vorausgesetzt, wir finden keines vor Ort.«

»Klingt vernünftig.« Malcolm wischte sich die letzten Wassertropfen aus dem Gesicht. »Wir sollten jedoch zunächst damit beginnen, einen geeigneten Platz für das Lager zu suchen. Er sollte geschützt, schattig und eben sein. Albert, schnapp dir Mano Issa, los geht's!«

»Muss das sein? Ich war gerade so schön am Eindösen. Warum gerade ich?«

»Weil ich dich im Moment entbehren kann. Wir sind hier nicht zum Vergnügen. Also, macht schon.« Er klatschte in die Hände. Der dürre Mann rappelte sich auf und schlenderte lustlos zu den Tuareg hinüber, die im Begriff waren, im Schatten einer Akazie Tee zu brühen. Hannah beobachtete einen kurzen Wortwechsel zwischen ihnen, dann stand Mano Issa auf und folgte Albert. Malcolm stemmte seine Hände in die Hüften. Er hatte sich offenbar vorgenommen, den Chef zu spielen, und Irene schien zu müde zu sein, um ihm zu widersprechen.

»Wenn es euch nichts ausmacht, werde ich noch ein paar Aufgaben verteilen. Patrick, Gregori und Chris, ihr werdet die Satellitenanlage auspacken und aufbauen. Ich denke, der Felsvorsprung dort drüben wird für unsere Zwecke genügen. Achtet darauf, dass ihr hoch genug seid, sonst bekommen wir wegen des eingeschränkten Sichtfelds keinen klaren Empfang. Wenn ihr Probleme habt, fragt Chris, er hat ja schon Übung im

Bedienen des Gerätes.« Er warf dem Klimatologen einen giftigen Blick zu. »Ihr könnt bei der Gelegenheit auch gleich die neuesten GPS-Daten abrufen. Achtet aber darauf, dass ihr mindestens drei geostationäre Satelliten anpeilt. Ich will auf den Meter genau wissen, wo ich bin. Irene, Hannah und Abdu, ihr werdet mir beim Vorbereiten der Kameraausrüstung helfen. Vielleicht haben wir Glück, und ich kann gleich heute Abend noch ein paar schöne Aufnahmen machen.« Mit diesen Worten stapfte er zu den Kamelen.

»Wichtigtuer«, beschwerte sich Patrick. »Er hätte uns wenigstens eine halbe Stunde lang in Ruhe lassen können. Stattdessen sollen wir uns während der größten Hitze des Tages abrackern.« Er spuckte vor sich in den Boden.

»Aber er hat Recht.« Hannah richtete sich auf. Sie war selbst überrascht davon, dass sie mit Malcolm einer Meinung war. »Es wird nur noch etwa vier Stunden lang hell sein. Wir müssen uns beeilen, damit wir alles bis zum Einbruch der Dunkelheit schaffen.«

Irene klopfte sich den Staub von der Hose. »Na gut. Ich verspreche euch zur Feier des Tages zwei Flaschen vom 93er *Chateau Poujeaux*. Habe ich für besondere Anlässe mitgebracht. Jetzt dürfte er geschüttelt und gerührt sein und garantiert Zimmertemperatur haben. Einverstanden?«

Die Nacht kam mit Gesang und Gelächter. Das großartige Essen und der versprochene Wein wirkten Wunder. Selbst Malcolm, der bis zur letzten Minute unter Anspannung gestanden hatte, stand schwankend auf und gab seine Lieblingswitze zum Besten. Jeder hatte die Kalauer schon mindestens dreimal gehört, aber seine Darbietung war so grandios, dass Hannah, geschwächt von der letzten Etappe und dem Alkohol, vor Lachen vom Stuhl rutschte. Danach folgte eine musikalische Darbietung von Irene, Patrick und Albert, die sich einige

Gershwin-Klassiker vorgenommen hatten. Das Ergebnis war bemerkenswert, wenn auch nicht unbedingt im positiven Sinne. Um die Nerven der Anwesenden wieder zu beruhigen, spielte Albert einige Variationen aus Herbie Hancocks *Cantaloupe Island* – mit tatkräftiger Unterstützung von Patrick, der den Takt auf Töpfen und einem hohlen Baumstamm schlug. Chris verblüffte sie danach mit zahlreichen Taschenspielertricks, in deren Verlauf er einige Eier hinter Hannahs und Irenes Ohren hervorzauberte. Als Abdu erkannte, dass diese aus seiner gut gesicherten Vorratskiste stammten, begann eine wilde Verfolgungsjagd um die Zelte. Selbst die Tuareg, die noch eine anstrengende Begehung der angrenzenden Täler hinter sich gebracht hatten, kamen herbei und lachten lauthals. Die Stimmung war auf dem Höhepunkt, als alle Hannah bedrängten, auch etwas vorzuführen. Zuerst sträubte sie sich, doch nachdem man ihr noch ein Glas Wein versprochen hatte, stimmte sie zu. Sie kündigte eine Kostprobe ihrer Hypnosefähigkeiten an, vorausgesetzt, dass sich ein Freiwilliger fand. Malcolm, den alle für das ideale Opfer hielten, wehrte sich mit Händen und Füßen. »Lasst mich bloß in Frieden mit diesem Quatsch. Nachher laufe ich auf allen vieren, belle und mache Männchen. Danke, ohne mich. Ich kann mir als Leiter des Filmteams einen solchen Autoritätsverlust nicht leisten.« Auch die Tuareg weigerten sich, als Freiwillige herzuhalten. Ihre Reaktion deutete darauf hin, dass sie regelrecht Furcht vor diesem Experiment zu haben schienen. Einige rutschten unruhig hin und her, andere machten sogar Anstalten, sich davonzustehlen. Hannah, die nicht vorhatte, die Männer zu kompromittieren, beschloss, die Sache abzukürzen, und zeigte einfach auf Patrick.

»Hier sehe ich einen Freiwilligen«, rief sie. »Vielen Dank für deine Meldung.« Patrick blickte sich irritiert um.

»Aber ich hab doch gar nicht ...«

Weiter kam er nicht, denn sein Widerspruch ging im Jubel der Anwesenden unter. »Bravo, Junge, das nenne ich Mut«, rief Chris. »Schade, dass ich zu blau bin, um aufzustehen, sonst hätte ich mich selbst gemeldet.«
Patrick ging mit einem schiefen Lächeln nach vorn und verneigte sich ungelenk. Offensichtlich hatte er etwas zu viel getrunken. Umso besser, dachte Hannah. Das würde die Demonstration erheblich vereinfachen.
»Ihr habt es ja so gewollt. Da ich weder singen noch Witze vortragen kann, möchte euch heute Nacht eine kleine Demonstration von der Macht der Suggestion geben«, sagte sie. »Bitte hört auf zu reden, stellt das Rauchen ein und die Rückenlehnen senkrecht und konzentriert euch auf mich und das Medium. Jede Ablenkung kann zum Scheitern des Experimentes oder im schlimmsten Fall zu einer Gefährdung des Mediums führen.« Erwartungsvolles Gemurmel war zu hören.
»Ist das dein Ernst?« Patricks Nase wurde blass.
»Ich mache nur Spaß«, flüsterte Hannah und zwinkerte ihm zu.
»So, und nun bitte ich alle Anwesenden um absolute Aufmerksamkeit. Patrick, setz dich bitte hier vor mich hin, und sieh mir genau in die Augen.«
Hannahs Talent zur Hypnose war angeboren. Schon als Kind hatte sie ihre Altersgenossen mit der Fähigkeit, sie ohne zu zwinkern anzusehen, beeindruckt. Später, während der Studienzeit, trat sie vor ihren Kommilitonen auf und verdiente sich so nebenher etwas Geld. Hypnose war für sie ein Kinderspiel, wenn die Voraussetzungen stimmten. Und an diesem Abend waren sie geradezu perfekt.
Sie platzierte sich neben der Gaslaterne, so dass ein schmaler Lichtstreifen über ihre Augen fiel. Der Rest ihres Gesichtes lag im Schatten. Dann zog sie den Beryll heraus, den sie immer an einem Lederband um ihren Hals trug, und hielt ihn hoch. Das Licht brach sich hundertfach in den Facetten des Kristalls und

zauberte leuchtende Punkte auf die Gesichter der Anwesenden. Sie war sich darüber im Klaren, dass dies selbst für jemanden, der nicht an Magie glaubte, ein wirkungsvoller Effekt sein musste.

Als sie die Einleitungsworte sprach, klang ihre Stimme dunkel und geheimnisvoll. Langsam versetzte sie den Kristall in eine Pendelbewegung. »Patrick Flannery, ich werde dich nun über fünf Stufen hinweg in einen Zustand der Tiefenentspannung führen, in dem nur meine Stimme zu dir vordringt. Der Klang meiner Stimme führt dich in die Tiefe deines Unterbewusstseins, und allein der Klang meiner Stimme vermag dich wieder herauszuführen. Daher möchte ich, dass du dich ausschließlich auf meine Stimme und den Kristall konzentrierst.

Eins: Dein Körper wird warm und schwer. Du spürst, wie sich die Wärme bis in deine Fingerspitzen ausbreitet. Du bist vollkommen entspannt, doch dein Geist ist wach und aufnahmebereit ...

Zwei: Wärme steigt an deinem Nacken hoch und breitet sich wie warmes Wasser hinter deinen Augen aus. Du spürst, wie deine Schultern schlaff werden und nach vorn sinken. Deine Augenlider werden schwer und beginnen sich langsam zu schließen ...«

Hannah bemerkte Unruhe bei den Tuareg, als sich Patricks Augen tatsächlich schlossen. Hannah war zufrieden. Entweder war Patrick ein guter Schauspieler oder ein ideales Medium.

»Drei: Du bist jetzt in einem Zustand vollkommener Ruhe. Du spürst, wie die Wärme dich emporhebt. Du schwebst, leicht wie eine Feder ...

Vier: Dein Geist löst sich vom Körper. Du kannst alles sehen und alles hören. Du bist hellwach und erinnerst dich an jede Einzelheit in deinem Leben. Nenne mir jetzt deinen Namen und den Ort deiner Geburt.«

Patrick bewegte den Mund. Erst ganz leise, dann immer deutlicher drang seine Stimme an ihre Ohren. Sie klang, als käme sie aus großer Entfernung.

»Mein Name ist Patrick Jonathan Flannery. Geboren wurde ich in Baltingglass, am Fuße der Wicklow Mountains.«

»Erzähl uns, was an deinem ersten Schultag geschah.«

»Meine Eltern brachten mich zur Gladstone Elementary School. Ich trug meine Schuluniform, und meine Schuhe glänzten wie Metall, so hatte ich sie geputzt. Meine Lehrerin, Mrs. Druian, erwartete mich bereits. Sie hatte ihre schwarzen Haare streng nach hinten gebunden, und auf ihrer Nase trug sie eine Brille mit schmalem Silberrand.«

Hannah atmete tief durch. Es hatte geklappt. Nun kam der wirklich interessante Teil. »Vielen Dank, Patrick, das war sehr gut. Du bist nun völlig entspannt und bereit, noch tiefer in dein Unterbewusstsein vorzudringen. Wir kommen nun zum letzten und entscheidenden Abschnitt deiner Reise.

Fünf: Dein Geist ist vollkommen losgelöst und kann frei umherschweifen. Du bist in der Lage, durch die Zeiten zu fliegen. Du erinnerst dich an Dinge, die vor langer Zeit geschehen sind, und an Dinge, die noch geschehen werden. Erzähl uns von dem Tag, an dem dein Vater um die Hand deiner Mutter angehalten hat.«

Es dauerte eine kurze Zeit, bis er weitersprach. Als müsse er sich erst neu orientieren. »Ich sehe sie genau vor mir.« Patricks Stimme war klar und deutlich zu hören. »Donal, mein Vater, kommt mit Großvater die Straße von Tullow herauf. Sie sind auf dem Viehmarkt gewesen, wo sie drei Schafe und vier Puten mit gutem Gewinn verkauft haben. Zur Belohnung erhält Vater vier Pfund Sterling, mit denen er machen darf, was er will. Auf diesen Tag hat er lange gewartet. Von dem Geld kauft er eine Cremetorte bei *Macey's* und einen Strauß Veilchen bei Madam Cole. Damit rennt er zum Haus der O'Brians, in dem Claire, meine Mutter, wohnt. Ich kann sie sehen, wie sie im

Garten steht und Unkraut jätet. Ihr blau-weiß kariertes Kleid flattert im Wind. Dann sieht sie Donal den Hügel heraufkommen. Wie angewurzelt steht sie da, denn sie ahnt, was er vorhat. Donal hat das Gartentor noch nicht erreicht, als er stolpert und der Länge nach hinfällt. Die Blumen fliegen im hohen Bogen durch die Luft und landen auf der Gartenmauer. Die Torte aber bleibt wie durch ein Wunder unversehrt, denn Donal hat es geschafft, sie auf seiner Hand auszubalancieren. Allerdings zerreißt er sich den Ärmel seiner Jacke und stößt sich den Ellbogen blutig. Claire ist entsetzt. Sie zerrt ihn ins Haus, um ihn zu verbinden, und sagt zu allem Ja. Sogar, als er um ihre Hand anhält.«

Patrick erzählte die Geschichte mit ausdrucksloser Miene. Alle anderen jedoch verkniffen sich ein Lächeln. Auch Hannah musste sich zwingen, ernst zu bleiben.

»Das war sehr gut, Patrick. Nun möchte ich, dass du noch weiter zurückgehst. Weit, weit zurück, in eine Zeit, lange bevor deine Eltern lebten.«

Wieder schien er zu zögern, doch dann hob er den Kopf, als hätte er etwas gehört. Ein Lächeln breitete sich auf seinem Gesicht aus.

»Ich höre Musik«, murmelte er. »Es scheint ein Fest zu geben. Alle laufen durcheinander und freuen sich in einer Sprache, die ich nicht verstehe. Es klingt beinahe wie Gälisch. Die Menschen sind in seltsam groben Stoff gekleidet, der an manchen Stellen mit Lederbändern verstärkt ist. Sowohl Männer als auch Frauen tragen langes Haar, das zu Zöpfen geflochten ist und durch kunstvoll gearbeitete Spangen zusammengehalten wird. Ich laufe zur Mitte des Dorfplatzes, denn die wunderbaren Klänge kommen von dort. Das Dorf habe ich noch nie zuvor gesehen. Die Häuser sind klein und gedrungen und mit Reet gedeckt. In ihren Fensteröffnungen stehen bemalte Tontöpfe und Kelche. Eine Schmiedewerkstatt kann ich entdecken und eine Mühle, in der Getreide gemahlen wird. Ich kann riechen, dass irgendwo Fleisch geröstet und Brot gebacken wird. Jetzt sehe ich auch, woher die Musik kommt. Mitten auf dem Platz steht ein Altar, der über und über mit Feldfrüchten bedeckt ist. Darüber leuchtet an einem Holzpfahl ein goldenes Sonnensymbol. Einige Musiker mit Harfen und Dudelsäcken spielen ein fremdes Lied. Vor ihnen bewegen sich Mädchen mit Weizengarben in den Händen. Es sieht aus, als würden sie fliegen.« Patrick strahlte übers ganze Gesicht.

Hannah hatte Mühe, die Hypnose aufrechtzuerhalten, denn mit einem Mal entstand Unruhe unter den Zuschauern. Sie hörte Worte wie Kelten, Sonnwendfeier und Erntedankfest. Selbst der Skeptiker Malcolm Neadry wirkte beeindruckt. Sie ließ den Kristall sinken und wandte sich an ihr Publikum. »Hat jemand von euch noch eine Frage, die ich ihm stellen soll? Wenn nicht, dann würde ich ihn gern langsam aus der Hypnose holen.«

»Kann er auch in die Zukunft sehen?«, fragte Irene.

»Möglicherweise. Er ist ein sehr gutes Medium. Soll ich ihn fragen?«

Begeistertes Gemurmel erfüllte das Lager. »Ja, er soll uns sagen, was wir hier finden werden.«

»Vielleicht König Salomons Diamanten«, feixte Albert, »oder das versunkene Atlantis.«

Malcolm war aufgestanden und kam langsam näher. »Ja. Er soll uns die Zukunft voraussagen.«

Hannah spürt die Erregung unter den Anwesenden. »In Ordnung, ich werde es versuchen. Aber ich möchte euch bitten, auf euren Plätzen zu bleiben. Patrick, das war bisher sehr gut. Ich möchte nun, dass du versuchst, in die Zukunft zu reisen. Lass alles hinter dir, was dir bekannt und vertraut ist, und begib dich in eine Zeit, in der noch keiner von uns war. Sag uns, was die Zukunft bringt.«

Sekunden atemloser Spannung vergingen. Nichts geschah. Es schien, als habe Patrick ihren Wunsch nicht gehört. Hannah bereitete sich innerlich darauf vor, die Demonstration abzubrechen, als sie eine Bewegung wahrnahm. Patricks Arm bewegte sich zeitlupenartig nach oben und begann, Symbole in die Luft zu malen. Punkte, Wellenlinien und Schnörkel.
»Was tut er denn da?«
»Das war ein Wassersymbol, ich hab es deutlich gesehen«, flüsterte Chris, doch Hannah wies ihn an, den Mund zu halten.
Alle Anwesenden schienen jetzt zu merken, dass es kein Spaß mehr war. Die Hand stieg noch weiter nach oben und begann in schneller Folge auf bestimmte Abschnitte am sternenübersäten Himmel zu zeigen und sie mit weiteren Symbolen zu markieren. Plötzlich, ohne Vorwarnung, hörten sie Patricks Stimme. Sie klang merkwürdig verzerrt und zischend.
*»Anethot, Imlaran, Farass.* Das Auge vom Himmel. Für alle Ewigkeit ruht es im Herzen der schwarzen Berge, und niemand darf seinen Schlaf stören.«
Die Worte klangen gespenstisch. Hannah hatte große Mühe, sich weiter zu konzentrieren. Abdu starrte sie mit weit aufgerissenen Augen an, als wollte er sagen: Hör auf damit.
Hannah nickte und sagte: »Sehr gut, Patrick. Ich glaube, jetzt ist der Zeitpunkt gekommen, um wieder zurückzukehren. Ich möchte, dass du auf mein Signal hin wieder erwachst. Drei ... zwei ... eins.«
Doch Patrick schien sie nicht zu hören. »Ein Tunnel«, murmelte er. »Da ist ein Tunnel. Er ist schmal, seine Wände sind mit Zeichen und Symbolen bedeckt. Ich kann sie nicht erkennen. Ein seltsames Leuchten dringt aus dem Fels und lässt ihn lebendig erscheinen. Wie ein lebendes, atmendes Wesen. Weiter hinten öffnet sich der Gang zu einer Höhle. Oh, sie ...«, langsam stand Patrick auf, die Arme ausgebreitet, »... sie ist gewaltig. Ich ... es ist so dunkel, dass ich kaum etwas sehen kann. Ist das ein See?

Ja, ein See, ein unterirdischer See und darauf ... Nein. Ein Auge. Es scheint auf mich zu warten ... muss zurück.« Er taumelte.
Hannah spürte, wie ihr der Angstschweiß auf die Stirn trat. »Patrick, ich will, dass du sofort damit aufhörst. Auf mein Zeichen kommst du zurück. Sofort!«
»Das Auge. Geh weg ... lass mich in Ruhe ... ich ...« Schwankend kam Patrick auf Hannah zu, die Augen weit aufgerissen.
Auch Irene geriet in Panik. »Mein Gott, Hannah, mach endlich Schluss. Siehst du nicht, dass da etwas schief geht.« Sie schickte sich an, zwischen die beiden zu treten, doch Hannah hielt sie zurück. »Bleib, wo du bist«, zischte sie. »Ich weiß nicht, was hier vorgeht, aber er steht nicht mehr unter meinem Willen.«
»Du musst irgendetwas machen. Hol ihn da wieder heraus!«
»Das versuche ich ja schon die ganze Zeit, aber ich komme nicht mehr an ihn heran. Er ist vollkommen weggetreten, und zwar genau seit dem Zeitpunkt, als er diese seltsamen Namen gesagt hat!«
Sie packte Patrick bei den Schultern und schüttelte ihn. »Sieh mich an, Patrick, Sieh mich an! Komm zurück. Ich befehle es dir!« Sie griff an ihren Hals und zog den Beryll hervor. »Ich zähle von fünf zurück auf eins, und dann wirst du erwachen. Fünf!«
»Lass mich ... ich werde nicht mitkommen ... nein.«
»Vier!«
»O Gott, bitte lasst mich nicht allein.«
»Sieh mich an Patrick. Drei!«
»Es ist die Medusa ... sie will nicht, dass ich gehe, o Gott.« Tränen rannen aus Patricks blinden Augen.
»Zwei!«
»Nnnn ... Nnnn!« Krämpfe durchzuckten den schlanken Körper des Technikers.

»Eins! Ich will, dass du zurückkehrst«, schrie Hannah. »Hör auf damit, Patrick, und komm zu uns zurück!« Sie schlug ihm mit der flachen Hand ins Gesicht. Die Reaktion war verblüffend. Mit einem Mal war die Verzweiflung wie weggeblasen und machte einer rasenden, besessenen Wut Platz. Noch ehe Hannah etwas unternehmen konnte, schlossen sich Patricks Hände um ihren Hals. Eine Flut von Sternchen entzündete sich auf ihrer Netzhaut und entlud sich in einem gleißenden Feuerwerk. Ihre Augen begannen zu tränen, während der Druck immer stärker wurde. Durch einen roten Schleier hindurch erkannte sie, dass sich jetzt alle auf Patrick gestürzt hatten und verzweifelt versuchten, seine Hände, die sich wie ein Schraubstock um ihren Hals geschlossen hatten, zu lösen. Gegen eine solche Übermacht konnte selbst Patricks Besessenheit nicht bestehen. Er lockerte seinen Griff und ließ Hannah kraftlos zu Boden sacken. Keuchend saß sie im Staub, während ihr Bewusstsein langsam zurückkehrte.
Patrick schwankte, dann wandte er sich seinen neuen Gegnern zu. Doch statt sie anzugreifen, wie es zunächst den Anschein hatte, schlug er die Hände vor die Augen und stieß einen markerschütternden Schrei aus. Dann stürzte er vornüber zu Boden und blieb dort liegen, als habe ihn ein Blitz getroffen.

# 10

Oberst Durand betrachtete seine Auszeichnungen. Es war eine Art Ritual – für den Fall, dass schwierige Entscheidungen anstanden.

An der Wand im hinteren Teil seines Büros hingen zwei schmucklose Rahmen, die leicht über ihren wertvollen Inhalt hinwegtäuschen konnten. Einer beinhaltete ein prächtig gestaltetes Abschlusszeugnis der *École Spéciale Militaire de Saint-Cyr,* der westlich von Paris gelegenen Militärakademie, die Durand in den Jahren '70 bis '73 absolviert und mit Auszeichnung abgeschlossen hatte. In jenen Jahren galt er noch als Stolz der Familie. Besonders sein Vater hatte alles darangesetzt, ihm eine militärische Laufbahn zu ermöglichen. In der *École*, einem klassizistischen Bau, gelegen inmitten prächtiger Parkanlagen, hatte man ihn auf die Offizierslaufbahn vorbereitet. Napoleons Motto, *Studieren, um zu siegen*, war der Leitsatz der Akademie, und er sollte sein Leben prägen, seit er zum ersten Mal seinen Fuß über die steinerne Schwelle setzte. Drei Jahre lang hatte man ihn in den Dreck gestoßen und wieder aufgerichtet, geschliffen und wieder zusammengesetzt, so lange, bis seine Ausbilder zufrieden waren. François Philippe Durand war ein mustergültiger Schüler gewesen. Man hatte ihm eine Erfolg versprechende Laufbahn prophezeit und war überzeugt, dass ihn seine Karriere binnen weniger

Jahre in den militärischen Führungsstab der Republik führen würde.
Doch als er wenige Tage nach dem Empfang seines Offizierspatentes erklärte, dass es ihn nach praktischer Erfahrung dürste und er plane, in die *Légion Étrangère,* die französische Fremdenlegion, einzutreten, war die Bestürzung groß gewesen. Er trete sein Schicksal mit Füßen, hieß es. Warum er diesen Weg eingeschlagen und auf seine Bilderbuchkarriere verzichtet hatte, war vielen unklar. Aber für ihn war es der richtige Schritt gewesen. Schreibtischkommandos waren nicht sein Ding, und er war davon überzeugt, auf diesem Wege ein gerüttelt Maß Lebenserfahrung sammeln zu können.
Trotz aller Widerstände, trotz all der wohlgemeinten Worte seiner Ausbilder, trotz all der Flüche und Drohungen seines Vaters, beharrte der junge François Philippe auf seiner Entscheidung. Nur wenige Wochen später bewarb er sich im Hauptquartier der Fremdenlegion in Aubagne, in der Nähe von Marseille. Von dort aus schaffte er es in kürzester Zeit, dem 2. Regiment der Fallschirmspringer beizutreten, der Elitetruppe der Fremdenlegion, deren Einsätze rund um die Welt legendär waren.
Durands Blick schweifte hinüber zu der zweiten Urkunde, einem schmucklosen Blatt Papier, auf dem zu lesen stand, dass sich Major Durand nach seinem erfolgreich erfüllten Fünfjahresvertrag nunmehr zu weiteren fünf Jahren Dienst verpflichtete, und zwar im Führungsstab des 2. Fallschirmjägerregiments in Calvi, Korsika.
Seine Schultern strafften sich, als seine Augen über den knapp formulierten Vertrag glitten. Es gab nur wenige Männer auf diesem Erdball, die nachvollziehen konnten, was dieses Stück Papier für den damals 29-jährigen Offizier bedeutet hatte. Dies war die Bestätigung, dass der Weg, von dem ihm alle abgeraten hatten, der richtige gewesen war. Blut und Schweiß statt

Auszeichnungen und Paraden. Harte Arbeit und, was noch wichtiger war: Respekt. Jene Aura, die ihn umgab und die jeder deutlich spürte, wenn er sein Büro verließ und über den Kasernenhof schritt. Es waren die Blicke, die man ihm zusandte, die Worte, die hinter vorgehaltener Hand gemurmelt wurden, das Straffen der Schultern und das anerkennende Nicken. Kleinigkeiten, die ihm alles bedeuteten.
Doch dafür hatte er auch teuer bezahlt. Die Schulter, die er sich bei einem Einsatz in Tanger ausgekugelt hatte, bereitete ihm immer noch Probleme, und der doppelte Bruch seiner Hüfte hatte sein linkes Bein dauerhaft um zwei Zentimeter verkürzt. Letztendlich waren es gesundheitliche Gründe, die ihn bewogen hatten, sein Kommando aufzugeben und nach einem ruhigeren Betätigungsfeld Ausschau zu halten. Das Angebot der nigerischen Regierung, den Süden des Landes zu befrieden, kam ihm daher sehr gelegen.
Heute feierte er seinen achtundvierzigsten Geburtstag, eine gute Gelegenheit, sein bisheriges Leben Revue passieren zu lassen. Nein, er hatte sich nichts vorzuwerfen. Seine Entscheidungen mochten manchem seltsam vorkommen, für ihn waren sie konsequent und richtig. Er würde jederzeit wieder so handeln. Die Nordregion war dank seiner Führungsqualitäten sicher geworden. Hier geschah nichts, von dem er nichts wusste. Nichts, das er nicht kontrollieren konnte. Bis heute jedenfalls ...
Er wandte sich von seinen Auszeichnungen ab und ging wieder zurück an seinen Schreibtisch. Seine Schulter schmerzte heute, als würde ihm jemand glühende Nadeln ins Gelenk bohren. Das Wetter würde sich wohl ändern. Er setzte sich mühevoll und blickte auf das Fax, das er vor einer knappen halben Stunde erhalten hatte. Er überflog die Zeilen und schüttelte den Kopf. Das war nicht gut, was er dort las, das war gar nicht gut.

Angefangen hatte alles mit dieser Expedition. Die Tatsache, dass diese verrückten Amerikaner glaubten, in diesem Teil der Welt etwas Wichtiges oder gar Wertvolles zu finden, hatte ihn zwar befremdet, war aber nachvollziehbar. Schließlich suchten sie kein Gold oder Edelsteine, sondern simple Steinritzungen. Falls sie wirklich etwas von Wert finden sollten, würde er es erfahren und gegebenenfalls seinen Nutzen daraus ziehen. Was ihm ernsthaft Sorgen bereitete, waren die Miliztruppen, die Gouverneur Ben Jamar ihnen mitgegeben hatte. Gute Leute. Allen voran dieser Mano Issa. Ein unberechenbarer, vierschrötiger Querkopf, aber ein guter Soldat. Mit dem konnte es noch Probleme geben. Nein, es gefiel ihm nicht, dass sich so viele fremde Soldaten auf seinem Territorium tummelten. Das destabilisierte die Situation. Und dann war da dieses Fax.
Wieder und wieder überflog er die Zeilen, als könne er immer noch nicht glauben, was da stand. Es stammte nicht etwa von der Regierung oder dem Hauptquartier. Auch war es nicht an ihn in seiner Funktion als Oberbefehlshaber gerichtet. Nein, es stammte von seinem alten Weggefährten Major Naumann. Einem Mann, mit dem er zusammen in Calvi gedient hatte. Und es war an ihn persönlich gerichtet.
Naumann war einer der besten Offiziere, die er jemals kennen gelernt hatte, und es verband sie mehr als bloße Kameradschaft. Nachdem Durand der *Légion* den Rücken gekehrt hatte, waren die Verbindungen abgebrochen.
Dem Schreiben war zu entnehmen, dass auch Naumann die *Légion* inzwischen verlassen hatte. Er arbeitete als technischer Berater für eine deutsche Rüstungsfirma in Japan. Ein interessanter Werdegang, über den Durand beizeiten mehr erfahren wollte. Was ihn aber verblüffte, waren die Fakten, die Naumann ihm über die Expedition der Amerikaner mitteilte. Er schien alles darüber zu wissen. Kosten, Dauer, sogar das Missionsziel war ihm bekannt. Durand fluchte. Zu glauben, die

Gruppe suche lediglich nach Felszeichnungen, war wirklich naiv gewesen. Er hätte schon damals auf sein Gefühl hören und sich besser informieren sollen. Ihm lief ein Schauer über den Rücken, als er las, was das eigentliche Ziel dieser Mission war. Unvorstellbar, dass sich so etwas Wertvolles in diesem entlegenen Landstrich befinden sollte. Die Japaner, für die Naumann arbeitete, allen voran ein mächtiges Firmenkonsortium, schienen alles daranzusetzen, den Fund in ihre Finger zu bekommen. Sie hatten eigens zu diesem Zweck einen Maulwurf in die Gruppe geschleust, eine Person, die bereits seit mehreren Jahren verdeckt für sie arbeitete. Doch jetzt, wo das Team im Begriff war, die Mission zu erfüllen, schienen sich die Japaner nicht mehr ausschließlich auf diesen einen Trumpf verlassen zu wollen. Sie wollten sichergehen, dass alles in ihrem Sinne vonstatten ging.
Durand schüttelte den Kopf. Was Naumann da von ihm verlangte, war ungeheuerlich. Nicht die astronomische Summe, die hier genannt wurde, sondern allein die Tatsache, dass es ein guter Freund war, der ihn hier um Hilfe bat, bewahrte ihn vor unkontrolliertem Zorn. Einmal *Légion,* immer *Légion* hieß es, und daran gab es nichts zu rütteln.
Oberst Durand atmete tief durch, dann stand er auf und verbrannte das Fax.

# 11

Drei Tage waren seit dem feuchtfröhlichen Abend und seinem dramatischen Höhepunkt vergangen. Für Hannah war es eine furchtbare Zeit gewesen. Das Team war systematisch umhergezogen und hatte alle Verstecke und Schlupfwinkel nach Hinweisen auf die Medusa abgesucht. Von Nord nach Süd, von Ost nach West. Sie hatten praktisch jeden Stein in dieser Gegend umgedreht. Alles Fehlanzeige. Hier gab es keine Medusen. Hier gab es nicht einmal normale Felsbilder. Das Gebiet war tot, wie man im Jargon der Paläoanthropologen zu sagen pflegte. Oberst Durand hatte Recht gehabt; wäre hier etwas gewesen, hätte man es schon vor langer Zeit entdeckt.

Was Patrick betraf, so war er am Morgen nach der Hypnose erwacht, ohne sich an irgendetwas erinnern zu können. Zum Glück schien er keinerlei psychische Schäden davongetragen zu haben und war guter Dinge. Trotzdem steckte allen der Schrecken des Abends noch in den Knochen.

Die Expeditionsteilnehmer begannen, überall schlechte Vorzeichen zu entdecken, allen voran Malcolm Neadry, der Hannah persönlich für die gescheiterte Hypnose verantwortlich machte. Obwohl sie ihm wieder und wieder beteuert hatte, dass sie sich beim besten Willen nicht erklären konnte, was an jenem Abend geschehen war, ließ er sich nicht umstimmen.

Für ihn war sie die Schuldige, und jetzt, nach drei ergebnislosen Tagen, ließ er keinen Zweifel daran, dass er sie auch als Wissenschaftlerin für einen Versager hielt. Irene und er hatten sich sogar schon für einige Stunden zurückgezogen und beratschlagt, ob es nicht sinnvoller sei, zu dem Felsentümpel zurückzukehren und dort weiterzusuchen. Nur durch Zureden aller Beteiligten war es gelungen, die beiden umzustimmen. In dieser Atmosphäre negativer Energien hatte Hannah beschlossen, dass es das Beste wäre, sich eine Weile aus dem Schussfeld zu begeben. Sie hatte auf den Satellitenbildern ein Gebiet entdeckt, das viel versprechend aussah, und beschlossen, die Gegend zu erkunden. Chris' Bitte, ihn mitzunehmen, hatte sie abgelehnt, da sie den Gerüchten, die im Lager kursierten, keine Nahrung geben wollte. Abdu wollte sie ebenfalls nicht dabeihaben, denn sie spürte, dass sie sich in seinen Augen wie ein Idiot verhalten hatte.
Der Schweiß rann ihr in Bächen den Rücken hinunter, während sie Zug um Zug den lackschwarzen Fels erklomm. Jeder Griff schnitt ihr in die Finger. Aber sie hatte nicht vor, sich deshalb von ihrem Ziel abbringen zu lassen. Das markierte Gebiet befand sich in nordwestlicher Richtung, etwa drei Kilometer Luftlinie von ihrem Lager entfernt. Sollte sich der Ort wieder als Fehlschlag erweisen, würden sie sich alle schon bald wieder auf dem Rückweg befinden. Es handelte sich um eine enge Schlucht, die schwer zu erreichen war. Doch ihr machte das nichts aus, im Gegenteil. Erstens war sie es gewohnt, ohne Begleitung zu klettern, zweitens war die Stimmung im Lager so mies, dass sie gern eine Weile ihrer eigenen Wege ging.
Sie hatte ungefähr die Hälfte des Aufstiegs bewältigt, als sie unter sich das Kratzen von Steigeisen hörte. Sie blickte nach unten und entdeckte Chris, der sich verzweifelt bemühte, ihr zu folgen. Er sah, dass sie ihn bemerkt hatte, und brachte ein gequältes Lächeln zustande.

»Warte einen Moment«, rief er herauf.
Sie verdrehte die Augen.
»Bin gleich bei dir«, schnaufte er. Seinen Worten zum Trotz griff er daneben und konnte sich nur mit Mühe halten. »Scheiße, ist das glatt«, hörte sie ihn keuchen. »Wie bist du da nur hochgekommen?«
Hannah überlegte kurz, ob sie ihn da einfach hängen lassen sollte, dann entschloss sie sich, ihm zu helfen. Das Risiko abzustürzen war für einen ungeübten Kletterer einfach zu groß. Verdammt. Sie hatte doch ausdrücklich darum gebeten, allein zu sein.
»Bleib, wo du bist. Ich komme runter.«
Stück für Stück hangelte sie sich die Wand hinab, wobei sie sorgfältig darauf achtete, die beim Aufstieg geprüften Griffe zu setzen. Klettern war in erster Linie eine Kopfsache. Jeder Griff, jeder Schritt und jeder Zug mussten vorher genau durchdacht und geplant werden. Wer es eilig hatte, machte Fehler.
Es dauerte einige Minuten, bis sie Chris erreicht hatte. Er war immer noch kreidebleich vor Schreck. Hannah lächelte ihm aufmunternd zu.
»Hier, nimm meine Hand. Ich werde dich herüberziehen, verstanden?«
Er nickte und griff nach ihrer ausgestreckten Hand. Hannah zählte bis drei, dann fasste er sich ein Herz und sprang zu ihr auf den schmalen Vorsprung. Eine Hand voll Geröll löste sich vom Felsen und prasselte in die Tiefe. Außer Atem presste Hannah den Geretteten an sich. Chris' Gesicht war schweißüberströmt, und er zitterte am ganzen Körper, doch er brachte ein Lächeln zustande.
Plötzlich, ohne jede Vorwarnung, empfand sie das Bedürfnis ihn zu küssen. Seine schweißüberströmten Lippen zu küssen, ihn mit ihrer Zunge zu liebkosen. Großer Gott, dachte sie, das würde sie womöglich endgültig aus dem Gleichgewicht

bringen. Man würde sie tot am Fuße der Felsklippe finden, eng umschlungen und mit einem Lächeln im Gesicht.
»Sieh mich nicht so an«, bat er. »Ich weiß, dass ich nicht mitkommen sollte, aber ich musste dir einfach folgen. Es war verdammt leichtsinnig von dir, ohne Begleitung aufzubrechen.«
»Ich wollte es so.«
»Aber wenn dir etwas zugestoßen wäre, hätten wir dich in diesen Bergen niemals gefunden.«
»Wäre das so schlimm gewesen?«
»Ich bitte dich, so etwas darfst du nicht sagen.«
»Malcolm scheint aber anderer Ansicht zu sein«, entgegnete sie.
»Malcolm ist ein Ignorant. Wer gibt schon etwas auf dessen Meinung? Der hat doch nur auf so einen Anlass gewartet, damit er dir eins auswischen kann. Zugegeben, deine Vorstellung war ein bisschen sehr dramatisch, aber es ist ja nichts passiert. Meiner Meinung nach war Patrick einfach mit den Nerven am Ende. Wie viele von uns«, fügte er hinzu.
Hannah tat so, als würde sie zustimmen, doch im Geiste war sie anderer Ansicht. Was mit Patrick geschehen war, hatte nichts mit angespannten Nerven zu tun. Sie glaubte zu spüren, dass eine fremde Macht von ihm Besitz ergriffen hatte. Eine Macht, die ihn nur sehr widerwillig freigegeben hatte.
»Du hast wahrscheinlich Recht. Trotzdem finde ich, dass ich eine Pause verdient habe. Wenn jeder seiner Arbeit nachgehen würde, statt sich mit kleinlichen Machtkämpfen abzugeben, hätte es diesen Streit überhaupt nicht gegeben. Bist du bereit, wieder hinunterzuklettern?«
Chris blickte in den Abgrund und schüttelte energisch den Kopf. Sie seufzte. »Dann müssen wir zusehen, wie wir dich da hinaufbekommen. Hast du genug Kraft, um weiterzumachen?«
Chris biss sich auf die Unterlippe. »Ich denke schon. Aber allein werde ich es kaum schaffen.«

»Also gut«, bemerkte sie mit einem Blick nach oben. »Ich werde vor dir klettern. Du folgst mir im Abstand von zwei Metern. Du musst meine Griffe genau kopieren, dahin treten, wohin ich trete, und exakt in meiner Spur bleiben. Ich werde dir beim Klettern die entsprechenden Anweisungen geben. Kapiert?«
*»Yes, Sir!«*
Sie schüttelte den Kopf und begann aufzusteigen.

Zwei Stunden später befanden sie sich auf der anderen Seite des Walls, im Schatten dunkler, kühler Felsen. Der Abstieg war wesentlich einfacher gewesen, als die Karte vermuten ließ. Hier unten gab es allerlei Flechten und Sträucher, die sich in die Nischen und Furchen zwischen den Gesteinsplatten pressten. Hoch oben zogen einige Wolken über den schmalen Himmelsstreifen, der zwischen den mächtigen Felsen aufleuchtete. Außer dem immerwährenden Rieseln des Sandes und dem unaufhörlichen Knacken des Gesteins drang kein Laut an ihr Ohr.
»Wonach suchen wir eigentlich?«, wandte Chris sich an Hannah.
»Nach Wasser.«
»Wasser? Wieso denn? Unsere Feldflaschen sind doch noch gefüllt.«
»Es geht nicht ums Trinken.« Sie warf ihm einen vorwurfsvollen Blick zu. »Überleg mal. Die Skulptur im *Tassili N'Ajjer* befand sich am Ende der Schlucht, in einem Halbrund, das vor langer Zeit mit Wasser gefüllt war. Jedenfalls lassen die Rippelmarken, die ich in tieferen Sandschichten gefunden habe, diesen Schluss zu. Dann die zweite Entdeckung, der Tümpel, in dem wir gebadet haben. Aus irgendeinem Grund hat sich das Wasser dort halten können. Wahrscheinlich, weil die Oberfläche klein und geschützt ist, so dass die Verdunstung geringer ist als der Zufluss. Die Medusa liegt gut verborgen in

der Tiefe, weshalb sie bisher auch noch niemand entdeckt hat. Dann fiel mir etwas ein, was ihr damals bei der Entdeckung der Gravuren am Obelisken erwähnt habt. Nämlich, dass die Medusa in vergangenen Kulturen ein Wassersymbol gewesen ist. Da kam mir eine Idee. Was konnte für die Menschen der Urzeit so wichtig gewesen sein, dass sie ein derart ausgeklügeltes System der Ortsbestimmung ersannen? Ein System wohlgemerkt, das auf beachtlichem astronomischen und geometrischen Wissen beruhte. Erdacht von einer Kultur, die in einem Maße fortgeschritten war, wie wir es uns bisher in unseren kühnsten Träumen nicht vorstellen konnten.«

»Eine Wasserader!«

»Vielleicht. Vielleicht auch nicht. Wasser gab es damals in dieser Region in Hülle und Fülle. Das Klima war anders als heute. Zwischen dem Ende der Eiszeit und dem Beginn der Trockenzeit lagen etwa fünftausend Jahre, in denen es reichlich Niederschläge gab. Überall waren Bäche, Tümpel und Seen. Der Tschadsee lag nur wenige hundert Kilometer von hier entfernt. Er war einst ein riesiges Binnenmeer, von dem man glaubte, dass dort die Quellen des Nils zu finden seien. Erinnere dich nur an die Felsdarstellungen mit den Schwimmern. Sie stammen aus dieser Zeit. Nein, das Vorhandensein von Wasser war nicht das Problem.«

»Was dann?« Chris blickte sie ratlos an.

»Der Wunsch, dass auch zukünftige Generationen immer ausreichend Wasser für Ackerbau und Viehzucht haben sollten. Du musst verstehen, dass die Sahara auch während der Eiszeit ein Ort extremer Trockenheit gewesen ist. Die Menschen wussten, dass diese Trockenheit jederzeit wieder einsetzen konnte. Wenn ich die Darstellungen auf dem Obelisken richtig gedeutet habe, dann wollten sie einen Wasservorrat für künftige Generationen anlegen, der aus der Sahara für alle Zeiten einen Garten Eden gemacht hätte.«

»Denkst du an einen See?«
Sie schüttelte den Kopf. »Wenig wahrscheinlich, denn Seen gab es ja. Offene Gewässer bieten keine dauerhafte Lösung. Nein, es müsste sich um etwas anderes handeln. Möglicherweise um ein unterirdisches Reservoir.« Sie starrte nachdenklich zu Boden.
Chris zuckte die Schultern. »Na ja, was immer es war, das Projekt ist wohl gründlich gescheitert.«
»In der Tat. Die Frage ist nur, warum die Menschen damals so überzeugt davon waren. Dieses Rätsel verfolgt mich seit Tagen, und ich habe das unbestimmte Gefühl, dass wir hier eine Antwort darauf finden könnten.«
Chris blickte sie zweifelnd an. »Beruht diese Theorie auf Fakten oder auf wilden Spekulationen?«
Hannah lächelte schief. »Ich weiß, wie sich das für dich anhören muss. Jedem wissenschaftlich denkenden Menschen sträubt sich das Nackenhaar bei einer solchen Theorie. Ich kann diese Einstellung gut nachvollziehen«, seufzte sie. »Mir ging es bis zu unserer Entdeckung der zweiten Medusa nicht anders. Dann aber begannen die Puzzleteile sich in meinem Kopf zusammenzufügen. Eins ergab das andere. Es war ein Vorgang, den ich nicht steuern oder beenden konnte. Es geschah von ganz allein wie bei einer Reihe von Dominosteinen, die sich gegenseitig umstoßen. Und jetzt stehe ich hier und habe nichts anderes als diese verrückte Theorie. Du kannst dir vielleicht vorstellen, was das für ein unangenehmer Zustand für einen Wissenschaftler ist.«
»Allerdings«, lachte Chris. »Es ist die Hölle. Keiner wird dir Glauben schenken. So lange, bis du harte, unwiderlegbare Fakten vorweisen kannst. Und die wirst du womöglich nie bekommen. Aber tröste dich, meine Stimme hast du.«
»Dann bist du genauso verrückt wie ich«, entgegnete sie seufzend. »Wir sind eben beide Außenseiter.«

Sie strich mit ihrem Finger über seine Narbe. »Woher hast du die eigentlich?«
Er holte tief Luft. »Willst du das wirklich wissen? Es ist eine Geschichte, die dir das Herz brechen wird.«
Sie legte den Kopf schief.
»Na schön. Ich war sechzehn und unsterblich verliebt. Das Dumme war, sie hatte einen zwei Jahre älteren Bruder, einen fiesen Typen, sage ich dir. Die ganze Schule hatte Angst vor ihm. Ich ging Arm in Arm mit ihr nach Hause, als er plötzlich mit zwei anderen Schlägern aus einem Gebüsch auftauchte. Solche Schränke sage ich dir. Der eine zog sein Messer und dann ...«
Hannah sah ihn tadelnd an. »Die Wahrheit, Chris.«
Er sah sie verdutzt an. »Das ist die Wahrheit. Nun, vielleicht nicht ganz, aber die Geschichte kam bisher immer gut an.«
»Ich will aber keine Geschichten von dir hören.«
»Die Wahrheit ist längst nicht so aufregend.«
»Das zu entscheiden solltest du mir überlassen.«
Chris holte tief Luft. »Ich bin bei der Pockenimpfung in der Schule umgekippt. Einfach so. Und mit dem Kopf gegen den Medikamentenschrank geknallt. Paff! Als ich wieder aufwachte, war die Wunde mit dreißig Stichen genäht und mein ganzer Kopf verbunden worden. Eine Woche lang musste ich wie eine Mumie durch die Gegend laufen. Kannst du dir vorstellen, was das für meine zarte Teenagerseele bedeutet hat?«
Sie schüttelte den Kopf. »Nein, aber ich muss gestehen, dass mir diese Version viel besser gefällt. Aus dem einfachen Grund, weil sie wahr ist.«
Ganz langsam näherte er sich ihrem Gesicht. Sie zuckte zurück. »Nein, ich möchte das nicht.«
Er packte sie an den Schultern. »Wie wäre es, wenn du zur Abwechslung auch einmal die Wahrheit sagen würdest.«
Sie sah ihm trotzig in die Augen. »Die Wahrheit ist, dass es

doch nicht klappen und nur Probleme bereiten würde. Und Probleme sind das, was ich im Moment am wenigsten brauchen kann. Zufrieden? Und jetzt lass mich los.«
»Nein.«
»Ich habe gesagt, du sollst mich loslassen.« Sie versuchte sich seinem Griff zu entwinden, aber er war zu stark. Mit beinahe brutaler Kraft zog er sie an sich und küsste sie. Zuerst versuchte sie sich dagegen zu wehren und ihn zu beißen, aber das schien ihm nicht das Geringste auszumachen. Ihre Versuche, ihn abzuschütteln, wurden immer schwächer. Seine Lippen waren weich und samtig. Er schob ihre Bluse hoch und begann ihre Brüste zu streicheln.
»Soll ich immer noch aufhören?«, flüsterte er ihr ins Ohr. Statt zu antworten, begann sie, seine Hose zu öffnen. Seine Erregung war unübersehbar. Langsam und ohne jede Hast zogen sie einander aus und ließen ihre erwartungsvollen Hände über den Körper des anderen wandern. Eng umschlungen sanken sie am Fuß einer mächtigen Felswand zu Boden. Niemand würde sie hier finden, niemand konnte sie hören. Sie waren ganz allein mit sich und ihrer Lust.

Als Hannah die Augen aufschlug, kam es ihr vor, als hätte sich die Wüste mit Leben gefüllt. Sie hörte den Wind sanft durch die Blätter einer jungen Palme wehen. Gras raschelte zu ihren Füßen, Insekten zirpten und von den Bergen hallte der Schrei eines Habichts wider. Das dunkle, trostlose Gebirge erschien ihr wie verwandelt. Überall entdeckte sie Leben, Geräusche und Licht. Es war wie an jenem Tag vor vielen Jahren, als sie zum ersten Mal ihren Fuß in die Wüste gesetzt hatte.
Langsam richtete sie sich auf und blickte sich um. Sie musste wohl eingenickt sein. Kein Wunder, nach all der Leidenschaft, die nach den langen Monaten der Enthaltsamkeit wie ein Vulkan aus ihr hervorgebrochen war. Doch keine Spur von Chris.

Wahrscheinlich erkundete er die Umgebung, während sie von wunderschönen wilden Dingen geträumt hatte. Sie wollte nicht nach ihm rufen. Das hätte die Magie dieses Ortes gestört, und sie fühlte sich immer noch wie in einem Traum.
Lächelnd sammelte sie ihre Kleidungsstücke zusammen und zog sich an. Ihr Rucksack lag einige Meter entfernt hinter einem vertrockneten Busch. Sie hob ihn auf und folgte den Spuren, die Chris im weichen Sand hinterlassen hatte.
Die Sonne war inzwischen ein ganzes Stück weitergewandert. Mühsam schaffte sie es, die kühlen Schatten zu durchdringen und den Weg vor ihren Füßen auszuleuchten. Ihr aufmerksamer Blick bestätigte, was sie schon bei der Betrachtung der Satellitenaufnahme vermutet hatte. Es handelte sich um ein ausgetrocknetes Bachbett, in dem bis vor wenigen Jahren noch Wasser geflossen sein musste. Der Fels war in den unteren Bereichen deutlich dunkler gefärbt, teilweise waren sogar Spuren von Moos zu entdecken. Konnte es sein, dass sie hier einen Beweis für ihre Theorie fand?
Sie blieb stehen und atmete tief durch. Nein, Schluss damit! Sie musste aufhören, einem Traum nachzujagen, andernfalls lief sie Gefahr, sich beruflich zu disqualifizieren. Bei jedem wissenschaftlichen Bericht standen nicht nur die Ergebnisse auf dem Prüfstand, sondern auch die Analysemethoden. Wenn sie wirklich etwas fand, würde die Fachwelt ihren Bericht mit größter Aufmerksamkeit lesen. Das Ergebnis sollte sich als Folge logischer, konsequenter Forschung präsentieren und nicht einer übernatürlichen Eingebung. »Der Weg ist so wichtig wie das Ziel«, hatte Professor Monod ihr die alte Zen-Weisheit immer wieder eingebläut, und er hatte Recht. Also Schluss mit den Fantastereien.
Das Bachbett machte eine scharfe Biegung, und als sie ihr folgte, sah sie Chris. Er hockte vor einer Öffnung im Fels und starrte hinein.

»Da steckst du ja. Ich hatte schon angefangen, mir Sorgen zu machen.« Hannah legte ihre Hand auf seine Schulter und gab ihm einen Kuss auf den Nacken. Er drehte sich um, und sie erkannte an seinem Blick, dass er etwas entdeckt hatte.
»Ich wollte dich nicht stören«, sagte er. »Du hast so friedlich geschlafen, so unbesorgt.«
»Dieses Gefühl habe ich lange vermisst. Schade, dass es schon vorbei ist. Und du? Es scheint, als hättest du etwas gefunden.«
»Weiß ich noch nicht genau. Aber ich müsste mich sehr irren, wenn das nicht unser kleiner Freund ist.«
Er deutete auf den massiven Felsblock, der wie ein Schlussstein über der Öffnung lag. Hannah trat näher heran. Tatsächlich, ganz langsam begann sich eine Form aus dem Gestein zu lösen. Sie war kaum zu erkennen, so stark war die Oberfläche an dieser Stelle verwittert. Doch nach und nach entdeckte sie die vertrauten Umrisse.
»Du hast einen verdammt guten Blick, weißt du das«, bemerkte sie voller Anerkennung. »Ich wüsste nicht, ob ich die Form wiedererkannt hätte. Aber sie ist ganz eindeutig«, seufzte sie. »Was machen wir denn jetzt?«
»Wir gehen natürlich hinein. Hast du eine Taschenlampe?«

# 12

Der Eingang war so schmal, dass Chris sich hinlegen musste, um in der dunkle Röhre vorwärts zu kommen. Er verkeilte seine Füße in den Unebenheiten des Felsens und schob sich Zentimeter für Zentimeter nach vorn. Das Gestein schabte über seine Haut und zerrte an seiner Kleidung, als ob es ihn zurückhalten wollte. Zudem führte der Gang aufwärts, was die Krabbelei noch beschwerlicher machte.

»Kannst du schon etwas erkennen?« Hannahs Stimme schien von weither zu kommen.

»Nein«, ächzte er. »Der Gang ist viel zu eng. Ich muss noch tiefer vordringen, um etwas zu sehen.«

Er biss die Zähne zusammen und schob sich noch ein Stück weiter. Plötzlich hörte er ein Knacken, und aus einem Spalt über ihm rieselte Sand. Wenn jetzt einer dieser tonnenschweren Blöcke über ihm absacken würde, wäre er hoffnungslos verloren. Niemand könnte ihn dann noch retten. Zum Glück litt er nicht unter Klaustrophobie. Er kannte Menschen, hartgesottene Wissenschaftler, die, ohne zu zögern, in den Schlund eines feurigen Vulkans steigen würden, aber in dieser Situation vor Angst gestorben wären.

Chris arbeitete sich weiter vor. Da er mit den Füßen keinen Halt fand, zog er sich mit den Armen weiter, eine Kraft raubende Art der Fortbewegung. Ihm schoss ein unangenehmer

Gedanke durch den Kopf. Wenn sich dieser Gang als Sackgasse erweisen sollte, hatte er ein Problem. Er bezweifelte, dass er die ganze Strecke nur mit der Kraft seiner Arme zurückkriechen konnte. Er würde feststecken wie ein Korken in der Flasche.

Er hielt inne, um durchzuatmen. Die Luft roch modrig. Seltsam, dachte er. Das war immer ein Indiz für Feuchtigkeit. Es konnte nur bedeuten, dass sich irgendwo in diesen Felsen eine Wasserader befinden musste. Hannah hatte wohl doch Recht. Aber jetzt weiter. Nur nicht aufgeben. Er musste um jeden Preis das Ende des Tunnels erreichen, ehe ihn seine Kräfte verließen.

Der einzige Gedanke, den er jetzt noch an sich heranließ, während er immer tiefer in die Dunkelheit kroch, war der Gedanke an Hannah. Sie war so verletzlich, als er sie schlafend zurückgelassen hatte. Verletzlich, aber glücklich. Er meinte, ein zartes Lächeln auf ihrem Gesicht gesehen zu haben, das von einem schönen Traum herrühren mochte. Er spürte noch immer ihre Hände und ihre Küsse. Die Vereinigung mit ihr war wie ein Rausch gewesen. Wunderbar und tragisch zugleich.

Er verfluchte sich innerlich, dass er es so weit hatte kommen lassen. Warum nur hatte er ihr nicht widerstehen können? Warum musste er mit ihr schlafen und damit alles noch komplizierter machen? Er biss sich auf die Unterlippe. Irgendwann würde er ihr wehtun müssen.

Der Lichtstrahl der Lampe fiel auf ein großes, schwarzes Hindernis in einiger Entfernung vor ihm. Verdammt, dann war es doch eine Sackgasse. Er kroch noch ein Stück weiter und bemerkte, dass die Dunkelheit vor seiner Lampe zurückwich. Er spürte Hoffnung in sich aufsteigen. Da war nichts, was ihm den Weg versperrte, da war das Ende des Tunnels. Dahinter befand sich ein Raum, der das Licht der Lampe fast zur Gänze schluckte. Ein großer Raum.

Angetrieben von neuer Energie, arbeitete er sich voran. Er wischte sich den Schweiß aus den Augen und zog und drückte wie ein Besessener. Dann war es geschafft. Mit einem Seufzer der Erleichterung schob er sich aus dem Gang.
Das Licht seiner Taschenlampe leuchtete die Innenseite eines außergewöhnlichen Hohlraums aus. Er maß etwa fünf Meter in der Höhe und fünfzehn im Durchmesser. Während der Lichtkegel über die Wände kroch, offenbarten sie erstaunliche Details. Zuerst fiel ihm die makellos glatte Oberfläche auf. Er konnte keine Unebenheiten entdecken, keine Fugen, keine Kanten, nur reinen, nackten, glatten Fels. Die Oberfläche ließ keine Abschlagspuren von Werkzeugen erkennen. Doch hätte ein solcher Raum niemals auf natürliche Weise entstehen können. Zweifellos war er das Ergebnis meisterlicher Baukunst, erdacht und geschaffen in einer Zeit, die für die Geschichtsschreibung im Nebel versunken lag. Chris strich mit seinen Fingern über die Oberfläche. Was für eine unvorstellbare Kraftanstrengung war nötig gewesen, um diesen Raum aus dem Inneren eines massiven Felsens, eines Monolithen, herauszuhauen. Unglaublich, dass so etwas überhaupt möglich war.
Er blickte sich um. Es gab keinen anderen Ein- oder Ausgang, nur die schmale Röhre, durch die er gekommen war. Der gesamte Schutt musste also durch diesen Gang hinaustransportiert worden sein.
»Chris?« Eine Stimme riss ihn aus seinen Gedanken. Er richtete das Licht auf die Öffnung. Hannah kam staubbedeckt aus dem finsteren Gang gekrochen. Geblendet wandte sie den Kopf ab und beschirmte ihre Augen mit der Hand. Sie stöhnte, während sie sich aus dem Loch zwängte.
»Entschuldige, ich habe dich nicht kommen hören«, sagte er und half ihr aus der Röhre. »Warum bist du mir gefolgt?«, tadelte er sie. »Durch den engen Stollen, und ganz ohne Licht. Verrückt!«

»Ich habe gerufen und gerufen, aber du hast nicht geantwortet. Ich dachte, dass du vielleicht in Schwierigkeiten steckst, da bin dir einfach gefolgt.«
Sie nestelte in der Brusttasche ihrer Weste herum, förderte eine Brille zutage und sah sich um. Minutenlang sagte sie kein Wort und betrachtete vollkommen konzentriert die Geheimnisse der vorzeitlichen Baumeister. Dann ging sie zum Rand des Raumes und fing an, mit den Fingern über den Stein zu fahren. Wie eine Blinde, schoss es Chris durch den Kopf. Sie musste einen Gegenstand berühren, um Verbindung mit ihm aufzunehmen. Erst als er näher trat, erkannte er, dass ihre Finger Rillen im Stein folgten, die so zart waren, dass er sie auf den ersten Blick übersehen hatte. Sein Atem stockte. Ihre Finger enthüllten eine erstaunliche Entdeckung. Der Hohlraum war vom Boden bis zur Decke mit Ritzungen übersät.
»Wir müssen das Team verständigen«, sagte sie. »Sofort!«

Einige Stunden später standen die Mitglieder der Gruppe geschlossen vor dem schmalen Eingang, der zum Herzen des uralten Geheimnisses führte. Hannah und Chris hatten sie auf einem anderen Pfad hierher geführt, der zwar nicht so gefährlich, aber dafür ebenso anstrengend war wie ihre erste Kletterpartie. Ihre Körper waren verschwitzt und ihre Gesichter gerötet. Mano Issa und zwei seiner Gefolgsleute waren mitgekommen und hatten oberhalb der Schlucht einen Aussichtsposten bezogen. Den Rest der Eskorte hatten sie zur Bewachung des Lagers zurückgelassen.
»Ich hoffe, die Kraxelei hat sich gelohnt«, stöhnte Malcolm, der an seiner digitalen Videokamera fummelte. »Die Unterbrechung der Dreharbeiten wirft uns mindestens zwei Tage zurück. Es war alles fertig aufgebaut. Kamera, Beleuchtung, Ton, alles war perfekt. Und dann heißt es: Lasst alles stehen und liegen. Verdammt. Habt ihr nicht mitbekommen, dass uns

ein Wetterwechsel ins Haus steht? Wir werden lange warten müssen, um wieder solches Licht zu bekommen.« Er keuchte wie eine alte Dampflok.

Chris überhörte ihn geflissentlich. Es gab im Moment ohnehin nichts Aufregendes zu filmen, und Stimmungsaufnahmen konnte man auch zu einem späteren Zeitpunkt einfangen.

Er begann Taschenlampen zu verteilen, die mit Nickelkadmium-Akkus bestückt waren und sich bequem an einem Generator aufladen ließen.

»Wir haben leider nur vier Lampen«, erläuterte er. »Ich würde daher vorschlagen, dass wir vier Zweierteams bilden. Irene, du gehst mit Malcolm. Gregori mit Abdu, Albert mit Patrick und schließlich wir beide, Hannah. Sind alle versorgt?« Er blickte in die Gesichter seiner Kollegen. »Gut. Ich möchte euch bitten, vorsichtig zu sein. Der Gang ist äußerst schmal. Haltet genug Abstand zu eurem Vordermann. Und vor allem: Geratet nicht in Panik. Wenn einer von euch klaustrophobisch veranlagt ist, sollte er besser hier bleiben. Ich bitte euch, mich in dieser Beziehung ernst zu nehmen.« Er sah prüfend in die Runde. »Niemand? Gut, dann geht es los. Hannah und ich werden vorangehen, ihr folgt dann in kurzem Abstand.« Mit einem aufmunternden Lächeln verschwand er in der Dunkelheit.

Chris kam der Gang nun viel kürzer vor als beim ersten Mal. Auch die Enge spürte er diesmal weniger. Rasch hatte er den Raum erreicht. Hannah folgte dicht hinter ihm.

»Ich hoffe, die anderen können unsere Begeisterung teilen«, flüsterte sie, während sie aus der Öffnung kroch, »sonst bekommen wir den Kopf gewaschen.«

»Keine Angst«, beruhigte sie Chris. »Wird schon klappen.«

Sie brauchten nicht lange zu warten. Einer nach dem anderen zwängten sich die sechs staubbedeckt und mit ängstlich aufgerissenen Augen aus dem Gang. Nun befanden sich alle keuchend und schmutzig im Inneren der künstlichen Höhle.

Patrick schüttelte sich den Sand aus den Haaren. »Großer Gott, Chris. Du hast nicht übertrieben. Der Gang war die Hölle. Mir graust jetzt schon davor, da noch einmal durchzumüssen.«
»Weshalb bist du so schnell gekrochen?«, beschwerte sich Albert, während er seine Nickelbrille putzte. »Du hättest ruhig auf mich warten können. Ich musste beinahe in vollkommener Dunkelheit kriechen. Auf dem Rückweg nehme besser ich die Lampe.«
»Seid doch mal still«, zischte Irene, »und seht euch das an!« Die Gespräche erstarben nach und nach. Dann herrschte Stille. Selbst Malcolm, der sonst immer etwas zu meckern hatte, hielt seinen Mund und blickte sich verblüfft um. Chris spürte, wie Hannah nach seiner Hand tastete und sie drückte. Schweigen erfüllte die Krypta.
Für einige Minuten wagte es niemand, die mystische Stille durch profanes Geplapper zu stören, und Chris deutete das als gutes Zeichen. Es war der Beweis dafür, dass ihre Entscheidung, das gesamte Team hierher zu holen, richtig gewesen war. Er konnte förmlich spüren, wie der Raum in den Köpfen der Anwesenden Gedanken und Assoziationen freisetzte.
»Seht mal«, durchbrach Patrick das Schweigen, »die Symbole dort drüben sehen genauso aus wie die im *Tassili N'Ajjer.*«
»Stimmt«, bestätigte Irene. »Wasserzeichen und Sternbilder.« Sie deutete auf eine andere Stelle. »Aber diese Bilder hier sehen völlig anders aus.«
Hannah räusperte sich. »Chris und ich haben bei unserer ersten Untersuchung festgestellt, dass der Raum viergeteilt ist. Hier herrschen Wassersymbole vor. Dort drüben ist Feuer, dann kommen Erde und gegenüber Luft. Die vier Elemente. Chris hatte ja schon im *Tassili N'Ajjer* vermutet, dass es noch drei andere Obelisken gegeben haben muss, nur hat man sie nie gefunden. Vielleicht repräsentierten sie die anderen Elemente.«

Albert Beck schlich um die Darstellungen wie eine Katze um eine tote Maus. »Hat einer von euch eine Idee, was diese Darstellungen für einen Sinn haben? Man könnte zwar ein ganzes Buch damit füllen, aber ich glaube nicht, dass man sie nur aus rein dekorativen Gründen hier angebracht hat. Warum dieser Aufwand?«

Hannah fühlte, dass die Frage an sie gerichtet war.

»Das kann ich dir leider auch nicht sagen«, antwortete sie mit einem Schulterzucken. »Die Bilder erzählen eine Geschichte, die ich nicht verstehe. Irgendetwas ist vom Himmel gefallen, zu erkennen an diesem Symbol.« Sie deutete auf einen unregelmäßig geformten Gegenstand, der auf die Erde stürzte. »Es gab einen großen Wind, dann schlug dieses Ding auf der Erde auf. Es muss ein Beben gegeben haben.« Ihre Finger glitten über eine Darstellung, die Risse auf dem Erdboden zeigten. Menschen rannten erschrocken in alle Himmelsrichtungen davon. »Und dann kam das Wasser. Es sammelte sich und bildete Seen und Flüsse. Für die Menschen brach eine Ära des Friedens und des Wohlstands an. Schaut, hier sind große Tierherden zu erkennen und dort Gehöfte.«

Irene musterte die Bilder mit kritischem Blick. »Warum wurde den Sternendarstellungen eine so große Bedeutung beigemessen? Sie nehmen beinahe die Hälfte des gesamten Raums ein. Ich halte die Theorie, dass sie ausschließlich einer Standortbestimmung dienten, für unwahrscheinlich. Es muss mehr dahinterstecken.«

Chris nickte. »Das Gefühl habe ich auch. Die Positionsbestimmung war sicher nur ein Teil ihrer Funktion. Es gibt etwas, was ich bisher nur Hannah erzählt habe. Aus dem einfachen Grund, weil ich es mir bislang nicht erklären konnte. Ich habe ein Sternensystem gefunden, das auf allen vier Darstellungen deutlich hervorgehoben wird. Es ist dieses hier.« Er deutete auf einen unscheinbaren kleinen Fleck, der von einem Ring umgeben war. »Selbst mit einem starken Fernrohr ist es von der Erde aus nicht zu erkennen. Das System wurde erst im Jahre 1956 mit Hilfe moderner Radioteleskope entdeckt. Ich habe es genau geprüft. Ein Vergleich mit aktuellen Himmelskarten hat ergeben, dass dessen Position von den Urmenschen absolut korrekt eingezeichnet wurde.« Chris wartete gespannt auf die Reaktion der Anwesenden, als er ein halb ersticktes Keuchen hörte.

Alle richteten die Lichtkegel auf den Eingang und blickten in das grimmige Gesicht Mano Issas, der staubbedeckt aus dem Gang kroch. Abdu war sofort bei ihm und half ihm auf die Füße. Der Anführer der Schutztruppe wirkte beunruhigt. Er war zu erregt, um Französisch zu sprechen, und redete in kratzig klingendem *tamaschek* auf Abdu ein. Dabei deutete er immer wieder nach draußen. Niemand außer Hannah schien zu begreifen, was vor sich ging. An ihrem Gesichtsausdruck ließ sich ablesen, dass etwas Schreckliches vorgefallen sein musste.

»Was ist denn los?«, meldete sich Irene. »Was sagt er?«

»Er hat Rauch gesehen«, erklärte Abdu, und in seinen Augen war Furcht zu lesen. »Aus der Richtung, in der das Lager liegt.«

»Ja, und noch etwas«, fügte Hannah hinzu. »Es waren Schüsse zu hören. Schweres Maschinengewehrfeuer.«

Die Nachricht ließ alle vor Schreck erstarren. Das konnte nur eines bedeuten: Die Rebellen hatten ihr Lager entdeckt.

»Wir müssen zurück«, entschied Malcolm. »Unsere gesamte Ausrüstung ist dort, millionenteures Equipment. Wir müssen retten, was zu retten ist.«

Irene fuhr herum. »Du denkst immer nur an deine Ausrüstung. Was ist mit unserem Leben? Wenn dort wirklich gekämpft wird, wäre es eine Dummheit, zurückzukehren. Die Tuareg haben unser Lager zu verteidigen, nicht wir.«

»Trotzdem müssen wir zurück«, warf Hannah ein. »Wir müssen uns ein Bild von der Lage machen. Vielleicht sieht es von hier

ernster aus, als es tatsächlich ist. Vielleicht gibt es aber auch Verwundete, die Hilfe brauchen. Wir wissen es nicht. Ich bin auf jeden Fall für einen sofortigen Aufbruch.«
Zustimmendes Gemurmel erfüllte die Höhle. Die Mehrheit der Anwesenden schien mit dem Vorschlag einverstanden zu sein. Nach einigem Zögern fügte sich auch Irene dem Mehrheitsbeschluss. »Also gut. Gott stehe uns bei.«

Es war schlimmer, als sie befürchtet hatten. Schon von weitem sah Chris, dass der Rauch dick und schwarz war. Brennendes Öl. Ein sicheres Zeichen dafür, dass der Dieselgenerator brannte. Dunkle Schwaden vermischten sich mit Staub, der von einem zunehmenden Nordostwind aufgewirbelt wurde. Der Geruch von verschmorter Elektronik lag über dem Tal. Stofffetzen und Plastikfolien wirbelten in einem Tanz der Zerstörung durch die Luft. Als sei das noch nicht genug, rollten von Osten her dunkle Gewitterwolken wie Unheilsboten über den Himmel. Es war ein Bild des Grauens. Chris lief es kalt über den Rücken, als er Leichname zwischen den umgestürzten Kisten und den zerfetzten Zelten sah. Mano Issa hob seine Hand und deutete nach links und rechts, eine Geste, die jeder sofort verstand. Allein oder zu zweit versteckten sie sich hinter Felsblöcken, um nicht in einen Hinterhalt zu geraten. Es konnten sich überall Scharfschützen versteckt halten. Er selbst bezog Posten auf einem höher gelegenen Abbruch und suchte das Tal mit seinem Fernglas ab. Als er wieder zu ihnen herunterkam, drückte sein Gesicht Betroffenheit aus. Chris empfand diesen Ausdruck als beunruhigend, denn er hielt Mano für einen ziemlich hartgesottenen Kämpfer.
»Tot«, sagte der Tuareg in gebrochenem Französisch. »Alle tot.« Seine beiden Gefolgsleute nahmen die Botschaft mit grimmiger Entschlossenheit zur Kenntnis. Auf seinen Befehl hin luden sie ihre Maschinenpistolen durch und entsicherten sie. Chris

und dem Rest des Teams gab Mano die strenge Order, erst zu folgen, wenn sie seinen Pfiff hörten. Für den Fall, dass sie Schüsse hören sollten, gab er den Befehl, unbedingt hinter den Felsblöcken zu bleiben.
»Kennt ihr euch damit aus?«, fragte er und hielt zwei Schnellfeuergewehre hoch.
Nur Gregori nickte.
»Hier, nimm.«
Widerwillig streckte auch Chris seine Hand aus. »Gib mir das andere. So, und wie funktioniert das jetzt?«
Gregori erklärte es ihm in wenigen Worten. Chris nickte und beobachtete, wie Mano Issa und seine Männer ausschwärmten.
»Verdammt, wir waren viel zu leichtsinnig. Jetzt sitzen wir ganz schön in der Scheiße.«
»Ich habe euch doch gesagt, wir sollten bleiben, wo wir sind«, schaltete sich Irene ein. »Ich verstehe das Ganze nicht. Die Tuareg haben das Gebiet doch abgesucht und für sicher erklärt.«
»Aber offensichtlich waren sie dabei nicht besonders gründlich.« Albert schnaubte wütend. »Außerdem haben wir die Rebellen deutlich unterschätzt.«
»Und die Warnungen von Oberst Durand«, fügte Hannah hinzu. »Ich wünschte, er wäre jetzt hier bei uns.«
»Aber das ist er nicht!« Malcolms Stimme bekam einen hysterischen Klang. »Es bringt nichts, sich jetzt über das Wenn und Aber Gedanken zu machen. Er sitzt hundert Kilometer entfernt in seinem gut bewachten Fort, liest *Schuld und Sühne* und schlürft Pernod.«
Patrick kratzte sich am Kinn. »Wir sollten einen der Krieger losschicken, um Hilfe zu holen. Er müsste ja nur die Strecke bis zum Lkw zu Fuß bewältigen, den Rest könnte er fahren. Spätestens in acht Stunden wäre Hilfe da.«
Anstelle einer Antwort erklang ein lang gezogener Pfiff.

»Das ist das Signal. Kommt!« Chris sprang hinter dem Felsen hervor, das Gewehr in Vorhaltestellung. Die anderen folgten ihm, den Blick verängstigt auf die umliegenden Berge gerichtet.

Das Lager war ein Ort der Verwüstung. Mano Issa stand neben den Leichen von sechs seiner Männer, die nebeneinander in einer Reihe aufgebahrt lagen. In ihre schwarzen Umhänge gehüllt, wirkten sie wie Boten aus dem Totenreich. Chris biss sich auf die Unterlippe. Er hatte noch niemals einen gewaltsam getöteten Menschen aus der Nähe gesehen. Der Anblick war alles andere als heroisch. Einem Mann fehlten große Teile der rechten Hand, einem anderen hatte man die Hälfte des Gesichts weggeschossen. Das Blut, das bereits geronnen war, klebte in zähen Schlieren im Haar. Am schlimmsten zu ertragen aber war der Anblick eines Kriegers, der zwar verwundet gewesen war, aber wohl noch gelebt hatte, als die Feinde das Lager erreichten. Man hatte ihm ohne Gnade die Kehle durchgeschnitten. Fünf weitere Leichen lagen in einiger Entfernung, dort, wo der Satellitenempfänger gestanden hatte. Albert Beck, der von ihnen den schwächsten Magen hatte, musste sich übergeben. Alle anderen standen tief betroffen vor den Toten.

»Sie waren betrunken«, fauchte Mano Issa und deutete auf einige leere Weinflaschen, die neben den Überresten der Versorgungskisten lagen. »Verdammte Idioten, sie haben sich voll laufen lassen.« Angewidert spuckte er zu Boden. Chris wandte sich ab. Er hatte die Männer nicht gekannt. Auch wenn sie ihre Pflicht vernachlässigt hatten, so hatten sie es doch verdient, dass man sie mit Respekt behandelte. Er stellte fest, dass ihm dieses Land immer fremder wurde. Gregori bekreuzigte sich, alle anderen standen teilnahmslos da und wussten nicht, was sie sagen sollten. Über Hannahs rußgeschwärztes Gesicht liefen schmutzige Tränen. Chris ergriff ihre Hand und drückte sie. Das war das Ende der Expedition. Ende. Aus.

Er ließ ihre Hand los und ging ein paar Schritte. Er musste sich ablenken, einen klaren Gedanken fassen. Vielleicht sollte er eine Bestandsaufnahme des verbliebenen Inventars machen. Schwarze Rußflocken trieben müde über den kleinen Teil ihrer Ausrüstung, der nicht gestohlen oder zerstört worden war. Die Zelte waren aufgeschlitzt, ein Teil der Schlafsäcke in blinder Zerstörungswut mit Benzin übergossen und angezündet worden. In einem der Zelte fand er Hannahs zerfetzte Aufzeichnungen, deren lose Seiten wie durch ein Wunder von den Flammen verschont geblieben waren. Hannah, die ihm stumm gefolgt war, fing an, mit mechanisch wirkenden Bewegungen die Notizen und Aquarelle einzusammeln, die sie in monatelanger Kleinarbeit gemalt und geordnet hatte. Von den wertvollen Geräten, die ihr das Frobenius-Institut zu Verfügung gestellt hatte, war keine Spur mehr zu entdecken. Ähnlich sah es mit dem Rest der Ausrüstung aus. GPS-Navigationssystem, Kameraausrüstung und Laptops, alles gestohlen. Auch von den Kamelen fehlte jede Spur. Ob sie geflohen oder fortgetrieben worden waren, ließ sich nicht abschätzen. Chris sah Malcolm verzweifelt durch das Lager irren, auf der Suche nach den Dosen mit den bereits belichteten Filmen. Chris hätte ihm berichten können, dass er die Kühlboxen aufgebrochen und die Filme verbrannt vorgefunden hatte, aber er hielt sich zurück. Er wusste nicht, wie der Verlust von wochenlanger Arbeit auf Malcolms labiles Gemüt wirken würde. Er beschloss, dass es besser war, nicht in seiner Nähe zu sein, wenn er die Wahrheit erfuhr. Am schwersten wog der Verlust der Satelliten-Kommunikationsanlage. Ihre einzige Möglichkeit, die Außenwelt über ihre verzweifelte Lage zu informieren, war zunichte gemacht worden.
»Wir sind am Ende«, wimmerte Albert Beck, der heranhumpelte, während er sich den Ruß von der Brille wischte. »Wir sind zwar mit dem Leben davongekommen, aber wie groß sind die

Chancen, dass wir es unbeschadet zurück zum Fort schaffen? Ich werde es euch sagen: gleich null. Die Rebellen warten doch nur darauf, dass wir ins Fort zurückkehren. Wahrscheinlich hocken sie irgendwo bei den beiden hohen Felszinnen und erschießen uns, sobald wir uns nähern.«
»Wenigstens einen Teil des Proviants haben sie uns gelassen.« Abdu stand unter den Palmen, wo sie die Vorratskisten im Schatten der Bäume eingegraben hatten. Ob aus Zeitnot oder mangelnder Gründlichkeit, einige Kisten waren unentdeckt geblieben. Abdu ließ die Schlösser aufschnappen und untersuchte den Inhalt.
»Ist alles noch da. Konserven, Trockenobst, Brot, Milchpulver, sogar das Bier.« Sein Lachen klang schal.
»Na großartig«, sagte Malcolm. »Wenn die Lage auch noch so hoffnungslos ist, so können wir uns wenigstens betrinken. Das ist wirklich ein Silberstreif am Horizont.«
»Spar dir deine zynischen Kommentare«, entgegnete Irene. »Was wir jetzt brauchen, ist ein Plan.«
»Ein Plan. Na prima. Und du hast natürlich prompt wieder einen in der Tasche.«
Irene funkelte ihn an. »Von dir ist ja nichts mehr zu erwarten. Ich hätte zumindest einige Vorschläge. Irgendjemand interessiert?«
Alle außer Malcolm nickten. »Gut. Die erste Möglichkeit wäre, einen Versuch zu starten, den Lkw zu erreichen und damit zu fliehen. Aber ich stimme mit Albert überein, dass das sehr riskant wäre. Dann gäbe es noch Patricks Vorschlag, jemanden zu schicken, der Hilfe holt. Aber was würden wir so lange machen? Hier bleiben?«
»Auf keinen Fall«, meldete sich Mano Issa zu Wort, der sich unbemerkt ihrer Beratung angeschlossen hatte. In kurzen, abgehackt klingenden Sätzen erläuterte er, was er von der Sache hielt. »Ich werde mit den verbliebenen Männern zum

Fort zurückkehren, um Hilfe zu holen. Sie sollten auf dem schnellsten Weg zurück in die Höhle gehen und sich dort verstecken. Hier können Sie nicht bleiben. Die Rebellen werden mit großer Wahrscheinlichkeit zurückkehren.«

»Was, wir sollen uns in diesem Kaninchenloch verkriechen und darauf warten, dass die uns finden?« Malcolm war außer sich. »Und wenn Sie und Ihre Männer es nicht schaffen? Wenn Sie nicht durchkommen? Dann werden wir da drin jämmerlich verdursten.« Er schrie jetzt beinahe. »Ohne mich! Denken Sie sich etwas anderes aus, schließlich haben Sie uns mit ihren betrunkenen Männern überhaupt erst in diese Lage gebracht.«

Mano Issas Augen funkelten, und er spannte seine Schultermuskeln, doch war er diszipliniert genug, um nicht handgreiflich zu werden. Seine Antwort jedoch war von unterdrückter Wut überschattet.

»Meine Männer haben sich zwar einer Unaufmerksamkeit schuldig gemacht, aber sie sind für eine Sache gestorben, die sie im Grunde nichts anging«, sagte er. »Sie alle haben das Risiko gekannt, als Sie hierher kamen. Ich bin persönlich dafür verantwortlich, dass Ihnen kein Leid geschicht, so verlangt es meine Ehre. Wenn Sie sich aber weigern, auf meine Ratschläge zu hören, endet diese Verantwortung auf der Stelle. In einem solchen Fall werde ich Sie Ihrem Schicksal überlassen und mit meinen Männern nach Agadez zurückkehren.«

Irene, die als Einzige auf Malcolm Einfluss zu haben schien, legte ihm die Hand auf die Schulter. »Ich glaube, es ist ein guter Vorschlag. Aber wir werden einen Zeitplan vereinbaren. Wenn wir binnen zweiundsiebzig Stunden nichts von Ihnen oder Ihren Männern hören, werden wir die Höhle verlassen und versuchen, uns allein durchzuschlagen.«

Mano kreuzte die Arme vor der Brust als Zeichen des Einverständnisses.

Chris, der von der Tragödie immer noch sehr mitgenommen war, fasste allmählich wieder klare Gedanken. »Wir sollten so viel Proviant mitnehmen, wie wir können, und uns auf den Weg machen. Ich habe das unangenehme Gefühl, dass wir beobachtet werden.«

»Geht mir genauso«, fügte Hannah hinzu. Ihre Stimme war nicht viel mehr als ein Flüstern. »Ich will so schnell wie möglich von hier verschwinden, ehe noch mehr Unheil geschieht.«

In Windeseile wurden die Rücksäcke mit allem voll gestopft, was ihnen fürs Überleben in den kommenden Tagen sinnvoll erschien. Sie fanden zwei Campingkocher, etliche Konserven, Dörrobst, Müsli, Feigen und Brot. Die Hauptsache aber war Wasser. Patrick und Chris luden sich je einen Zwanzigliterkanister auf den Buckel, die anderen füllten alle vorhandenen Feldflaschen und hängten sie außen an die Rucksäcke. Sie packten sämtliche Lampen und Batterien ein, die sie finden konnten, sowie drei Gaslaternen nebst Kartuschen. Zur allgemeinen Überraschung waren den Rebellen die drei Walkie-Talkies entgangen, die sich unter den Lampen befunden hatten. Eine Überprüfung ergab, dass die Akkus aufgeladen waren. Chris griff nach einem von ihnen. »Schnell, lasst uns versuchen, ob wir damit jemanden erreichen.« Er schaltete auf On und hielt das Gerät ans Ohr. »Hallo, hallo! Ist da draußen jemand? Kann mich irgendjemand hören?« Alle drängten sich um das Gerät und lauschten angestrengt. Doch da war nichts außer einem statischen Rauschen. Chris versuchte es noch einige Male, immer mit demselben Ergebnis. »Verdammt. Hier draußen hört uns niemand.«

»Einen Versuch war es auf alle Fälle wert«, sagte Hannah. »Und wer weiß, ob uns die Walkie-Talkies nicht doch noch nützlich sein werden. Kommt, steckt sie ein.«

Nach einer halben Stunde waren alle beladen und aufbruchbereit. Wortlos verabschiedeten sie sich von Mano Issa. Alle waren sich darüber im Klaren, dass ihr Leben in seinen Händen lag. Wenn es ihm nicht gelang, an den Rebellen vorbei ins Fort zu gelangen, waren sie alle verloren. Der Tuareg-Führer starrte in den Himmel, der jetzt vollkommen mit schwarzen Wolken zugezogen war. Sein Gesicht wirkte ernst. »Ein Sturm«, sagte er mit düsterer Stimme. »Vielleicht ist das der Grund dafür, dass die Rebellen noch nicht zurückgekehrt sind. Ihr müsst euch beeilen. Stürme um diese Jahreszeit sind bedrohliche Ereignisse.« Er blickte finster in den Himmel. »Dieser wird besonders schlimm.«

# 13

Einige Zeit später hatten sie die Höhle, die ihnen für die kommenden Tage Schutz bieten sollte, fast erreicht. Hannah keuchte schwer, legte sie diese Strecke heute doch schon zum dritten Mal zurück. Sie befanden sich schon auf dem Abstieg in die Schlucht, als sie von Ferne ein bedrohliches Heulen vernahmen, das klang wie von tausend Kriegshörnern, die zum Angriff geblasen wurden. Alle blieben stehen und lauschten. Chris ließ den Wasserkanister neben sich zu Boden sinken und starrte in die aufkommende Finsternis. »Großer Gott, was ist das?«

Hannahs Gesicht drückte Furcht aus. »Der angekündigte Sturm. Der Atem des Todes, von dem die Legenden der Tuareg berichten«, sagte sie. »Der Wind fängt sich in Höhlen und Schluchten und bricht sich dort.«

»Hast du so etwas schon einmal erlebt?« Irene zog die Riemen an ihrem Rucksack fester. Hannah nickte. »Ja, aber nicht so laut. Ein gespenstisches Geräusch. Macht euch auf das Schlimmste gefasst.« Sie zog ihre Sandbrille aus der Tasche und setzte sie auf. Die anderen taten es ihr gleich, und schon bald sah das Team aus wie eine Gruppe von Raumfahrern.

»Klingt wirklich schaurig. Ich bin dafür, dass wir uns beeilen«, schrie Irene gegen das immer lauter werdende Heulen an. Hannah stimmte ihr im Geiste zu. Nicht, weil ihr das Tosen des

Windes Angst machte, sondern weil sie wusste, was ein Sturm um diese Jahreszeit anrichten konnte.
Sie hatte gesehen, wie Autos binnen Minuten von ihrer Lackschicht befreit, wie Fenster matt geschmirgelt worden und Zelte im Nichts verschwunden waren. Sie hatte gesehen, dass Dünen sich auftürmten, wo zuvor eine ebene Fläche gewesen war, und wie die Wüste sich in ein lebendes, tosendes Meer verwandelte. Wer noch nie zuvor in der Sahara gewesen war, hatte keine Ahnung, was ein ausgewachsener Sandsturm anrichten konnte.
Sie befanden sich noch etwa dreihundert Meter von der Höhle entfernt, als die ersten Böen einsetzten. Zuerst begann sich die oberste Staubschicht zu lösen, dann wurde der darunter liegende Sand in Bewegung gesetzt.
»Mein Gott, seht doch nur«, stammelte Patrick. »Der Sand beginnt zu fließen. Es sieht aus, als würde er sich in Wasser verwandeln.«
Hannah wusste, dass es jetzt nicht mehr lange dauern konnte, bis das Inferno mit voller Wucht über sie hereinbrach. »Haltet euch bei den Händen«, schrie sie. »Sofort!«
Kaum hatte sie die Warnung ausgestoßen, schoss eine Windböe durch das Tal, die sie von den Füßen riss. Tausend glühende Nadelspitzen brannten auf ihrer Haut. Sie sah nichts mehr. Zum Schutz vor dem fliegenden Sand bedeckte sie ihr Gesicht mit den Händen und versuchte sich seitlich in eine Felsnische zu verdrücken. Das wirbelnde, donnernde Inferno aus Sand und Staub schien sich gegen sie zu stemmen. Gelbe Schleier verdunkelten den Himmel. Jeder Schritt war eine Qual, doch schließlich gelang es ihr, hinter einem Felsen Schutz zu finden. Sie nahm die Hände vom Gesicht und setzte die sandverkrustete Sturmbrille ab. Was sie sah, erfüllte sie mit Schrecken. Wo eben noch rosafarbene Felswände im Licht der Nachmittagssonne geschimmert hatten, war nur noch gelber, rauschender

Untergang. Das war etwas, was selbst sie noch nie zuvor erlebt hatte.
Plötzlich hörte sie Rufe und Hilfeschreie, die durch das Inferno zu ihr drangen. Im Nu hatte sie die Brille vom Sand gereinigt und wieder aufgesetzt. Dann stürzte sie sich zurück in den Sturm. Der Erste, den sie zu fassen bekam, war Malcolm. Er hatte dem Wind seinen Rücken zugewandt und den Kopf eingezogen. Er hielt Irene gepackt, die wiederum mit Chris, Abdu und Patrick eine Kette bildete. Nur Albert und Gregori fehlten.
»Wo sind die beiden?«, brüllte Hannah. Malcolm wies mit ausgestrecktem Arm in die Richtung, aus der das Tosen kam. Sie nickte. »Geht nach links«, rief sie. »Da drüben ist eine Stelle, wo ihr geschützt seid. Wir treffen uns dort. Ich werde versuchen, die beiden anderen zu finden.«
Malcolm begann unter Aufbietung aller Kräfte, die Gruppe zum vereinbarten Sammelpunkt hinüberzuziehen, während Hannah nach den Verschollenen suchte.
Es dauerte nicht lange, da erkannte sie vor sich jemanden, der auf allen vieren über den Boden kroch. Es war Albert. Verzweifelt scharrte er mit seinen Händen im Sand.
»Wo ist Gregori?«, rief Hannah.
»Weiß nicht!«, gab er zurück. »Stand dort drüben, als ein Windstoß kam und ihn wie ein Stück Papier durch die Luft wirbelte.«
Hannah fiel neben ihm auf die Knie und fing fieberhaft an, mit ihren Händen zu wühlen. Sollte Gregori tatsächlich vom Sand begraben worden sein, so hatten sie weniger als drei Minuten, um ihn zu finden. Sonst würde er ersticken.
Ihre Augen tränten unter der Sturmbrille, die den Staub nicht vollständig abhalten konnte. Mühsam grub und grub sie, schaufelte den Sand mit vollen Händen weg, nur um danach an einer neuen Stelle zu suchen. Nichts. Hier waren nur Steine und Sand. Sie arbeitete sich weiter vor und stieß plötzlich auf

einen Sandhaufen, unter dem etwas Großes liegen musste. Hannah schickte ein Stoßgebet in den Himmel, dass es kein Felsbrocken war. Wieder begann sie, wie eine Besessene zu graben. Plötzlich stieß sie auf eine Hand, die sich um den Griff eines Gewehres klammerte. Gregori!

»Hierher, Albert! Ich habe ihn.«

Kurze Zeit später hatten sie den erschlafften Körper freigelegt.

»Wir müssen ihn in den Windschatten tragen!«

Der Tontechniker zog und zerrte, aber der weiche Boden rutschte mit jedem Schritt unter seinen Füßen weg. »Mein Gott, ist der schwer.«

»Wir müssen ihn wegschaffen. Er wird sonst sterben, also reiß dich zusammen.« Obwohl Hannah am Ende ihrer Kräfte war, wollte sie sich nicht geschlagen geben. Aber es war wie in einem dieser Träume, in denen man sich nicht von der Stelle bewegen konnte. Sie zogen und zogen und kamen doch kaum vom Fleck. Erst nach einer Weile gelang es ihnen, Gregori an den vereinbarten Sammelpunkt zu ziehen, wo die anderen sich ängstlich zusammenkauerten.

Irene stand das Entsetzen ins Gesicht geschrieben. »Was ist mit ihm? Er ist doch nicht ...« Die Worte blieben ihr im Hals stecken. Hannah kauerte sich nieder und hielt ihr Ohr an seine Brust. Es war fast unmöglich, bei dem Sturm etwas zu hören, aber nach einer Weile hob sie den Kopf. »Er ist bewusstlos, aber er lebt. Wir müssen ihn in die Höhle bringen. Malcolm, Abdu und Patrick, ihr packt ihn an Armen und Beinen. Beeilt euch!« Mit diesen Worten stand sie auf und trat wieder hinaus in den Sturm. Alle folgten ihren Anweisungen. In diesem Augenblick war sie die Einzige, die Ruhe bewahrte und klar denken konnte.

Schritt um Schritt, Meter um Meter kämpften sie sich voran. Über ihren Köpfen tobte der Sturm. Blitze zuckten durch den Sturm und entluden sich mit Donnergrollen. Hannah kam es

vor, als näherten sie sich dem dritten Höllenkreis in Dantes *Inferno.*
Es schien eine Ewigkeit zu dauern, bis sie endlich den Stein mit der Medusendarstellung wiederfanden. Das Loch, durch das sie wenige Stunden zuvor gekrochen waren, war vom Sand fast völlig zugeschüttet. Ohne zu zögern, begannen alle, den Eingang wieder freizulegen. Der Sturm schien an Heftigkeit zuzunehmen, als wollte er verhindern, dass ihm seine Beute entkam. Regen setzte ein. Zuerst in einzelnen dicken Tropfen, dann mit immer größerer Heftigkeit, bis sich wahre Sturzbäche aus dem Himmel ergossen.
»Schnell jetzt, schnell, sonst werden wir alle sterben«, schrie Chris, der trotz des Wasserkanisters und des schweren Gewehrs auf seinem Rücken mit äußerster Kraftanstrengung mit seinen Händen Sand schaufelte. Hannah spürte ihre Arme kaum noch, doch dann fanden sie endlich den Zugang zu der Höhle. Im Nu hatten sie ihn freigeschaufelt und waren im Begriff, sich hineinzuzwängen, als Malcolm rief: »Wartet. Was ist, wenn der Gang verschüttet wird? Wie sollen wir da jemals wieder rauskommen?«
Hannah teilte seine Bedenken. »Du hast Recht. Aber wir haben keine andere Wahl. Wenn wir nicht alle schleunigst da drin verschwinden, sterben wir durch die Flutwelle. Erinnerst du dich an die Wasserstandsmarken in den Bäumen? Ich flehe euch an: Beeilt euch. Wenn etwas in den Gang gespült wird, ist es wahrscheinlich nur Sand. Und den kann man wieder wegschaffen. Also los jetzt!«
Die anderen sahen sie mit schreckensbleichen Gesichtern an und zwängten sich in das enge Loch. Albert und Patrick schoben und zogen den bewusstlosen Gregori in die enge Röhre. Der Regen stürzte mittlerweile in solchen Strömen vom Himmel, dass er nicht mehr im Boden versickern konnte. Rasch bildete sich ein Fluss, der zuerst langsam, dann immer schneller

zu Tal schoss. Während sie weiterkrochen, stieg das Wasser unaufhaltsam. Es riss Grasbüschel, Äste und verdorrte Baumstümpfe mit.
»Wir werden alle ersaufen«, schrie Malcolm, der sich als einer der Letzten anschickte, in den Tunnel zu kriechen.
»Nein«, entgegnete Hannah, »der Tunnel führt aufwärts. So hoch kann das Wasser nicht steigen.«
Malcolm nickte, dann stürzte er sich in die Dunkelheit. Hannah sah sich noch einmal um, dann folgte sie ihm.

Ängstlich, verschüchtert und durchnässt saß das Team eine Viertelstunde später beisammen. Eine einzelne Gaslampe erhellte die Krypta mit ihrem fahlen Licht. Hannah blickte in die Gesichter ihrer Freunde, die von Furcht und Entbehrungen gezeichnet waren. Chris spuckte Sand. Albert versuchte seine Sturmbrille wieder klar zu bekommen, aber der aufgewirbelte Sand hatte das Glas matt geschliffen. Malcolm beklagte den Verlust seines Hutes, während Patrick immer und immer wieder Sand und Steinchen aus seinen Stiefeln schüttelte. Es gab aber auch Grund zur Hoffnung. Gregori war aus seiner Bewusstlosigkeit erwacht. Er knabberte an einem Stück Schokolade, um seinen Kreislauf in Gang zu bringen. Dabei nickte er Hannah und Albert zu. »Danke. Ihr habt mich gerettet«, sagte er. »Ohne euch läge ich jetzt da draußen, begraben unter Sand und Schlamm.«
Hannah spürte, wie ihr die Röte ins Gesicht stieg. »Das war doch eine Selbstverständlichkeit. Jeder hätte das für den anderen getan. Schließlich sind wir ein Team.« Einerseits war es ihr peinlich, dass ihr jemand so dankbar war, andererseits empfand sie ein unbeschreibliches Glücksgefühl. Sie hatte einem Menschen das Leben gerettet. Wer konnte das schon von sich behaupten?
Gregori knabberte weiter, doch hatte Hannah das Gefühl, dass

er sie nicht aus den Augen ließ. Sie beschloss, sich davon nicht verunsichern zu lassen, und stand auf.
»Wenn sich alle einigermaßen erholt haben, sollten wir uns Gedanken um die Zukunft dieser Expedition machen.« Sie holte tief Luft. »Ich hoffe, dass Mano und seine Männer unbeschadet zum Lkw gelangen und Hilfe holen. Der Sturm wird auch sie überrascht haben, aber sie sind erfahrene Soldaten. Vielleicht hilft ihnen das Wetter sogar, unbemerkt den Rebellen zu entwischen. Was uns betrifft, sollten wir versuchen, uns mit irgendetwas zu beschäftigen.«
Irene strich sich durch ihr Haar. »An was hattest du dabei gedacht?«
»Wer nicht schlafen mag, könnte zum Beispiel versuchen, diese Inschriften zu entziffern. Es sind ja reichlich genug davon vorhanden. Ich denke, es ist für uns alle das Beste, wenn wir erst mal versuchen, Kraft zu tanken und uns auf andere Gedanken zu bringen.«
»Was ist, wenn Mano es nicht schafft?«
Hannah war überrascht, diese Frage von Irene zu hören. Normalerweise war Malcolm der Bedenkenträger.
»Was ist, wenn er sich auch vor dem Sturm verstecken musste oder wenn er gefangen genommen oder getötet wurde? So wie die anderen.«
»Gott bewahre, dass so etwas geschieht; aber in diesem Fall sollten wir die vereinbarten zweiundsiebzig Stunden abwarten und dann versuchen, uns allein durchzuschlagen. Ich weiß, dass die Warterei uns wie eine halbe Ewigkeit vorkommen wird, aber wir dürfen jetzt nicht aufgeben.«
»Nicht aufgeben, ha.« Malcolm schien kurz davor zu stehen, die Beherrschung zu verlieren. »Nicht aufgeben. Aus deinem Mund klingt das so zynisch, dass mir schlecht werden könnte. Du hast uns doch überhaupt erst in diese Situation gebracht. Du und deine bescheuerte Medusa.«

Irene stemmte die Hände in die Hüften. »Malcolm, hör sofort auf damit! Alle haben zugestimmt, hierher zu kommen, erinnerst du dich?«
»Ist doch gar nicht wahr! Ich war dafür, im *Tassili N'Ajjer* zu bleiben. Aber ihr wolltet ja unbedingt die harte Abenteuertour. Also schieb mir nicht die Verantwortung in die Schuhe.« Malcolm war jetzt richtig in Fahrt. »Und dann erinnert euch an diese Hypnosegeschichte. Seitdem ist alles den Bach runtergegangen. Was immer unsere werte Kollegin anpackt, es endet in einer Katastrophe.«
»Jetzt reicht es mir aber.« Chris war aufgesprungen. »Ich höre mir diesen Mist nicht länger an. Schluss damit!«
»Sieh an, sieh an. Der Herr Liebhaber geht auf die Barrikaden.« Malcolm war ebenfalls aufgestanden und kam drohend näher. »Was ist? Willst du mir den Mund verbieten? Ich habe immer schon gesagt, was ich denke, geradeheraus und ohne Umschweife.«
»Vielleicht ist es Zeit, dass dir dafür mal jemand eine Lektion erteilt.«
»Hört sofort auf damit«, zischte Hannah und stellte sich zwischen die Kontrahenten. Die beiden funkelten sich böse an, wichen aber langsam voreinander zurück.
»Schluss jetzt damit.« Hannah atmete tief durch. »Wir sind alle angespannt, und die Tatsache, dass wir hier eingesperrt sind, macht es auch nicht leichter. Wir sollten jetzt Ruhe bewahren und zusammenhalten, nur so überleben wir das Ganze. Ich gebe dir Recht, Malcolm. Die Hypnose war ein Riesenfehler, und obwohl ich bis heute nicht weiß, was eigentlich vorgefallen ist, übernehme ich die volle Verantwortung dafür. Du hast mein Wort, dass ich alles tun werde, um uns hier sicher wieder hinauszubringen. Ich weiß nicht, ob es uns etwas nützt, aber ich wüsste gern von dir, Patrick, ob du dich an irgendetwas erinnerst, was du in der besagten Nacht erlebt hast.

Vielleicht gibt uns das einen Hinweis darauf, ob wir es hier mit einer höheren Gewalt zu tun haben.«

Patrick schüttelte den Kopf. »Ich erinnere mich an gar nichts. Tut mir Leid.«

»Du hast etwas von einem Auge gesagt, von einem leuchtenden Tunnel und einem unterirdischen See. Du fühltest dich verfolgt und wolltest fliehen, aber irgendetwas ließ dich nicht gehen.«

»Habe ich das wirklich gesagt? Ich kann mich nicht daran erinnern. Es ist wie verhext.«

Hannah ließ seufzend die Schultern hängen, doch Patrick war noch nicht fertig: »Ich weiß nicht, ob es uns etwas nützt, aber seit dieser Nacht habe ich immer denselben Traum.«

Alle Augen richteten sich auf den schmächtigen jungen Mann.

»Es mag seltsam klingen, aber ich habe das Gefühl, diesen Raum schon einmal gesehen zu haben. Wenn ich nachts einschlafe, dann träume ich von einem Tunnel, ganz ähnlich dem, durch den wir gerade gekrochen sind, nur viel länger. Er ist auch nicht so dunkel, sondern scheint zu leuchten. Dann komme ich in diesen Raum. Die Zeichen über unseren Köpfen leuchten ebenfalls und drehen sich, und auf dem Boden befindet sich ein strahlend helles Quadrat.«

Irene hob die Augenbrauen. »Und?«

»Nichts und. Das war's. Vielleicht hätte ich es gar nicht erwähnen sollen.«

Malcolm schnaubte verächtlich, murmelte irgendetwas von Hokuspokus und legte sich auf die Seite, um zu schlafen.

Nun ließ Patrick die Schultern hängen. »Tut mir Leid«, murmelte er.

»Schon in Ordnung. Es kann sein, dass es noch wichtig wird.« Hannah lächelte ihm aufmunternd zu. »Man weiß nie, ob einem solche Informationen noch einmal etwas nützen. Im Moment können wir jede noch so kleine Hilfe brauchen. Und

jetzt, denke ich, ist es wirklich das Beste, wenn wir alle versuchen, ein wenig zu schlafen.«
Einer nach dem anderen befolgte ihren Vorschlag. Jeder suchte sich eine Stelle, die ihm bequem genug schien, um den Schlafsack auszubreiten. Albert und Irene stopften sich aus ihren Jacken ein Kopfkissen zurecht, während die anderen ihr Haupt einfach auf den kahlen Boden legten. Hannah drehte das Licht auf ein Minimum zurück, dann legte sie sich neben Abdu.
»Wie geht's dir?«, flüsterte sie.
Er lächelte. »Ich musste gerade an meine Familie denken. Heute ist der zweite August, der Geburtstag meiner kleinen Tochter.«
»Wie alt ist sie?«
»Fünf. Und sie sieht genau aus wie ihre Mutter. Das gleiche strahlende Lächeln, die gleichen pechschwarzen Haare.« Er schluckte. »Ich vermisse sie schrecklich.« Hannah legte ihren Arm um ihn. »Es tut mir so Leid«, flüsterte sie. »Ich hätte dich in die Sache nicht mit reinziehen dürfen. Ich hätte dich zu deiner Familie heimschicken sollen.«
Er lächelte. »Du hättest es versuchen können, aber das hätte nichts genutzt. Du brauchst mich, und um nichts in der Welt hätte ich dieses Abenteuer verpassen wollen. Aber wenn es dir nichts ausmacht, würde ich jetzt auch gern ein bisschen ruhen. Ich bin hundemüde.« Er drehte sich auf die Seite und war nach wenigen Sekunden eingeschlafen. Hannah musste lächeln. Von allen Anwesenden war er derjenige gewesen, der in der Aufregung am ruhigsten geblieben war. Er hatte Recht. Sie wüsste nicht, was sie ohne ihn machen sollte.
Sie blickte sich um. Auch Chris atmete schon lang und gleichmäßig. Sie hätte sich gern an ihn geschmiegt, doch wollte sie die aufgestauten Emotionen in der Gruppe nicht unnötig aufheizen.

Seufzend legte sie ihren Kopf auf ihren Rucksack und schloss die Augen.

Als sie wieder erwachte, war der Raum leer. Sie war vollkommen allein.
Schrecken erfasste sie. War die Gruppe aufgebrochen, ohne ihr Bescheid zu sagen? Wie lange hatte sie geschlafen? Sie wollte auf die Uhr sehen, doch die befand sich nicht mehr an ihrem Handgelenk. Wahrscheinlich hatte sie sie im Sandsturm verloren.
Hannah kroch durch den schmalen Gang, um festzustellen, ob sich die Gruppe vielleicht vor der Höhle versammelt hatte und auf sie wartete. Hoffnung keimte in ihr auf. So musste es sein. Dennoch: Es war nicht fair, ihr einen solchen Schrecken einzujagen. Sie würde ihnen noch die Meinung sagen.
Während sie weiterkroch, stellte sie verwundert fest, dass der sandige Boden unter ihr keinerlei Kriechspuren aufwies. Er war so unberührt und jungfräulich wie zu Anbeginn der Zeit. Auch etwas anderes war merkwürdig. Sie hatte kein Licht dabei und konnte trotzdem alles erkennen. Die Wände des Schachtes schienen von innen her zu leuchten. Hannah wollte das Phänomen gerade näher betrachten, als ihre Hände gegen eine massive Wand stießen. Der Gang war versperrt. Sand, Geröll und dicke Felsbrocken machten ein Weiterkommen unmöglich. Verzweiflung erfasste ihr Herz. Die Angst, lebendig begraben zu sein, raubte ihr den Atem. Wie hatten sie sie nur allein lassen können? Allen voran Chris, in den sie so viel Vertrauen gesetzt hatte. Tränen rannen über ihre Wangen, als sie beschloss zurückzukriechen. Es schien eine Ewigkeit vergangen zu sein, als sie wieder in der Krypta ankam. Sie blickte sich um. Auch hier war der Boden völlig unberührt. Außer ihr hatte noch nie jemand diesen Raum betreten. Voller Furcht umschlang sie sich mit beiden Armen. Hatte sie sich verlaufen?

Hatte sie sich schlafwandelnd in einen anderen Raum verirrt? Aber es gab doch nur diesen einen Zugang. Während sie versuchte, das Rätsel zu lösen, stellte sie fest, dass ihre Lampe verschwunden war. Stattdessen begannen die Bilder, mit denen die Wände bedeckt waren, zu leuchten. Es schien, als seien die Wände transparent. Sie trat näher an eine der Darstellungen heran und streckte ihre Hand aus. Das Bild schimmerte von innen heraus, in einem seltsamen fahlen grünen Licht. Es hatte nicht den kalten Glanz von Kunstlicht, sondern wirkte organisch, genau wie das Licht, das von Glühwürmchen erzeugt wurde.

Als ihre Finger die Wand berührten, spürte sie Wärme in sich aufsteigen. Wärme und Hoffnung.

In diesem Augenblick schien der Raum dunkler zu werden. Der Boden begann aufzuleuchten. Ein quadratisches Feld zeichnete sich ab. Winzige Staubteilchen, die darüber in der Luft schwebten, begannen zu flimmern und zu tanzen. Das Quadrat erstrahlte immer heller. Sie spürte, wie sie von ihm angezogen wurde. Je näher sie ihm kam, umso deutlicher sah sie, dass es nicht einfach nur ein leuchtender Fleck war. Es war ein Tor, das in eine fremde Welt führte. Möglicherweise sogar in eine andere Dimension. Sanft, aber unnachgiebig war der Sog, der sie näher und näher an den leuchtenden Schlund brachte. Und mit einem Mal erlahmte ihr Widerstand, und ihre Beine versagten den Dienst. Einen Moment lang schwebte sie noch über der Öffnung, dann riss das geheimnisvolle Leuchten sie in die Tiefe.

# 14

Chris hatte seinen Kopf auf den harten Boden gebettet und die Augen geschlossen. Die verhaltenen Gespräche um ihn herum verblassten zu einem diffusen Rauschen, doch er konnte keinen Schlaf finden. Immer wieder kreisten seine Gedanken um ein Thema: Wen hatte Stromberg gemeint, als er den Maulwurf erwähnte? Wer war derjenige, der unter den Augen aller Anwesenden ein doppeltes Spiel trieb. Hatte Stromberg sich vielleicht geirrt? Wie er seinen Chef kannte, war das nur schwer vorstellbar. Wäre doch nur der Satellitenempfänger noch funktionsfähig. Stromberg hätte in der Zwischenzeit sicher neue Informationen für ihn gehabt. Verdammte Rebellen! Jetzt war er in dieser Sache ganz auf sich allein gestellt.
Unerwartet drang ein Geräusch an sein Ohr. Ein Geräusch, das ihn alarmierte. Die Müdigkeit war wie weggeblasen. Er richtete sich kerzengerade auf und versuchte im Dämmerlicht etwas zu erkennen. Die Gruppe lag im Tiefschlaf versunken. Alle waren da … nur Hannah nicht!
Er blickte sich um. Das Licht einer Taschenlampe flackerte in dem schmalen Stollen. Ein dumpfes Stöhnen drang durch die Dunkelheit an sein Ohr. Er sprang auf und rannte zur Öffnung des Tunnels. Als er sich duckte, um hineinzusehen, erstarrte er. Hannah kam ihm entgegen, mit einem Gesichtsausdruck, der

ihn erschauern ließ. Blut lief aus einer Platzwunde an ihrem Kopf und sickerte über ihre linke Gesichtshälfte. Ihr Blick wirkte gehetzt, so, als habe sie die Orientierung verloren.
»Versperrt«, brabbelte sie wirr. »Der Gang ist versperrt. Warum haben sie mich allein gelassen?«
Chris packte sie bei den Schultern. »Hannah, ich bin's. Du bist nicht allein. Wir sind alle noch hier.«
Sie hörte ihn nicht, blickte durch ihn hindurch wie durch Glas. Ihre Augen waren auf die Mitte des Raums gerichtet. Chris schüttelte seine Kollegin, versuchte sie zur Besinnung zu bringen, aber es war hoffnungslos. Wo immer sie sich im Geiste befand, er konnte nicht zu ihr vordringen. Mittlerweile waren auch die anderen erwacht und hatten mitbekommen, dass etwas nicht stimmte. Irene und Abdu kamen sofort zu Hilfe.
»Was ist los?«, fragte Irene mit besorgtem Blick.
»Keine Ahnung. Sie war im Tunnel. Sie faselte etwas davon, dass wir sie zurückgelassen hätten und der Tunnel versperrt sei. Hannah, sieh mich an! Wir sind hier.« Er schüttelte sie wieder, doch Hannah zeigte keinerlei Reaktion. Ihr Assistent Abdu legte seinen Arm um sie und tupfte ihr das Blut von der Stirn. Mit warmen, fremd klingenden Worten redete er auf sie ein. Chris verstand nicht, was er sagte, aber die Worte zeigten Wirkung. Hannah schien sich zu entspannen, auch wenn sie das Bewusstsein nicht wiedererlangte. Ihre Augen waren noch immer auf den einen Punkt am Boden der Höhle gerichtet. »Da ist ein Licht«, hörte Chris sie sagen. Ihre Stimme war kaum mehr als ein Flüstern. »Ein Licht, so hell, so hell. Es singt. Es ist der Gesang der Sterne.«
Betroffen starrte Chris die anderen an. Ihr Verhalten rief Erinnerungen wach an jene Nacht, in der es Patrick erwischt hatte. Ob sie in einen Zustand der Selbsthypnose gefallen war? Er wusste es nicht. Genauso wenig, wie er wusste, ob und wie

man einen Menschen aus diesem Zustand wieder erlösen konnte.
Abdu wirkte wie versteinert. Er ließ Hannah los und sah zu, wie sie sich in Bewegung setzte. Malcolm und Albert wichen vor ihr zurück, als habe sie eine ansteckende Krankheit. Hannah kniete nieder und begann mit mechanischen Bewegungen zu graben. Der Boden war weich, und bereits nach wenigen Minuten war ein beachtliches Loch entstanden.
»Was tut sie denn da?«, fragte Irene.
»Ich habe keine Ahnung«, antwortete Chris. »Vielleicht überlassen wir sie am besten sich selbst und hoffen, dass sich dieser Geisteszustand von selbst verflüchtigt.«
Ein Husten drang aus dem Tunnel. Als sie sich umdrehten, sahen sie, wie Patrick aus dem Tunnel kroch. »Es mag ja wie eine geistige Umnachtung aussehen, aber eines ist bittere Realität. Ich war eben im Tunnel und habe ihre Aussage überprüft. Ob Wahnsinn oder nicht, in einem Punkt hat sie absolut Recht. Der Ausgang ist versperrt.«
»Was sagst du da?«, platzte Irene heraus.
»Absolut dicht. Schlamm, schweres Geröll, Bruchstücke aus dem tragenden Gestein, und das alles schon nach etwa der Hälfte der Strecke. Um hier herauszukommen, bräuchten wir einen Bulldozer – oder Sprengstoff. Doch wir haben weder das eine noch das andere«, fügte er resigniert hinzu.
»Verdammt. Hannah war sich doch so sicher, dass wir nur einige Meter Sand beiseite zu schaffen hätten.« Alberts Stimme drohte zu kippen. »Wie sollen wir je wieder ans Tageslicht kommen? Wir sind am Ende.«
»Ruhig Blut«, besänftigte Irene, aber es klang, als glaubte sie selbst nicht, was sie sagte. Chris, dem ebenso mulmig war wie den anderen, sagte mit gefasstem Ton: »Ich werde Hannah helfen. Vielleicht kann ich so zu ihr durchdringen.«
Er wusste, dass das wenig hoffnungsvoll klang. Andererseits

brachte es auch nichts, weiterhin zu lamentieren. Er hockte sich neben Hannah und half ihr, den lockeren Sand beiseite zu schaffen.

Ihr Gesicht hatte einen verbissenen Ausdruck. An welchem Ort sie sich befand und was gerade in ihrem Kopf vorging, konnte er sich beim besten Willen nicht vorstellen. Aber sie hatte etwas gesehen, so viel war sicher. Verstohlen, aus dem Augenwinkel heraus, betrachtete er sie. Diese Frau trug etwas in sich, was ihn magisch anzog. Sie besaß ein inneres Licht, anders konnte er es nicht beschreiben ...

»Was ist denn das?«

Chris schrak aus seinen Gedanken auf, als er Malcolms Stimme dicht neben seinem Ohr hörte.

Er blickte an seinen Fingern hinab und erschrak. Hannah war auf festen Untergrund gestoßen. Offenbar massiver Fels. Doch die Oberfläche war zu glatt und ebenmäßig, um natürlichen Ursprungs zu sein.

Kurz darauf stießen sie auf zwei Steinringe. Hannah hob den Kopf. Es schien, als sei sie wieder bei klarem Verstand. »Das ist es«, flüsterte sie. »Das ist der Weg, nach dem ich gesucht habe.« Sie blickte sich um, und ihre Augen weiteten sich vor Erstaunen. »Ihr? Wie seid ihr zurückgekommen? Ich dachte, ihr wärt alle abgehauen.«

Chris nahm sie in den Arm und drückte sie, ohne sich darum zu kümmern, was die anderen denken mochten. Er war einfach nur glücklich. »Wir waren immer hier, du warst weg. Was ist nur mir dir geschehen?«

Sie schüttelte den Kopf, die Lippen aufeinander gepresst. Schließlich stammelte sie: »Ich bin aufgewacht, und ihr wart alle verschwunden. Dann habe ich versucht, euch durch den Tunnel zu folgen, aber der war versperrt. Es war so schrecklich.« Tränen liefen ihr übers Gesicht. »Ich war so einsam. Und dann sah ich das Licht. Es schien aus der Mitte diese Raums zu

kommen. Es war so hell, und es zog mich magisch an. Zuerst habe ich mich gewehrt, doch es hatte keinen Sinn. Ich habe noch gespürt, wie es mich in die Tiefe zog, und dann bin ich aufgewacht.«
Patrick atmete scharf ein. »Das gibt es doch nicht. Das ist mein Traum. Genau das erlebe ich Nacht für Nacht. Wie ist so etwas nur möglich?«
»Nun werdet mal nicht hysterisch«, polterte Malcolm. »Dafür gibt es sicher eine einfache Erklärung. Du hast uns doch vor wenigen Stunden deinen Traum erzählt. Hannah war weggetreten und hat die Geschichte in ihre Wahnvorstellungen eingebaut. Sorry, Hannah, ist nicht persönlich gemeint, aber würdet ihr beide endlich aufhören, euch und uns mit diesen Gespenstergeschichten verrückt zu machen? Die Lage ist auch so schon schwierig genug. Ich schlage vor, wir vergessen diesen Hokuspokus und wenden uns den Fakten zu.« Patricks verhaltenen Protestruf übertönte er mit seiner lauten Stimme. »Erstens: Der Ausgang ist versperrt. Wir können ihn von hier aus nicht öffnen. Das bedeutet: Wir müssen hier warten, bis uns jemand zu Hilfe kommt. Es könnte sich allerdings als schwierig erweisen, die Wartezeit zu überbrücken, weil unsere Vorräte, insbesondere die Wasservorräte, begrenzt sind. Zweitens: Dieser Raum wirft einige Fragen auf, die wir nach Möglichkeit klären sollten. Tatsache ist, das sich unter unseren Füßen eine Steinplatte befindet, die offensichtlich in einen anderen Raum führt. Wie Hannah von ihrer Existenz wissen konnte, sei dahingestellt. Vielleicht liegt dort etwas vergraben, vielleicht ist das sogar ein Weg nach draußen. Wir werden es erst erfahren, wenn wir nachsehen.
Drittens: Wir können verängstigt darauf warten, dass uns jemand freischaufelt, oder wir nehmen die Dinge selbst in die Hand.« Er stemmte die Hände in die Hüften. »Also, was sagt ihr?«

Gregoris Augen leuchteten. »Die Steinplatte ist faszinierend. Ich würde in jedem Fall wissen wollen, was sich darunter befindet.« Auch die anderen stimmten ihm zu. Alle spürten, dass sie kurz davor standen, das Geheimnis der Medusa aufzuklären. Chris nickte Malcolm anerkennend zu. »Habe gar nicht gewusst, dass du so flammende Reden halten kannst, alle Achtung.«
Malcolm lachte mit seinem tiefen Bariton. »Das ist eine besondere Begabung von mir. Und als Belohnung für meine markigen Worte werde ich mich damit begnügen, eure Anstrengungen mit meiner Digitalkamera aufzuzeichnen. Schließlich muss ja einer die Scharte mit dem zerstörten Filmmaterial wieder auswetzen. Also, an die Arbeit, Herr Professor!«

Etwa eine Stunde später hatten sie die gesamte Platte freigelegt. Sie maß drei mal drei Meter, und bei näherer Betrachtung stellten die Eingeschlossenen fest, dass sie mit feinen Linien überzogen war. Die Steinringe waren offensichtlich nicht nachträglich eingefügt, sondern aus ein und demselben Felsblock gehauen worden. Die handwerkliche und künstlerische Fertigkeit der Schöpfer dieses Wunderwerkes war atemberaubend. Je tiefer die acht Wissenschaftler, Techniker und Journalisten in die Mysterien dieser Kultur vorstießen, desto größer wurden die Geheimnisse, die sie offenbarte.
Zufrieden mit ihrem Werk, lehnten sich alle erschöpft zurück.
»Wie sollen wir dieses Teil aufstemmen?«, keuchte Albert, dem der Schweiß auf der Stirn perlte. »Das wiegt doch mindestens eine Tonne.«
»Das reicht nicht«, stellte Malcolm fest, während er seine Aufnahme beendete und die kleine Kamera zurück in den Umhängebeutel steckte. »Ich habe während meiner Dreharbeiten in Machu Picchu erlebt, wie man versuchte, eine Tür von ähnlichen Ausmaßen zu öffnen. Ohne einen Bulldozer ging da gar

nichts. Sie wog sage und schreibe drei Tonnen. Die Platte hier hat sicher ein ähnliches Gewicht. Das können wir rundweg vergessen, wir haben ja nicht mal Seile.«
»Haben wir doch«, wiedersprach Hannah. »Zieht eure Kleidung aus, Hosen, Hemden und Jacken, und knotet sie aneinander. Das sollte genügen.«
Irene schüttelte den Kopf. »Damit bekommen wir die Platte trotzdem nicht geöffnet. Drei Tonnen sind einfach zu viel. Das hieße ja, dass jeder von uns knappe vierhundert Kilo bewegen müsste.«
»Ich glaube trotzdem, dass es möglich ist. Seht her!« Hannah kniete sich neben die Platte und blies den Staub aus der Ritze. »Wenn ihr genau hinschaut, erkennt ihr, dass das Scharnier nicht am Fußende angebracht ist, wie bei den meisten Falltüren, sondern ungefähr in der Mitte. Das bedeutet, dass die Platte sich um eine Achse drehen lässt. Ein ausgesprochen cleveres Prinzip. Wir müssen nur den Widerstand brechen, den Staub, Schmutz und Sand aus Jahrtausenden uns entgegensetzen.«
»Einen Versuch ist es wert.« Ohne große Umschweife zog Chris seine Hose und sein Hemd aus und reichte beides Hannah. Irene musterte ihn bewundernd, grinste und zog sich dann ebenfalls aus. Wenige Augenblicke später lagen genug Kleidungsstücke vor ihnen, um daraus zwei gleich lange Seile zu flechten. Die Enden wurden an den Steinringen befestigt und straff gespannt. Malcolm, der in seiner Unterhose wie ein behaarter Neandertaler aussah, schnappte sich das erste Seil und zog. Alle außer Gregori, der immer noch zu schwach für eine solche Kraftanstrengung war, halfen mit.
»In Ordnung. Ich zähle bis drei, und dann legt ihr euch ins Zeug«, rief Hannah. »Eins, zwei, drei!«
Chris spürte, wie der Stoff in seine Haut schnitt, während er seine ganze Kraft aufbot, um die Platte zu bewegen. Von Out-

door-Bekleidung durfte man ein gewisses Maß an Strapazierfähigkeit wohl erwarten, aber ob sie diesen Zugkräften gewachsen war?
Minutenlang erfüllte ein gleichförmiges Keuchen den Raum. Schließlich wurde ihre Mühe mit einem vertrauten Geräusch belohnt. Sie hörten das Knirschen von Sand, der zwischen mächtigen Steinen zerrieben wurde.
»Los, noch einmal«, rief Gregori, der zu Irene lief und nun ebenfalls zupackte. »Es hat sich schon ein kleines Stück bewegt. Noch mal, mit vereinten Kräften!«
Chris lief der Schweiß über den Rücken. Er spürte, wie seine Arme erlahmten. Lange würde er diese Zugkraft nicht mehr aufbringen können. Plötzlich ging ein Ruck durch die Taue. Der Boden vibrierte, und das tonnenschwere Tor öffnete sich mit einem tiefen Rumpeln. So, wie Hannah vorausgesagt hatte. Die eine Hälfte der Steinplatte versank unter ihren Füßen im Boden, während die andere sich in die Senkrechte erhob. Der Mechanismus ermöglichte es ihnen, die Steinplatte ohne weitere Anstrengung in ihre endgültige Position zu bewegen. Schließlich hörten sie ein trockenes Schnappen, als ein Zapfen an der Achse in eine Vertiefung rutschte und die Steinplatte in dieser aufrechten Position unverrückbar feststellte. Chris musterte die Konstruktion mit vorsichtiger Zurückhaltung. Der Stein ächzte und knackte unter dem Gewicht, aber er hielt. Eine dreizehntausend Jahre alte Konstruktion, die immer noch tadellos funktionierte.
Von der Treppe, die unter der Platte verborgen lag, stieg ein Schwall uralter, muffig riechender Luft zu ihnen empor. Doch auf die Teilnehmer der Expedition wirkte das belebend wie eine Frühlingsbrise. In Windeseile hatten sie ihre Sachen entknotet und wieder angezogen. Dann war der große Moment gekommen, der Moment, von dem alle Archäologen zeit ihres Lebens träumen. Sie würden hinabsteigen in eine

Welt, die seit Urzeiten kein menschliches Wesen betreten hatte.
Genauso gut hätten sie mit einem Raumschiff auf einem fremden Planeten landen können.
»Stellt euch mal zusammen«, rief Malcolm ihnen zu, während er seine Kamera auf einem kleinen Aluminiumstativ positionierte. »Das ist ein historischer Augenblick. Den müssen wir unbedingt für die Nachwelt erhalten. Ja, Abdu, du musst auch mit drauf. Die in der vorderen Reihe sollten sich hinknien. Lasst mir aber auch noch einen Platz frei. So, und jetzt enger zusammenrücken. Sehr gut!«
Der Selbstauslöser leuchtete auf, und Malcolm rannte zu seinem Platz neben Gregori. Sie legten sich die Hände auf die Schultern und grinsten in das Objektiv. Es gab ein wenig Gelächter und Schulterklopfen, doch dann blickten alle mit erwartungsvoller Miene in die Kamera. Für wenige Augenblicke waren Streit, Eifersucht und Missgunst vergessen. Die Zeit schien stillzustehen. Es grenzte an ein Wunder, wie weit sie trotz aller Schwierigkeiten gekommen waren. Nach all den beschwerlichen und grausamen Erlebnissen hatten sie endlich das gefunden, wonach sie gesucht hatten. Ihr Ziel war zum Greifen nah.
Chris spürte, dass dies einer jener seltenen Momente war, in denen vollkommene Einigkeit herrschte. Aber wer konnte wissen, ob es je wieder einen solchen Augenblick geben würde?

# 15

Oberst François Philippe Durand sah sich mit finsterem Blick um. Das Camp der Wissenschaftler war eine Stätte der Verwüstung, ein Ort des Todes und des Verfalls – zwei Dinge, die er ganz und gar nicht ausstehen konnte. Was die Rebellen nicht fortgeschleppt oder verbrannt hatten, war ein Raub des Sturms geworden. Zerbrochene Zeltstangen, an denen noch die Reste der Bespannung flatterten, ragten wie Fingerknochen in die Luft. Umgeworfenes Kochgeschirr aus Aluminium lag neben angesengten Schlafmatten und zerknickten Feldbetten. Aus halb verschütteten Aluminiumkisten quollen Jacken und Hosen. Hier stand buchstäblich kein Stein mehr auf dem anderen. Das Lager wirkte, als hätte Gott eine Sintflut geschickt, um es vom Antlitz der Welt zu tilgen.
Andererseits war der Sturm auch ein unverhofftes Glück. Er hatte sämtliche Spuren verwischt, und das würde es ihm ermöglichen, eine Geschichte zurechtzubasteln, die sich in seinen Berichten an den Führungsstab in Agadez glaubwürdig las.
Er wandte sich um. Vor ihm stand breitbeinig und mit finsterem Gesichtsausdruck Ibrahim Hassad vom Stamm der *Kel-Aïr,* der Anführer der Rebellenallianz des Nordens. Das dunkelblaue Tuch seines Umhangs wogte im Wind, während die Metallplättchen, die an einem Lederband um seinen Hals hin-

gen, leise klirrten. Oberst Durand bemerkte, dass von den Bergen hinter Hassad neue bedrohliche Wolken heranzogen. Was vor wenigen Stunden über diesen Landstrich hereingebrochen war, war nur ein Vorbote gewesen. Durand ahnte, was auf sie zukam.

Zu seinen Füßen lagen die Leichname jener drei getöteten Tuareg, die versucht hatten, zum Fort zurückzukehren. Allen voran Mano Issa, dessen gedrungener Körperbau ihn deutlich von den anderen Mitgliedern der Eskorte unterschied. Sein Turban war von einer Maschinengewehrsalve zerfetzt worden und bedeckte nur notdürftig das, was einmal ein Kopf gewesen war. Die anderen waren ähnlich zugerichtet worden und nicht mehr in der Lage, Fragen zu beantworten. Durands Lippen formten sich zu einem schmalen Strich, als er die Reihe der Toten abging. Er war Soldat und kein Killer. Er hatte Gefangene gewollt, doch was er fand, waren Krieger, die ihn aus toten Augen anstarrten.

»Warum?«

»Sie haben sich zur Wehr gesetzt, Oberst.« Die Stimme des Rebellenführers klang rau und tief. »Als die Lage aussichtslos schien, haben sich die letzten beiden selbst erschossen.« Er deutete mit der Hand auf die beiden Krieger, die zusammengekrümmt zu seinen Füßen lagen. »Drei von meinen eigenen Leuten sind ebenfalls gestorben, vier sind verwundet.«

»Interessiert mich nicht«, knurrte Durand. »Ich will wissen, wo die Wissenschaftler sind. Sie können sich doch nicht in Luft aufgelöst haben.« Er straffte seine Schultern und blickte Ibrahim Hassad geradewegs in die Augen.

Die Allianz mit den Rebellen bestand nun schon seit einigen Jahren und hatte sich als eine für beide Seiten vorteilhafte Verbindung erwiesen. Die aufständischen Tuareg durften von Zeit zu Zeit einen beladenen Konvoi überfallen, um ihre Vorräte aufzubessern und weiterhin von ihrem eigenen Staat zu träumen. Durand hingegen konnte sich mit dem sicheren Gefühl zurücklehnen, die Stabilität zu wahren. Nichts geschah hier ohne sein Wissen. Wenn ein Überfall stattfand, dann nur mit seiner Zustimmung. Vollkommen zufrieden stellend war diese Lösung natürlich nicht, aber dieses Opfer musste er von Zeit zu Zeit bringen, um die Rebellen bei Laune zu halten. Und um sie kontrollieren zu können. Wenn du den Feind nicht besiegen kannst, mache ihn zu deinem Verbündeten, dies war ein Grundsatz, den er in der Fremdenlegion gelernt und der ihm schon unschätzbare Dienste erwiesen hatte.

»Also, was ist mit den Leuten geschehen?«

Hassad zuckte mit den Schultern. »Sie müssen das Lager verlassen haben, während wir die Satellitenanlage und die anderen technischen Geräte vor dem Sturm in Sicherheit gebracht haben. Als wir zurückkehrten, waren sie bereits fort.«

»Woher wisst ihr überhaupt, dass sie hier waren?«, knurrte Durand.

Statt zu antworten, führte der Rebellenführer ihn etwas abseits zu einem Palmenhain. Dort lagen, halb vergraben im Sand, einige Aluminiumkisten, deren Deckel offen standen.

»Proviant«, sagte Hassad. »Wir wollten die Kisten nach unserer Rückkehr mitnehmen, aber da waren sie bereits leer geräumt.«

Oberst Durand nickte. »Verstehe. Als ihr das Lager angegriffen habt, waren nur die angetrunkenen Wachen hier. Aus irgendeinem Grund war keiner der Wissenschaftler anwesend. Sie waren alle unterwegs, um sich etwas anzusehen. Möglicherweise haben sie tatsächlich etwas gefunden ...« Er strich sich über das glatt rasierte Kinn. Dabei schritt er auf und ab wie ein Detektiv, der ein Verbrechen zu rekonstruieren versuchte. »Dann kam der Überfall. Sie haben die Schüsse gehört und den Rauch gesehen, haben gewartet, bis ihr abgezogen seid, und sind dann zurückgekehrt. Sie haben sich Proviant besorgt,

einen Treffpunkt vereinbart und ihre Tuareg losgeschickt, um Hilfe zu holen. Das kann nur bedeuten ...«, er wandte sein Gesicht den Bergen zu, »... dass sie sich hier irgendwo versteckt halten und auf mich warten.«
Ein schmales Lächeln breitete sich auf Durands Gesicht aus. »Zieht euch die Uniformen meiner Männer an, und dann los – sucht sie. Wenn ihr sie findet, bringt sie zu mir. Lebend! Es könnte sein, dass sie etwas von großem Wert bei sich tragen. Was immer es ist, ich will es haben. Verstanden?«
Ibrahim Hassad nickte und zog sich zurück. Durand war tief in Gedanken versunken. Die Wissenschaftler hatten etwas gefunden, das spürte er mit jeder Faser seines Körpers. Wenn es sich dabei um den Gegenstand handelte, von dem in Naumanns Brief die Rede war, konnte es sein, das Hassad ebenfalls Interesse daran hatte. In diesem Fall war eine Konfrontation unumgänglich. Nun ja, niemand war unersetzlich.

Hannah blickte in die gähnende Öffnung zu ihren Füßen. Eine uralte Steintreppe wand sich in die Tiefe. Der blasse Schein der Gaslampe enthüllte eine endlose Folge von Stufen, die in einen scheinbar bodenlosen Abgrund führten. Kein Laut drang zu ihnen herauf. Hannah wurde von einem Gefühl der Erleichterung und der Unruhe zugleich befallen. Erleichterung, weil sie gehofft hatte, dass die Öffnung nicht einfach in einer Grabkammer oder etwas Ähnlichem endete, und Unruhe, weil sie immer wieder an ihren Traum denken musste. Sie spürte, wie sie geradezu angezogen wurde von der Dunkelheit zu ihren Füßen.
Träume waren eine seltsame Sache. Manchmal entführten sie die Menschen in eine vollkommen fremde Welt, manchmal waren sie ein Spiegelbild der Realität. Doch eines hatten Träume immer gemeinsam. Sie zeigten Bilder des eigenen Unterbewusstseins. Je länger sie darüber nachdachte, desto mehr

Fragen türmten sich auf, doch sie spürte, dass irgendwo dort unten die Antwort lag.
»Wie ist der Status unserer Batterien?«, erkundigte sich Irene.
Patrick überprüfte den Leistungsstand und schüttelte unzufrieden den Kopf. »Nicht gut. Drei der Akkus haben nur noch halbe Kraft, der letzte ist etwas voller. Ich würde sagen, sie reichen noch drei, maximal vier Stunden.«
»Verdammt. Und die Gaslampen?«
»Da sieht es etwas besser aus. Zusätzlich zu den Brennelementen, die gerade drinstecken, haben wir noch vier Kartuschen zu je drei Stunden Brenndauer.«
Irene nickte. »Das ist ziemlich wenig, gemessen daran, dass wir hier vielleicht mehrere Tage ausharren müssen. Ich würde die Lampen gern auf ein absolutes Minimum zurückfahren. Aber wir wollen natürlich auch etwas sehen, wenn wir da runtersteigen. Daher schlage ich vor, wir halten immer nur eine Taschen- und zwei Gaslampen gleichzeitig in Betrieb. Das sollte eigentlich ausreichen. Außerdem müssen wir eng zusammenbleiben und uns gegenseitig auf mögliche Hindernisse aufmerksam machen.«
Gregori räusperte sich zaghaft. »Sollten wir nicht jemanden zurücklassen, für den Fall, dass unerwartet Hilfe kommt?«
»Eine tolle Idee«, erwiderte Irene. »Das Problem ist nur, dass unser Wachposten auf Licht verzichten müsste, denn wir können uns keine Verschwendung von Energie leisten. Außerdem kann ich mir nicht vorstellen, wer freiwillig hier bleiben will, wenn der Rest des Teams auf Abenteuertour geht. Oder möchtest du den Job übernehmen?«
Da war er wieder, dieser Missklang in Irenes Stimme. Seitdem der Sturm losgebrochen war spürte Hannah, dass die Gereiztheit zwischen den beiden zunahm.
»Was, du willst nicht hier bleiben und Wache schieben?«, fuhr Irene fort. »Hätte ich mir gleich denken können. Dann sind

wir uns also einig. Wir bleiben zusammen. Vergesst nicht die Walkie-Talkies und die Gewehre. Wer weiß, was uns da unten erwartet.«
»Meint ihr, die Funkgeräte werden uns etwas nützen? Ich vermute, Steine und Felsen werden den Empfang empfindlich beeinträchtigen«, sagte Hannah in der Hoffnung, sich nicht als technischer Trottel zu outen.
»Bei normalen Funkgeräten wäre das so«, bestätigte Patrick. »Aber unsere arbeiten auf einer besonders langwelligen Frequenz. Außerdem verfügen sie über mehr als die fünffache Sendeleistung normaler Funkgeräte.«
»Wahrscheinlich haben wir alle einen Tumor am Ohr, ehe wir hier lebend herauskommen«, unterbrach ihn Malcolm. Irene verteilte die Lampen und verschwand in der Tiefe. Malcolm folgte ihr, dann Albert, Patrick, Abdu und Chris. Danach Hannah und am Schluss, mit hängendem Kopf, Gregori.
Es war eine schweigsame Prozession, die sich in die Tiefe wand. Die Stille schien wie Wasser von den Felsen zu tropfen. Sie hüllte sie ein, umgab sie und ließ sie frösteln.
Mit jedem Schritt wurde es kühler. Ein seltsames Gefühl nach all den Wochen der Hitze und Trockenheit. Hannah spürte, wie sich die Haare auf ihren Unterarmen aufrichteten. Als müsse sich ihr Körper erst wieder daran erinnern, wie es sich anfühlte, wenn die Luft kühler als das eigene Blut war.
Das leise Knirschen der Steine unter ihren Sohlen verhallte in der Tiefe, ohne ein Echo zurückzuwerfen, und das Licht ihrer Lampen warf bizarre Schatten auf die grob behauenen Wänden. Nach etwa hundert Metern stießen sie auf erste Hinweise. Rechts und links öffneten sich steinerne Nischen, aus denen ihnen die ausdruckslosen Gesichter zweier Medusen entgegenstarrten. Sie sahen der Tassili-Skulptur verblüffend ähnlich.
Hannah trat vor und berührte die Figur mit ihren Fingern.

Überrascht zog sie die Hand zurück. Ihr war in diesem Moment klar geworden, dass sie aus demselben Gestein gefertigt worden war wie die Statue im *Tassili N'Ajjer.* Aus schwarzem, hartem Basalt.
Gregori hob einen Steinsplitter vom Boden auf und klopfte gegen einen der schlangenartigen Auswüchse. Ein glockenheller Ton erklang.
»Tonalit«, erklärte er den überraschten Teammitgliedern. »Auch ein Basalt-Gestein, aber eine besonders harte Variante. Wird unter anderem für Klangskulpturen verwendet.«
Damit schlug er an einen weiteren Auswuchs. Der Ton, den sie nun hörten, klang deutlich heller.
»Ich hatte bereits im *Tassili N'Ajjer* den Verdacht, dass damit Klänge erzeugt werden sollten, aber jetzt bin ich mir sicher. Hört doch!« Er schlug eine Folge von Tönen an, die in den schier endlosen Tiefen des Stollens verhallten. Es klang wie ein archaisches Glockenspiel, dessen glasklare Töne besonders weit getragen wurden.
»Warum hast du uns das nicht schon damals vorgeführt«, fragte Irene vorwurfsvoll. »Das hätte sich fantastisch im Film gemacht.«
»Erstens waren die akustischen Bedingungen längst nicht so gut wie hier«, verteidigte sich der Geophysiker, »und zweitens habe ich das erst herausgefunden, als das ganze Equipment schon verpackt war. Malcolm hätte mir die Ohren lang gezogen, wenn ich dann noch mit dieser Geschichte angekommen wäre.«
»Trotzdem ist es eine wichtige Entdeckung«, bemerkte Hannah.
»Die Länge der Auswüchse scheint die Tonhöhe zu definieren. Sie sind bestimmt ganz bewusst so angefertigt worden, damit man Melodien erzeugen konnte. Möglicherweise sind wir hier auf den Bestandteil irgendeiner Zeremonie gestoßen, vielleicht

sogar auf ein frühes Kommunikationsmittel. Großartig!« Hannah bemerkte Gregoris dankbares Lächeln.
Eine weitere Untersuchung blieb ergebnislos. Es gab keine Zeichen, keine Inschriften, keine weiteren Besonderheiten. Mit ausdruckslosen Augen blickten die Steinwesen die Menschen an.
Die Gruppe setzte sich wieder in Bewegung, und Hannah begann sich den Kopf darüber zu zerbrechen, welche Funktion die Wächter wohl gehabt haben könnten. Dienten sie zur Abschreckung, oder waren sie nichts als Dekoration? Letzteres traf wohl kaum zu. Dekorative Elemente entfalteten erst dann ihre Wirkung, wenn sie in großer Anzahl vorhanden waren. Ob an Kirchen, Gräbern oder Tempelanlagen, das Prinzip war in allen Epochen das gleiche: Die Menge war ausschlaggebend. Hier gab es nur zwei, und es hatte nicht den Anschein, als würden noch mehr auftauchen. Abschreckung also? Tief in sich spürte sie, dass auch das nicht der wahre Grund sein konnte. Dieser Ort war so geheim und so gut gesichert, dass Grabräuber oder Plünderer sich nicht von zwei lächerlichen Steinskulpturen abschrecken lassen würden. Nicht, wenn sie schon so weit gekommen waren. Es musste sich um etwas anderes handeln. Etwas, was vielleicht mit den Klängen zusammenhing ...
Doch je länger sie darüber nachdachte, desto verworrener wurden ihre Gedanken. Irgendwann gab sie es auf und konzentrierte sich wieder auf ihre Umgebung.
Sie waren jetzt gut und gern fünfhundert Stufen hinabgestiegen, und noch immer war kein Ende der Treppenflucht zu erkennen. Ein unangenehmes Gefühl beschlich sie. Dies war keine normale Grabkammer. Selbst die Pyramiden mit ihren ausgefeilten Labyrinthen waren mit dieser Anlage nicht zu vergleichen. Hannah strich sich in einem Anflug plötzlicher Kälte über den Unterarm. Sie hatte das unbestimmte Gefühl, sich in einem riesigen Raum zu befinden.

»Wartet mal einen Augenblick.«
Ihre Worte verhallten in dunklen Tiefen. Es dauerte einige Sekunden, doch dann geschah etwas, was ihr das Blut in den Adern gefrieren ließ. Mit unendlicher Verzögerung kam ein Echo zurück. Das Echo ihrer eigenen Stimme.
Wie angewurzelt blieb die Gruppe stehen. Irene, die an der Spitze ging, drehte die Gasflamme auf höchste Stufe. Niemand schien auf das vorbereitet zu sein, was das Licht der Lampe offenbarte. Ihre Strahlen enthüllten ein gewaltiges, dunkles ... Nichts. Eine Höhle – oder besser gesagt eine Kaverne – von solch gewaltigen Dimensionen, dass ihre wahre Abmessung nicht abzuschätzen war. Offenbar hatten sie, ohne es zu merken, den schmalen Gang verlassen und befanden sich nun auf einer Art Balustrade, die sich spiralförmig in die Tiefe wand. Nicht auszudenken, was geschehen wäre, hätten sie sich weiter rechts gehalten. Albert Beck, der aussah wie eine Stange Weißbrot, wich zurück und suchte Schutz an der Wand. »Wo, um Gottes willen, sind wir hier? Ist das Menschenwerk?«
»Gewiss nicht«, flüsterte Gregori mit erregter Stimme. »Es kann nur durch Prozesse im Erdinneren entstanden sein. Wahrscheinlich befinden wir uns im Inneren einer gigantischen Gasblase, einer Geode. In einem natürlichen Hohlraum, der sich innerhalb des ehemals zähflüssigen Gesteins gebildet hat und bei der Aushärtung der Lava bestehen blieb. Wir haben solche Höhlen, natürlich in kleinerem Maßstab, schon überall auf der Welt gefunden, aber keine, die so groß gewesen wäre wie diese hier. Einfach überwältigend.«
»Ein Alptraum«, stammelte Albert. »Ich kann unter keinen Umständen weitergehen.«
»Was soll das heißen?« Irene blickte ihn fragend an. »Wir können doch jetzt nicht umkehren. Nicht, ehe wir herausgefunden haben, was dort unten ist.«
»Ich kann.« Albert griff sich an die Brust. »Wenn ihr es un-

bedingt wissen wollt, ich leide unter Höhenangst. Extremer Höhenangst. Bisher hat mir das nie Probleme gemacht, aber es gehört ja auch nicht zu meinen Pflichten als Tontechniker, auf irgendwelche Türme zu klettern oder in Abgründe hinunterzuschauen. Das hier ...«, er deutete in die pechschwarze Finsternis, »... das ist zu viel.«
»Verdammt, Al, reiß dich zusammen«, drang Patrick auf seinen langjährigen Freund ein. »Wir stehen das hier zusammen durch. Ich bin bei dir. Komm, ich führe dich, wenn du das willst.«
Ein schmales Lächeln huschte über Alberts Gesicht, so kurz, dass es schon wieder verschwunden war, ehe es wahrgenommen werden konnte. »So weit kommt es noch, dass wir beide Hand in Hand durch die Nacht schlendern. Großer Gott. Sei's drum. Aber ich bestehe darauf, an der Wand gehen zu dürfen.«
Malcolm klopfte ihm auf die Schulter. »Dagegen ist nichts einzuwenden. Ich werde mich dir anschließen. Diese Höhle ist in der Tat Ehrfurcht gebietend, aber ich habe das dumpfe Gefühl, dass uns hier noch mehr Überraschungen erwarten.«
Schritt für Schritt und mit äußerster Vorsicht bewegte sich die Gruppe im Gänsemarsch an der Wand entlang weiter abwärts. Hannah voran, dicht gefolgt von Chris. Sie empfand seine Nähe als wohltuend. Immer wieder spürte sie, wie er sie berührte und nach ihren Fingern tastete. Die Galerie, die vor Urzeiten in den Felsen geschlagen worden war, wies eine Breite von etwa einem Meter auf. Breit genug also, um sicher darauf zu gehen, aber so schmal, dass Hannah sich des Abgrunds zu ihrer Rechten stets bewusst war. Sie waren etwa zehn Minuten gegangen, als Chris sie plötzlich an der Schulter berührte.
»Warte. Leide ich unter Halluzinationen, oder was ist das?«
Besorgt drehte Hannah sich um und bemerkte im selben Augenblick, dass er durchaus nicht unter Halluzinationen litt. »Der Fels leuchtet«, flüsterte sie. Licht drang an verschiedenen

Stellen aus dem Felsen. Es sah aus, als befände sich unter der obersten Gesteinsschicht eine fluoreszierende Quelle.
»Schaltet alle Lampen aus!«
Irene und Patrick drehten die Gasflamme ab, bis pechschwarze Dunkelheit sie umgab. Schlagartig erstarben die Gespräche. Nur Alberts ängstliches Flüstern war zu hören. »Seid ihr wahnsinnig? Ihr könnt doch auf dieser schmalen Galerie nicht das Licht löschen!«
»Psst!«, hörte Hannah Irene zischen. »Seht euch das an!«
Es dauerte einige Minuten, bis sich ihre Augen an die Dunkelheit gewöhnt hatten, doch dann wurden sie mit einem Schauspiel belohnt, wie es nur wenige Menschen je gesehen hatten.
»Es sieht aus wie flüssiges Licht!«, hauchte Irene.
»Fluoreszierende Bakterien«, entgegnete Hannah. Doch eigentlich war dieser Ausdruck viel zu profan, um ein Phänomen zu beschreiben, das in seiner Schönheit nicht in Worte gefasst werden konnte. Das Leuchten war allgegenwärtig. Es haftete an jedem Stein und an jedem Felsen. Das Licht besaß eine organische Qualität, eine Eigenschaft, die modernem Kunstlicht fehlte. Dieses Licht lebte. Es wogte und wallte, als striche ein Windhauch über ein Kornfeld. Hannah drückte mit einem Finger gegen eines der Bakterienpolster. Das Licht verlosch für kurze Zeit, dann sickerte es wieder durch.
»Wunderschön«, flüsterte sie. »Es erinnert mich an Leuchtstäbe, wie wir sie auch schon verwendet haben.«
»Ist auch ein ähnliches Prinzip«, hörte sie Malcolm. »Chemische Lumineszenz.«
»Hört auf zu dozieren, und seht euch das an«, hörten sie Albert sagen, der sich, seiner Höhenangst zum Trotz, über die Kante beugte und in die Tiefe starrte.
Hannah löste ihren Blick von den kleinen Polstern und folgte seiner Aufforderung. Sie musste sich an Chris festklammern, so überwältigend war der Anblick.

Unter ihnen öffnete sich ein Meer aus Licht. Es strömte in Kaskaden die Wände hinab und sammelte sich in den Nebeln irgendwo tief unter ihnen. Während sie hinabstarrte, spürte sie einen Gedanken in sich aufsteigen. Sie hatte all das schon einmal gesehen. In ihrem Traum. Die leuchtenden Wände, das Tor aus Licht, der tiefe Sturz.

Mittlerweile hatten sich ihre Augen so sehr an die geheimnisvollen Lichtverhältnisse gewöhnt, dass es ihnen möglich war, ohne Lampen auszukommen.

»Ich habe das Gefühl, dass die Helligkeit nach unten hin zunimmt«, flüsterte Albert.

»Das Gefühl habe ich auch«, antwortete Patrick. »Und zwar im selben Verhältnis wie die Luftfeuchtigkeit. Ist euch schon aufgefallen, dass es immer nebeliger wird, je tiefer wir hinabsteigen? Und wenn ich mich nicht ganz täusche, höre ich ein Plätschern von da unten.«

# 16

Chris spürte das Jagdfieber in sich aufsteigen. In diesem Augenblick spielte Strombergs Auftrag keine Rolle mehr. Es spielte auch keine Rolle mehr, ob, wann oder von wem sie gerettet wurden. Jede Faser seines Körper war von dem Wunsch beseelt, endlich herauszufinden, wie es dort unten weiterging. Mittlerweile war er bereit, zu glauben, dass man ihn auf den sagenumwobenen Schatz König Salomons angesetzt hatte – oder auf die Entdeckung von Atlantis.

Den anderen schien es ähnlich zu gehen. Getrieben von Neugier und Wissensdurst eilte die Gruppe im Laufschritt die Stufen hinab. Patrick hatte sich nicht getäuscht. Die Luftfeuchtigkeit nahm rapide zu. Mit jedem Schritt wurde die Luft trüber. Nebelschwaden waberten in die Höhe und verschleierten den Blick auf das, was sich dort unten befinden mochte. Irene machte ihre Lampe wieder an. Chris hob den Kopf. Der Geruch von vermoderten Pflanzen stieg ihm in die Nase, während das Plätschern lauter wurde. Immer undurchdringlicher wurde der Nebel. Die Ursache dafür war Chris schleierhaft. Selbst als promovierter Klimatologe konnte er sich nicht erklären, wie sich innerhalb eines abgeschlossenen Raumes ein solch stark differenziertes Mikroklima bilden konnte. Die Abfolge von trockener Luft im oberen Bereich bis hin zu tropischen Nebeln in den unteren Schichten war unter normalen meteorologischen

Bedingungen nicht erklärbar. Doch die Erforschung dieses Phänomens hatte zu warten. Zuerst mussten sie herausfinden, was sich hier unten verbarg.
Chris war einer der Ersten, die das Ende der Treppenflucht erreichten. Gemeinsam mit Gregori, der sich sehr gut von seinem Unfall erholt zu haben schien, erwartete er die Ankunft der anderen. Die Sicht betrug weniger als zwanzig Meter. Das Geräusch, das vor ihnen aus dem Nebel drang, klang nicht mehr nach einem Bach oder einem Tümpel. Es musste sich um eine größere Wasserfläche handeln, einen See vielleicht. Möglicherweise war das Wasser sogar trinkbar.
Endlich schloss auch der Rest der Gruppe zu ihnen auf. Beruhigt stellte Chris fest, dass niemand fehlte. Bei dieser schlechten Sicht konnte man sich schnell verlieren. Sie durften jetzt nicht leichtsinnig werden und mussten unbedingt zusammenbleiben.
»Großer Gott, ich spüre meine Beine kaum noch«, lamentierte Malcolm. »Bei Stufe zweitausend habe ich zu zählen aufgehört. Schrecklich die Vorstellung, dass wir da wieder hinaufmüssen.«
Malcolms Beschwerderufe kamen so sicher wie das Amen in der Kirche, und Chris hätte einen Hunderter darauf verwettet, dass sie auch diesmal nicht ausbleiben würden. Andererseits hatte er sich schon so an das Gejammer gewöhnt, dass er es schmerzlich vermisst hätte, wäre es ausgeblieben.
»Alle da? In Ordnung, dann können wir weitergehen. Und Irene ...«, er deutete auf die Lampe, »... du solltest jetzt besser das Licht löschen. Die natürliche Helligkeit ist hier unten groß genug. Wir müssen Gas sparen, außerdem blenden die Lampen.«
Irene überlegte kurz und drosselte dann die Gaszufuhr. Im Nu waren sie umgeben von weichem, grünem Zwielicht. Chris hatte völlig Recht. Das Licht hier unten war mehr als ausrei-

chend. Als befänden sie sich im Inneren einer gigantischen Uhr mit Leuchtzifferblatt. Chris und Gregori gingen weiterhin an der Spitze und steuerten in die Richtung, in der sie das Zentrum der Kaverne vermuteten. Der Boden war seltsam flach, als wäre er künstlich eingeebnet worden. Pflanzen wucherten im Dämmerlicht. Es schien sich um Schachtelhalm und Bärlapp zu handeln, zwei sehr urtümliche Pflanzenarten. Darunter wuchs Gras, das im Licht der Bakterien hin und her wogte. Hie und da ragten Basaltbrocken in die Höhe, denen sie vorsichtig auswichen. Das Licht reichte zwar aus, um einigermaßen sehen zu können, vor Fehltritten und blauen Flecken schützte es die Eindringlinge aber nicht.
Sie waren noch keine fünfzig Meter weit gegangen, als sie an den Rand einer Vertiefung kamen, die von unregelmäßig geformten Steinbrocken gesäumt war. Eine träge grüne Brühe schwappte gegen das Ufer. Chris kniete sich nieder und schöpfte etwas davon auf seine Hand.
»Wasser«, stellte er nach einer Geruchsprüfung fest. Ohne lange nachzudenken, trank er davon. »Eindeutig Wasser.« Er nahm einen weiteren Schluck. Es schmeckte herrlich kühl und frisch. Eine Wohltat nach den Wochen, in denen sie nur den warmen, abgestandenen Inhalt von Feldflaschen getrunken hatten. Er konnte sich kaum mehr daran erinnern, wie köstlich frisches Wasser schmeckte.
»Verrückter Kerl«, bemerkte Hannah, die sich zu ihm gesellt hatte. »Das war ziemlich leichtsinnig von dir.«
»Risikobereitschaft gehört zum Geschäft«, erwiderte er grinsend. »Zuerst wunderte ich mich über die Farbe des Wassers, aber sie rührt wohl nur daher, dass die phosphoreszierenden Bakterien auch am Boden des Sees gedeihen. Das Wasser selbst sieht ganz normal aus. Seht her!« Er leuchtete mit der Taschenlampe auf die Flüssigkeit in seiner Hand, und jeder konnte sehen, dass sie völlig farblos war. Das schien die letzte Skepsis

zu vertreiben, und schon bald knieten alle nebeneinander und labten sich an dem kühlen Nass.
»Problem Nummer eins haben wir gelöst«, stellte Malcolm fest. »Mit unseren Nahrungsmittelvorräten und dem Wasser hier halten wir ohne Schwierigkeiten eine Woche durch. Licht brauchen wir auch kaum, so dass wir uns in Ruhe mit der Erforschung der Höhle befassen können. Also, wie sieht's aus? Wollen wir weiter?«
Er wirkte so aufgeregt wie ein kleines Kind, und Chris stellte fest, dass ihm dieser Wesenszug an Malcolm sehr sympathisch war.
»Einverstanden«, sagte Hannah. »Aber seid bitte in Zukunft vorsichtiger als Chris. Ja, sieh mich nicht so an. Auch wenn du uns viel Zeit erspart hast, war es idiotisch von dir, das Wasser einfach zu trinken. Wir hätten es vorher testen müssen. Geht also keine unnötigen Risiken ein, denn was wir hier unten garantiert nicht finden, ist ein Arzt.«

Die Gruppe setzte ihre Erkundung fort und machte sich auf, den See gegen den Uhrzeigersinn zu umrunden. Die Ufer waren mit dichten Farnbüschen und Schilfgras bewachsen, auf deren schmalen Blättern sich große Kolonien von Leuchtbakterien angesiedelt hatten. Je weiter sie gingen, desto deutlicher wurde es, dass der Deich, auf dem sie sich fortbewegten, künstlich angelegt worden war. Er bildete ein perfektes Rund.
Schon nach kurzer Zeit stießen sie auf ein weiteres Relikt menschlichen Ursprungs. Sie entdeckten einen Steg, der vom Ufer zum Zentrum des Sees führte, das durch Nebelschleier vor ihren Blicken verborgen war. Auf dem Steg war ein Pfad aus flachen, grob behauenen Basaltplatten zu erkennen, flankiert von zwei weiteren Medusenstatuen, die auf kantig behauenen Obelisken ruhten. Ohne es auszusprechen, spürte

Chris, dass sie kurz vor ihrem Ziel waren. Im Zentrum dessen, was vor Jahrtausenden einmal eine blühende Hochkultur gewesen war.
Gemessenen Schrittes betraten sie den Pfad. Chris kam der Gedanke, dass es vormals wahrscheinlich nur auserwählten Menschen erlaubt war, diesen Pfad zu beschreiten. Sie waren im Begriff, eine heilige Stätte zu betreten, wie es sie in der Geschichte der Menschheit nur einmal gegeben hatte.
Mit jedem Schritt lastete die Ungewissheit schwerer auf ihren Schultern. Zudem mussten sie feststellen, dass der See deutlich größer war als zunächst vermutet. Die Gruppe rückte enger zusammen.
Nach einer Weile löste sich eine Form aus dem Nebel. Eine Insel.
Überwachsen von einer tropisch anmutenden Pflanzenvielfalt, ragte sie wie ein vorsintflutlicher Paradiesgarten aus den schimmernden Fluten. Gekrönt wurde sie von einem riesigen schwarzen Würfel.
Chris erstarrte. Von der Form her erinnerte ihn der Kubus an die Kaaba in Mekka, ein fensterloses, mit schwarzem Stoff behängtes Gebäude, das den heiligen Stein *Hadjar al-Aswad* beherbergte. Doch je weiter er sich dem Ungetüm näherte, desto klarer wurde ihm, dass es mehr Unterschiede als Gemeinsamkeiten zu dem islamischen Heiligtum gab. Er trat näher an den Kubus heran.
Das Bemerkenswerteste an ihm war sein Material. Dieser Klotz bestand aus einer Substanz, die es in natürlicher Form nur in Vulkanen gab. Aus Glas, genauer gesagt aus Obsidian, einer harten vulkanischen Siliziumverbindung. Der Block war behauen, geschliffen und poliert worden und von einer überwältigenden körperlichen Präsenz. Doch etwas war merkwürdig. Obwohl alle Flächen im rechten Winkel zueinander standen, schien sich der Würfel nach oben hin optisch zu verbreitern.

Auf eine rätselhafte Art weigerte sich der Klotz, den Gesetzen der Perspektive zu folgen. Unerwartet stießen sie auf einen Eingang – es war also tatsächlich ein Gebäude. Sah man einmal von einer Reihe merkwürdiger runder Öffnungen ab, die in die Seitenwände gebohrt worden waren und aus denen sich ein kontinuierlicher Strom aus Wasser ergoss, war das Bauwerk fensterlos. Welche Funktion es hatte, konnte er sich beim besten Willen nicht vorstellen.
Chris schlich um den Kubus herum und legte seine Finger auf die gläserne Oberfläche ... und erschrak.
War das die Möglichkeit? Er zog seine Hand zurück, wartete einige Sekunden und versuchte es erneut. Ja, es war ganz eindeutig. Er vernahm Stimmen. Zunächst glaubte er, seine angespannten Sinne würden ihm einen Streich spielen, doch je länger er den Klotz berührte, desto deutlicher wurden sie. Seltsam körperlos, so, als entstünden sie erst in seinem Kopf, waren sie dennoch real, dessen war er sich sicher. So sicher, wie er die Realität von einer Fotografie unterscheiden konnte. Obwohl er nicht in der Lage war, genau zu wiederholen, was sie sagten, spürte er, dass sie von Freundlichkeit und Wohlwollen zeugten. Wie die beruhigenden Worte einer Mutter zu ihrem Kind wiederholten sich immer und immer wieder dieselben drei Worte. Chris wurde von einem Gefühl reinen Glücks durchströmt.
Mit einem Lächeln im Gesicht blickte er zu seinen Kollegen. »Kommt schnell, ihr werdet es nicht für möglich halten.« Die Mitglieder der Expedition kamen näher und streckten ihre Hände aus. Chris beobachtete mit Genugtuung die Verzückung in ihren Gesichtern. Sie alle schienen die Worte zu hören. Bei Hannah war es am deutlichsten, denn sie bewegte ihre Lippen synchron zu den Worten, die sie nun alle vernahmen: *Anethot, Imlaran, Farass. Anethot, Imlaran, Farass.*
Chris versuchte sich zu konzentrieren und wieder Klarheit in

seinen Kopf zu bekommen, aber die Stimmen wollten sich nicht vertreiben lassen. Ruckartig zog er seine Hand zurück. Das Murmeln begann leiser zu werden und verstummte schließlich ganz. Er trat ans Ufer des Sees und schöpfte sich Wasser ins Gesicht. Im Nu kehrte sein klarer Verstand zurück. Er wischte sich das Wasser aus den Augen und wandte sich zu seinen Gefährten um. Der Anblick war gespenstisch. Alle schienen völlig von den fremden Stimmen in Bann gezogen worden zu sein. Sie standen da und glotzten erwartungsvoll auf den Steinbrocken.

»He, wacht auf!«, rief er und klatschte in die Hände. »Reißt euch zusammen. Hannah, Malcolm, Irene, kommt wieder zu euch!«

Seine Worte zeigten Wirkung. Einer nach dem anderen löste seine Hände von der schwarzen Monstrosität und blickte sich verwirrt um.

»Heiliger Strohsack, was war denn das?« Patrick traf den Nagel mit seinem unnachahmlichen irischen Akzent auf den Kopf.

»Das wüsste ich auch gern«, meinte Albert. »Diese Namen, die da gemurmelt wurden, habe ich doch irgendwo schon einmal gehört.«

»Allerdings.« Hannah fuhr sich mit der Hand über den Mund. »Wir alle haben die Namen schon einmal gehört. Und zwar aus Patricks Mund, während der Hypnose.«

»Du hast Recht«, flüsterte Malcolm und sah dabei aus, als würde er sich in ein Stück Käse verwandeln. »Du hast verdammt noch mal Recht. Und zwar, als er anfing, von einem Auge zu faseln, und davon, dass man ihn nicht gehen ließ. Leute, ich bin wirklich nicht abergläubisch, aber so langsam bekomme ich eine Gänsehaut. Was hat das alles zu bedeuten?«

Chris, der nicht zugeben wollte, dass ihm die Sache ebenso unheimlich war wie Malcolm, strich mit den Fingern über sein

Kinn. »Ich schätze, das war eine Art Willkommensruf oder Einladung. Wir sollten herausfinden, was es mit den Stimmen auf sich hat, in den Klotz hineingehen und uns selbst ein Bild von der Situation machen. Da wir alle die Stimmen gehört haben, sind wir vermutlich auch alle eingeladen auf die Party. Hat jemand was dagegen, wenn ich vorangehe?« Grinsend blickte er sich um, aber niemand hatte einen Einwand. »Habe ich auch nicht anders erwartet. Also, folgt mir.«
Er atmete tief durch und betrat das unheimliche Gebäude.

# 17

Oberst Durand saß vornübergebeugt an einem Aluminiumtisch und studierte eine topografische Karte. Während Hassad und die Rebellen sich wieder in ihre Basislager zurückgezogen hatten, war es seinen Männern gelungen, auf den Ruinen des zerstörten Camps eine provisorische Kommandozentrale einzurichten, von der aus er die Suche nach den vermissten Forschern koordinieren konnte. Der Lagerplatz war eingeebnet und von allen Trümmern und Überbleibseln des Kampfes gereinigt worden. Jetzt erhoben sich dort drei sturmgeprüfte Kuppelzelte schwedischer Bauart, von denen ihm das größte zur persönlichen Verfügung stand. Die dünnen Wände flatterten, hielten aber dem auffrischenden Nordostwind ohne Mühe stand.

Durand hatte kein Problem mit Zelten. Er hatte beinahe sein halbes Leben in diesen Behausungen verbracht und schätzte das Gefühl, geborgen und dennoch von frischer Luft umgeben zu sein. Was ihm weniger behagte, war die Tatsache, immer noch nichts über den Verbleib der Wissenschaftler in Erfahrung gebracht zu haben. Die Vorstellung, dass sie ihn in ebendiesem Moment beobachten könnten, machte ihn nervös. Nicht wegen irgendwelcher Schuldgefühle, sondern weil er die Fäden selbst in der Hand halten wollte. Nichts war schlimmer als eine Situation, die außer Kontrolle geriet. Vielleicht war es

ein Fehler gewesen, Hassad so früh um Mithilfe zu bitten. Er hätte damit rechnen müssen, dass der Rebellenführer mit der Geschwindigkeit einer Giftschlange zuschlagen würde, das lag in seiner Natur. Vielleicht hätte er warten sollen, bis er wirklich hieb- und stichfeste Beweise über einen nennenswerten Fund der Gruppe in Händen hielt. Doch was hätte er stattdessen tun sollen? In seinem Fort warten, bis er von irgendwem eine gesicherte Information erhielt? Die Wahrscheinlichkeit, dass es dann zu spät war, war verdammt groß. Die Leute in der Gruppe waren keine Dummköpfe. Wenn sie Verdacht geschöpft hatten, wären sie durchaus in der Lage gewesen, sich mitsamt dem Fund unbemerkt aus dem Staub zu machen. Das Gebiet war riesig und unübersichtlich und eine Verfolgung schwierig. Nein, er musste darauf bauen, dass sie es waren, die ihn suchten. Die Tatsache, dass sie nichts von seinem doppelten Spiel wussten, war sein Trumpf.
Wenn er Pech hatte, würden sie sich jetzt verkriechen und auf ihre Rettung warten, statt weiterzuforschen. Sein Gefühl sagte ihm aber, dass dem nicht so war. Die Leute hatten eine strapaziöse Reise hinter sich, sie hatten bereits spektakuläre Funde gemacht, sie würden nicht wegen einer x-beliebigen Entdeckung alles stehen und liegen lassen. Sie hatten etwas gefunden, das so wichtig war, dass alle zusammen aufgebrochen waren, um es zu sichern.
Neben ihm lag ein Aktenordner, der wichtige Informationen enthielt. Die wertvolle Fracht, abgeschickt von einer Adresse in Johannisburg, war gestern, zusammen mit einem Schreiben von Naumann, per Hubschrauber eingetroffen. Der Brief enthielt genaue Informationen über das Ziel der Expedition. Obwohl er immer noch nicht genau wusste, was das eigentlich für ein Gegenstand war, erfuhr Durand doch genug, um sich eine Vorstellung davon machen zu können. Das Zielobjekt war weitaus kleiner, als er zunächst angenommen hatte. Wenn

Naumann mit seinen Angaben richtig lag, war es kleiner als ein Fußball. Klein genug, um es unbemerkt außer Landes schaffen zu können.
Auch der Inhalt des Ordners war von größtem Interesse. Sorgfältig in Klarsichtfolie eingeschweißt, enthielt er ausführliche Informationen über die Mitglieder der Expedition. Lebensläufe, Arbeitgeber, Vermögensverhältnisse, psychologische Profile.
Naumann hatte wirklich ganze Arbeit geleistet. In den Dossiers fanden sich Informationen intimer Art, von zwischenmenschlichen Problemen bis hin zu Erkrankungen, Behandlungen und Therapiestunden. Nicht zu fassen, was dort zu lesen stand.
Dass Irene Clairmont mit einem Kredit über neunzigtausend Dollar in der Kreide stand und obendrein seit zwei Jahren in ein schmutziges Scheidungsverfahren verstrickt war, hätte er sich beim besten Willen nicht vorstellen können. Die Frau wirkte so überlegen und erfolgreich. Patrick Flannery war ebenfalls verschuldet. Spielschulden offensichtlich, ein beträchtlicher Batzen. Das reguläre Gehalt eines technischen Assistenten reichte scheinbar nicht aus, um den Kredit zu tilgen.
Durand schüttelte den Kopf. Nichts war so, wie es den Anschein hatte. Hinter der glatten Fassade erfolgreicher Geschäftsleute fand sich überall nur marodes Mauerwerk, man brauchte nur daran zu kratzen, schon fiel der Putz in großen Stücken herab. Dass Malcolm Neadry früher ein Problem mit Alkohol gehabt hatte, hatte er ihm angesehen. Durand hatte ein Auge für so etwas. Großporige Haut, Tränensäcke, schütteres Haar, die Spätfolgen waren unübersehbar. Aber anscheinend war es ihm gelungen, seine Sucht zu überwinden. Jedenfalls ging aus den Akten hervor, dass er seit vier Jahren trocken war. Nichts gebracht hatte dagegen die Behandlung

seiner chronischen Impotenz. Ob sie nun eine Folge des Alkoholismus oder beides auf eine psychische Erkrankung zurückzuführen war, ließ sich nicht erkennen.
Bei Hannah Peters und ihrem Begleiter Abdu war der Bestand an Informationen leider mager. Sie war eine mittelmäßig begabte Studentin gewesen, hatte einige Jahre mit Theodore Monod, dem großen Saharaforscher, verbracht und sich darüber hinaus mit ihrer Familie überworfen. Nichts von Bedeutung. Aber die beiden schienen ohnedies nur Randfiguren in diesem verrückten Spiel zu sein.
Er überflog die Seiten. An Chris Carter blieb sein Blick hängen. Oder sollte er besser sagen, John Evans? Denn so lautete ja sein richtiger Name. Aus den Akten ging hervor, dass ihm clevere Fälscher und Hacker eine komplett neue Identität verpasst hatten. Durand erinnerte sich an ihn als einen stillen Mann mit wachsamen Augen. Sehr gut aussehend. Er arbeitete als Scout für Norman Stromberg, half ihm dabei, noch mehr Kulturschätze anzuhäufen. Promovierter Klimatologe, summa cum laude an der Universität von Yale, nie verheiratet gewesen. Ob er seine Tarnung weiter aufrechterhalten würde, jetzt, da sich die Situation verändert hatte? Wahrscheinlich schon. Sein psychologisches Profil legte diese Vermutung nahe. Die Frage war, ob Stromberg ihm rechtzeitig Informationen über Naumanns Verbindungsperson in der Gruppe zuspielen konnte. Er hoffte nicht, denn das würde die Lage erheblich komplizieren.
Durand trommelte mit seinen Fingern auf die metallene Tischplatte. Es hatte keinen Sinn, sich Spekulationen hinzugeben, ehe er mehr Informationen in der Hand hatte. Seine Hoffnung baute darauf, dass es dem Maulwurf gelang, sich mit ihm in Verbindung zu setzen, ehe die Gruppe den mysteriösen Gegenstand außer Landes geschafft hatte. Zumindest sollte es ihm gelingen, irgendein Signal abzusetzen, um Durand einen Hin-

weis auf den augenblicklichen Aufenthaltsort des Teams zu geben. Andererseits wollte er nicht so lange warten. Er musste jetzt handeln. Mit einem letzten Blick auf das Foto des Maulwurfs klappte er den Ordner zu und legte ihn zurück in die Transportkiste.
Sein Blick wanderte zurück zu der topografischen Karte. Ein Zentimeter auf der Karte entsprach 250 Metern in der Natur – ein hinreichend großer Maßstab. Etwas Besseres war für diese Gegend nicht aufzutreiben. Er selbst hatte an der Vermessung des *Aïr* und der Erstellung dieser Karte mitgewirkt, doch nun bemerkte er, dass die Satellitenaufnahmen, die dem Werk zugrunde lagen, nicht alle Einzelheiten erfasst hatten. Was sie nicht abbilden konnten, das waren die zahllosen Gänge und Höhlen, die das Gebirge durchzogen. Selbst die Rebellen kannten nicht alle Schlupfwinkel.
Stunde um Stunde waren die Patrouillen bisher unterwegs gewesen, auf der Suche nach einem Hinweis über den Verbleib der Gruppe. Doch bisher gab es keine Erfolge zu vermelden.
Der Oberst überschlug im Kopf die Zeit, die den Forschern zur Verfügung gestanden hatte, um sich vor dem Sturm in Sicherheit zu bringen. Er berechnete die durchschnittliche Marschgeschwindigkeit in diesem Gelände und ermittelte daraus den maximalen Radius, den sie zurückgelegt haben konnten. Dann griff er nach einem Zirkel, stellte die Entfernung ein und schlug einen Kreis um seine jetzige Position. Selbst ein erfahrener Kletterer wäre nicht weitergekommen. Er nickte befriedigt und griff zum Funkgerät. Er hatte den Suchradius viel zu weit gesteckt. Alle, die jetzt außerhalb dieses Kreises suchten, konnten zurückgepfiffen werden und sich auf das abgezirkelte Gebiet konzentrieren. Das würde die Suche wesentlich effizienter gestalten.

Die Dunkelheit umfing Chris mit beinahe schmerzhafter Intensität. Seine Finger klammerten sich um den metallenen Schaft des Gewehres. Wer gedacht hatte, die Krypta und der darunter liegende Gang seien Orte der Finsternis gewesen, wurde hier eines Besseren belehrt. Es gab Abstufungen im Grad der Dunkelheit, die nicht messbar waren. Sie konnten nur mit dem eigenen subjektiven Empfinden erklärt werden. Er fühlte, wie die Schwärze sein Herz umklammerte und zusammendrückte. In Strombergs Auftrag hatte er schon manche Grabkammer betreten, aber das hier überstieg seine Kräfte. Nirgendwo im Weltall konnte es einen Ort geben, der von der Helligkeit so gemieden wurde. Die Beklemmung und das Gefühl, bei lebendigem Leib in einem Grab eingeschlossen zu sein, steigerten sich zu einer wahren Panikattacke.

»Licht«, keuchte er. Das Echo seiner Stimme hallte durch den Raum. Irene, die wenige Sekunden nach ihm die Gruft betreten hatte, drehte das Gaslicht auf. Obwohl der Schein der Lampe nicht in der Lage war, die Dunkelheit völlig zu vertreiben, löste sich die Beklemmung in seiner Brust und wich einem ehrfurchtsvollen Staunen. Der Widerschein der Flamme tanzte über die Wände und wurde hundertfach von spiegelnden Obsidianflächen zurückgeworfen.

»Seht euch das an!« Seine Worte, sosehr sie auch von Bewunderung zeugten, klangen plump und missgestaltet angesichts der jahrtausendealten Schönheit des Tempels. Er hatte das Gefühl, sich an einem verbotenen Ort aufzuhalten.

Inmitten der Halle, deren Grundriss etwa sechs mal sechs Meter betrug, befanden sich drei Medusen, die ihre rätselhaften Augen auf den Betrachter richteten. Die mittlere der drei unterschied sich maßgeblich von den beiden anderen. Sie war nicht nur größer und imposanter, sie wurde auch als Einzige von einer Vielzahl steinerner Menschen umringt, die ihre Arme bittend zu ihr emporreckten. In einer beinahe gütig scheinenden Geste breitete das Wesen seine Schlangenarme über ihnen aus. Die dargestellten Menschen wirkten im Kontrast zu der Medusa unvollkommen und hilflos. Entsprechend den Abbildungen der Jägerperiode, die sie im *Tassili N'Ajjer* gesehen hatten, waren die Gliedmaßen verdreht und unproportioniert dargestellt. Mit über den Köpfen zusammengeschlagenen Händen und weit aufgerissenen Mündern knieten sie um das Objekt ihrer Verehrung. Der Medusenkopf allein, ohne die Schlangenarme, wies einen Durchmesser von gut einem Meter auf und entsprach damit jenen, die sie bereits gefunden hatten. Doch was sich darunter befand, unterschied sie deutlich von ihnen. Diese Medusa wie auch die beiden anderen besaß einen Körper.

Der Anblick war so verblüffend, dass Chris es erst beim zweiten Blick bemerkte. Die hässlichen Köpfe thronten auf üppigen Frauenleibern mit sechs Brüsten, die paarweise übereinander angeordnet waren. Die Arme waren über und über mit Zeichen und Ornamenten bedeckt, ebenso wie die massigen Schenkel, auf denen der gedrungene Leib ruhte.

*»Anethot, Imlaran, Farass!«*

Hannahs Stimme erklang hell und klar durch die steinerne Halle. Chris zuckte zusammen, als er ihre Stimme so unvermutet hörte. »Was hast du gesagt?«

»Die dreigeteilte Göttin. Warum bin ich jetzt erst darauf gekommen?« Sie sprach die Worte zu sich selbst, hörte aber auf, als sie merkte, dass die anderen sie mit besorgten Gesichtern anblickten.

»Entschuldigt. Mir war, als hätte ich plötzlich einen Geistesblitz verspürt. Die dreigeteilte Göttin ist ein Motiv, das bisher nur an einem einzigen Ort in der Türkei gefunden wurde. Man wusste nie, woher sie stammte. Bis jetzt. Ich will hier nicht vorgreifen, aber ich glaube, dass wir einer ganz heißen Sache auf der Spur sind. Wenn meine Vermutung richtig ist, dann sind

wir auf ein entscheidendes Puzzleteil der Archäologie gestoßen.«
»Was meinst du damit?«
»Das möchte ich lieber noch nicht sagen. Nicht, ehe ich weitere Fakten habe.«
Chris nickte. Er hätte zwar gern mehr erfahren, aber er spürte, dass Hannah unsicher war. Sie war zu sehr Wissenschaftlerin, um sich Spekulationen hinzugeben. Er konzentrierte seine Aufmerksamkeit also wieder auf die Medusen. Die Statuen bestanden ganz und gar aus Obsidian, einem Material, das ihnen mit seiner durchscheinenden Eigenschaft eine ungewöhnliche Lebendigkeit verlieh. Es ließ die Oberfläche wie feuchte, glänzende Haut aufscheinen. Chris fragte sich zum wiederholten Mal, wie es den Menschen vor dreizehntausend Jahren möglich gewesen sein sollte, ein derart hartes und sprödes Material so kunstvoll zu bearbeiten.
Es wirkte bei näherer Betrachtung, als hätten sie es mit Schneidbrennern bearbeitet. Eine absurde Vorstellung, die er sofort verwarf, denn in diesem Moment entdeckte er bei der mittleren Figur ein auffälliges Detail, das sie von den beiden anderen unterschied. Das Auge.
Es besaß nicht nur die beunruhigende Eigenschaft, ihn direkt anzustarren, es bestand auch aus einem völlig fremdartigen Material. Sie hatten es in den Obsidiankopf eingepasst und bis auf eine etwa zehn Zentimeter große kreisförmige Öffnung auf der Vorderseite vollkommen von vulkanischem Glas umschlossen. Chris' ganze Aufmerksamkeit wurde von dieser grauen, unförmigen Kugel angezogen. War das der Gegenstand, nach dem sie die ganze Zeit gesucht hatten? Der Tempel, die Höhle, die kunstvolle Krypta, selbst die Darstellung im *Tassili N'Ajjer* – hatte das alles nur den Zweck verfolgt, diesen Gegenstand zu schützen? Dieses Auge war der Nukleus, das Zentrum einer Hochkultur aus der Frühzeit der Menschheit –

einer Zeit, in der der Begriff Zivilisation für den Rest des Erdballs keine Bedeutung hatte. Woher er diese Eingebung hatte, konnte er selbst nicht erklären, doch war es mehr als Spekulation, das fühlte er.

Doch was für eine Bewandtnis mochte es mit diesem bleiartig aussehenden Mineral auf sich haben? Es war weder kunstvoll bearbeitet, noch wirkte es in irgendeiner Weise wertvoll. Es war ein hässlicher grauer Klumpen, der überhaupt nicht zur Schönheit des Obsidiantempels passen wollte. Vielleicht war es gerade dieser Widerspruch, der ihn von seinem Wert überzeugte. Eine steinerne Treppe führte dicht an das Auge heran. Die Stufen glänzten schwarz im kalten Licht der Flamme.

In stummer Ehrfurcht schritten die Mitglieder der Gruppe die Stufen empor und passierten die betenden Skulpturen, bis sie unmittelbar vor der Medusa standen. Schweigend betrachteten sie das dreilappige Auge, das wie ein fremder Stern auf sie herabschien. Das Material war in der Tat merkwürdig. Grobe Einsprengsel in einer feinkörnigen Grundmasse waren zu erkennen. Und der Glanz der Oberfläche vermittelte den Eindruck triefender Feuchtigkeit. Irene, die das seltsame Phänomen ebenfalls entdeckt hatte, hob die Lampe, und ein großartiges Bild tat sich vor ihnen auf. Die Feuchtigkeit war nicht bloßer Schein, sondern Realität. Tränen rannen an den Seiten der Lider herab und sammelten sich in zwei Kanälen.

»Seht nur, sie weint«, hauchte Irene und näherte sich dem Auge. Malcolm, der direkt hinter ihr stand, verfolgte jede ihrer Bewegungen mit seiner Kamera. Mochte er nun ein unsensibler Holzklotz sein oder nicht, jedenfalls war er Profi genug, um zu erkennen, dass dies ein besonderer Augenblick war, den man besser dokumentierte. Vielleicht würde doch noch ein Film daraus, wenn auch ein anderer, als sie ihn geplant hatten. Chris kam es so vor, als flössen die Tränen bei zunehmendem Licht stärker, aber das war sicher nur Einbildung. Hier unten spielten einem die Sinne merkwürdige Streiche. Er starrte auf die Erscheinung. Das tränende Auge drängte sich so sehr in den Mittelpunkt seiner Wahrnehmung, dass alles andere zu verblassen schien. Ohne sich selbst darüber im Klaren zu sein, was er tat, hob er seine Hand und berührte den merkwürdigen Stein.

»Nicht«, hörte er Hannahs Stimme, doch da war es schon geschehen. Seine Finger glitten über das kühle, wassergetränkte Material und befühlten die knotige Oberfläche. Der Stein schien zu vibrieren. Wie ein mächtiger Transformator, durch den Hunderttausende von Volt strömten. Die Schwingungen bahnten sich ihren Weg durch den Stein in seinen Arm und von dort in seinen Körper. Er konnte sich nicht beherrschen, aber das Kitzeln und Summen zauberte ein Lächeln auf sein Gesicht.

»Großer Gott, es ist wundervoll«, flüsterte er. »Ich glaube, der Stein spricht zu mir. Er will mir etwas mitteilen. Ihr solltet es auch versuchen. Wartet, jetzt verändert sich etwas.« Alle starrten ihn mit einer Mischung aus Skepsis und Neugier an, doch er konzentrierte sich weiter auf den Stein. Plötzlich begannen Töne in seinen Ohren zu klingen. Weit entfernte Glocken, fünf Schläge in unterschiedlichen Tonhöhen, die nach einer kurzen Pause wiederholt wurden. Es war eine wundervolle kleine Melodie. Winzige Lichtblitze begannen vor seinen Augen zu tanzen. Sie formierten sich zu einem Muster auf seiner Netzhaut, und er hätte schwören können, dass er dieses Muster schon einmal gesehen hatte. Dann verteilten sich die Funken wieder, wirbelten herum und versprühten den Glanz eines Funkenregens, der von einem abendlichen Lagerfeuer zum Himmel aufsteigt. Sie drehten sich wild umeinander, taumelten und wogten, bis sie sein gesamtes Blickfeld ausfüllten. Ein Feuerwerk, das spürte Chris, dem eine Seele innewohnte. Und als es einem der Funken gelang, näher in sein Blickfeld zu rücken, erkannte er ein Bild, ein Bild aus seiner eigenen Vergangenheit. Ein Fragment der Erinnerung, das er längst vergessen zu haben glaubte.

Er sah sich und Paulina, ein Mädchen aus seiner Klasse, in das er unsterblich verliebt war, gemeinsam mit dem Fahrrad zur Schule fahren. Er sah, wie er wegen einer kleinen Unaufmerksamkeit gegen einen Stein stieß und der Länge nach in den Rollsplitt flog. Er sah sich mit blutigem Knie am Straßenrand sitzen, während Paulina mit wehendem blondem Haar lachend davonfuhr. Sie ließ ihn weinend am Straßenrand sitzen, und ihm wurde klar, dass sie sich nie für ihn interessiert hatte. Der Funke tanzte davon und mischte sich wieder in den Reigen seiner Artgenossen.

Chris zog die Hand zurück und schloss die Augen. Tränen rannen über seine Wangen, tropften zu Boden und vermischten sich mit den Tränen der Medusa. Er spürte Hände, die sich auf seine Schultern legten und ihn sanft von dem wundersamen Stein fortzogen. Dann war nur noch ein schwarzes Nichts.

Als er wieder erwachte, erkannte er Hannah, die sich über ihn beugte und ihm mit einem Tuch den Schweiß von der Stirn wischte. In ihren Augen spiegelten sich Besorgnis und ein unerklärlicher Zweifel.

»Wasser«, war alles, was er in diesem Moment herausbringen konnte. Die Zunge klebte ihm am Gaumen, und sein Mund fühlte sich an, als hätte er seit Wochen nichts getrunken. Hannah setzte ihm die Feldflasche an die Lippen. Das kühle Wasser war eine Wohltat. Mit jedem Schluck strömte neue Energie durch seinen Körper, bis er sich kräftig genug fühlte, sich aufzurichten.

Verwundert bemerkte er, dass man ihn, ohne dass er sich daran erinnern konnte, vor den Tempel getragen und auf ein Lager von Jacken und Hemden gelegt hatte. Im weichen Licht der

Grünalgen sah er seine Mitstreiter im Kreis um ihn sitzen. Alle schienen auf eine Erklärung zu warten.
»Das war ja was«, sagte er zögernd. »Ich weiß nicht, wo ich beginnen soll. Es ging so schnell, dass ich erst einmal versuchen muss, meine Gedanken zu ordnen. Ich erinnere mich, wie ich das Auge berührt habe. Es sendete Funken aus, und ich erinnerte mich plötzlich an Dinge, die ich längst vergessen zu haben glaubte.« In allen Einzelheiten schilderte er den Vorfall mit Paulina, auch wenn das für ihn eine schmerzliche Erfahrung gewesen war. »Der Stein hat mir einen Teil meiner Vergangenheit wiedergegeben. Es war schön und grausam zugleich«, murmelte er.
Als er bemerkte, dass die anderen ihn weiterhin anstarrten, ohne ein Wort zu sagen, beschlich ihn ein seltsames Gefühl.
»Es war nur eine vorübergehende Schwäche. Ihr braucht euch wirklich keine Sorgen um mich zu machen. Ich fühle mich wieder prächtig.«
Sieben Augenpaare waren unverwandt auf ihn gerichtet, wie auf ein fremdartiges Insekt. Chris spürte ein unangenehmes Kribbeln seine Wirbelsäule hinaufkriechen. »Ist etwas nicht in Ordnung?«
Immer noch Schweigen.
»Was ist los?«
Hannahs Gesicht hatte sich verändert. Eine steile Falte zog sich zwischen ihren Augenbrauen empor. Ihre Lippen waren zusammengepresst, und schmale Linien hatten sich um ihre Mundwinkel gebildet, wodurch ihr schönes Gesicht um Jahre älter wirkte.
»Du hast geredet, während du den Stein berührt hast«, sagte sie. Sie stieß die Worte hervor, als hätten sie einen giftigen Beigeschmack. »Ziemlich viel sogar.«
»Ich kann mich nicht erinnern. Was habe ich denn gesagt?« Eine düstere Vorahnung beschlich ihn.

»Du hast einige Namen erwähnt«, schaltete sich Irene ein, ihre Stimme klang eisig. »Orte und Begebenheiten, auf die wir uns keinen Reim machen können.«
Chris spürte, wie sich das Netz aus Angst und Misstrauen immer enger um ihn zusammenzog. Hatte er sich etwa verraten? Wenn ja, dann musste er so schnell wie möglich das Ruder herumreißen.
»Ich begreife nicht, worauf ihr hinauswollt. Mag sein, dass ich während meines Blackouts Dinge gesagt habe, die euch seltsam vorkommen. Aber was auch immer ich gesagt habe, es waren nur Worte. Dies hier ist die Realität. Es hat keinerlei Bedeutung angesichts der Tragweite unserer Entdeckung. Dieser Stein, oder was immer es ist, vermag die menschliche Psyche zu beeinflussen. Es muss sich um ein bisher unbekanntes Gestein oder Mineral handeln. Etwas in dieser Art ist bisher auf der Erde noch nicht gefunden worden. Stellt euch vor, was wir damit für Aufsehen erregen werden.« Er lächelte in der Hoffnung, dass seine Worte ihre Wirkung nicht verfehlten. Doch ein Blick in die Gesichter seiner Gefährten sagte ihm, dass er sich gründlich getäuscht hatte.
»Großer Gott, erkennt ihr denn nicht, dass mir dasselbe widerfahren ist wie Patrick, als er unter Hypnose stand? Das war kein Zufall. Dieser Ort und dieser Stein haben die Fähigkeit, uns zu beeinflussen und unsere Gedanken und Gefühle zu lenken. Möglicherweise steckt noch mehr dahinter, denkt an die Stimmen. Ich kann nicht glauben, dass euch das nicht nachdenklich macht.«
Hannah wandte ihr Gesicht ab, als fürchtete sie sich davor, seinem Blick zu begegnen. Die anderen hingegen betrachteten ihn mit unverhohlenem Zorn in den Augen.
Natürlich war es Malcolm Neadry, der die Frage stellte, vor der er sich am meisten gefürchtet hatte.
»Was hast du mit Norman Stromberg zu schaffen?«

Das war es also.
Er spürte, wie ihm die schneidenden Worte den Boden unter den Füßen wegzogen, und es wurde ihm klar, dass es keinen Sinn hatte, sich etwas vorzumachen.
Das Spiel war aus.

# 18

Hannah saß fassungslos neben Chris auf dem Boden und lauschte seinem Geständnis. Er erzählte die ganze Geschichte von Anfang an, ohne Schnörkel und ohne Ausflüchte. Wie Stromberg ihn in seine Dienste genommen hatte, seine gesamte Identität umgekrempelt hatte, wie aus John Evans Chris Carter geworden war. Er beschrieb, wie viel Mühe und Geld es gekostet hatte, ihn in die *NGS* einzuschleusen, und welche Anstrengungen unternommen worden waren, ihn zu einem Mitglied des Expeditionsteams zu machen. Natürlich hätte er den angekündigten Bildband produziert, er wollte ja keine Aufmerksamkeit auf sich lenken. Natürlich hätte er ordnungsgemäß seine Berichte verfasst und Interviews gegeben. Danach wäre er abgetaucht, in ein neues Team gewechselt, und niemand hätte sich erklären können, wie Stromberg an die notwendigen Informationen gelangt war, um diese Fundstätte in seinen Besitz zu bringen. Er erläuterte, dass allein die Figur im *Tassili N'Ajjer* schon ausgereicht hätte, um die Kosten zu decken, aber dass die Suche mit einem derartig sensationellen Fund enden würde, damit hatte wohl Stromberg selbst nicht gerechnet. Und wenn ja, dann hatte er es gut zu verbergen gewusst.

Chris erzählte ohne Umschweife und machte dabei den Eindruck, als würde er sich etwas von der Seele reden, was ihn

schon lange bedrückte. Er wirkte geradezu erleichtert, aber für Hannah war jedes seiner Worte wie ein Messerstich.
Als er seine Beichte beendet hatte, fühlte sie sich kraftlos und leer gepumpt, zu schwach, um zu weinen, und zu müde, um ihn anzuschreien. Dabei wäre es genau das gewesen, was sie am liebsten getan hätte, ihn anschreien, ihm seine Lügen um die Ohren hauen.
Alles, was von ihren Gefühlen übrig blieb, war dumpfe Resignation.
»Hannah«, flüsterte Chris, »es tut mir so Leid. Ich wollte nicht, dass alles so kommt.«
»Spar dir deine Heucheleien«, zischte sie ihn an. »Du hast mich benutzt, wie du jeden anderen hier benutzt hast. Hältst du mich für blöd? Wie kannst du verlangen, dass ich dir noch ein einziges Wort glaube? Es tut dir Leid? Ha! Mein einziger Trost ist, dass sich dein Norman Stromberg einen neuen Laufburschen kaufen muss, während du mit uns hier zugrunde gehen wirst.«
»Das werde ich nicht«, entgegnete Chris, das Kinn vorgereckt. Die Sanftheit war von ihm abgefallen und hatte einer unnachgiebigen Härte Platz gemacht. »Ich finde es bedauerlich, dass du es so siehst, aber vielleicht wirst du eines Tages anders darüber denken. Wir haben alle dasselbe Ziel, wir stehen nur auf verschiedenen Positionen. Ich werde mich jedenfalls nicht so leicht unterkriegen lassen.«
Er wandte sich an die anderen. »Überlegt doch mal. Wir stehen erst am Anfang unserer Entdeckung. Unsere Vorräte halten noch eine Weile, und wir haben sogar Licht und Wasser. In uns steckt genug Energie, um die Forschung fortzusetzen und einen Ausweg zu finden, und wenn wir uns den Weg mit den Gewehren freischaufeln müssten. Was sagt ihr dazu?«
»Das ist ein gutes Stichwort«, entgegnete Malcolm. »Her mit

der Waffe!« Der stämmige Aufnahmeleiter hatte sich breitbeinig vor ihm aufgepflanzt und streckte ungeduldig die Hand aus. Chris lockerte den Schultergurt und gab ihm bereitwillig das Gewehr. Malcolm riss es ihm aus der Hand, prüfte das Magazin und nickte dann zufrieden.
»Scheint alles in Ordnung zu sein.« Mit einer Schnelligkeit, die ihm keiner zugetraut hätte, schlug er dem Klimatologen den Kolben gegen den Kopf. Chris sank in sich zusammen, während Hannah erschrocken aufsprang.
»Was tust du denn da?«, schrie sie Malcolm an.
Der deutete auf Chris, ohne auf ihre Frage einzugehen. »Untersucht ihn«, befahl er Patrick und Irene, die dem schlaffen Körper am nächsten saßen. Seine befehlsgewohnte Stimme duldete keinen Widerspruch. Die beiden begannen sämtliche Taschen zu durchwühlen, förderten dabei aber nichts anderes zutage als Notizzettel, einen Kugelschreiber, ein Päckchen Kaugummis und einen Leatherman. Weiter unten, in einer speziell eingenähten Hemdtasche unter der Achsel entdeckten sie einen Lederbeutel. Er enthielt Ausweispapiere, eine Kreditkarte, ein Visum, alles ausgestellt auf den Namen Chris Carter, sowie etwas Geld. Das war alles. Nichts, was seine Geschichte in irgendeiner Weise bestätigen oder widerlegen konnte. Sollte er wirklich ein Scout Strombergs sein, war die Tarnung perfekt.
»Zieht ihm die Stiefel aus!« Auf Malcolms Stirn bildeten sich Schweißtropfen. Während Hannah noch darüber spekulierte, ob er irgendwelche Geheimnisse darin vermutete, lösten Patrick und Irene die Knoten an den sandfarbenen Boots. Doch Malcolm interessierte sich nicht für sie. Stattdessen zog er die Schnürsenkel aus ihren Ösen und warf sie Irene vor die Füße. »Hier, binde ihm die Hände hinter dem Rücken zusammen.«
Er klaubte einige größere Steine vom Boden auf, füllte sie in

die Stiefel und schleuderte das Schuhwerk in die Mitte des Sees.

»Was soll denn das nun wieder?«, fragte Irene, während sie seinen Anweisungen Folge leistete. Alle Beherrschtheit war von ihr abgefallen, und Hannah bemerkte verblüfft, wie wenig von ihrer anfänglichen Coolness übrig geblieben war. Irenes Bewegungen wirkten nervös und hektisch.

»Ganz einfach«, erwiderte Malcolm. »Da wir keine Möglichkeit haben, ihn einzusperren, wir ihn aber trotzdem im Auge behalten müssen, ist es das Beste, ihm seine Stiefel wegzunehmen. Es dürfte ihm sehr schwer fallen, ohne sie zu fliehen. Zusätzlich aber sollte sich immer einer von uns in seiner Nähe aufhalten. Sicher ist sicher.«

Irene beendete ihre Arbeit an seinen Handgelenken.

»Wisst ihr, ich habe von Anfang an das Gefühl gehabt, ihn zu kennen«, murmelte sie. »An dem Abend, als Hannah und ich beisammenhockten und er sich zu uns gesellte, war es besonders stark. Er behauptete, noch niemals zuvor im Fernsehen gewesen zu sein, und ich hätte schwören können, dass er lügt. Es hat lange gedauert, bis ich mich erinnern konnte, wo ich ihn schon einmal gesehen habe.« Sie stieß ein Lachen aus, das eine Spur zu schrill wirkte. »Erinnert ihr euch an die Entdeckung der zweitausend tönernen Krieger in China? Der Bericht ging um die ganze Welt, es war eine Sensation. Ich erinnere mich deshalb so gut, weil der BBC die exklusiven Senderechte zugesprochen wurden und nicht uns. Wie auch immer, Norman Stromberg, der die Ausgrabungen finanziert hatte, ließ keine Gelegenheit aus, sich vor der Kamera als großer Förderer der Kunst zu präsentieren. In seinem Schlepptau war ein junger, blasser Mann zu sehen, der nie ein Wort sagte und den Eindruck machte, er wäre lieber unsichtbar. Es gab aber eine Situation, bei der er von Stromberg regelrecht nach vorn gezerrt wurde, und es stellte sich heraus, dass es maßgeblich seinen Bemühungen zu verdanken war, dass China westlichen Archäologen erlaubte, die Ausgrabungen zu dokumentieren. Damals hatte er noch braune Haare und ein schmaleres Gesicht. Deshalb hat es so lange gedauert, bis ich ihn wiedererkannt habe.«

Malcolm nickte. »Ich habe ihm von Anfang an misstraut. Besonders, als er sich an der Satellitenanlage zu schaffen machte. Natürlich habe ich sie gleich danach kontrolliert, aber er war clever genug, den Empfangsspeicher zu löschen, so dass ich sein Gespräch nicht zurückverfolgen konnte. Ziemlich schlauer Bursche. Er hat es tatsächlich geschafft, uns an der Nase herumzuführen.«

»Trotzdem – dein Gewaltausbruch war überflüssig«, wandte Irene ein, und Hannah gab ihr in Gedanken Recht. »Er macht nicht den Eindruck, als würde er Widerstand leisten.«

»Das verstehst du nicht. Es war eine Sache zwischen mir und ihm. Eine Sache, die längst überfällig war. Abgesehen davon wird er nur eine Beule davontragen.«

Während er das sagte, öffnete Chris die Augen. Stöhnend setzte er sich auf. Er sah sich irritiert um und hielt seine Hand an den Schädel gepresst.

Erst nach einer Weile bemerkte er, dass seine Stiefel verschwunden waren. Aber er nickte nur und lächelte, als ob er etwas in der Art erwartet hatte. »Deine Idee?«, wandte er sich an Malcolm. »Guter Plan. Dass ich mir auf den scharfkantigen Gesteinssplittern die Füße wund laufe, hast du aber nicht bedacht.«

»Ehrlich gesagt, ist mir das scheißegal. Beweg dich halt vorsichtig, im Herumschleichen bist du ja ein Meister. Du hast ja noch deine Socken an, und wenn es gar nicht mehr anders geht, kannst du dir ja immer noch ein paar Lappen um die Füße wickeln.«

»Gut ausgedacht.« Chris spuckte auf den Boden. »Und wie soll

es jetzt weitergehen, Chef?« Seine Worte trieften vor Sarkasmus.
»Wir halten uns weiter an den Plan. Wir untersuchen das Gelände und bemühen uns, einen zweiten Ausgang zu finden. Ich würde vorschlagen, dass du uns hilfst und dir eventuelle Fluchtpläne aus dem Kopf schlägst.«
»Ich hatte nicht vor, abzuhauen. Wohin auch?«, stöhnte Chris, dem der Hieb gegen den Kopf offenbar schwerer zu schaffen machte, als er sich anmerken ließ. Er war bleich, und es hatte den Anschein, als müsste er sich auf der Stelle übergeben. Obwohl Hannah ihn für seinen Verrat verachtete, spürte sie einen Funken Mitleid in sich. Sie konnte ihre Gefühle für ihn nicht von einem auf den anderen Moment ändern. Genau genommen wusste sie überhaupt nicht, was sie fühlen sollte. In ihr herrschte ein einziges, riesiges Durcheinander. Es hatte sich in solchen Situationen bewährt, dass sie sich ablenkte, sich eine Aufgabe suchte. Nach ihrer Trennung von Simon hatte sie bis zum Umfallen gearbeitet – eine, wie sich später herausstellte, weise Entscheidung. Genauso würde sie es wieder machen. Obwohl sie hundemüde war, stand sie auf und klopfte sich den Staub aus der Hose.
»In Ordnung, ich würde vorschlagen, dass wir gleich mit der Arbeit beginnen. Wir sollten zwei Teams bilden. Eines, das sich mit der Erforschung des Tempels befasst, und eines, das die Höhle nach einem Ausgang absucht. Ich melde mich freiwillig zur zweiten Gruppe. Ich brauche Bewegung. Außerdem habe ich bei der Umrundung des Sees einige dunkle Vertiefungen bemerkt, die ich gern untersuchen würde. Wenn wir Glück haben, handelt es sich um einen Gang oder einen Stollen, der uns herausführt.«
Das war natürlich nur die halbe Wahrheit. Tatsächlich fühlte sie sich in unmittelbarer Umgebung des Tempels unbehaglich. Obwohl sie vor Neugier brannte, etwas über die seltsamen

Medusen zu erfahren, spürte sie eine instinktive Abneigung dagegen, in ihrer Nähe zu sein. Es war, als würden sie permanent Stimmen in ihrem Kopf erzeugen. Stimmen, die gegeneinander anredeten, wie bei einem Radio, dessen Sender nicht sauber eingestellt war. »Aufgrund meiner eingeschränkten Bewegungsfreiheit werde ich wohl besser hier bleiben«, bemerkte Chris mit einem zynischen Lächeln. »Allerdings fürchte ich, dass ich euch mit zusammengebundenen Händen keine große Hilfe sein werde.«

»Ich habe eine bessere Idee«, erwiderte Albert, der sich in letzter Zeit auffällig im Hintergrund gehalten hatte. Sein Gesicht hinter der goldenen Brille war immer noch bleich, und Hannah hatte den Eindruck, als glänzten seine Augen fiebrig.

»Mit eurer Erlaubnis würde ich nach oben zurückkehren. Ich könnte versuchen, mich durch den verschütteten Gang zu wühlen oder zumindest zu horchen, ob uns jemand zu Hilfe kommt. Um ehrlich zu sein, ich halte es hier unten keine Sekunde länger aus. Der Abstieg war schon schlimm, aber das hier ...«, er griff sich an den Hals, »... das ist mehr, als ich ertragen kann. Mir schnürt es hier unten die Luft ab.«

Hannah blickte ihn mit einer Mischung aus Mitleid und Besorgnis an. Von allen schien er mit der Situation am wenigsten umgehen zu können. Wie hatte er sich verändert. Aus dem freundlichen Mann, der so wunderbar auf seinem Saxofon spielen konnte, war ein Nervenbündel geworden, dessen Stimme von einer nahenden Hysterie zeugte.

Albert räusperte sich. »Wenn ihr mir ein Walkie-Talkie und ein Gewehr gebt, könnte ich Carter nach oben mitnehmen und bewachen. Er könnte mir beim Graben helfen, was meint ihr?«

Irene blickte in die Runde. »Also ich finde die Idee gut. Das erspart uns eine Menge Probleme mit unserem Gast. Außerdem sind wir hier unten dann zu sechst und können bequem zwei Teams bilden. Was meinst du, Malcolm?«

Der Kameramann blickte sich um, als sei er unzufrieden, dass die Idee nicht von ihm stammte, doch dann gab er sein Einverständnis. »In Ordnung, nimm ein Gewehr und etwas Proviant mit. Vor allem Wasser, davon haben wir hier unten ja wirklich genug. Wenn es irgendwelche Probleme gibt, ruf uns über das Funkgerät.« Dann wandte er sich an Chris. »Und dir kann ich nur raten, dich friedlich zu verhalten. Solltest du irgendwelche Dummheiten machen, wirst du mich kennen lernen.«

Hannah sah zu, wie Albert zwei Umhängetaschen mit Nahrungsmitteln und Wasserflaschen voll stopfte und eine davon Chris um den Hals hängte. Dann schulterte er das Gewehr, tastete prüfend nach dem Funkgerät, nickte ihnen noch kurz zum Abschied zu und marschierte davon.

Chris warf Hannah einen letzten traurigen Blick zu, dann humpelte er hinterher.

»Da haben wir uns ja eine richtige Laus im Pelz eingefangen«, spottete Malcolm, während er Hannah eines der zwei verbliebenen Funkgeräte reichte. »Nur gut, dass wir ihn rechtzeitig genug enttarnen konnten. Nicht zu fassen, dass du auch noch eine Affäre mit ihm anfangen wolltest. Frauen sind manchmal so was von blind.« Er schüttelte den Kopf.

»Lass sie doch in Ruhe, und genieße deinen Triumph.« Gregori begann mit kurzen wütenden Bewegungen Proviant in seinen Umhängebeutel zu stopfen. »Du hast gewonnen. Warum kannst du nicht aufhören, wegen jeder Kleinigkeit auf ihr herumzuhacken? Damit es gleich klar ist, ich gehe mit ihr.« Damit deutete er auf Hannah.

»Und ich ebenfalls«, ergänzte Abdu, der den Sitz seines Messers am Gürtel überprüfte.

»Na bestens.« Malcolm ließ ein schmales Lächeln aufblitzen. »So haben wir jedenfalls keine Schwierigkeiten, zwei Teams zu bilden. Wie sieht es mit dir aus, Patrick?«

Als Hannah zu Patrick blickte, bemerkte sie einen unangenehmen, gierigen Ausdruck in seinem Gesicht.
»Ich bleibe hier«, sagte er. »Von diesem Tempel können mich keine zehn Pferde wegholen. Ich will unbedingt dabei sein, wenn wir ihm seine Geheimnisse entlocken.« Patricks Augen funkelten wie bei einem Raubtier, das argwöhnisch seine Umgebung sondierte.
Es war nicht das erste Mal, dass Hannah sich fragte, ob die Veränderungen, die sie bei ihren Kollegen bemerkte, etwas mit dem Tempel zu tun hatten oder eher mit ihrer persönlichen Verfassung.
Patrick, dessen naive, einfache Art ihr immer sympathisch gewesen war, hatte einen Zug angenommen, der ihr nicht behagte. Ebenso Malcolm. Er hatte sich zwar immer schon ruppig und impulsiv gegeben, aber sie hatte das nur als äußeren Schein abgetan, jedenfalls bis heute. Die Misshandlung von Chris hatte eine neue, dunkle Seite an ihm offenbart. Selbst an Irene waren die Ereignisse nicht spurlos vorübergegangen. Als sie sich kennen lernten, war sie offen und herzlich, hatte immer einen frechen Kommentar auf den Lippen und ein Lächeln auf ihrem Gesicht. Alles Eigenschaften, die Hannah an ihr mochte. Doch davon war kaum noch etwas übrig. Schweigsam war sie geworden. Die Falten in ihrem Gesicht schienen sich vertieft zu haben, und ihre Blicke waren spitz wie Nadelstiche. Es schien, als sei sie binnen weniger Wochen um Jahre gealtert.
Hannah zögerte und entschied dann, dass es höchste Zeit war, auf Distanz zu gehen. »In Ordnung«, sagte sie, während sie einen prall gefüllten Proviantbeutel aus Abdus Händen entgegennahm. »Machen wir uns auf den Weg. Ich würde vorschlagen, dass wir uns in regelmäßigen Abständen melden, etwa einmal jede Stunde. Sollte sich etwas Ungewöhnliches ereignen, natürlich eher. Das Gleiche gilt für euch.«

Sie blickte kurz auf ihren Kompass, zog den Riemen ihrer Tasche fest und wandte sich ein letztes Mal zu Irene, Malcolm und Patrick um.

»Wir werden uns Richtung Osten bewegen und erst einmal diese Vertiefungen in der Wand untersuchen. Wenn wir dort nichts finden, laufen wir im Uhrzeigersinn weiter. Drückt uns die Daumen.«

# 19

Mehr als zwei Stunden waren vergangen, als Hannah, Abdu und Gregori sich eine erste Rast gönnten. Ihre Beobachtung hatte sie nicht getrogen. Die dunkle Vertiefung, die ihr bei der Umrundung des Sees aufgefallen war, hatte sich tatsächlich als ein Gang entpuppt, der in die Tiefen des *Adrar Tamgak* zu führen schien. Offenbar gab es noch weitere Höhlensysteme, die die Berge durchzogen. Und wenn sie großes Glück hatten, führte einer der Wege nach draußen. Das jedenfalls war Hannahs Hoffnung, während sie einen Schluck aus ihrer Feldflasche nahm und sich umsah. Sie war an einen Ort geraten, an dem es keine Farben, nur Grau und Schwarz in allen Schattierungen gab. Allein in ihrem Herzen war es noch dunkler. Wie hatte sie nur so leichtfertig ihre Gefühle verschleudern können? In ihrer Naivität hatte sie doch tatsächlich angenommen, dass es diesmal klappen und sie das Glück der Liebe empfangen würde. Dabei hatte sie von Anfang an kein gutes Gefühl gehabt. Hätte sie doch nur ihrem Bauch vertraut. Hätte sie doch nur auf das gehört, was sie schon lange gefühlt hatte. Dass Chris in Wirklichkeit nicht an ihr, sondern nur an sich und seinem Job interessiert war.

»Ist alles in Ordnung mit dir?« Gregoris sanfte Stimme riss sie aus ihren düsteren Gedanken. »Kann ich etwas für dich tun?«

Hannah lächelte, aber es war ein müdes Lächeln. »Es würde

mir viel bedeuten, wenn ich wüsste, dass ich außer Abdu noch einen Freund habe.«

»Den hast du.« Er nahm ihre Hände und drückte sie sanft.

»Danke. Es tut gut, so etwas von Zeit zu Zeit zu hören.« Sie entzog ihm behutsam ihre Hände. »Ich glaube, wir sollten uns mal wieder melden. Die Frist ist beinahe verstrichen. Abdu, reichst du mir bitte das Funkgerät?«

Der Tuareg griff in seine Umhängetasche und händigte ihr das klobige Walkie-Talkie aus. Sie schaltete es ein und drückte die Sendetaste. »Team eins an Basisteam, könnt ihr mich hören?«

Keine Antwort.

»Team eins an Basisteam. Hallo, Basisteam – bitte melden!« Ihre Stimme verhallte in den Tiefen des Stollens. Zwei weitere Versuche brachten dasselbe Ergebnis.

»Verdammt, ich glaube, die hören uns nicht. Ich frage mich, ob die Sendeleistung der Geräte wirklich ausreicht, um den Fels zu durchdringen. Immerhin handelt es sich um mehrere hundert Meter kompaktes Gestein.« In diesem Augenblick knackte das Funkgerät, und eine Stimme war zu hören. Sie klang schwach und verzerrt.

»Malcolm hier. Bist du das, Hannah? Over.«

Sie atmete auf. »Ja, hallo, ich bin's. Gut, deine Stimme zu hören. Ich wollte mich kurz melden, um einen ersten Bericht abzugeben.«

»Na dann ...«

»Wir bewegen uns jetzt seit beinahe einer Stunde in östlicher Richtung. Der Gang, dem wir folgen, scheint natürlichen Ursprungs zu sein, obwohl wir an verschiedenen Stellen Hinweise gefunden haben, dass er künstlich verbreitert wurde. Ich bin mir nicht sicher, ob wir hier irgendwann auf einen zweiten Ausgang stoßen werden, bleibe aber dran. Wenn wir etwas gefunden haben, melden wir uns wieder. Wie lief es in der Zwischenzeit bei euch? Over.«

Malcolms Stimme verschwand kurz, tauchte dann aber mit einem Rauschen wieder auf. »... haben hier umwerfende Entdeckungen gemacht. Das Material, aus dem das Auge besteht, scheint ... Es löst Halluzinationen aus, ich habe es selbst ausprobiert ... erstaunliche Dinge. Im Moment sind Irene und Patrick dabei, ihn näher zu untersuchen. Ich hätte noch eine Frage an Gregori. Over.«

Hannah gab dem Geologen das Funkgerät.

»Gregori hier. Over.«

Wieder ertönte nur Rauschen.

»Gregori hier. Over.«

»... höre dich jetzt besser. Die Verbindung ist ziemlich schlecht. Patrick wird nachher versuchen, die Sendeleistung zu verstärken. ... das Auge. Wir haben es untersucht, und es besteht aus einer wasserhaltigen, porösen Substanz, in die irgendwelche Körner eingebacken sind ... reagiert stark auf Lichteinwirkung. Wir haben hier eine Gaslaterne aufgestellt, und der Stein produziert ununterbrochen Wasser ... richtiger Sturzbach ... fließt über die Treppen in den See. Ich habe so etwas noch nie gesehen. Was könnte das sein? Vielleicht ... Meteorit? Over.«

»Gregori hier. Möglich ist das schon. Auf jeden Fall ist es eine fotochemische Reaktion. Das Material scheint bei Lichteinfall hygroskopisch zu werden, das heißt, es bindet Luftfeuchtigkeit und leitet sie ab. Mehr kann ich aber von hier aus nicht sagen, dazu wären genauere Untersuchungen erforderlich. Aber eines ist sicher, es ist einzigartig.« Gregoris Stimme klang, als könne er seine Erregung nur mühsam im Zaum halten. »Eine solche Substanz konnte bisher nur im Labor erzeugt werden. In der Natur wurde sie noch nie gefunden, da sie sich extrem schnell zersetzt. Seid bloß vorsichtig damit, und schützt es vor allem vor Lichteinfall. Over.«

»Verstanden ... werde jetzt wieder zurück in den Tempel gehen. Ich melde mich, wenn es Neuigkeiten gibt. Over.«

Gregori schaltete das Gerät ab und reichte es Abdu. »Das wäre allerdings unglaublich.«
»Was denn?« Hannah blickte ihn neugierig an. »Ich muss gestehen, dass ich nur die Hälfte von dem verstanden habe, was du da eben gesagt hast.«
Gregori schenkte ihr ein warmherziges Lächeln. »Lass uns weitergehen. Ich werde es dir erklären.«
Sie schulterten ihre Taschen und machten sich wieder auf den Weg.

Während der nächsten halben Stunde erfuhr Hannah alles über Meteoriten, Tektite und ihre größeren Verwandten, die Asteroiden. Gregori war eine Fundgrube an Wissen, und er schien begierig zu sein, dieses Wissen mit ihr zu teilen. »Alle Gesteinsbrocken, die aus dem Weltraum auf die Erde stürzen, haben ihren Ursprung in unserem Sonnensystem. Es gibt sogar Gesteinsbrocken, die bei Vulkanausbrüchen so weit in die Höhe geschleudert werden, dass sie die Ionosphäre durchdringen und als Meteoriten auf die Erde zurückfallen. Die weitaus meisten haben ihren Ursprung jedoch im Asteroidengürtel. Das ist eine Trümmerzone, die auf einer Umlaufbahn zwischen Mars und Jupiter die Sonne umkreist. Diese Planetoiden können ein Gewicht von über tausend Tonnen erreichen. Es kommt hier immer wieder zu Zusammenstößen, die dazu führen, dass einzelne Gesteinsbrocken den Gürtel verlassen und in das Kraftfeld der Erde gelangen. Die meisten sind jedoch so klein, dass sie als Sternschnuppen in der Atmosphäre verglühen. Ab und zu aber gelingt es einem der größeren Geschosse, in die Atmosphäre zu gelangen und auf der Erde aufzuschlagen.«
Nach einer kurzen Pause, in der er sich umwandte und Abdu einen aufmunternden Blick zuwarf, fuhr er fort: »Heute arbeitet ein riesiger Stab von Wissenschaftlern an der Enträtselung

der Botschaften, die die Meteoriten enthalten. Die Entdeckung eines Marsmeteoriten in der Antarktis beispielsweise führte dazu, dass Präsident Clinton sich in einer Rede vor dem Kongress im Jahre 1996 dafür aussprach, die Erforschung des Mars in Hinblick auf Lebensspuren voranzutreiben. Ein anderer Fall ist der so genannte Murchinson-Meteorit, der 1969 über Australien niederging und in dem man Aminosäuren, die Bausteine des Lebens, fand. Doch im Gegensatz zu unseren Aminosäuren waren diese nicht gegen den Uhrzeigersinn gedreht wie alle Aminosäuren, die auf der Erde vorkommen, sondern völlig lang gestreckt. Es konnte sich also nicht um irdische Verunreinigungen handeln. Diese und viele andere Funde haben ein Umdenken in der Wissenschaft in Gang gesetzt. Und das führte zu der Annahme, dass die Lebensbausteine nicht unbedingt auf der Erde entstanden sein müssen. Sie könnten genauso gut aus dem Weltraum auf die Erde geplumpst sein und dort zur Entwicklung des Lebens geführt haben.«

»Eine merkwürdige Vorstellung.«

»Aufregend, nicht wahr? Wenn das stimmt, wären wir alle Kinder der Sterne.« Hannah bemerkte ein Leuchten in Gregoris Augen.

»Dieser Murchinson-Meteorit war übrigens ein so genannter kohliger Chondrit«, setzte er seinen Vortrag fort. »Und wenn Malcolms Beschreibung des Medusenauges richtig war, könnte es sich um einen Meteoriten dieser Art handeln. Es gibt aber noch eine andere Möglichkeit.« Er machte eine rhetorische Pause, und als er weitersprach, war seine Stimme kaum mehr als ein Flüstern, das von den Wänden des Stollens zurückgeworfen wurde. »Weißt du, das Verblüffende ist, dass alle bisher gefundenen Meteoriten, astronomisch gesehen, aus unserem näheren Umfeld stammen. Vom Mond, dem Mars und dem Asteroidengürtel. Nichts, was weiter entfernt wäre. Es gibt jedoch eine Gruppe von Himmelskörpern, die weitaus geheimnisvoller ist.«

Hannah runzelte die Stirn. »Du sprichst von Kometen, oder?«

»Willst du es hören?«

»Unbedingt. Jetzt hast du damit angefangen, also bring es auch zu Ende.«

»Also, bei Kometen ist man sich nicht sicher, woher sie stammen. Die gängige Ansicht ist, dass sie aus einer Hülle aus Eis und Staub fallen, die das Sonnensystem in einer Entfernung von fünfzigtausend astronomischen Einheiten, das wären 0,75 Lichtjahre, umgibt. Diese so genannte Oort'sche Wolke ist ein Überbleibsel aus der Entstehungsphase des Sonnensystems. Alle einhunderttausend Jahre, wenn ein Stern in die Nähe dieser Wolke kommt, reißt er mit seiner Gravitation Teile heraus, die sich zusammenballen, in unserem Sonnensystem herumsausen und bei Annäherung an die Sonne ihren charakteristischen Schweif bilden.«

Sie nickte. »Und was hat das mit unserer Medusa zu tun?«

»Darauf komme ich noch. Zuerst musst du wissen, dass die Kerne der Kometen ein lockerer Verbund aus Eis, Staub und Steinbrocken sind. Schmutzige Schneebälle hat man sie genannt, und das trifft es ziemlich gut. Sie sind so weich, dass viele Kometen beim bloßen Vorbeiflug an der Sonne auseinander brechen. Deshalb ist auch noch nie ein Komet unversehrt auf der Erde eingeschlagen. Sie zerplatzen in einer Explosion, die der einer Atombombe von 12 Megatonnen gleichkäme. Zum Beispiel am 30. Juni 1908 über dem sibirischen Tunguska. Obwohl bei einem solchen Knall vom Kometen nichts übrig bleibt, kann es doch geschehen, dass seine festen Bestandteile in der Umgebung niedergehen. Die so freigesetzten Steine sind relativ unversehrt, da sie ja vor der großen Hitze beim Eintauchen in die Atmosphäre durch einen Mantel aus Eis geschützt waren.«

»Und?«
»Und? Gestein aus der Oort'schen Wolke ist so alt und stammt aus so großer Entfernung, dass es Materie enthalten könnte, die wir aus unserem Sonnensystem nicht kennen.«
Hannah sah ihn verständnislos an. Langsam begann ihr zu dämmern, worauf er hinauswollte. »Willst du damit sagen ...?«
»Genau. Es gibt Theorien, dass die Oort'sche Wolke in der Lage ist, wie ein Schwamm Materie einzusammeln, die ziellos durch das All geistert. Materie, die aus den tiefsten Tiefen der Galaxis stammt. Elemente, Minerale und Substanzen, die uns völlig fremd sind. Mittels eines Kometen könnte es ihnen gelingen, unversehrt auf die Erde zu gelangen.«
Hannah blieb stehen und sah Gregori mit einem skeptischen Ausdruck an. »Willst du damit andeuten, dass die Medusa ... Nein, das kann ich nicht glauben. Das ist viel zu unwahrscheinlich. Es muss eine andere Erklärung geben.«
»Vielleicht. Vielleicht auch nicht. Tatsache ist jedenfalls, dass dieser Stein, oder was immer es ist, sehr merkwürdige Eigenschaften besitzt. Eigenschaften, wie sie keine andere Substanz aufweist, die wir je im Weltraum oder auf der Erde gefunden haben. Ich muss gestehen, dass ich am liebsten zurücklaufen würde, um diesen Stein selbst zu untersuchen.«
Gedankenversunken marschierten sie weiter. Hannah hatte genug Stoff zum Nachdenken bekommen, um sich ernsthaft Sorgen zu machen. »Wenn du mit deiner verrücken Theorie Recht hast, könnte es sein, dass wir alle in Gefahr sind.«
Er sah sie eindringlich an. »Wie meinst du das?«
»Denk doch mal nach. Vielleicht ist der Stein radioaktiv oder weist eine andere lebensbedrohende Eigenschaften auf.« Gregori ließ den Gedanken auf sich wirken, schüttelte aber dann den Kopf. »Das wäre zwar möglich, aber wenig wahrscheinlich, denn immerhin ist er nach seinem Auffinden lange Zeit in Händen der Ureinwohner gewesen. Sie hätten ihm mit Sicher-

heit keinen Tempel gebaut, wenn er Tod und Verderben gebracht hätte. Aber eine schleichende Kontamination lässt sich natürlich nicht ausschließen.« Er seufzte. »Doch letztendlich ist das alles müßige Spekulation. Wir haben keine Möglichkeit, den Stein auf Radioaktivität zu überprüfen. Basta. Unsere einzige Chance besteht darin, möglichst bald hier herauszukommen, ein neues Team zu organisieren und dem Medusenstein mit modernen Analyseverfahren zu Leibe zu rücken.«
Hannah wollte etwas entgegnen, doch da machte sie eine Entdeckung, die sie vor Erstaunen innehalten ließ. Der Gang endete, und zwar in einer Höhle. Sie betraten eine Kammer, die in ihrer Form und Beschaffenheit der Krypta erstaunlich ähnlich sah. Sie war etwas kleiner und wies, neben einer Klangskulptur, beinahe identische Darstellungen und Verzierungen an den Wänden auf. Was für ein Fund. Tief im Herzen war sie froh, nicht mehr weiterlaufen zu müssen. Gregori ging es ähnlich, auch er war müde und matt. Trotzdem war an Schlaf nicht zu denken.
»Sucht die Wände nach einem zweiten Ausgang ab, schnell. Wir müssen etwas finden, unbedingt!«, sagte Hannah.
»In Ordnung«, stimmte Gregori ihr zu. »Ich beginne dort drüben, das sieht ziemlich viel versprechend aus.«

Eine halbe Stunde später saß Hannah mit übereinander geschlagenen Beinen auf der Erde und knabberte nervös an ihrem Bleistift. Sie hatten die ganze Höhle abgesucht und nichts gefunden. Jedenfalls nichts, was auf einen Ausgang hindeutete. Die Wände waren aus massivem Felsgestein. Es gab keine Nische, keine Vertiefung und keinen Gang. Zum Verrücktwerden. Sie waren hier gefangen und würden nie wieder das Tageslicht erblicken, dessen war sie sich jetzt sicher. Gregori und Abdu schienen das nicht so schwer zu nehmen, sie widmeten sich ganz der Entzifferung der merkwürdigen Bild-

symbole. Hannah war kurz davor, vor Ermüdung und Verzweiflung in Tränen auszubrechen, da hörte sie Gregoris aufgeregten Ruf.
»Hannah, komm schnell! Wir haben etwas gefunden. Das solltest du dir ansehen.«
Sie legte ihre Aufzeichnungen zur Seite und schleppte sich zu Abdu und Gregori, die beide vor der Wand kauerten. Als sie eintraf, lächelte Gregori sie an, als wollte er sagen: Ich hatte Recht.
»Ein Ausgang?«, fragte sie hoffnungsvoll.
»Nein, das leider nicht, aber Abdu hat diese Darstellung gefunden. Was hältst du davon?« Er zwinkerte dem Tuareg verschwörerisch zu.
Hannah setzte ihre Brille auf und betrachtete die Darstellungen. Figuren mit Speeren, formvollendet und elegant, sprangen über die Ebene. Sie fand keine Tier- oder Landschaftsdarstellungen, stattdessen einen Himmelskörper.
Ihr stockte der Atem. Denn er besaß einen Schweif.
»Das ist doch nicht möglich«, flüsterte sie.
»Habe ich es dir nicht gesagt?« Gregori strahlte übers ganze Gesicht. »Und jetzt sieh her.«
Ihre Augen folgten seinem Finger weiter nach rechts. Die Figuren standen um einen unförmigen Gegenstand herum, der wie ein Klumpen Lehm auf dem Boden lag. Einige Menschen streckten ihre Hände danach aus und berührten ihn, andere wandten sich ab. In der nächsten Szene trugen vier Frauengestalten den Klumpen davon. Es war interessant, festzustellen, dass sie gewachsen zu sein schienen. Hannah blickte zurück auf die erste Darstellung, um sich dessen zu vergewissern.
»Das ist ja sehr merkwürdig«, sagte sie zu dem Geologen, ohne den Blick von den Darstellungen abzuwenden. »Es hat fast den Anschein, als seien die vier Frauen gewachsen. Wie ist das zu verstehen?«

»Vielleicht symbolisch. Vielleicht ist damit nicht körperliches, sondern geistiges Wachstum gemeint.«
Hannah knabberte auf ihrer Unterlippe. »Weisheit«, murmelte sie. »Das wäre möglich. Das hieße, auch die Frühmenschen könnten Visionen gehabt haben, als sie den Stein berührten. Visionen, die sie befähigten, weiter zu denken als andere, und ihnen die Fähigkeit gaben, sich selbst zu erkennen. Was hatte Chris noch mal gesagt? Der Stein zeigte ihm Dinge, die er längst vergessen hatte, Begebenheiten, die im Unterbewusstsein gespeichert waren. Wäre interessant, zu erfahren, ob die Wirkung bei allen Menschen gleich ist.«
Wie gebannt verfolgte sie die weitere Geschichte auf den Felsbildern. »Seht mal«, sagte sie, »die vier großen Frauen unterscheiden sich nun ganz deutlich von den anderen. Über ihren Köpfen sind jetzt Strahlenkränze zu erkennen, die beinahe an Heiligenscheine erinnern. Ein eindeutiges Symbol für ihre geistige Überlegenheit.« Die Erleuchteten, wie Hannah sie im Geiste taufte, fingen in der nächsten Bildsequenz an, höchst merkwürdige Gegenstände in den Händen zu halten.
»Was machen die denn da?«, fragte sie in die Runde, aber niemand schien eine Erklärung für die seltsamen Apparate zu haben, die die Erleuchteten in ihren Händen hielten. Es gab Geräte, die aussahen wie Sägen und Fräsen. Es gab auch birnenförmige Gebilde, die eine Art von Energiezelle darzustellen schienen, denn sie waren durch Kabel mit anderen Geräten verbunden. Einer dieser Apparate war besonders auffällig, denn er diente offenbar dazu, harte Materialien zu bearbeiten.
»Was könnte das sein?«, erkundigte sich Hannah.
Gregori strich mit seinem Finger über die Wand. »Sieht aus wie ein Laser oder ein Lichtbogen. Damit lassen sich enorm hohe Temperaturen erzeugen.«
»Hoch genug, um damit Obsidian zu schneiden?«

Der Geologe blieb die Antwort schuldig, doch aus seinen Augen leuchtete ein eindeutiges Ja.
Hannahs Augen wanderten zurück zu den Erleuchteten. In der folgenden Bildsequenz tauchte zum ersten Mal das Symbol des Medusenkopfes auf. Die Erleuchteten schienen ihn mit Hilfe des Lichtbogens aus einem riesigen Stück Fels herauszuschneiden. Dieser Kopf wurde in den weiteren Bildern zu einem immer wiederkehrenden Motiv. In seiner Umgebung fiel Wasser vom Himmel, bildeten sich Seen, entstanden Felder und Wälder. Tempel wurden errichtet, und eine Welle des Wohlstands schien das Land zu überfluten. Als sei ein Same vom Himmel gefallen, der das ganze Land zum Erblühen brachte. Doch dann veränderte sich die Szenerie.
Hannah spürte, wie eine Gänsehaut ihren Rücken emporkroch.
»Was ist denn das? Sieht aus wie Tote und Verwundete.«
»Sie streiten sich«, murmelte Gregori.
Hannah blickte fasziniert auf die Bildgeschichte, die sich immer weiter an der Wand entlangzog. Einige Figuren schienen sich gegenseitig zu bekämpfen. Zuerst wirkte es geradezu komisch, wie die kleinen Männchen umeinander herumturnten und mit ihren Speeren in der Luft herumfuchtelten, doch je länger sie die Bilder auf sich wirken ließ, desto klarer wurde ihr, dass sich etwas Schreckliches vor ihren Augen abspielte. Plötzlich hörte sie Abdus Stimme von der entgegengesetzten Seite der Höhle.
»Schnell, kommt hier herüber. Ich habe noch mehr gefunden!«
Etwas in Abdus Stimme alarmierte Hannah und veranlasste sie, sofort zu reagieren. Da war ein Klang in seinen Worten, den sie in all den Jahren ihrer Zusammenarbeit noch niemals vernommen hatte. Furcht.
Es dauerte eine Weile, bis sie die Einzelheiten der Darstellung erkannte, auf die er deutete. Doch was sie dann sah, trieb ihr den Schweiß auf die Stirn. Arme, Beine, Köpfe, zerteilte Leiber

und überall Blut, Blut, Blut. Ein Massaker, nein, schlimmer als das, ein Genozid. Die vollkommene Auslöschung eines ganzen Volkes war hier beschrieben, schonungslos und in allen Einzelheiten. Obwohl es sich nur um zarte Gravuren im Fels handelte, waren die Bilder von einer ergreifenden Intensität. Die Erfahrung der Apokalypse. Mensch kämpfte gegen Mensch, Tier gegen Tier, Stamm gegen Stamm, so lange, bis nur noch die vier Erleuchteten übrig waren, die sich in gebeugter Haltung in die Tiefen der Berge flüchteten, die Medusa auf ihren Schultern tragend. Und dort, wo kein Licht war und wohin kein Mensch ihnen folgen konnte, erbauten sie ihrem Heiligtum einen Tempel. Einen Tempel auf einer steinernen Insel inmitten eines dunklen Sees.

Hannah spürte, wie sie sich innerlich verkrampfte, als sie den Ort wiedererkannte. »Großer Gott, was haben wir da nur gefunden?«

# 20

Chris Carter war am Ende seiner Kräfte, als er gemeinsam mit Albert den letzten Abschnitt des Aufstiegs erreichte. Sein Bewacher hatte ihn gnadenlos angetrieben und keine Rücksicht auf ihn genommen.

Unaufhörlich kreisten seine Gedanken um die Katastrophe, die er angerichtet hatte. Warum nur hatte er diesen Stein berühren müssen? Warum nur hatte er seinen Mund nicht halten können? Was für eine Freude musste es für seinen geheimen Gegenspieler gewesen sein, zuzusehen, wie er sich vor den Augen aller zum Narren gemacht hatte. Kaum auszudenken, was geschah, wenn er mit leeren Händen zu Stromberg zurückkehrte. Dann war er erledigt, ein für alle Mal. Stromberg würde ihm auf der Stelle den Stuhl vor die Tür setzen, und wenn erst publik würde, was er im Dienste dieses raffgierigen Kunstsammlers schon für krumme Dinger gedreht hatte, bekäme er nicht einmal mehr einen Job als Wetterfrosch bei einem der unzähligen lokalen Nachrichtensender. Natürlich konnte er Stromberg damit drohen, an die Öffentlichkeit zu gehen, aber er wusste, dass ihm dessen erstklassige Anwälte jeden Tag seines Lebens zur Hölle machen würden.

Was ihm im Moment jedoch viel mehr zu schaffen machte, war die Vorstellung, nie wieder in die Nähe des Steins zu kommen. Der wertvolle Fund würde in irgendeinem Labor verschwin-

den, um ihn zu analysieren und anschließend in einem Museum hinter Panzerglas auszustellen. Nie wieder würde er ihn berühren und diese unbeschreibliche Energie spüren können ...
Er schrak auf, so überrascht war er von seinen eigenen Gedanken. Was er da eben gefühlt hatte, war eine Art von Entzug. War er süchtig nach dem Stein?
»Au, verdammt!« Ein scharfer Schmerz zuckte durch sein linkes Bein, und mit einem weiteren Schrei ließ er sich zu Boden fallen. Albert wirbelte herum. »Was ist los? Bist du völlig verrückt geworden, hier so herumzuschreien!« Er beäugte ihn misstrauisch. »Versuch bloß keine faulen Tricks.«
»Soll das hier ein Trick sein?« Chris hielt einen blutverschmierten Basaltsplitter in die Höhe, den er sich aus dem Fuß gezogen hatte. Mit einem Fluch schleuderte er ihn zur Seite. »Könntest du nicht etwas langsamer gehen? Du rennst, als ob der Teufel hinter dir her ist. Es kommt doch nun wirklich nicht darauf an, ob wir eine halbe Stunde früher oder später oben sind.«
Albert brummelte etwas Unverständliches, wandte sich um und marschierte dann im selben Tempo wie zuvor weiter.
»Verdammt, hast du nicht gehört, was ich gesagt habe?«, rief ihm Chris hinterher. Der Tontechniker würdigte ihn keines Kommentars und verschwand hinter der nächsten Biegung. Wenn Chris ihn verlor, würde er bald im Dunkeln stehen. Er schauderte bei der Vorstellung und humpelte trotz beißender Schmerzen hinterher. Als er die nächste Kehre erreichte, sah er zu seiner großen Freude, dass die Steintreppe und die geöffnete Felsplatte unmittelbar vor ihnen lagen. Er hatte es geschafft. Mit letzter Kraft schleppte er sich die Stufen hinauf und ließ sich auf den Boden der Höhle sinken. Er war zu keinem Gedanken mehr fähig, so zerschlagen fühlte er sich. Es dauerte keine zwei Minuten, bis er in einen tiefen, traumlosen Schaf fiel.
Der feine Duft von Kräutern und gebratenem Fleisch weckte ihn. Mühsam und unter Zuhilfenahme seiner gefesselten

Hände richtete er sich auf und blickte sich um. Albert saß neben der geöffneten Steinplatte und hielt das Funkgerät in der Hand. Er hatte einen Campingkocher aufgebaut, auf dem ein Topf mit duftendem Reis stand. Daneben flackerte ein Feuer, über das er eine Pfanne hielt. »Hm, das riecht ja köstlich. Ich hoffe, du hast mir noch etwas übrig gelassen.«

»Wenn du Cornedbeef aus der Dose und Trockentomaten magst ...?«

»Machst du Witze? Um ehrlich zu sein, ich würde dafür meine Großmutter verkaufen. Ich weiß nicht, wie es dir geht, aber am Schluss hing mir dieser ewige Hirsebrei zum Hals raus. Ich habe mich praktisch nur noch von Nüssen und Rosinen ernährt.«

Ein schmales Lächeln huschte über Alberts Gesicht, gerade lange genug, um es im blauen Schein des Gaskochers zu erkennen.

»Ich hab mich auf die Datteln gestürzt, die schien sonst keiner zu mögen«, erwiderte er. »Aber du kannst dir vorstellen, was das für meine Verdauung bedeutet hat. Wäre Abdu nicht gewesen, hätte ich das mit dem Kochen schon viel früher probiert«, er deutete mit dem Löffel auf den rotbraunen Inhalt der Pfanne. »Und weißt du was? Es ist leichter, als es aussieht.« Er blickte mit einem triumphierenden Lächeln auf. »Wenn du magst, greif zu.«

Chris hielt den Kopf schief. »Ein verlockenden Angebot, nur müsste ich dich bitten, mir die Fesseln abzunehmen. Es sei denn, du willst riskieren, dass ich den Inhalt der Pfanne im Sand verteile.«

Albert schüttelte den Kopf. »Vergiss es, keine Chance. Aber ich kann dich füttern, wenn du willst.«

»Verdammt, Albert, was glaubst du eigentlich, wer hier vor dir sitzt? Eine durchtrainierte Kampfmaschine? Ich bin nichts weiter als ein hungriger Wissenschaftler, der zufälligerweise

für die Konkurrenz arbeitet. Wir kennen uns doch schon eine Weile, ich bin völlig harmlos. Außerdem hast du ja noch das Gewehr, damit kannst du mich beim Essen in Schach halten.« Er lächelte zögernd. Albert schüttelte den Kopf. »Ehrlich gesagt, weiß ich nicht, was ich von dir halten soll. Aber dass du für Stromberg arbeitest, sagt mir, dass du nicht so harmlos bist, wie du tust. Also, lass dich füttern oder hungere.«
Chris bedachte ihn mit einem finsteren Blick, fügte sich aber in sein Schicksal. Er setzte sich neben Albert. »Und was ist, wenn ich pinkeln muss? Hältst du mir dann den Schwanz?«

Zehn Minuten später lehnte Chris sich mit einem zufriedenen Lächeln zurück. Zwar hatten seine Lippen und seine Zunge mittelprächtige Verbrennungen abbekommen, aber das warme Gefühl der Sättigung, das seinen Bauch erfüllte, entschädigte ihn mehr als ausreichend.
»Ah, das war wunderbar. Ich hoffe, wir haben noch ein paar von diesen getrockneten Tomaten. Ich wusste gar nicht, wie gut die schmecken.« Er blickte Albert an und spürte sofort, dass die Zeit für Smalltalk vorüber war.
»Na schön, wie geht es jetzt weiter?«
Der Tontechniker kratzte die angebrannten Reste aus der Pfanne und schmirgelte sie danach mit einer Hand voll Sand sauber. Dann füllte er Wasser aus seiner Feldflasche in einen kleinen Metallkessel und stellte ihn auf den Kocher, um einen Kaffee zu brühen. Danach griff er wieder zum Funkgerät.
»Ich werde weiter versuchen, etwas für unsere Rettung zu tun.«
»Gute Idee. Aber das Walkie-Talkie würde ich erst nehmen, wenn wir alles andere versucht haben. Meinst du nicht, wir sollten zuerst den Gang überprüfen? Vielleicht hat Patrick ja übertrieben, als er sagte, der wäre völlig verschüttet. Ich übernehme freiwillig die erste Schicht beim Graben.«

Albert schüttelte den Kopf. »Ich habe mir den Gang angesehen, während du geschlafen hast. Keine Chance, da durchzukommen. Nicht mal, wenn wir einen Presslufthammer hätten. Es gibt nur eine einzige Möglichkeit: sprengen.«
Mit diesen Worten fing er an, das Funkgerät ein- und wieder auszuschalten. Klick, klack, klick, klack. Chris starrte ihn verwirrt an. Einen kurzen Moment lang glaubte er, Beck habe den Verstand verloren. »Was tust du denn da? Ich dachte ...«
»Denk lieber nicht so viel. Die ganze Sache wird sich zu gegebener Zeit aufklären. Du wirst überrascht sein, wie einfach alles ist. Und jetzt halt den Mund, ich habe zu tun.«
Mit einem Ausdruck äußerster Konzentration setzte er seine merkwürdige Tätigkeit fort. Ein, Aus, Ein, Aus, in einem bestimmten Rhythmus.
In Chris stieg ein furchtbarer Verdacht auf. Er ist es!
Seine Stimme war dünn und brüchig, als er einen neuerlichen Versuch unternahm, das Gespräch fortzuführen. »Glaube mir, Albert, es genügt völlig, das Gerät einzuschalten und dann die Sprechtaste zu drücken. ... aber möchtest du überhaupt mit jemandem aus unserer Gruppe sprechen?«
Albert bedachte ihn mit einem Blick, der Chris erschauern ließ. Er lächelte dabei, sagte aber kein Wort. Stattdessen fuhr er fort, das Funkgerät in einem bestimmten Rhythmus ein- und auszuschalten. Chris schloss die Augen und begann in Gedanken mitzuzählen. Zwei lange Signale, dann zwei kurze. Pause, gefolgt von zwei kurzen, einer Pause und einem kurzen. Morsezeichen. Albert erzeugte Morsezeichen.
Noch während er versuchte, sich an den Morsecode zu erinnern, den er vor langer Zeit einmal gelernt hatte, beschlich ihn ein ungeheurer Verdacht.
»Es ist Durand, nicht wahr?« Seine Frage verhallte dünn und schwach in den Tiefen der Höhle.
Das Lächeln wurde breiter, eisiger.

»Aber warum? Warum willst du, dass Durand erfährt, wo wir sind?« Eigentlich kannte Chris die Antwort schon längst, er wollte nur eine Bestätigung seines Verdachts. Außerdem brauchte er Zeit zum Nachdenken. Wenn Beck wirklich der war, für den er ihn hielt, dann musste er einen Weg finden, ihn daran zu hindern, weitere Signale zu senden.
»Warum schickst du nicht einfach eine gesprochene Nachricht? Das wäre doch viel einfacher.«
Das Lächeln verschwand. Der Tontechniker schien jetzt von den Unterbrechungen endgültig genug zu haben. Entnervt schaltete er das Gerät ab. »Du hast wirklich eine besondere Begabung, mir auf die Nerven zu gehen. O.k., lass uns Klartext reden, deine Tage sind ohnehin gezählt: Durand wartet auf das Signal. Sonst noch was?«
Chris fühlte sich betäubt, als sich sein Gegenspieler so deutlich offenbarte. Nie hätte er gedacht, dass dieser ruhige, zurückhaltende Mann, der ihm in den letzten Monaten so sympathisch geworden war, ein doppeltes Spiel spielte.
Mehr noch, statt der schüchternen Fassade des sensiblen Musikers blickte er nun in das Antlitz eines eiskalten Killers. Er würde sterben. Albert Beck würde ihn töten. Diese Erkenntnis fegte durch seinen Verstand und hinterließ nur einen Gedanken – Flucht. Er musste abhauen, und zwar so schnell wie möglich.
Während er unauffällig versuchte, die verdammten Schnürsenkel an seinen Händen zu lösen, kam ihm zu Bewusstsein, mit welch kühler Gelassenheit Beck über seinen Tod gesprochen hatte. In seinen Worten war keine Spur von Erregung, Furcht oder Nervosität. Als hätte er übers Wetter gesprochen. So redete nur jemand, der das alles schon einmal erlebt, der schon einmal einen Menschen getötet hatte.
Chris musste Zeit gewinnen.
»Warum hast du mich überhaupt mitgeschleppt? Du hättest

mich doch genauso gut irgendwo auf dem Weg erledigen können.«
»Man merkt, dass du keinen Funken Verstand besitzt, Carter. Es könnte doch sein, dass dich einer von den anderen noch einmal sprechen will – auch wenn das nach deinem dummen Auftritt da unten sehr unwahrscheinlich ist –, außerdem wollte ich mir den verschütteten Gang erst noch einmal ansehen. Hätte ja sein können, dass du noch hättest graben müssen.« Er zuckte mit den Schultern. »Dein Pech, dass ich dich dafür nicht mehr brauche.«
Während Beck seinen Erfolg auskostete, hatte Chris einen scharfen Steinsplitter zu fassen bekommen und begann, seine Fessel zu durchtrennen. Unterdessen bemühte er sich, das Gespräch so unverfänglich wie möglich aufrechtzuerhalten. »Was mich wirklich brennend interessiert: Für wen arbeitest du, und wie hängt das Ganze mit Durand zusammen? Ich muss gestehen, dass du deine Betroffenheit vor den getöteten Tuareg glänzend gespielt hast.«
Albert Beck lächelte geschmeichelt. »Das war nicht schlecht, nicht wahr? Der Ehrlichkeit halber muss ich zugeben, dass ich tatsächlich überrascht war, wie schnell alles ging und mit welcher Härte die Rebellen zugeschlagen haben.«
»Die Rebellen?«
»Natürlich, oder glaubst du, ein Mann wie der Oberst würde sich bei einer solchen Aktion selbst die Finger schmutzig machen? Der Angriff auf das Lager trug die Handschrift von Ibrahim Hassad, aber er handelte natürlich im Auftrag Durands. Ich habe euch immer gewarnt, den Oberst nicht zu unterschätzen. Er kontrolliert den gesamten Norden des Niger.«
Chris schüttelte den Kopf. »Ich verstehe es nicht. Woher wusste Durand, dass wir im Begriff standen, die Medusa zu finden?«
»Das war nicht weiter schwierig. Die Zeichen waren untrüg-

lich. Als du und Hannah über Funk von der Entdeckung der Krypta berichtet hattet, von den Inschriften und so weiter, war für mich die Sache klar. Es musste sich um den versteckten Eingang zum Heiligtum des Medusenkultes handeln, nach dem wir so lange gesucht hatten. Mir blieb gerade noch genug Zeit, eine Nachricht über Satellit abzusetzen, ehe die Gruppe aufbrach. Sehr praktisch übrigens, dass Malcolm nur dich im Verdacht hatte, die Anlage zu benutzen. So konnte ich ungestört senden, wann immer ich wollte. Naumann war also immer auf dem Laufenden.«

»Naumann?«

»Du kennst ihn nicht? Nun, das wundert mich nicht. Er war schon immer ein Meister der Tarnung. Er stand viele Jahre in Strombergs Diensten – ein Scout, wie du und ich –, ehe er sich mit ihm überwarf. Er war der Beste, den Stromberg je hatte, denn er verfügt über etwas, was dir völlig fehlt. Disziplin und Durchhaltevermögen. Eigenschaften, die er sich in langen Jahren bei der Fremdenlegion antrainiert hat. Durand war übrigens damals sein Vorgesetzter.«

Chris trat der Schweiß auf die Stirn. Das alles klang nach einer Aktion, die von langer Hand geplant war. Er fühlte, wie die Schlinge aus Verrat und Betrug sich langsam um ihn zusammenzog. Hinzu kam, dass er diese verdammten Schnürsenkel nicht durchschneiden konnte. Sie leisteten dem Stein erbitterten Widerstand.

»Ich vermute, dass Naumann nicht auf eigene Rechnung arbeitet?«, fragte er.

»Stimmt«, antwortete Beck. »Die Japaner stecken dahinter. Sie sind ganz versessen auf den Stein. Aber Naumann ist es egal, für wen er den Job erledigt, solange es Stromberg schadet. Du musst wissen, dass sich die beiden damals nicht im Guten getrennt haben.« Albert griff in die Schultertasche seiner Weste und förderte ein Päckchen Zigaretten zutage. Ohne Chris eine

anzubieten, steckte er sich eine an. Lächelnd blies er den Rauch in die Luft.
»Du weißt gar nicht, womit wir es hier zu tun haben, nicht wahr? Wie ich Stromberg kenne, hat er dich diesbezüglich im Unklaren gelassen. Das würde zu ihm passen.« Chris' ausdrucksloses Gesicht schien ihn zu überzeugen, dass er mit seiner Vermutung richtig lag. Genüsslich inhalierte er den Rauch, während er sich gegen die Felswand lehnte. Plötzlich war ein Funkeln in seinen Augen zu sehen. Augenblicklich hörte Chris auf, an den Fesseln zu schneiden. Doch es war bereits zu spät.
»Netter Versuch, Carter. Wenn du unbedingt wissen willst, wie es sich anfühlt, wenn eine Patrone deine Kniescheibe zertrümmert, dann mach nur so weiter.«
Beck richtete das Gewehr auf seine Beine. Chris fluchte und ließ den Splitter fallen. Er hatte seine Chance vertan. Aus und vorbei. Nur: Warum hatte er ihn nicht schon längst erledigt? Wollte er seinen Triumph auskosten? Wenn ja, dann war er nicht nur ein Killer, sondern auch ein verdammter Sadist. Seine Gedanken rasten, während er sich verzweifelt bemühte, einen Ausweg aus der misslichen Lage zu finden. Dazu musste er Zeit gewinnen.
»Es ist ein Meteorit, oder?«
Albert Beck nahm seine goldene Nickelbrille ab und steckte sie in die Hemdtasche. Ein Ausdruck in seinem Gesicht verriet Chris, dass er das richtige Thema angeschnitten hatte. Der Tontechniker erhob sich und kam langsam auf ihn zu. Im schwachen Schein der Gaslaterne war ein kaltes Funkeln in seinen Augen zu erkennen. Ein schmales Lächeln umspielte seinen Mund, während er die Mündung der Waffe auf Chris' Brust richtete.
»Nur ein Meteorit, glaubst du? Es ist viel mehr als das. Ich bin kein Experte, aber ich kann dir versichern, dass es sich um das wertvollste Stück Stein handelt, das jemals vom Himmel

gefallen ist. Vor zwanzig Jahren fand eine französische Expedition Bruchstücke des Brockens unweit von hier, in der *Ténéré*. Die Detektoren spürten sie zehn Meter unter dem Wüstensand auf. Wenige Wochen nach ihrer Bergung zerfielen sie leider aufgrund chemischer Reaktionen. Die Messungen, die man an den schnell oxidierenden Resten durchführte, erregten allerdings so viel Aufsehen, dass man beschloss, erst noch mehr von dem Zeug zu finden, ehe man die Öffentlichkeit aufschreckt. Seither sucht man nach dem Mutterstück, von dem die Splitter stammen. Denn dass es nur Splitter waren, so viel ließ sich auf Grund einiger Messungen des Strahlungspools feststellen.«

»Strahlung?«

»Ja, Strahlung. Emissionen einer Art, wie sie noch nie zuvor gemessen wurden. Wir wissen nicht, wie sie hervorgerufen werden, nur, dass sie auf die menschliche Psyche einen merkwürdigen Einfluss haben. Kurze Berührungen lösen Visionen aus. Die meisten der Testpersonen wurden in ihre eigene Vergangenheit gezogen und erlebten dort Dinge, die sie längst vergessen hatten, genau wie du. Danach änderten sich die Bilder. Die Visionen zeigten Dinge, die uns unbekannt waren, Apparaturen, deren Arbeitsweise wir uns nicht erklären konnten, an deren Funktionsfähigkeit wir aber keinen Zweifel hegten. Der gewaltige Sprung in der Nanotechnologie, den wir in den letzten Jahren erleben, beruht zum großen Teil auf den Erkenntnissen, die wir mit Hilfe dieser Bruchstücke erlangt haben. So paradox es klingen mag, in den Splittern scheint eine Art Botschaft zu stecken. Wir wurden sogar über den Ursprungsort des Materials informiert. Exakte Sternenpositionen, Entfernungen und so weiter. Doch leider gab es auch negative Begleiterscheinungen. Je länger der Kontakt andauerte, desto mehr wurde die Kontaktperson aus ihrem seelischen Umfeld gerissen.«

»Was soll das heißen?«
»Sie wurden wahnsinnig, Carter. Verloren jeden Bezug zur Realität. Wurden aggressiv und unberechenbar. Alle vierzig Testpersonen befinden sich heute in der geschlossenen Psychiatrie.«
»Vierzig?« Chris bäumte sich auf. »Ihr habt vierzig Menschen in den Wahnsinn getrieben? Und wie viele sollen noch folgen? Was ist mit denen, die jetzt da unten bei dem Stein sind? Was ist mit Malcolm, Irene und Patrick?« Seine Stimme überschlug sich.
Albert zuckte die Schultern. »Es mag zynisch klingen, aber das sind nun wirklich Nebensächlichkeiten. Ein Menschenleben ist ersetzlich. Du kannst dir nicht vorstellen, wie viele Expeditionen unter strengster Geheimhaltung seitdem auf den Weg geschickt wurden und mit leeren Händen zurückkehrten. Und wie viele von uns dabei umkamen. Unter anderem mein Bruder, aber das ist eine andere Geschichte ...« Mit grimmigen Augen blickte er Chris an. »Die unterschiedlichsten Institutionen haben es versucht, doch alle ohne Erfolg. Ihnen wurde bald klar, dass irgendjemand den Jackpot bereits geknackt haben musste. Es gab keine andere Erklärung. Wer der Glückliche war, wussten wir nicht. Aber wir wussten, dass unser Hauptgewinn nicht mehr dort war, wo er hätte sein sollen. Also stürzte sich alle Welt auf alte Überlieferungen, um irgendeinen Hinweis auf den Verbleib des Steins zu finden.« Er lachte zynisch. »Kannst du dir vorstellen, auf was für einen wackeligen Boden man sich begibt, wenn man versucht, Erkenntnisse aus Niederschriften zu bekommen, deren Übersetzungsschlüssel noch nicht einmal gefunden wurde? Es war schlimmer als die Suche nach Atlantis, das kannst du mir glauben. Letztendlich musste man sich mit der Tatsache abfinden, dass der Stein der Weisen, wie man ihn getauft hatte, wohl niemals mehr auftauchen würde.« Beck ließ seine Zigarette aufglimmen und

blies Chris den Rauch ins Gesicht. »Aber sag niemals nie ... Ach, was rede ich hier überhaupt – statt kurzen Prozess mit dir zu machen.«
Mit einem Schnappen entriegelte er den Sicherungshebel des Gewehres, und für den Bruchteil einer Sekunde war seine Aufmerksamkeit abgelenkt. Chris durchzuckte es: Jetzt! Das war die Chance!
Mit den Füßen schleuderte er seinem Kontrahenten eine Ladung Sand ins Gesicht und rollte sich zur Seite. Keinen Moment zu früh, denn dort, wo er gerade noch gelegen hatte, spritzte eine Hand voll Einschüsse durch den Staub. Beck fluchte und versuchte sich den Sand aus den Augen zu wischen, als Chris ihm mit einem mächtigen Tritt die Beine unter dem Körper wegzog. Der Körper des Tontechnikers schlug schwer auf dem Boden auf, und Chris konnte hören, wie sein Gegner keuchend atmete. Er warf sich mit seinem ganzen Gewicht auf Alberts Brustkasten. Voller Befriedigung vernahm er ein Knacken in Becks Brust und wollte sich gerade aufsetzen, um ihn zu entwaffnen, als ihn ein Schlag mit dem Gewehrkolben am Kopf traf. Roter Nebel waberte vor seinen Augen, während er versuchte, bei Bewusstsein zu bleiben. Jede Faser seines Körpers schrie nach einer erlösenden Ohnmacht, doch er durfte dem Gefühl nicht nachgeben. Er musste bei klarem Verstand bleiben, wollte er die nächsten Sekunden überleben. Beck war entweder nicht so schwer getroffen, wie er gehofft hatte, oder er war ein verdammt zäher Bursche. Jedenfalls bekam er sich viel schneller unter Kontrolle als erwartet und rollte sich zur Seite. Er nutzte seine Chance und verpasste Chris einen Tritt in die Magengrube, dass dieser glaubte, es würde ihn innerlich zerreißen. Die Zeit schien sich in einen zähen Brei zu verwandeln. Geräusche, Gefühle und Bewegungen liefen wie in Zeitlupe ab. Mit letzter Kraft richtete Chris sich auf und warf sich hinter die schützende Falltür.

Die mächtige Steinplatte war nun der einzige Schutz. Doch jetzt war ihm der Fluchtweg durch den Tunnel versperrt, denn der befand sich auf der anderen Seite.
»Wie soll es denn jetzt weitergehen?« Alberts Stimme hatte einen überheblichen Klang. »Willst dich wohl verstecken, was? Aber daraus wird nichts, Freundchen. Komm hinter dem Stein hervor, und ich verspreche dir, dass ich dir einen schnellen, schmerzlosen Tod schenken werde. Wenn du dich weigerst, wirst du feststellen, dass eine Hinrichtung verdammt lange dauern kann.«
Seine Worte wurden von einem gequälten Husten unterbrochen. Chris vermutete, dass er seinem Gegner mindestens eine Rippe gebrochen hatte. Er sah sich um und erblickte den Gaskocher und das Lagerfeuer zu seinen Füßen. Ohne zu zögern, hielt er seine Hände über die Flammen. Ein stechender Schmerz durchfuhr ihn, doch seine Hände waren endlich frei. Er packte den Gasbrenner, verbarg ihn hinter seinem Rücken und richtete sich wieder auf. Die Schmerzen in seinen Händen wurden jetzt unerträglich, doch er zwang sich, seine letzte Chance zu nutzen. Mit langsamen Schritten kam er hinter der Felstür hervor.
»So ist es gut, mein Junge«, grinste Beck. Ein dünner Blutfaden zog sich von seinem Mundwinkel zum Kinn. Die Waffe auf ihn gerichtet, dirigierte er Chris Richtung Wand. In einem Halbkreis schlich er um ihn herum, bis er selbst am Rand der Falltür stand. Das war der Moment, auf den Chris gehofft hatte. Als das Lagerfeuer genau zwischen ihnen lag, handelte er. Mit einem gewaltigen Ruck brach er das Ventil des Gasbrenners ab und schleuderte seinem Gegner die heulende Kartusche vor die Füße. Das Gas entzündete sich schlagartig. Eine Stichflamme zuckte auf, dann explodierte die Kartusche mit einem gewaltigen Knall. Die Druckwelle war so groß, dass Chris zu Boden geschleudert wurde. Albert Beck aber wurde durch die Luft

gewirbelt und krachte gegen die Steinplatte. Leblos sackte er zu Boden.
Ein Rumpeln erfüllte den Raum. Chris sah mit aufgerissenen Augen, wie sich die Platte senkte. Allein würde er sie nicht mehr anheben können. War sie erst geschlossen, saß er in der Falle. Er griff nach der Laterne und versuchte mit letzter Kraft die Treppe zu erreichen, die zum Tempel hinabführte. Fast hatte er es geschafft, als ihn etwas packte. Er drehte sich um. Es war Albert Beck, der sich an ihm festklammerte. Die Wucht der Explosion schien ihn nur kurzfristig außer Gefecht gesetzt zu haben. Seine Augen glänzten wie bei einem Wahnsinnigen.
»Du bleibst hier«, zischte er, während er sich mit eisenharter Hand an Chris' Weste festklammerte. »Du entkommst mir nicht. Eher will ich in der Hölle brennen, als dass du diesen Raum lebend verlässt.«
Die Explosion hatte sein Wahrnehmungsvermögen offenbar empfindlich gestört, denn er schien nicht zu bemerken, wie sich von oben die schwere Steinplatte auf sie beide herabsenkte. Chris zerrte und zog wie ein Besessener. Mit übermenschlicher Anstrengung gelang es ihm, seinen Körper über den Rand der Treppe zu ziehen. »Lass doch los, du Idiot!«, schrie er ihn an, doch sein Gegner ließ sich davon nicht beirren. Das Letzte, was er sah, war das diabolische Grinsen des Tontechnikers, der sich an ihn klammerte. Dann hörte er einen Schrei und ein entsetzliches Knirschen, und tiefste Dunkelheit senkte sich auf ihn herab.

# 21

Kommandant, Kommandant!« Die Worte gellten durch die kühle Morgenluft. Durand war gerade dabei, sich zu rasieren, als das Tuch vor dem Eingang seines Zeltes zurückgeworfen wurde. Er starrte in die erregten Augen seines Funkers.
»Kommandant, wir haben Morsezeichen empfangen. Das Signal war nur schwach, aber es stammt eindeutig aus dem markierten Gebiet. Hier ist das, was wir entziffern konnten.« Damit reichte er Durand einen schmalen Papierstreifen, auf dem zu lesen stand: Zielobjekt gefunden – wiederhole, Zielobjekt gefunden. Standort: Tal nördlich Djebar-Pass. Zugang verschüttet, müsst sprengen. Erwarte Ankunft in wenigen Stunden. A. B. Stop.
»A. B.?« Der Funker konnte seine Neugier kaum noch zügeln. Durand wischte sich den Schaum aus dem Gesicht und zog sein Oberhemd an. »Albert Beck, unser Verbindungsmann. Konnten Sie die Quelle des Signals lokalisieren?«
»*Oui, Monsieur.* Es gibt keinen Zweifel. Das Signal stammt aus dem Inneren einer Felsengruppe, deren Lage mit den Angaben in der Nachricht übereinstimmt. Es sind zwei Stunden Fußmarsch von hier.«
Der Oberst winkte ab. »Stellen Sie mir eine Verbindung zum Fort her. Ich will den Helikopter. Und er soll genügend Sprengstoff mitbringen.«

Der Funker salutierte und machte sich daran, die Befehle seines Kommandanten so schnell wie möglich auszuführen. Durand setzte währenddessen sein Barett auf und betrachtete sich wohlgefällig im Spiegel. Naumanns Maulwurf hatte gute Arbeit geleistet. Wenn der Rest des Plans ebenso glatt über die Bühne ging, würde er den Stein schon heute Abend in seinen Händen halten. Er strich sich mit dem Ärmel über die Goldknöpfe und trank einen letzten Schluck aus seiner Kaffeetasse.

Hannah starrte auf ihre Uhr. Den Zeigern zufolge musste es halb acht Uhr morgens sein, doch um sie herum war immer noch tiefe Nacht. Abdu und Gregori dösten vor sich hin, doch sie selbst war viel zu aufgewühlt, um an Schlaf zu denken. Es war schrecklich, ohne den natürlichen Tag-Nacht-Rhythmus auskommen zu müssen. Schaudernd stellte sie sich vor, wie es wohl sein mochte, ein halbes Jahr in einer Polarstation oder einem Weltraumlaboratorium verbringen zu müssen. Das war nichts für sie. Sie hatte sich nie für einen klaustrophobisch veranlagten Menschen gehalten, aber sie spürte, dass es für sie höchste Zeit wurde, wieder ans Tageslicht zu gelangen.
In den letzten Stunden, während die beiden Männer schnarchend auf dem Boden zusammengerollt lagen, hatte sie Zeit gehabt, sich Gedanken über ihre Rettung zu machen. Das unterirdische Labyrinth war endlos, doch hatte es nirgendwo einen Hinweis auf einen zweiten Ausgang gegeben. Es war jedoch unwahrscheinlich, dass eine Kultur wie diese nicht für den Notfall vorgesorgt hatte. In einem vulkanischen Gebiet musste man mit Erdbeben rechnen. Wie schnell so ein Ausgang verschüttet werden konnte, hatten sie ja schmerzlich erfahren. Nein, nein, es musste weitere Ausgänge geben, sie hatten sie nur noch nicht gefunden.
Hannah zwang sich zur Konzentration. Abgesehen von der riesigen Kaverne, kannten sie bisher nur die obere Krypta und

diesen Raum hier. Was war charakteristisch für beide? Sie waren rund und die Innenseiten mit Zeichnungen verziert. Außerdem war der Boden mit feinem Sand bedeckt, aber das konnte noch nicht alles sein. Denk nach, Hannah, denk nach, ermahnte sie sich. Abgesehen davon, dass sich in dieser Höhle hier eine Klangskulptur befand und in der anderen nicht, waren beide Räume nahezu identisch. Aber was war ihre Funktion, wozu hatten sie gedient? Waren es Eingangspforten? Möglicherweise waren sie streng bewacht gewesen, damit nur befugte Personen das Allerheiligste betreten konnten. Wenn dem so war, so schlussfolgerte sie, dann befand sich hier ebenfalls eine Tür, die sie nur noch nicht entdeckt hatten. Ihre Augen suchten den Boden nach einer Unregelmäßigkeit ab, doch vergeblich. Es hätte einer umfangreichen Grabungsaktion bedurft, um herauszufinden, ob sich hier, zu ihren Füßen, ebenfalls eine bewegliche Steinplatte befand. Hinzu kam, dass sich der Eingang auf einer höheren Ebene befunden hatte. Der Raum hier lag mindestens zweihundert Meter tiefer, so dass die Vorstellung, die Tür würde sich unter ihren Füßen befinden, keinen Sinn machte.
Sie dachte noch einmal über die Klangskulptur nach. Richtig! Während des Abstiegs, einige Meter unterhalb der Krypta, hatten sie ebenfalls eine entdeckt. Vielleicht hatte das etwas zu bedeuten. Ihr Blick wanderte zur Decke des Gewölbes. Sie spürte, wie ein Schauer der Erregung über ihren Rücken kroch. Da war etwas. Auf halber Strecke zum Scheitelpunkt des Gewölbes zeichnete sich ein Rechteck ab, dessen feine Ränder dunkler als das umgebende Gestein waren. Von der Größe her konnte es sich durchaus um ein Portal handeln. Sie stand auf und trat direkt darunter. Mit ausgestrecktem Arm reichte sie gerade hoch genug, um mit ihren Fingerspitzen den unteren Teil des Deckengewölbes zu erreichen. Sie ertastete einen schmalen Spalt, der sich feucht anfühlte. Sie rieb etwas fester

und roch an ihren Fingern. Kein Zweifel ... Wasser. Das musste er sein. Der lange gesuchte Ausgang.
Sie sah sich um. Nirgendwo gab es so etwas wie einen Griff, eine Vertiefung oder gar einen Türöffner. Ein unangenehmer Gedanke keimte in ihr auf. Vielleicht sollte man gar nicht so einfach nach draußen gelangen. Vielleicht war dieser Raum eine Falle, gebaut für diejenigen, die sich unbefugt Eintritt zum Heiligtum verschafft hatten. Für Menschen wie sie.
Schaudernd wandte sie sich von der Tür ab. Ihr Blick fiel wieder auf die Medusa. Hätte sie doch niemals die Skulptur im *Tassili N'Ajjer* entdeckt. Sie hatte ihr bisher nur Unglück gebracht.
Auf dem Gesicht der gemeißelten Figur lag ein wissender Ausdruck. Hannah entdeckte einen Zug um den Mund, der wie ein verächtliches Lächeln aussah.
»Lach nur, du Pockengesicht«, flüsterte Hannah. »Irgendwann kommt der Moment, da lache ich über dich.«
Plötzlich hörte sie wieder diese Stimme, diese seltsame, körperlose Stimme. Untersuche die Skulptur! Die Worte formten sich wie von selbst auf ihren Lippen. Sie strich sich über die Stirn, als könne sie die fremde Stimme fortwischen. Dabei machten die Worte durchaus Sinn. Bei ihren ganzen Untersuchungen hatten sie die Medusenskulpturen immer sträflich vernachlässigt. Alle, bis auf Gregori. Er war als Erster auf die Idee gekommen, dass die Figuren selbst auch eine Funktion gehabt haben könnten. Hannah erinnerte sich an eine Diskussion mit ihm über den Zweck der klingenden Schlangenarme. Sie waren übereingekommen, dass die Töne, die man auf ihnen spielen konnte, wahrscheinlich nur religiösen Zwecken gedient hatten. Was aber, wenn etwas anderes dahintersteckte? Was war, wenn die Skulptur selbst ein Teil des Schließmechanismus war?
Sie war gerade im Begriff, mit der Untersuchung des Sockels zu beginnen, als das Walkie-Talkie knackte.

»Malcolm an Team eins. Bitte meldet euch! Hannah, Gregori, könnt ihr mich hören? Over.«
Hannah griff nach dem Gerät und drückte den Sendeknopf.
»Hannah hier, was gibt es? Over.«
»Hannah, gut, dass ich dich erreiche. Es gibt Probleme. Wir haben seit einigen Stunden keinen Funkkontakt mehr zu Albert. Wir haben alles versucht, aber das Gerät bleibt stumm.«
»Vielleicht liegt es an der Batterie. Over.«
»Nein, ausgeschlossen. Die Kapazität reicht für gut eine Woche Dauerbetrieb. Außerdem konnten wir feststellen, dass Alberts Gerät auf Empfang gestellt ist. Es geht nur niemand ran. Aber das Schlimmste kommt noch. Patrick ist losgelaufen, um nach dem Rechten zu sehen, doch er musste unverrichteter Dinge wieder zurückkehren. Die Platte ist geschlossen. Ich wiederhole, der Eingang ist versperrt. Wir können nicht mehr zurück. Over.«
»Großer Gott. Warum sollte das jemand getan haben? Das ist doch Wahnsinn. Hat Patrick wirklich alles genau untersucht?«
»Ja, hat er. Er hat sogar versucht, die Platte hochzustemmen. Dabei fiel ihm etwas Feuchtes an einer Ecke auf, bei dem es sich ganz eindeutig um frisches Blut handelte.«
Es entstand eine kurze Pause, so dass Hannah schon glaubte, Malcolm habe die Verbindung gekappt, doch dann setzte seine Stimme wieder ein, leise und schwerfällig.
»Hannah, ich weiß nicht, was da vorgefallen ist, aber du und dein Team, ihr solltet schleunigst zur Basis zurückkehren.«
Sie hörte sein schweres Atmen, als hätte ihn dieser kurze Dialog sehr angestrengt.
»Ist alles in Ordnung mit dir?«, fragte Hannah.
»Kommt einfach so schnell wie möglich. Hier ist viel geschehen. Wunderbare Dinge, verstehst du? Wir hören hier Gesang. Wunderschönen Gesang. Es ist die Medusa. Aber ich muss jetzt

zurück, sie erwartet mich. Wir sehen uns hoffentlich bald. Over.« Das Funkgerät knackte und verstummte.
»Malcolm? Antworte mir!« Hannah drückte noch mehrmals auf die Sendetaste, aber ihr Ruf wurde nicht entgegengenommen. Verzweifelt feuerte sie das Gerät in ihre Umhängetasche. »Verdammter Schweinehund. Gregori, Abdu, wacht auf, wir müssen zurück! Habt ihr gehört? Ihr sollt aufwachen!«
Um ihre Worte zu unterstreichen, tippte sie die beiden Schläfer sanft mit der Fußspitze an. Abdu erkannte augenblicklich, dass etwas Ungewöhnliches vorgefallen war. Er war sofort hellwach.
Gregoris Reaktionen dagegen fielen deutlich träger aus. Er gähnte und reckte sich herzhaft.
»Ist was passiert? Bin ich etwa eingenickt?«
»Allerdings, und du hast ein recht merkwürdiges Gespräch verpasst«, sagte Hannah. »Ich habe eben mit Malcolm gesprochen, und er klang seltsam. Als sei er betrunken.«
»Würde mich nicht wundern. Gab es sonst noch etwas?«
Sie zog die Stirn in Falten. »Das ist nicht komisch. Ich glaube nicht, dass er wirklich betrunken war. Irgendetwas geht da vor sich. Ich weiß nicht was, aber es macht mir Angst. Ich erkläre euch auf dem Rückweg, was ich inzwischen herausgefunden habe.«
»Rückweg? Ich dachte, wir wollten den Raum nach einem Ausgang untersuchen.«
»Ist schon längst geschehen, und ich glaube, ich habe ...«
Weiter kam sie nicht, denn in diesem Moment betrat jemand den Raum durch die schmale Tunnelöffnung. Ihre Augen weiteten sich vor Schrecken. Gregori fuhr herum, erblickte den Eindringling und packte das Gewehr.
»Was in drei Teufels Namen ...«
Er hob die Waffe, bereit abzudrücken. Doch kaum hatte die Gestalt den Raum betreten, sackte sie zusammen, als hätte die

plötzliche Helligkeit sie zu Boden geworfen. Hannah schlug die Hände vor den Mund.
Chris.
»Gregori, Waffe runter!«
Sie ging auf den leblosen Körper zu, der wie ein Bündel welkes Laub am Boden lag. War das wirklich Chris? Je näher sie kam, desto unsicherer wurde sie.
Der Mann zu ihren Füßen war bis zur Unkenntlichkeit mit Blut beschmiert. Die Haut an seinen Händen hing in Fetzen herab, seine Kleidung war schmutzig und zerrissen. Doch als er die Augen aufschlug, wusste sie, dass sie sich nicht geirrt hatte. Sie leuchteten so klar wie an jenem Tag, an dem sie sich zum ersten Mal begegnet waren.
»Was ist passiert, Chris?«, flüsterte sie.
Seine Lippen bewegten sich, und er streckte den Arm nach der Wasserflasche aus.
»Die Flasche, Gregori, schnell.«
Der Grieche legte das Gewehr fort und reichte ihr die Feldflasche. Als sie Chris den Becher an den Mund hielt, schien das kühle Nass auf seinen spröden Lippen förmlich zu verdunsten. Er leerte vier Becher in einem Zug, dann erhob er sich mühevoll. »Gott sei Dank«, hauchte er. »Ich dachte, ich würde es nicht mehr schaffen.«
Abdu trat hinzu und legte ihm das *gris-gris* auf die fiebrige Stirn. *»Hamdoullah.* Erzähl uns, was geschehen ist.«
Chris' Augen irrten ins Leere, während er sich verzweifelt bemühte, die Geschehnisse der letzten Stunden in sein Gedächtnis zurückzurufen. »Es gab diesen Kampf. Albert, er ist ... ich weiß nicht, ob er noch lebt. Wahrscheinlich nicht. Die große Platte schloss sich, und ich konnte gerade noch den Kopf einziehen. Dann bin ich gelaufen, gelaufen, gelaufen. Ich wusste ja, dass ihr diesen Gang untersuchen wolltet, und bin ihm gefolgt.«

Unwillkürlich blickte Hannah auf seine Füße und erschauerte. Die Sohlen waren blutverkrustet. »Ich wollte dich finden, Hannah, und dich warnen.«
»Warnen? Wovor?«
»Vor der Medusa und dem Stein. Albert hat für die andere Seite gearbeitet, genau wie ich.« Ein Lächeln stahl sich in sein Gesicht. »Überrascht dich das? Mich nicht. Der Stein ist viel zu wertvoll, als dass nicht zwei rivalisierende Mächte darum kämpfen würden. Ich hätte nur niemals damit gerechnet, dass es Albert ist. Ich habe beobachtet, wie er Durand eine Nachricht übermittelt hat.«
»Dem Oberst?«
»Genau. Der Angriff auf unser Lager erfolgte unter seiner Führung. Ich habe von Anfang an gespürt, dass dieser Mann gefährlich ist. Und jetzt ist er auf dem Weg hierher.«
»Was erzählst du? Albert soll ein Spion gewesen sein? Ich kann es kaum glauben.«
»Ich weiß, es ist viel verlangt, nach allem was geschehen ist. Aber du musst mir glauben. Es ist die Wahrheit.« Sein Blick war der eines Menschen, der es absolut ehrlich meint. »Albert war ein Scout, nur dass er besser war als ich. Er wusste, nach was wir hier suchen, er hat es mir erzählt. Hannah, das Ding ist gefährlich. Es verändert Menschen. Du musst zurückgehen und Malcolm und die anderen warnen. Wenn es nicht schon zu spät ist ...«, flüsterte er.
Hannah atmete tief ein. Sie spürte, dass er die Wahrheit sagte. Dann nickte sie. »Okay. Ich glaube dir, aber eines muss ich noch wissen. Hast du ihn umgebracht?«
Chris legte ihr seine zerschundene Hand auf den Unterarm. »Er wollte mich erschießen. Ich habe versucht zu fliehen, und dabei ist er ... es war Notwehr, Hannah. Das musst du mir glauben.« Seine Stimme war leiser geworden, und als er die letzten Worten ausgesprochen hatte, sackte er kraftlos zurück.

Hannah hob den Kopf und wandte sich an die Männer. »Abdu, ich möchte, dass du bei ihm bleibst und ihn pflegst. Reinige seine Wunden. Sieh mal in unseren Taschen nach, dort müsstest du eigentlich eine Heilsalbe finden. Verbinde ihn und gib ihm etwas zu essen. Er ist völlig entkräftet. Gregori und ich werden zurück zum Lager gehen und nach dem Rechten sehen. Ihr habt gehört, was er über den Stein gesagt hat, und es deckt sich mit dem Gefühl, das ich die ganze Zeit habe. Irgendetwas stimmt da nicht. Bis später, und passt auf euch auf.«
»Was ist, wenn ihr nicht zurückkehrt?« Abdus Augen leuchteten in der Dunkelheit.
»Vertrau mir. Dort oben ...«, sie deutete an die Decke der Höhle, »... befindet sich ein Ausgang. Ich weiß nur noch nicht, wie er geöffnet wird. Ich glaube, es funktioniert mit Hilfe der klingenden Schlangenarme. Wir werden daran arbeiten, sobald wir wieder da sind. Gregori, komm!«
Schnell packte sie Gewehr und Taschenlampe und verschwand im Tunnel, um Abdus traurigem Blick zu entkommen. Gregori bemühte sich, mit ihr Schritt zu halten. »Hannah, warte. Er hat Recht, was soll aus ihnen werden, wenn wir nicht zurückkehren?«
»Dann wird der Oberst sie finden. Was dann geschieht, kann ich nicht sagen. Ich befürchte allerdings das Schlimmste. Wir dürfen nicht versagen, verstehst du? Es geht hier nicht um mich oder dich. Es geht auch nicht um unsere Expedition. Das Auge ist gefährlich, das habe ich gespürt, seit diese Sache mit der Hypnose passiert ist. Schon damals hatte ich das Gefühl, dass nicht ich es war, die Patrick kontrollierte, sondern dieser Stein. Ich war nur eine Art Katalysator. Was immer das für ein Zeug ist, es verwandelt Menschen in willenlose Geschöpfe.«
»Meinst du nicht, du bildest dir da etwas ein?«
»Du hast Chris' Bericht doch gehört. Erinnere dich an das, was Albert zu ihm gesagt hat. Und dann erinnere dich an die

Felsdarstellungen des untergegangenen Volkes. An das Volk, das sich selbst ausgelöscht hat. Nachdem sich die Menschen das Paradies auf Erden geschaffen hatten, haben sie sich umgebracht. Die letzten Überlebenden haben den Stein dann unter der Erde versteckt in der Hoffnung, dass er nie gefunden wird.« Sie schüttelte den Kopf. »Zehntausend Jahre lang ist alles gut gegangen, doch dann kamen wir. Dank meiner Entdeckung ist der Stein jetzt wieder ins Blickfeld gewisser Kreise gerückt.« Sie schüttelte den Kopf. »Nein. Wenn man alles zusammenzählt, kann man unmöglich noch länger von Zufall oder Einbildung reden.«

»Und was sollen wir deiner Meinung nach tun?«

»Wir müssen ihn verschwinden lassen.«

Sie blieb stehen und sah ihm tief in die Augen. »Glaub mir, es ist das einzig Richtige. So lange habe ich mir gewünscht, etwas Bedeutsames zu entdecken. Dies wäre der Fund meines Lebens gewesen, er hätte mir einen Platz im Olymp der Wissenschaften gesichert, so, wie ich es mir immer erhofft hatte.«

Sie wischte sich mit dem Ärmel über ihr schmutziges Gesicht. »Aber ich habe erkannt, dass es falsch ist. Alles, was wir bisher erlebt und gesehen haben, bestätigt mir, dass der Stein auf keinen Fall in die falschen Hände gelangen darf. Er hat bereits eine Kultur ausgelöscht, und er könnte es wieder tun. Ich muss Malcolm und die anderen davon überzeugen, ihn verschwinden zu lassen.«

»Und wenn sie sich weigern?«

Hannah antwortete nicht. Stattdessen eilte sie mit gesenktem Kopf in die Dunkelheit.

# 22

Die Schritte der beiden verhallten im Nebel, als sie die riesige Höhle betraten. Mit einem unguten Gefühl im Magen eilten Hannah und Gregori durch das grüne Dämmerlicht zum Rand des Sees und von dort aus über den Deich. Vor ihren Augen schälte sich der Tempel wie ein Traumgespinst aus dem Dunst, und Hannah bemerkte augenblicklich, dass sich etwas verändert hatte. Es dauerte einige Sekunden, bis sie bemerkte, was es war. Auch Gregori schien es erkannt zu haben und stand, wie vom Donner gerührt, am Fuß des Hügels.
»Ich glaube das einfach nicht«, sagte er. »Sieh dir das an. Sie haben ihn geschmückt. Die verdammten Idioten haben ihre ganze Zeit damit verplempert, den Tempel zu dekorieren.«
Der Anblick war verblüffend. Die ehemals so düstere und abweisende Fassade des Obsidiantempels war über und über mit Blättern, Zweigen und Blüten verziert worden. Die Mühe, die sich ihre Mitstreiter dabei gegeben hatten, war in der Tat erstaunlich. Der Tempel wirkte, als sei die Zeit spurlos an ihm vorübergegangen und als würde die archaische Kultur, die ihn errichtet hatte, immer noch existieren. Und doch konnte die Arbeit nur von Irene, Malcolm und Patrick stammen, denn sonst war hier niemand. Der Rückschluss, den diese Handlung auf den geistigen Gesundheitszustand der Teammitglieder zuließ, verursachte Hannah Magenkrämpfe. Sie schrak davor

zurück, über das nachzudenken, was in all den Stunden geschehen war, in denen sie, Gregori und Abdu verzweifelt versucht hatten, einen zweiten Ausgang zu finden. Doch es gab nur einen Weg, um das herauszufinden. Mit eiskalten Fingern umklammerte sie ihr Gewehr und erklomm den Hügel.

Sie waren noch nicht oben angekommen, als Irene aus dem Inneren des Tempels trat. Äußerlich unverändert, bemerkte Hannah dennoch den tiefen Ausdruck der Erschöpfung in ihrem Gesicht. Irene schien einen Moment lang irritiert zu sein, doch dann hob sie freudestrahlend einen Arm und winkte ihnen zu. Hannah fiel ein Stein vom Herzen. Insgeheim hatte sie befürchtet, statt ihrer Kollegen eine Horde von halb nackten Wilden vorzufinden. Das war zum Glück nicht der Fall, doch was es mit dem Pflanzenschmuck auf sich hatte, darüber würde noch zu reden sein.

»Hannah, Gregori, wie wundervoll, euch zu sehen. Malcolm erzählte mir, dass ihr auf dem Weg seid.« Irene war die personifizierte Freundlichkeit. »Ihr müsst entschuldigen, dass wir uns so selten gemeldet haben, aber wie ihr seht, hatten wir viel zu tun.« Ihre Augen leuchteten, als sie stolz ihr Werk präsentierte. »Wenn ihr möchtet, könnt ihr euch reinigen und uns dann Gesellschaft leisten. Ihr werdet uns dann helfen, den Tempel weiter zu schmücken. Er ist noch längst nicht fertig. Doch wenn wir alle mit anpacken, könnten wir es in wenigen Stunden schaffen.« Ein Engelslächeln breitete sich auf ihrem Gesicht aus.

Hannah spürte, wie sie erneut von ihrer dunklen Vorahnung überrollt wurde. »Durand ist auf dem Weg hierher. Wir haben keine Zeit für solche Albernheiten.«

Das Engelslächeln gefror. »Albernheiten?«

»Ja, genau das.« Hannahs Stimme bekam einen schneidenden Klang. »Während wir uns bemüht haben, einen Weg zu finden, der uns alle hier herausführt, ist euch nichts Besseres eingefallen, als dieses ... dieses Monstrum hier zu dekorieren. Ich hatte gedacht, ihr wolltet etwas über den fremden Stein herausfinden. Aber da habe ich mich wohl getäuscht.«

Sie ignorierte Irenes sprachloses Erstaunen, als sie an ihr vorbei auf den Eingang zumarschierte. Sie musste jetzt handeln, ehe sie von ihren eigenen Ängsten übermannt wurde. Mit jedem Wort, das Irene gesprochen hatte, war ihr klarer geworden, wie schlimm die Situation wirklich war. Mit Schaudern rief sie sich ins Gedächtnis, was Chris ihr erzählt hatte. Sie hoffte, dass wenigstens Malcolm und Patrick noch bei Verstand waren. Irene, die sich von ihrer Sprachlosigkeit erholt hatte, eilte ihnen nach.

»Ihr könnt da nicht eintreten«, zeterte sie. »Ihr habt euch nicht gereinigt.« Keuchend rannte sie hinter Hannah her und packte sie an der Schulter. »Der Tempel ist nur denjenigen zugänglich, die reinen Herzens sind und der dreigeteilten Göttin ein Opfer dargebracht haben.«

Hannah blieb stehen und schüttelte Irenes Hand wie eine lästige Fliege von ihrer Schulter. »Was redest du denn da? Du solltest dich mal hören. Komm wieder zu dir, du bist nicht mehr du selbst. Begreif doch endlich, der Stein ist gefährlich. Ihr alle steht im Begriff, den Verstand zu verlieren. Ihr müsst diesen Ort verlassen, so schnell es geht. Gregori, kümmere dich um sie, während ich mit den anderen rede.«

»Das ist zu gefährlich, Hannah. Wer weiß, in was für einem Geisteszustand sich die beiden befinden. Lass mich lieber mitkommen.«

Hannah betrachtete ihn mit einem dankbaren Lächeln, doch sie schüttelte den Kopf. »Danke für das Angebot, aber ich muss das allein durchziehen. Wenigstens einer von uns sollte bei klarem Verstand bleiben. Die Gefahr, dass wir beide von diesem Ding beeinflusst werden, ist viel zu groß. Außerdem braucht sie dich jetzt«, fügte sie mit einem Blick auf Irene hinzu. Müde lächelnd machte sie sich auf den Weg ins Innere des Tempels.

Als sie in die Dunkelheit vordrang, wurde ihr bewusst, wie Recht Gregori mit seiner Warnung gehabt hatte. Ihr war völlig schleierhaft, wie sie reagieren sollte, wenn sich die beiden Männer in einem ähnlichen geistigen Zustand befanden wie Irene. Der Gedanke daran ließ sie frösteln.

Die Dunkelheit wich vor ihr zurück und machte einem kühlen Lichtschein Platz. Er entsprang einer Lampe, die sie neben dem Medusenkopf aufgestellt hatten. Mit Erstaunen gewahrte sie, dass Malcolm und Patrick im Schneidersitz und mit geschlossenen Lidern neben dem Auge saßen und es mit ausgestreckten Händen berührten. Ein unablässiger Strom von Wasser floss ihnen über die Finger und an ihren Armen entlang. Die beiden Männer hatten, entgegen der ursprünglichen Abmachung, das Auge dem gleißenden Schein der Gaslaterne ausgesetzt. Hannah kniff die Augen zusammen. Die hygroskopische Wirkung der Substanz hatte sich auf dramatische Weise verstärkt. Es konnte keinesfalls mehr die Rede von einer zufälligen Erscheinung sein. Dieses Material riss die Luftfeuchtigkeit förmlich an sich, und zwar in einer Weise, wie sie es noch nie zuvor gesehen hatte. Die Nebelschwaden drangen, wie von einer unsichtbaren Kraft gezogen, in den Tempel. Nicht auszudenken, was geschehen würde, wenn man den Stein ans Tageslicht brachte. Ein Verdacht keimte in ihr auf. Ob sich die hygroskopische Wirkung auch bei Lebewesen bemerkbar machte? Wie verhielt sich der menschliche Körper bei konstantem Wasserentzug? Mochten die geistigen Irritationen ihre Ursache in einer massiven und fortdauernden Dehydrierung haben? Konnte es so einfach sein? Aber was war dann mit den Stimmen, die sie in ihrem Kopf hörte?

Hannah kam nicht dazu, diesen Gedanken fortzuführen, denn in diesem Moment lösten sich Patrick und Malcolm aus ihrer

Haltung, erhoben sich und starrten sie an. Sie hatten ihr Kommen bemerkt, und doch wirkten sie auf eine Weise entrückt, wie man es nur von Menschen kannte, die aus einer tiefen Trance erwachten. Die beiden Männer wankten die Stufen herab, und Hannah konnte beim Näherkommen erkennen, dass ihre Wangen eingefallen und ihre Lippen spröde waren. Wasserentzug, dachte sie wieder bei sich. Die Symptome waren eindeutig.

»Ich bin da«, rief sie und bemühte sich, die Besorgnis in ihrer Stimme zu unterdrücken. »Wisst ihr noch, ihr wolltet mir etwas zeigen. Weshalb habt ihr hier Licht? Wir hatten uns doch darauf verständigt, dass das gefährlich ist.«

Malcolm, der die robustere Natur zu haben schien, zeigte erste Anzeichen des Erinnerns.

»Hannah?«, murmelte er, während er sich mit seiner feuchten Hand über das Gesicht strich. »Was tust du hier? Ist etwas vorgefallen?« Seine Stimme gewann an Kraft, während sich auch Patrick langsam aus der geistigen Beeinflussung der Medusa löste.

»Allerdings. Erinnerst du dich nicht an unser Gespräch? Du hast mich angerufen und mir mitgeteilt, dass der obere Eingang versperrt ist und ihr keinen Kontakt zu Albert und Chris herstellen könnt.«

»Ja, ich erinnere mich. Aber das ist doch schon Tage her.« Er strich mit der Hand über seinen Kopf. »Seither ist so viel geschehen. Wir haben hier großartige Dinge entdeckt. Komm her und überzeuge dich selbst. Alles andere ist unwichtig.«

»Und ob es wichtig ist«, fauchte Hannah. »Es haben sich Besorgnis erregende Dinge ereignet. Wir haben Chris gefunden. Er hat uns erzählt, dass Albert ein Überläufer war und für Durand gearbeitet hat. Versteht ihr? Der Oberst weiß über alles Bescheid und befindet sich in ebendiesem Moment auf dem

Weg hierher. Er kennt unseren Standort, und er wird sich den Stein holen. Notfalls mit Gewalt.« Sie legte so viel Ausdruck in ihre Stimme, dass auch der bornierteste Zuhörer den Ernst ihrer Worte erkennen musste. Doch die Reaktion der beiden Männer fiel anders aus als erwartet. Malcolm legte ihr seine Hand auf die Schulter und sprach mit seltsam entrückter Stimme: »Beruhige dich, es ist alles in Ordnung. Nichts und niemand kann das allwissende Auge bedrohen. Es steht außerhalb von Raum und Zeit. Komm, Hannah, schließ dich uns an. Lerne die Weisheiten der Medusa und wachse daran.«

»Hat einer von euch überhaupt kapiert, was ich eben gesagt habe?«, rief sie, und das Echo ihrer eigenen Stimme hallte von den gläsernen Wänden zurück. »Kommt zu euch, ihr Idioten! Wir werden alle sterben, wenn wir länger hier bleiben. Lasst uns das Auge nehmen und von hier verschwinden!«

Sowohl Patrick als auch Malcolm hoben den Kopf und fixierten sie mit einem Blick, der ihr sagte, dass sie zu weit gegangen war.

»Das Auge nehmen?« Malcolm betrachtete sie mit einer Mischung aus Wut und Erstaunen. »Niemand darf ungestraft das Auge nehmen.« Die Muskeln in seinem Gesicht zuckten, als würde ein fremder Wille seinen Körper beherrschen.

Hannah erkannte, dass er und Patrick sich schon viel zu tief in die Mysterien des fremden Steins vorgewagt hatten und dass es für weitere Diskussionen zu spät war. Einige Stunden hatten ausgereicht, um aus normalen Menschen willenlose Marionetten zu machen. Sie hob die Waffe. »Keinen Schritt weiter. Das gilt für euch beide. Zurück an die Wand.«

Das Gewehr fühlte sich unhandlich und schwer an, als sie die Mündung auf die beiden Männer richtete. Sie hatte noch niemals einen Menschen mit einer Waffe bedroht, und ihr wurde bewusst, dass es nun kein Zurück mehr gab. Wenn ein Streit derartig eskaliert war, konnte es keine Versöhnung mehr geben, nur noch Gewinner und Verlierer. Und der Verlierer würde mit dem Leben bezahlen.

Oberst Durand blickte auf die Uhr. Drei ... zwei ... eins ...
Dumpfer Donner rollte durch die Schlucht und brach sich an den Wänden. Eine Staubwolke stieg zum Himmel auf, die oberhalb der Klippen vom Wind erfasst und davongetragen wurde. Durand hob die Hand, und seine Soldaten sprangen aus den Schatten der Felsen hervor, hinter denen sie vor der Explosion Schutz gesucht hatten.
Er blickte noch einmal auf die Uhr und setzte seine Sturmbrille auf, dann machte auch er sich auf den Weg hinab ins Tal, um die Situation in Augenschein zu nehmen. Sein Unteroffizier Sada Koutubi, ein beinahe zwei Meter großer, wuchtiger Mann, schulterte Gewehr und Rucksack und folgte ihm. Niemand sprach ein Wort, während die beiden Männer voranschritten. Der Oberst hasste überflüssiges Reden, und die Männer, die ihn umgaben, waren aus demselben Holz geschnitzt. Sie machten sich nichts aus überflüssigen Fragen und endlosen Diskussionen. Sie verrichteten ihre Arbeit und genossen die Stille. Nur wer gelernt hatte zu schweigen, konnte sich am Gesang des Windes und an der Weisheit der Steine erfreuen.
Als die Gruppe eine Viertelstunde später den Boden des Tals erreichte, war an Stille allerdings nicht mehr zu denken. Hoch über ihren Köpfen dröhnte das Triebwerk des Helikopters, der sich wie eine riesige Krähe in die Luft erhob, um zum Fort zurückzufliegen. Die neuesten Wetterprognosen hatten diese Vorsichtsmaßnahme unumgänglich gemacht. Erste Zirruswolken am tiefblauen Himmel kündigten ein erneutes Unwetter an.
Durand zwang sich, dem Helikopter nicht weiter nachzublicken. Er musste sich auf die vor ihm liegende Aufgabe konzentrieren. Der Wind trug die Rufe seiner Männer zu ihm. Die

Aufregung über das, was sie entdeckt hatten, war deutlich herauszuhören. Schon wenige Minuten später konnte Durand das Ergebnis der Sprengung in Augenschein nehmen. Es war immer wieder verblüffend, was ein einzelner Mann mit einer gezielt angebrachten Ladung TNT bewirken konnte. In diesem Fall gebührte die Ehre seinem Experten Habré, einem Veteranen vom Stamm der *Tubu*, den Felsenmenschen. Und in der Tat verstand es Habré wie kein Zweiter, dem Fels seinen Willen aufzuzwingen. Als er den Oberst sah, hob er zur Begrüßung seine Pfeife, die er sich aus einer Patronenhülse angefertigt hatte. Würziger Tabakduft erfüllte die Schlucht. Durand betrachtete das Werk und klopfte dem alten Mann auf die Schulter. *»Très bien, mon ami. Formidable!«*

Der Alte lächelte vergnügt und ließ seine Goldzähne aufblitzen. Dort, wo sich vor wenigen Minuten noch undurchdringlicher Fels befunden hatte, öffnete sich jetzt ein Gang. Er war übersät mit Gesteinssplittern und lockerem Geröll, das sich leicht entfernen ließ.

Durand untersuchte den Stollen und stellte mit Genugtuung fest, dass ihn nur noch ein paar Schaufeln Geröll von seinem Ziel trennten. Er hatte gehofft, dass sie sich bis zum Eintreffen des Sturms im Inneren des Berges befinden würden, und wie es aussah, würde sein Wunsch in Erfüllung gehen. Gott war eben mit den Tapferen. Er klatschte in die Hände: »In Ordnung. An die Arbeit!«

Selbst durch den Schleier ihrer Umnachtung schienen Malcolm und Patrick zu begreifen, dass es besser war zu gehorchen. Mit zusammengebissenen Zähnen taten sie, was Hannah von ihnen verlangte. Ohne die beiden aus den Augen zu lassen, stieg sie die Treppe empor. Sie spürte die Anwesenheit des fremdartigen Steins, doch wagte sie nicht, ihn anzublicken. Noch nicht. Schritt für Schritt, Stufe für Stufe erklomm sie die mächtige Statue, das Gewehr unverwandt auf die beiden Männer gerichtet.

Dann hatte sie ihr Ziel erreicht. Unmittelbar neben ihr ragte das hässliche Antlitz der Medusa in die Höhe, aus deren Auge unablässig Wasser strömte. Sie konnte sich nicht erinnern, jemals etwas Ergreifenderes gesehen zu haben. Trotz ihres abstoßenden Äußeren verströmte die Medusa eine Aura von Trauer und Melancholie, die Hannah tief berührte. Sie schien um die Menschheit zu weinen, und um all das Unglück, das sie ihr bereitet hatte. Hannah biss die Zähne zusammen, griff in die Umhängetasche, zog ihre ledernen Arbeitshandschuhe über, hob den stählernen Gewehrkolben und schlug auf den Glaskopf ein. Einmal, zweimal, dreimal. Unablässig und mit äußerster Kraft.

Als sie schon glaubte, es nicht zu schaffen, hörte sie ein Knacken. Durch das gläserne Haupt zog sich ein Riss, der mit jedem weiteren Schlag größer wurde. Von neuer Hoffnung beflügelt, schlug sie ein weiteres Mal zu. Ein großes Stück Obsidian oberhalb der Nase brach ab und stürzte in die Tiefe, wo es klirrend zerschellte. Noch ein weiterer Schlag und das apfelsinengroße Gebilde lag frei. Grau, kalt schimmernd und mit unregelmäßig geformten Narben überzogen, schwitzte es im Licht der Lampe. Hannah griff zu, ohne zu zögern, packte den Kometenkern, wickelte ihn in einen alten Pullover und steckte ihn in ihre lederne Umhängetasche. Doch wenn sie geglaubt hatte, durch ihre Handschuhe vor der Wirkung des Steins geschützt zu sein, sah sie sich getäuscht. Ein Funkenregen ging vor ihrem inneren Auge nieder und blendete ihre Netzhaut. Kaskaden gleißenden Lichts füllten ihr gesamtes Blickfeld, während ein Lärm wie von tausend Glocken in ihren Ohren dröhnte. Doch als der Stein in die Tiefen ihrer Tasche glitt und sich ihre Finger von ihm lösten, verflog der Zauber. Zurück blieben ein Gefühl der Verwirrung und Orientierungslosigkeit und ein Geräusch, das sie nicht identifizieren konnte. Nur mit Mühe gelang es ihr, die Kontrolle über ihre verwirrten Sinne zurückzuerlangen. Sie schüttelte den Kopf, doch das Geräusch hielt an. Es war ein lang gezogener, markerschütternder Schrei. Entsetzt von der Wut, die darin lag, klammerte sie sich an die Waffe, während sie die Stufen hinabschritt. Sie erkannte, dass der unmenschliche Schrei aus Patricks Kehle stammte. Er stand da, hielt seine Hände gegen die Ohren gepresst und schrie, während er sie aus hasserfüllten Augen anstarrte. Malcolm hingegen hatte seine Hände zu Fäusten geballt. Die Knöchel traten weiß hervor. Hannah schauderte. Was immer sie getan hatte, in den Augen der beiden Männer schien sie sich eines Verbrechens schuldig gemacht zu haben, für das es nur eine Strafe geben konnte: den Tod. Sie rechnete damit, dass sich die beiden jeden Moment auf sie stürzen würden. Das Gewehr schien ihr in diesem Zusammenhang nur ein schwacher Schutz zu sein.

»Wagt es nicht, euch zu bewegen«, zischte sie, während sie Meter um Meter Richtung Ausgang ging. Bösartige Augen fixierten sie. Augen, aus denen Wut und Verzweiflung sprühten. Jede ihrer Bewegungen wurde genauestens beobachtet und analysiert. Noch nie zuvor hatte sie das Gefühl körperlicher Bedrohung deutlicher gespürt als in diesem Augenblick.

Als sie in die Dunkelheit des Eingangstunnels trat, merkte sie, dass sie ihre Panik nicht mehr zügeln konnte. Sie nahm die Beine unter den Arm und rannte, so schnell sie nur konnte. Nur noch weg. Sie musste der Enge und Dunkelheit dieses Tempels entfliehen.

Doch draußen angekommen, sah sie sich mit einer neuen Gefahr konfrontiert. Gregori lag keuchend am Boden, Irene über ihm, ihre Hände an seiner Kehle, während sie sich mit ihrem ganzen Gewicht über ihn beugte. In ihren Augen loderte das Feuer des Wahnsinns. Der Grieche wand und krümmte sich,

doch Irene schien über unglaubliche Kraftreserven zu verfügen. Hannah richtete das Gewehr in die Luft und feuerte. Irenes Kopf flog herum, und eine Sekunde lang verringerte sich der Druck auf Gregoris Kehle. Das genügte dem Geologen, um sich dem mörderischen Griff zu entwinden. Mit einem gezielten Schlag schleuderte er die Furie von seiner Brust und erhob sich hustend und nach Luft ringend. Hannah wollte ihm zur Hilfe eilen, doch da traf sie ein gewaltiger Schlag, der ihr die Beine unter dem Körper wegfegte. Das Schnellfeuergewehr entglitt ihren Händen und wirbelte im hohen Bogen durch die Luft, ehe es mehrere Meter entfernt im grünen Dämmerlicht aufschlug. Sie selbst fiel hart zu Boden und schrie auf. Ein Schatten war über ihr und stürzte sich mit raubtierhafter Geschwindigkeit auf sie. Instinktiv rollte sie sich zur Seite.
»Malcolm, du verfluchter Schweinehund«, fauchte sie ihn an, während sie sich eine Haarsträhne aus dem Gesicht fegte und auf die Füße sprang. »Hast du völlig den Verstand verloren? Was ist nur in dich gefahren?« Sie versuchte ihrer Stimme einen weichen, versöhnlichen Klang zu geben. »Wir können über alles reden. Ich will doch nur euer Bestes«, säuselte sie. »Wir müssen so schnell wie möglich weg von hier. Kommt einfach mit uns mit. Wir haben einen zweiten Ausgang gefunden, der uns zurück an die Oberfläche bringt. Alles wird gut. Vertrau mir, Malcolm. Nur dieses eine Mal.«
»Gib uns den Stein.« Der Aufnahmeleiter, der immer noch dort kauerte, wo sie eben gelegen hatte, streckte gierig seine Pranke aus. »Gib ihn her, dann wird euch nichts geschehen. Wenn wir den Stein haben, lassen wir euch gehen, andernfalls werdet ihr sterben.«
Hannah war verzweifelt. Keines ihrer Worte drang zu ihm durch. Nichts und niemand schien ihn aus seinem Wahn erlösen zu können. Obendrein hatte Patrick sich jetzt ihre Waffe gekrallt und gesellte sich, teuflisch grinsend, zu ihnen. Zusam-

men mit Irene, die auch schon wieder auf den Beinen war, ergab sich ein Kräfteverhältnis von zwei zu drei.
Hannah hob die Ledertasche in die Höhe und sprach langsam und deutlich. »In Ordnung«, sagte sie, »ihr habt gewonnen, der Stein gehört euch. Folgt mir zum Ausgang, und ihr werdet ihn erhalten, ohne Kampf und ohne Blutvergießen.« Dann kam ihr eine Idee. »Der Stein hat zu mir gesprochen«, verkündete sie. »Er wünscht, dass ihr die Waffe senkt. Schließt Frieden mit denjenigen, die nicht in der Lage sind, seine Weisheit zu erkennen. Übt Nachsicht mit den Ungläubigen, und seid friedlich. Das sind die Worte von *Anethot, Imlaran* und *Farass*, der dreigeteilten Göttin!«
»Du meine Güte, was faselst du denn da für einen Unsinn«, flüsterte Gregori.
»Psst! Ich spiele das Spiel auf ihre Art«, zischte sie.
Zu ihrer großen Erleichterung erzielten die Worte die gewünschte Wirkung. Die Anspannung wich aus den Gesichtern ihrer Widersacher, und Patrick ließ sogar die Waffe sinken. Es war wie ein Wunder.
»Es klappt, Hannah, sprich weiter«, flüsterte Gregori und legte seine Hand auf ihre Schulter. Sie lächelte und schickte sich an, mit ihrer Rede fortzufahren, da ließ ein Erdstoß den Boden unter ihren Füßen erzittern. Staub rieselte von oben herab, drang in ihre Nase und ihre Augen. Sie musste niesen und senkte für einen Augenblick den Beutel mit seinem kostbaren Inhalt. Es war ein verhängnisvoller Augenblick, und noch viele Jahre später fragte sie sich, was wohl geschehen wäre, hätte sie in diesem Moment die Kontrolle über die Situation behalten.
Ein Schuss krachte. Gleichzeitig spürte sie, wie Gregori sich in ihre Schulter verkrallte und sie zu Boden zog. Wie in Zeitlupe entglitt die Ledertasche ihren Händen. Das Nächste, was sie sah, war Patricks triumphierendes Lächeln, als er breitbeinig über ihr stand, die rauchende Waffe in der einen Hand und die

Ledertasche mit ihrem wertvollen Inhalt in der anderen. Gregoris Körper fühlte sich schwer und leblos an. Ein kurzer Blick bestätigte ihr, dass er tot war. Niemals wieder würde sie sein Lachen hören, niemals wieder seine warme Hand spüren.
Eine Woge der Trauer überkam sie. Trauer und unbändige Wut. Wut darüber, dass sie einen Freund verloren hatte, Wut darüber, dass sein Lachen verlöscht war, und Wut darüber, dass das alles ein Akt von vollendeter Sinnlosigkeit war. Ihre Augen verengten sich zu Schlitzen, während kalter Hass in ihr aufstieg. Sie würde dem Ganzen einen Sinn geben. Sie würde all dem ein Ende setzen, hier und jetzt.
In diesem Augenblick brandete dumpfer Donner auf. Es war ein Laut, der perfekt zu dieser endzeitlichen Situation passte, und für einen Moment lang glaubte sie, sie bilde ihn sich nur ein. Als sie aber die Verwirrung in den Gesichtern der anderen bemerkte, erkannte sie, dass dieser Donner real war. Und mit einem Mal wurde ihr klar, dass die Erschütterung keineswegs ein Erdbeben gewesen war, wie sie zunächst angenommen hatte, und das, was sie jetzt hörte, auch kein Donner. Es war die Sprengung des Tunnels und deren Nachhall, der sich in den Tiefen des *Tamgak* verlor. Durand kam!
Immer lauter wurde das Grollen, es wogte durch die Höhle, wurde hin und her geworfen und steigerte sich zu einem infernalischen Getöse. Das war ihre Chance. Mit aller Kraft, die sie aufbringen konnte, trat sie Patrick in den Unterleib. Er stieß einen dumpfen Schmerzenslaut aus, verdrehte die Augen und klappte zusammen. Die Tasche entglitt ihm, doch das Gewehr blieb fest verkrallt in seiner Hand. Noch immer rollte der Donner durch die Höhle, und noch immer blickten Malcolm und Irene sich gehetzt nach allen Seiten um. Im grünlichen Dämmerlicht schienen sie noch nicht bemerkt zu haben, dass sich das Blatt zu Hannahs Gunsten gewendet hatte. Sie musste ihre Chance nutzen, denn sie fühlte, dass sie keine zweite bekom-

men würde. Mit einer geschmeidigen Bewegung rollte sie sich von Gregoris leblosem Körper herunter, griff nach der Tasche und rannte um ihr Leben. Sie spürte den Wind in ihrem Haar und den Boden unter ihren Füßen, während sie den Hügel hinabflog. Sie rannte, wie sie noch nie zuvor in ihrem Leben gerannt war, über den Deich, an den Ufersteinen vorüber und hinein in die Dunkelheit. Jetzt war der Zeitpunkt gekommen, an dem sie ihre Gefühle nicht mehr länger zurückhalten konnte. Und endlich bahnten sich die Tränen ihren Weg.

# 23

Oberst Durand betrat die Eingangshöhle und sah sich um. Er war zwar nur ein interessierter Laie, doch er spürte, dass das, was er hier erlebte, Geschichte atmete. Der Raum war mit Bildern gefüllt, wie er sie noch nie gesehen hatte. Bilder von unvergleichlicher Schönheit und Ausdruckskraft. Gewiss, er kannte viele Darstellungen aus dem *Aïr*, Jagdszenen, Dorfgemeinschaften und Tierbilder, doch angesichts der hier gezeigten Meisterschaft verblassten sie zu Fußnoten der Archäologie. Er schwor sich, sein Wissen nach erfolgreicher Beendigung der Mission aufzufrischen. Natürlich nur, soweit es sein Dienstplan erlaubte.

Was ihn wieder zum Tagesgeschäft zurückkehren ließ, waren die zwei Beine, die vor ihm wie abgenickte Streichhölzer aus dem Boden ragten. Er hatte schon viele Tote und Verwundete in seinem Leben gesehen, aber dieser Anblick war ausgesprochen widerwärtig. Er befahl seinen Männern, sich im Moment noch zurückzuhalten. Erst musste er sich ein Bild von der Lage machen. Die Spuren im Sand, der umgeworfene Gaskocher sowie das zertretene Lagerfeuer deuteten darauf hin, dass hier ein Kampf stattgefunden hatte. Das wiederum setzte voraus, dass mindestens zwei Personen hier gewesen sein mussten, wobei es sich bei der einen mit großer Wahrscheinlichkeit um Albert Beck gehandelt hatte. Die zweite Person war diejenige,

die Durand Kopfzerbrechen bereitete. Wer konnte zusammen mit Beck als Letzter hier gewesen sein? Warum war es zwischen den beiden zum Streit gekommen? Oberst Durand ging auf und ab und rekapitulierte die Geschehnisse in Gedanken. Hatte die zweite Person herausbekommen, dass Beck ein doppeltes Spiel spielte? Sehr wahrscheinlich. Das wäre jedenfalls ein Grund für einen handfesten Streit.
Doch warum hatte Beck diese zweite Person überhaupt hierher mitgenommen, warum hatte er seinen Handstreich nicht in aller Heimlichkeit vollzogen? Es gab nur eine Erklärung dafür. Beck war davon überzeugt, von dieser Person nichts befürchten zu müssen. Der Oberst straffte sich, als er die Lösung erriet. Es war ein Gefangener.
Mit einem Mal lag die Geschichte offen wie ein Buch vor ihm. Es war John Evans, alias Chris Carter. So musste es sein. Das Team hatte seine Identität aufgedeckt und wollte ihn in sicheren Gewahrsam bringen. Mit Sicherheit war er gefesselt oder anderweitig unschädlich gemacht worden. Die Frage war nur, ob und wie es Carter gelungen war, sich zu befreien. Die Antwort musste irgendwo hier verborgen liegen.
Durand ging zur Feuerstelle und kniete nieder. Zwischen den rußigen Holzscheiten lagen angekohlte Schnürsenkel. Er hob sie auf und hielt sie prüfend vors Gesicht.
Er stand auf und atmete tief ein. Der Gefesselte musste seine Hände in die Glut gestoßen haben, um die Fesseln zu lösen. Es gehörte viel Willenkraft dazu, so etwas zu tun. Durand fühlte sich in seinem Verdacht bestätigt, dass es sich bei der gesuchten Person um Carter handeln musste. Kein anderer aus dem Team hätte dazu den Mumm gehabt. Ohne es sich eingestehen zu wollen, empfand er Respekt vor dem Mann. Er begann zu verstehen, warum Naumann ihn für einen der besten Männer Strombergs hielt. So weit, so gut. Durand stand auf und verfolgte die Fußspuren im Sand. Der Klimatologe hatte sich

befreit, und es war zum entscheidenden Kampf gekommen. Durand schlich um die schwere Steinplatte herum, unter der sich die Antwort auf seine Fragen befinden musste. Klar war, dass einer der beiden Kontrahenten hier unter der Felsplatte begraben lag. Er konnte nur hoffen, dass es sich bei dem Toten, dessen Beine so unnatürlich in die Luft ragten, um Carter handelte. Alles andere würde die Lage erheblich komplizieren.

Er hatte genug gesehen. Er winkte seinen Männern, die tonnenschwere Platte beiseite zu schieben, und bereitete sich auf einen wenig appetitlichen Anblick vor. In Windeseile wurden zwei Seile durch die Öse an dem einen Ende der Platte gezogen. Durand gab ein Zeichen, und acht Männer warfen sich mit ihrem ganzen Gewicht in die Seile. Die Platte hob sich mit überraschender Leichtigkeit.

Der Anblick ließ ihn erschauern. Er hatte richtig getippt. Ein solcher Tod war selbst für einen Schurken unwürdig. Aber zu allem Überfluss handelte es sich bei dem grausam zerquetschten Körper um den Leichnam Albert Becks. Zu erkennen an der goldenen Brille und dem dunklen Haarkranz. Chris Carter war blond. Und nun war auch klar, wie Carter entkommen konnte – vor seinen Füßen führten Stufen hinab in dunkle Tiefen!

»Schafft ihn weg«, befahl Durand. »Und dann streut Sand über die Reste. Ich will, dass nichts mehr zu sehen ist, wenn ich wieder heraufkomme. Sada, ich wünsche, dass du und weitere vier Mann mich begleiten.«

Mehr als ein Nicken bekam Durand nicht, aber das genügte ihm. Er blickte auf seine Uhr, dann auf den Rest seiner Leute.

»Habré, ich möchte, dass du das Kommando führst, solange ich weg bin. Meine Uhr zeigt 15:29 Uhr. Wenn ihr bis 20:00 Uhr nichts von uns gehört habt, schickt ihr ein zweites Team hinterher. Vermutlich funktionieren die Funkgeräte hier unten nicht, also haltet euch streng an den Zeitplan. Alles verstanden? Gut, dann los.«

Chris war aus seiner Bewusstlosigkeit erwacht und wälzte sich unruhig hin und her. Er war todmüde, doch die Verletzungen an seinen Händen und Füßen brannten so sehr, dass an Schlaf nicht zu denken war. Seine Wunden waren von Abdu mit Salbe behandelt und verbunden worden, aber es würde noch Tage dauern, bis er einigermaßen schmerzfrei war. Der schweigsame Targi mied ihn wie einen räudigen Hund. Chris hatte versucht, ein paar Worte mit ihm zu wechseln, aber es war aussichtslos. Abdu war noch nie besonders gesprächig gewesen, doch jetzt war er einfach nur stumm. Er schien den Verrat an der Gruppe, besonders den an Hannah, persönlich zu nehmen und hatte sich in die entgegengesetzte Ecke der Höhle verzogen.
Nach seiner Uhr war es jetzt 17:30 Uhr, aber er wusste nicht, wie viel Zeit vergangen war, seit Hannah und Gregori aufgebrochen waren. Sein Zeitgefühl hatte er auf dem Weg von der Krypta hierher vollends verloren. Er entschied, dass es das Beste war, sich aufzurappeln und auf andere Gedanken zu kommen. Was ihm keine Ruhe ließ, waren Hannahs Worte, dass sich dort an der Decke ein zweiter Ausgang befinden sollte. Und dass er über die Medusenskulptur zu öffnen war. Vielleicht schaffte er es. Er hatte die Nase voll von engen Gängen und dunklen Höhlen, wollte wieder die Sonne und die Sterne sehen und den Wind im Haar spüren. Entschlossen schnappte er sich eine Gaslaterne und setzte sich neben den Sockel der Skulptur.
Wie zu Beginn der Reise stellte er das Licht ganz nah an den Sockel, so dass die flachen Strahlen die Struktur der Zeichnungen deutlicher hervortreten ließen. Die Zeichnungen waren wesentlich besser erhalten als die im *Tassili N'Ajjer*, da sie

keinerlei Witterungseinflüssen ausgesetzt waren. Sie wirkten so frisch, als hätten die Künstler erst gestern die Arbeit an ihnen beendet.
Er kniff die Augen zusammen. Schon wieder Sterne. Schlangen und Sterne. Jede Menge, und zwar in jeder erdenklichen Konfiguration und Ausrichtung. Was verbanden die Menschen nur mit diesen beiden Symbolen? War es eine besondere Sprache, ein Kult? Schon im *Tassili N'Ajjer* war ihm die Häufung dieser Symbole aufgefallen, nur hatte er dort vermutet, dass es sich um einen ausgeklügelten Wegweiser zum Tempel handelte. Doch hier, in unmittelbarer Umgebung des Heiligtums, tauchten die Symbole wieder auf. Er hatte sie in der Krypta bemerkt, am Tempel selbst und nun hier. Sie waren allgegenwärtig. Aber solange er keine weiteren Informationen besaß, musste das Rätsel warten. Was ihm hingegen auffiel, war die deutliche Wiederholung ein und desselben Sternzeichens. Er hätte schwören können, es irgendwo schon einmal gesehen zu haben, und zermarterte sich den Kopf, doch er konnte sich beim besten Willen nicht erinnern, wo das gewesen sein mochte. Er starrte die Symbole an, bis seine Augen tränten, dann erhob er sich seufzend. Es hatte keinen Sinn. Dadurch würde er den Zeichen niemals ihre Botschaft entreißen. Es musste einen anderen Weg geben.
Als Nächstes begann er um die Figur herumzuschleichen. Er klopfte an den steinernen Sockel in der Hoffnung, vielleicht einen Hohlraum zu entdecken. Dann strich er über die schlangenartigen Auswüchse am Kopf, doch alles, was er erntete, war ein hämischer Blick des steinernen Auges. Gerade als er sich abwenden wollte, berührte er mit seiner Armbanduhr zufällig eine der Schlangen. Ein klagender Ton erfüllte die Kammer.
Chris erstarrte. Er kannte diesen Ton, hatte ihn irgendwo schon einmal gehört. Er nahm seine Uhr ab und strich mit dem Armband erneut über den spröden Stein. Wieder war der Ton zu

hören, doch diesmal war er voller und reiner. Chris bewegte die Lippen, während er eine kleine Melodie summte. Und plötzlich begriff er, woher er diese Melodie kannte. Er hatte sie gehört, als er das Auge berührte.
»Großer Gott«, stammelte er. »Das ist doch nicht möglich. Könnte es sein, dass dies der Schlüssel ist ...?«
Die Gedanken schwirrten wie ein Schwarm aufgeregter Bienen in seinem Kopf herum. Wenn dieser Türmechanismus tatsächlich eine Art Falle darstellte – oder sollte er besser sagen: eine Prüfung? –, dann nur für diejenigen, die nicht in das Geheimnis des Steins eingewiesen waren. Für die Ungläubigen, die Zweifler, die Ketzer, diejenigen, die ihn nicht berührt hatten.
Mit fieberhaftem Eifer machte er sich daran, seine Theorie in die Praxis umzusetzen. Fünf Töne hatte er gehört, fünf Töne musste er finden. Keine leichte Aufgabe bei insgesamt neunundzwanzig Armen. Es würde eine Weile dauern, bis er die genauen Klänge lokalisiert und in die richtige Reihenfolge gebracht hatte.
Schon bald erfüllten fremdartige Töne die kleine Höhle. Sie waren so fremdartig, dass selbst Abdu neugierig näher kam.
Zehn Minuten später hatte Chris vier Klänge eindeutig identifiziert. Er stand kurz davor, den fünften ausfindig zu machen, als ihn ein Geräusch auffahren ließ. Ein tiefes Rumpeln drang durch den Raum und ließ den Boden unter ihren Füßen erzittern. Chris hielt verdutzt inne. Warum nur hatte er das Gefühl, dass die Erschütterung etwas mit den Klängen zu tun hatte? Er spielte die letzte Folge erneut. Wieder dröhnte es in der Höhle. Chris spürte Abdus Hand auf seiner Schulter, als dieser wie gebannt an die Decke starrte. Das Rechteck, das zu Beginn seiner Untersuchung nur schwach zu erkennen gewesen war, zeichnete sich deutlich vom umgebenden Fels ab.
Chris ging zu dem Rechteck, das sich an der Decke abzeich-

nete. Die Feuchtigkeit hatte zugenommen. Langsam fuhr er mit dem Finger den Spalt entlang und entdeckte, dass sich in der linken Ecke bereits Wassertropfen sammelten. Es dauerte nicht lange, und aus den Tropfen wurde ein schmales Rinnsal, das mit steigender Geschwindigkeit an der Wand der Höhle hinablief.

»Was hältst du davon, Abdu?«, wandte sich Chris an den schlanken Tuareg. »Findest du nicht, dass es so aussieht, als würde sich auf der anderen Seite ein Wasserreservoir befinden?«

Abdu trat näher, tauchte seinen Finger in das Rinnsal und kostete es. »Abgestanden und sehr kalt«, konstatierte er. »Da ist ein tiefes Wasser auf der anderen Seite. Ich würde nicht weitermachen.«

Chris wollte sich nicht eingestehen, dass ihre Hoffnung auf ein Entkommen ein so jähes Ende haben sollte. Er hatte sich so sehr gewünscht, dem unterirdischen Labyrinth endlich entkommen zu können, dass ihm der Gedanke, so kurz vor dem Ziel aufzugeben, widerstrebte. »Glaubst du wirklich, wir sollten es nicht wenigstens versuchen? Vielleicht irrst du dich, und auf der anderen Seite ist nur ein Bach.«

Abdu schüttelte entschieden den Kopf. »Mit Wasser kenne ich mich aus, wie jeder Tuareg. Das ist lebenswichtig in der Wüste«, bemerkte er, nicht ohne einen gewissen Stolz in seiner Stimme. »Es gibt nur wenige tiefe Wasserlöcher in der Sahara. Ich sage dir, da drüben ist ein halber Ozean. Wenn du die Tür öffnest, werden wir alle sterben.«

»Verdammt sollst du sein«, murmelte Chris, mehr an sich selbst gerichtet als an Abdu. »Sterben werden wir so oder so. Das ist unsere letzte Chance, hier herauszukommen. Es gibt keinen anderen Weg.«

In diesem Augenblick hörte er Schritte. Gleichzeitig drang ein Laut an sein Ohr, als ob jemand weinte. Er fuhr herum und sah

Hannah aus dem Gang treten, mit einem Ausdruck im Gesicht, der ihn zusammenfahren ließ. Sie schien am Ende ihrer Kräfte zu sein. Abdu sprang zu ihr und stützte sie. Er wollte ihr die Wasserflasche reichen, doch sie schüttelte den Kopf und deutete auf den Gang, aus dem sie gerade gekommen war.

»Keine Zeit, keine Zeit«, keuchte sie. »Sie kommen. Sie sind vollkommen verrückt geworden. Sie wollen uns töten, und sie wollen das hier.«

Damit deutete sie auf ihre Ledertasche, auf der sich eine auffallende Wölbung abzeichnete. Chris begriff sofort, wovon sie sprach. »Großer Gott, du hast ihn«, brach es aus ihm heraus. »Du hast den verdammten Stein.«

Sie nickte, und ein Schatten verdunkelte ihr Gesicht.

»Ja, ich habe ihn. Aber um welchen Preis.« Sie verbarg ihr Gesicht hinter den Händen, und ein Zittern lief über ihren Körper. Chris blickte in die Dunkelheit des Stollens und ahnte, wovon sie sprach. »Wo ist Gregori?«, stammelte er. »Ist er ...?«

Hannah richtete sich auf, wischte sich mit dem fleckigen Ärmel übers Gesicht und bedachte ihn mit einem Blick, der mehr sagte als tausend Worte. »Habt ihr irgendetwas über den Öffnungsmechanismus herausgefunden? Wenn ja, dann wäre jetzt der richtige Moment, mir davon zu berichten.«

»Allerdings!« Chris trat neben sie und erzählte von dem Klangstein, den fünf Tönen und Abdus Warnung.

»Eine Tonfolge«, murmelte sie. »Ja, das macht Sinn.« Sie blickte ihn mit durchdringenden Augen an. »Tu es!«, sagte sie.

»Hast du nicht gehört, was Abdu gesagt hat? Er meint, dass sich ein ganzer See auf der anderen Seite befindet. Das Wasser wird uns wegspülen wie die Fliegen. Wir dürfen die Tür nicht öffnen.«

In diesem Moment drang das Poltern von Schritten aus dem Stollen. Abdu, der über das beste Gehör verfügte, eilte zur Öffnung und lauschte. Sein Blick verhieß nichts Gutes. Im Nu war

Hannah bei ihm. Sie wechselten einen kurzen Blick, dann wandte sie sich an Chris.
»Schwere Militärstiefel, und zwar viele!« Ihre Stimme überschlug sich fast. »Der Oberst hat uns gefunden. Öffne die Pforte, verdammt noch mal, oder wir werden alle sterben!«
Chris hob die Hände. »Nur keine Panik. Es können genauso gut Leute von unserem Team sein. Ehe wir nichts Genaues wissen, werde ich gar nichts tun.«
In diesem Augenblick trat eine Person in den Lichtschein der Gaslampe. Es war Irene. Sie lächelte freundlich, während sie langsam, Schritt für Schritt, näher kam.
»Na siehst du«, seufzte er erleichtert in Hannahs Richtung. Doch da bemerkte er einen Schatten, der schräg hinter Irene auftauchte. Der Schatten bewegte sich, und für einen kurzen Moment sah Chris etwas aufblitzen. Die Mündung einer Waffe.
»Deckung«, rief er. Im selben Augenblick blitzte eine Pistole auf, und mehrere Schüsse wurden abgefeuert. Donnerndes Krachen hallte von den Wänden wider. Chris zögerte keine Sekunde. Er hechtete hinter die Skulptur und begann die Schlangenarme in Schwingung zu versetzen. Wie durch einen Filter registrierte er, was sich am Rande seines Gesichtsfeldes abspielte. Abdu war aufgesprungen, zog sein Messer und stellte sich schützend vor Hannah. Ein weiterer Schuss krachte, und sein Körper sackte zusammen. Hannah schrie auf und ließ sich über den Körper ihres Freundes fallen. Ein Schatten löste sich aus dem Gang und trat ins Licht. Es war Oberst François Philippe Durand.
Hannah wich langsam vor ihm zurück, bis sie mit dem Rücken gegen die Wand stieß. »Bleiben Sie stehen«, fauchte sie. »Keinen Schritt weiter.«
»Aber, aber, Dr. Peters.« Seine Stimme klang warm und beruhigend. Er senkte die Waffe. »Das mit Ihrem Begleiter tut mir Leid. Es war ein Unfall, das müssen Sie mir glauben. Ich sah

sein Messer und musste mich verteidigen. Aber das hat nichts mit uns zu tun.«
»Halten Sie den Mund, Sie Teufel, und lassen Sie uns in Ruhe«, wimmerte sie. »Lassen Sie uns doch einfach in Ruhe.«
»Das kann ich unglücklicherweise nicht tun. Nicht, ehe Sie mir den Stein gegeben haben. Sehen Sie, er ist für mich und meine Auftraggeber sehr wertvoll, das werden Sie verstehen. Sie wissen ja selbst, was es mit ihm auf sich hat. Ihre Kollegen ...«, und damit wies er hinter sich, »... sind übrigens ganz meiner Meinung. Das sollte Ihnen doch Grund genug sein, mir zu vertrauen.«
Auf einen Wink hin trat Irene vor. Hinter ihr erkannte Chris Malcolm und Patrick, auf deren Gesichtern sich vollkommene Teilnahmslosigkeit abzeichnete. Sie wirkten, als hätten sie überhaupt nicht begriffen, welche Tragödie sich vor ihren Augen abspielte. Vielleicht war es diese Teilnahmslosigkeit, die Chris veranlasste, sich mit gesteigerter Intensität seiner Aufgabe zuzuwenden. Er stand kurz davor, den fünften und letzten Ton zu finden.
»Ich werde Ihnen niemals vertrauen«, fauchte Hannah. »Wenn Sie den Stein haben, werden Sie uns töten, so, wie Sie alle anderen im Lager getötet haben. Glauben Sie, wir wüssten nicht, dass Hassads Rebellen unter Ihrem Befehl gehandelt haben, als sie das Massaker anrichteten?«
Chris bemerkte ein Flackern in Durands Augen, aber Hannah fuhr fort: »Ja, es erstaunt Sie, dass ich das weiß, nicht wahr. Aber wir sind nicht so naiv, wie Sie glauben. Ihr teurer Informant Albert Beck war sehr gesprächig, ehe er starb. Der ganze Überfall war Ihr Werk, und jetzt wollen Sie uns auch noch auslöschen.«
Dann wandte sie sich an Irene, Malcolm und Patrick, die unsicher zwischen Hannah und Durand hin und her blickten.
»Und euch vertraue ich auch nicht mehr. Ihr seid so süchtig

nach dem Stein, dass ihr jede Lüge glaubt. Ihr würdet jeden verraten, nur um den Stein wieder in eure Finger zu bekommen. Nein, es ist zu spät. So wahr ich hier stehe, niemand soll ihn bekommen. Jetzt, Chris!«
Die Aufmerksamkeit aller Anwesenden richtete sich plötzlich auf Chris. In Durands Augen schimmerte ein Funke. Er hatte begriffen. Seine Waffe zuckte nach oben, doch es war bereits zu spät. Der fünfte und letzte Ton erfüllte die Kammer mit seinem Klang. Ein machtvolles Rumpeln ließ den ganzen Raum vibrieren. Der Oberst schwankte und drückte den Abzug, doch sein Schuss verfehlte Chris um mehrere Zentimeter. Und dann geschah es.
Chris hatte gerade noch genug Zeit, Hannah zu packen und sich mit aller Kraft an die Medusa zu klammern. Dann schwang die Pforte an der Decke nach unten, und ein gewaltiger Strom dunkelgrünen Wassers ergoss sich wie eine biblische Flut in die Höhle.

# 24

François Philippe Durand, Befehlshaber der Nordlegion des Niger, Sieger in zahllosen Kämpfen und ausgezeichnet mit den höchsten Orden, die die Fremdenlegion zu vergeben hatte, verspürte zum ersten Mal in seinem Leben echte Furcht. Mit schreckgeweiteten Augen sah er, wie sich die Decke der Höhle öffnete und eine Wand aus Wasser auf ihn niederstürzte. Die Flutwelle riss ihn unbarmherzig mit, und pechschwarze Nacht umgab ihn, als er in die Tiefen des Berges gespült wurde. In blinder Verzweiflung streckte er Arme und Hände nach einem Halt aus, doch vergebens. Übermenschliche Kräfte zogen und zerrten seinen Leib in die Tiefe, unablässig tobte und gurgelte das Inferno um ihn herum. Eine Ewigkeit schien zu vergehen, bis er schließlich einen Felsvorsprung zu fassen bekam, an dem er sich mit letzter Kraft festklammerte. Sein Schädel pochte und drohte zu zerplatzen. Sein unbedingter Wille, diese Sintflut zu überleben, drohte ihn zu verlassen, als unerwartet das Ende kam. Mit einem Mal versiegte der Strom, rauschte in die Tiefen der Unterwelt. Durand stürzte zu Boden, keuchend und zitternd. Mit seinem Gesicht im Dreck liegend, wurde er nur noch von dem einzigen Wunsch beseelt, diesem apokalyptischen Schauspiel zu entkommen.

Doch schon nach wenigen Sekunden setzte sein Verstand wieder ein, und seine militärische Disziplin meldete sich zurück.

Wie ein Automat richtete er sich auf und begann seinen Körper zu untersuchen. Systematisch, Stück für Stück, von oben bis unten. Das Ergebnis war ernüchternd. Unzählige Hautabschürfungen und Prellungen und mindestens eine gebrochene Rippe. Dazu ein zertrümmertes Schlüsselbein. Sein Kopf hatte wundersamerweise nichts abbekommen. Wohl deshalb hatte er das Ganze überlebt.

Von der Mannschaft, die ihn begleitet hatte, war nichts zu sehen. Er wankte zurück zu der Kammer, in der das Verhängnis seinen Lauf genommen hatte. Die Medusenstatue war in das graue Licht gehüllt, das der wolkenverhangene Himmel durch die Deckenöffnung in die Höhle warf. Nach wenigen Augenblicken erkannte Durand, dass sich wie von Zauberhand eine Treppe herabgesenkt hatte, die an die Oberfläche zu führen schien. Von Carter und Peters war keine Spur zu entdecken. Was sollte er jetzt tun? Die Verfolgung aufnehmen oder ins Fort zurückkehren und Verstärkung holen?

Das Stechen in Brust und Schulter bewog ihn, seine Männer zu sammeln und sich dann zurückzuziehen. Sollten Carter und Peters noch am Leben sein, so würden sie ohnehin nicht weit kommen.

Mit schmerzverzerrtem Gesicht taumelte er zurück in den dunklen Gang und machte sich auf den Weg zum Tempel.

Der Anblick ihres toten Assistenten umnebelte Hannahs Gedanken, und sie hörte Chris erst rufen, als es schon fast zu spät war. »Halt die Luft an!«, schrie er, dann wurde sie von einer eisigen Kraft umschlungen. Der Druck quetschte ihr die Seele aus dem Leib. Die Fluten tobten und gurgelten, zerrten und zogen an ihr. Nur der feste Griff von Chris bewahrte sie davor, in die Dunkelheit davonzugleiten. Sie öffnete die Augen und sah das Wasser um sich herum brodeln. Das Gesicht der Medusa war von tanzenden Blasen umgeben und wirkte auf eine

merkwürdige Art lebendig. Hannah erkannte, dass sie sich geirrt hatte. Auf dem Gesicht war kein höhnisches Grinsen zu sehen. Es war ein Lächeln. Ein Lächeln, das ein Geheimnis verbarg. Mit Bedauern stellte sie fest, dass sie dieses Geheimnis nun nie lüften würde, und schloss die Augen.
Plötzlich war die Schwerkraft wieder da. Sie spürte, wie der Eisriese ihren Körper zu Boden schleuderte. Die Fluten klatschten wütend gegen die Wände der Höhle.
Sie keuchte und hustete, während sie versuchte, ihre schmerzenden Lungen mit Luft zu füllen. Mit jedem Atemzug entfernte sie sich mehr vom Eingang zum Totenreich, wo sie eben noch mit einem Bein gestanden hatte.
Als sie wieder einen klaren Gedanken fassen konnte, blickte sie sich um. Sie lag zu Füßen der Medusenstatue, über der graue, schwere Wolken dahinzogen. Über ihrem Kopf, zwischen all den verdrehten Schlangen, hing Chris wie ein Stück Treibgut. Er hustete sich die Seele aus dem Leib. Hannah sprang auf und half ihm von seinem dornigen Thron. Er war schwach und ausgemergelt.
»Alles in Ordnung?«, fragte sie ihn.
Mehr als ein schmales Lächeln brachte er nicht zustande, doch signalisierte er ihr mit seinem Daumen, dass er o.k. war. Sie nahm sein tropfnasses Gesicht in ihre Hände und gab ihm einen Kuss auf die Stirn.
»Sieh nur, Wolken«, murmelte sie, während sie ihn zu der Steinplatte führte, die sich unter dem Druck des Wassers wie eine Falltür geöffnet hatte und ihnen nun den Weg in die Freiheit wies. Ohne zu zögern, packte Hannah ihren erschöpften Begleiter und zog ihn hinauf an die frische Luft. Oben angekommen, schloss sie für einen kurzen Moment die Augen, um das Licht auf ihrem Gesicht und den Wind in ihrem Haar zu spüren. Wie lange hatte sie sich nach diesem Moment gesehnt. Die Hoffnungslosigkeit der letzten Tage und Stunden

begann zu verblassen, und sie spürte, wie neuer Mut und neue Zuversicht sie erfüllten. Sie waren so weit gekommen, und nun würden sie auch noch das letzte Stück des Weges bewältigen.

Oberst Durand war noch nicht weit gegangen, als er in einer Biegung auf ein grausiges Knäuel menschlicher Leiber stieß, darunter mindestens drei seiner Leute. Die Uniformen hingen in Fetzen von ihren geschundenen Leibern, die Waffen waren bizarr verbogen. Mit zusammengepressten Lippen begann er die Körper auseinander zu ziehen und zu untersuchen. Er identifizierte Malcolm Neadry und Patrick Flannery, die in einer furchterfüllten Umarmung nebeneinander lagen. Ihre Augen waren weit aufgerissen, und mit ihren schmerzverzerrten Gesichtern boten sie einen bemitleidenswerten Anblick. Doch sie brauchten kein Mitleid mehr. Sie waren so tot wie das Geröll, auf dem sie lagen. Hier war nichts mehr zu retten. Ohne es sich eingestehen zu wollen, empfand Durand Bedauern. Ob sich die beiden zu Beginn ihrer Reise wohl ein solch dramatisches Ende ausgemalt hatten? Sicher nicht. Wenn die Jagd zu Ende war, würde er zurückkehren, um ihre Leichen zu bergen und ihnen ein ordentliches Begräbnis zu bereiten. Aber keinen Augenblick früher. Irene Clairmont befand sich nicht unter den Toten. Hatte sie überlebt?
Plötzlich drang ein menschliches Lebenszeichen an sein Ohr, ein Stöhnen oder Seufzen, und es stammte ganz eindeutig von einer Frau. Durands scharfe Augen durchdrangen das Dämmerlicht und entdeckten einen zusammengerollten Körper unterhalb eines Felsvorsprungs in der nächsten Kehre. Das musste Irene sein. Er eilte zu ihr in der Hoffnung, dass sie einigermaßen ungeschoren davongekommen war. Er hatte jetzt keine Zeit für Krankentransporte.
Doch seine Sorgen waren unberechtigt. Die Journalistin rich-

tete sich auf, und nachdem sie einen Liter Wasser von sich gegeben hatte, blickte sie ihn erstaunt an. Sie schien gar nicht begriffen zu haben, was geschehen war.
»Kommen Sie.« Durand half ihr auf die Beine. »Versuchen Sie zu stehen.«
Irene kam wackelig auf die Beine. Wie durch ein Wunder war sie unverletzt. Keine Brüche, keine Abschürfungen, keine Prellungen. Als hätte ein Schutzengel über sie gewacht. Sie hustete noch einen letzten Rest Wasser aus der Lunge und wischte sich mit dem Handrücken über den Mund.
»Wo ist der Stein?«, keuchte sie.
»Der Stein?« Durands Augen verengten sich. Mit allem hatte er gerechnet, nur nicht damit, dass ihr erster Gedanke dem verdammten Meteoriten gelten würde. Seltsam. Er erinnerte sich daran, wie er Neadry, Flannery und Clairmont vor zwei Stunden in der Höhle begegnet war. Schon da hatten sie sich sonderbar verhalten und von einer dreigeteilten Göttin, einem Auge und ähnlichem Unsinn gesprochen. Es hatte eine Weile gedauert, bis ihm klar geworden war, dass sie damit den Stein meinten.
Er blickte Irene von der Seite an. Selbst jetzt, nachdem so viel geschehen war, galt ihr einziger Gedanke dem Meteoriten. Was war das für ein Objekt, dass Menschen sich unter seinem Einfluss so veränderten? Er erinnerte sich noch gut an die forsche, selbstbewusste Frau, die sein Fort betreten hatte. An ihre klaren Augen, ihr freundliches Lächeln und ihre offene, herzliche Art. Durand begann sich ernsthaft Sorgen darüber zu machen, was wohl geschehen würde, wenn er den Stein in die Finger bekam. Würde er ihn wieder loslassen können? Oder würde er sich ebenso verändern wie diese Menschen? War das möglich? Konnte ein bestimmtes Material so viel Macht besitzen? Naumann hatte kein Sterbenswörtchen darüber verlauten lassen, nur, dass es sich um Materie aus dem All handelte. Zum ersten

Mal in seinem Leben fragte sich Durand, ob es nicht klüger gewesen wäre, den Auftrag abzulehnen.
Doch dafür war es jetzt zu spät. »Kommen Sie, wir müssen zurück. Carter und Peters sind mit dem Stein entwischt. Weit können sie noch nicht gekommen sein. Wir werden so bald wie möglich die Verfolgung aufnehmen. Wenn Sie möchten, können Sie mir dabei helfen.« Er beobachtete sie. »Natürlich nur, wenn Sie wollen.«
Sie nickte.
»Dann soll es so sein. Folgen Sie mir.« Ungelenk wandte er sich um und humpelte zurück in die Dunkelheit.

Hannah blickte sich in dem steinernen Becken, auf dessen Grund sie nun standen, um. Endlich wieder den Himmel sehen, endlich wieder frische, unverbrauchte Luft atmen. Sie fühlte, wie ein schwerer Druck von ihrer Brust wich, fühlte, wie ihr mit jedem Schritt leichter ums Herz wurde, obwohl das Wetter für voreiligen Optimismus wenig Platz ließ. Regenwolken zogen über ihre Köpfe hinweg, und ein kräftiger Wind blies ihnen den Sand ins Gesicht.
Sie betrachtete die umliegenden Felszinnen und stockte. »Ich glaube, mich trifft der Schlag«, sagte sie. »Sieh dir das an, Chris. Bin ich jetzt vollkommen verrückt geworden, oder waren wir schon mal hier?«
Chris brauchte etwas länger, bis er sich orientiert hatte, doch dann breitete sich ein Lächeln auf seinem Gesicht aus. Wortlos hob er den Arm und deutete auf ein Medusengesicht, das an der Schmalseite des Beckens in den Stein gemeißelt war. Hannah erkannte die vertrauten Züge. »Großer Gott«, murmelte sie. »Es ist das Becken, in dem du und ich an unserem ersten Tag geschwommen sind, erinnerst du dich? Sieh nur, der Fels ist bis zum oberen Rand dunkel gefärbt. Bis dahin hat das Wasser gestanden.«

Chris nickte. »Der Medusenkopf war damals vollständig bedeckt, so dass ich ihn erst beim Tauchen entdeckt habe.«
»Und die Stufen auf der Steinplatte ...?«
»Wir beide haben sie gesehen. Erinnerst du dich an die merkwürdigen Riffel auf dem Grund des Beckens?« Er atmete tief durch. »Wie hätten wir denn ahnen können, dass wir unserem Ziel bereits so nahe waren?«
»Du meine Güte, mehrere Millionen Liter Wasser sind an uns vorbeigerauscht. Ein Wunder, dass wir das überlebt haben.« Nach einem Zögern fügte sie hinzu: »Wie es wohl den anderen ergangen ist? Ob sie ...?«
»Möchtest du zurück und nachsehen?«
Sie schüttelte den Kopf. »Nein«, flüsterte sie, »es ist nur ...«
Chris humpelte heran und legte ihr seine verletzte Hand auf die Schulter. »Es waren auch meine Freunde«, murmelte er und fügte mit einem schiefen Grinsen hinzu: »Auch wenn sie das bestreiten würden. Aber man kann nicht so lange mit Menschen zusammen sein, ohne dass sie einem ans Herz wachsen. Aber was geschehen ist, lässt sich nicht mehr rückgängig machen. Sie waren zuletzt nicht mehr dieselben Menschen, mit denen wir zusammen aufgebrochen sind.«
»Das geht uns nicht anders, aber uns hat das Schicksal am Leben gelassen. Warum?«
Er schwieg. Stattdessen hob er den Kopf und sah sie durchdringend an. »Hast du ihn noch?«
Hannah legte ihre Hand auf die Umhängetasche. »Warum möchtest du das wissen?«
»Vielleicht, um deine Frage nach dem Sinn des Ganzen zu beantworten. Vielleicht sind wir auserwählt, den Stein in Sicherheit zu bringen. Es ist seltsam, dass wir so viel Aufhebens um ein Ding machen, von dem wir nicht mal wissen, was es eigentlich ist. Das hört sich in deinen Ohren vielleicht wie abergläubischer Schwachsinn an, aber nach all dem, was wir

erlebt haben, weiß ich nicht mehr, was ich glauben soll.« Er starrte zu den dunklen Wolken hinauf. »Alle Fakten, an die ich mich in meinem vergangenen Leben geklammert habe, scheinen sich in Nichts aufgelöst zu haben. Es kommt mir vor, als hätten wir die Tür zu einer verborgenen Welt aufgestoßen und Dinge gesehen, die wir nicht hätten sehen dürfen.«

Damit wandte er sich wieder Hannah zu. »Aber man kann die Dinge drehen und wenden, wie man will, Tatsache ist, dass wir den Stein haben. Man wird uns diesen Triumph nicht gönnen. Wir sollten machen, dass wir schnellstens von hier verschwinden.«

Hannah betrachtete ihn prüfend. »Bist du denn überhaupt in der Lage, zu laufen? Wie geht es deinen Füßen?«

Er blickte an seinen Beinen hinab. Die Verbände, die er um seine zerschundenen Füße gebunden hatte, waren verschmutzt, durchweicht und begannen bereits abzufallen. Er entfernte sie mit einigen wenigen Handgriffen und untersuchte die Haut an den Fußsohlen.

»Sieht nicht gut aus«, stellte er nach kurzer Zeit fest, »aber eine Weile werde ich schon durchhalten.«

»Warte, ich habe eine bessere Idee.« Hannah leerte die zwei ledernen Beutel, die sie bei sich trug, schnitt die Nähte an den Seiten auf und strich das Material glatt. Dann wies sie Chris an, sich auf je einen der Lederstreifen zu stellen, und band die Sohlen mit den Mullbinden an seinen Füßen fest. Schon bald sah Chris aus, als stecke er in Sandalen, wie sie die Römer vor zweitausend Jahren getragen hatten. Er lief ein paar Schritte auf und ab.

»Erstaunlich gut.«

»Alles eine Frage der Improvisation. Glaub mir, nach zehn Jahren in der Wüste könntest du das auch. So, jetzt werde ich noch schnell unsere Feldflaschen in der Pfütze da drüben füllen, und dann geht's los.«

Chris' Augen verengten sich. »Du klingst, als wüsstest du, wie wir aus diesen verfluchten Bergen entkommen können.«
»Die Berge sind nicht das Problem«, entgegnete Hannah, während sie die Flaschen füllte und zu dem Stein in die Ledertasche steckte. »Und danach?«
»Ich sagte doch, ich habe eine Idee.«
Er lachte zynisch. »Na, dann ist ja alles bestens. Erzählen möchtest du mir nicht davon, oder?«
Sie schüttelte den Kopf.
»In Ordnung, dann brauche ich mir ja auch keine Sorgen zu machen.«
»Eben.«

# 25

Oberst Durand trommelte nervös mit seinen Fingern auf das Lenkrad, als er an der Spitze seiner Fahrzeugkolonne Richtung Iférouane fuhr. Alles war schief gelaufen. Er stand mit leeren Händen da, fünf seiner Getreuen, unter ihnen Sada, seine rechte Hand, waren bei dem Unglück in den Höhlen umgekommen, und dieser verdammte Sandsturm schien immer noch kein Ende nehmen zu wollen. Der Helikopter fiel für die Verfolgung aus. Und die Autos? Ebenso gut könnte man die beiden Vermissten mit verbundenen Augen suchen. Der Sand verschluckte alles, jede Kontur und jede Bewegung. Sie konnten bis auf fünfzig Meter an die beiden herankommen und sie trotzdem übersehen. Wenn er wenigstens eine Ahnung hätte, in welche Richtung sie flohen, dann könnte er eine groß angelegte Treibjagd einleiten. Mit seinen fünfzehn Jeeps und den drei Hummer-Wagons ließe sich so etwas schon organisieren. Aber wäre das eine wirklich gute Idee? Was sie suchten, war so gefährlich, dass es ratsam erschien, wenn möglichst wenige davon erfuhren. Seine Männer waren nicht eingeweiht, und dafür war er im Nachhinein dankbar. Nicht auszudenken, was geschehen würde, wenn einer seiner Gefolgsleute den Stein in die Finger bekam. Noch mehr Tote oder Verwundete wären die Folge. Nein, er würde diese Jagd allein zu Ende bringen müssen, bestenfalls mit Irene Clairmont an seiner Seite. Sie konnte

ihm noch nützlich sein, auch wenn er nicht wusste, was er mit ihr machen sollte, wenn er den Stein erst in seinen Besitz gebracht hatte. Aber darüber nachzudenken lohnte sich erst, wenn es so weit war.
Er blickte zum Himmel und fluchte. Laut Wetterbericht sollte dieser Sturm noch drei weitere Tage anhalten. Bis dahin waren Hannah Peters und Chris Carter über alle Berge. Vorausgesetzt, sie überlebten dieses Wetter.
Aus dem Augenwinkel beobachtete er Irene, die auf dem Beifahrersitz saß und in die Wüste starrte. Er bemerkte, wie ihre Finger krampfhaft ineinander verschränkt waren.
»Wie fühlen Sie sich? Ist alles in Ordnung?«
Sie drehte den Kopf mit einer mechanisch anmutenden Steifheit und sah ihn an. »Es geht mir gut.«
Das war alles, was er zur Antwort bekam. Er versuchte es mit ein bisschen mehr Offenheit. »Hören Sie, Madame Clairmont, es tut mir ehrlich Leid, was dort im Berg mit Ihrem Team geschehen ist, das müssen Sie mir glauben. Niemand konnte diese Katastrophe voraussehen. Ich möchte versuchen, Ihnen dabei zu helfen, die Kollegen Carter und Peters wiederzufinden. Die beiden haben in diesem Sturm keine Chance.«
»Stimmt es, was Hannah über Sie gesagt hat? Das mit dem Überfall. Stecken Sie dahinter?«
Er überlegte kurz, ob er ihr die Wahrheit zumuten sollte. »Ja. Unser Ziel war es, Ihnen den Stein abzunehmen, sobald Sie ihn gefunden hatten. Dass es dabei Tote geben würde, war niemals beabsichtigt, das müssen Sie mir glauben. Das ist eine Sache, die allein Ibrahim Hassad und seine Rebellen zu verantworten haben. Und dafür werde ich ihn noch zur Rechenschaft ziehen.«
Irene starrte aus dem Fenster.
»Hören Sie, die Sache ist noch nicht zu Ende. Wir haben eine reelle Chance, die beiden aufzugreifen. Wenn Sie mir erzählen,

was Sie wissen, könnte das von großem Nutzen sein. Was gedachten Sie denn mit dem Stein zu tun? Gab es Vereinbarungen, wie er außer Landes geschafft werden sollte? Sie müssen versuchen, sich zu erinnern. Jede noch so unbedeutende Kleinigkeit ist wichtig. Das Leben Ihrer Freunde könnte davon abhängen.«

»Monsieur Durand, Sie sind ein Lügner.«

Der Oberst richtete sich auf. »Wie bitte?«

»Es liegt Ihnen doch überhaupt nichts an Peters und Carter. Wenn es nach Ihnen ginge, könnten die Knochen der beiden in der Sonne bleichen. Sie wollen diesen Stein ... genau wie ich«, fügte sie flüsternd hinzu.

Er lächelte. »Ihnen kann man nichts vormachen, so viel steht fest.« Durand griff in das Handschuhfach, förderte eine Packung *Gauloises* zutage und hielt sie Irene hin. Als sie den Kopf schüttelte, steckte er sich selbst eine an.

»Ich mag Menschen, die ohne Umschweife zur Sache kommen und furchtlos sind. Haben Sie Angst vor mir?«

»Nein. Noch nicht. Sie brauchen mich, sonst hätten Sie mich schon längst erledigt. Wahrscheinlich werden Sie mich genau so lange am Leben lassen, bis Sie den Meteoriten in Ihren Händen halten. Wenn ich also Angst haben sollte, dann erst, wenn Sie Ihr Ziel erreicht haben.«

Der Oberst spürte, wie seine Hände sich um das Lenkrad krampften. Es passierte ihm zum ersten Mal in seinem Leben, dass er jemandem begegnete, der aus ihm wie aus einem Buch las. Er hasste das. Andererseits war er von dieser Frau fasziniert. Sie war nicht nur hübsch, sondern auch überaus klug. Eine gefährliche Mischung, wie er aus Erfahrung wusste.

»Seien Sie unbesorgt, Madame Clairmont, ich verspreche Ihnen, dass Ihnen nichts geschehen wird. Sie haben mein Wort darauf.« Er war selbst überrascht, was da aus seinem Munde kam, stand es doch in direktem Gegensatz zu dem Vorschlag

Naumanns. Doch je weiter er in dieses Abenteuer hineingezogen wurde, desto mehr hatte er das Gefühl, sein ehemaliger Kamerad hatte ihn nur benutzt, um die Drecksarbeit für ihn zu erledigen. Warum war er nicht selbst gekommen, wenn ihm der Stein so am Herzen lag? Wusste er vielleicht um die Gefahren und hatte absichtlich nichts gesagt, um kein Risiko einzugehen? Durand spürte, dass er der Wahrheit damit sehr nahe kam. Er fühlte sich ausgenutzt und war jetzt an einem Punkt angelangt, an dem er sich entscheiden musste. Nein, dachte er. Wenn er ehrlich zu sich war, so hatte er seine Entscheidung schon getroffen, es war ihm nur noch nicht bewusst gewesen. Jetzt war alles klar. Er würde sich nicht länger als Handlanger betätigen, sondern das Heft selbst in die Hand nehmen. Obwohl er wusste, dass ihm das weitere Schwierigkeiten einbringen konnte, stand der Entschluss fest. Auch Irene schien seinen Sinneswandel bemerkt zu haben. Sie sah ihn mit ihren Sphinxaugen an.

»Ist es Ihnen wirklich ernst damit?«

»Worauf Sie sich verlassen können. Ich habe noch niemals mein Wort gebrochen. Manche mögen mich als korrupt bezeichnen, als machtbesessen oder intrigant, aber jeder wird Ihnen bestätigen, dass das Ehrenwort von François Philippe Durand in allen Ländern der Welt Gültigkeit besitzt. Es stimmt, es gab die Bitte, niemanden von der Expedition am Leben zu lassen. Es durfte keine Zeugen geben, so lautete der Auftrag.«

»Und was hat Sie bewogen, Ihre Meinung zu ändern?«

Schweiß kroch seinen Hals empor und durchnässte seinen Kragen, so dass der Stoff unangenehm auf der Haut scheuerte. Erwartete sie am Ende, dass er hier eine Liebeserklärung abgab? Das war ja lächerlich. Er liebte diese Frau doch nicht. Er fand sie faszinierend, gewiss, aber Liebe? Er wusste noch nicht mal, wie sich das anfühlte. Er hatte noch nie etwas ernsthaft mit einer Frau angefangen. Die Besuche in den schmierigen

Bordellen der Garnisonsstädte zählten da nicht, kurzweilige Vergnügen waren das, die etwas Abwechslung in den tristen Alltag brachten, mehr nicht. Ihr etwas von Soldatenehre zu erzählen, fand er auch unpassend. Sie würde es nicht verstehen. Aber irgendetwas musste er jetzt sagen. Er spürte, wie ihre Blicke auf ihm brannten.
»Glauben Sie an Vorbestimmung?«
»Wie meinen Sie das?«
»Ich meine, hatten Sie schon einmal das Gefühl, dass etwas nicht aus purem Zufall geschieht, sondern einem bestimmten Muster folgt? Einem Plan, wenn Sie so wollen?«
Sie antwortete nicht.
»Schon damals, als Sie mein Büro im Fort betraten, hatte ich das Gefühl, Sie zu kennen. Sicher, Ihr Gesicht war mir vertraut, durch diverse Fernsehsendungen und Zeitungen. Doch was ich damals spürte, war eine Art Seelenverwandtschaft. Nein, lachen Sie jetzt bitte nicht. Ich habe Probleme, die richtigen Worte zu finden.« Er spürte ihre Blicke auf sich ruhen und wusste, dass seine nächsten Worte entscheidend waren. »Es gab einen bestimmten Zeitpunkt, an dem ich fühlte, dass Sie den Tempel entdeckt hatten«, fuhr er fort. »Fragen Sie mich nicht, wie das möglich war, ich wusste es einfach. Genauso, wie ich wusste, wo genau Sie und Ihre Kollegen sich aufhielten. Und das, obwohl ich noch nie zuvor an diesem Ort war. Und dann, nach der Katastrophe, als ich Sie dort unten in den Stollen fand, wusste ich, dass Sie noch am Leben waren, obwohl die Chancen bei null lagen. Ich wusste es einfach. All das sagt mir, dass zwischen uns eine Verbindung besteht, die ich nicht leichtfertig aufs Spiel setzen werde. Das war's, jetzt können Sie lachen.«
Er lehnte sich zurück und atmete tief durch. Doch Irene Clairmont lachte nicht. Sie kicherte nicht einmal. Sie sagte kein Wort, sondern starrte nur hinaus in die endlose Weite. Durand,

dem in diesem Moment tausend Gedanken auf einmal durch den Kopf gingen, spürte, wie sich ihre Hand auf sein Knie legte und dort liegen blieb. Leicht wie eine Feder.

Hannah drehte sich um und warf einen Blick auf die Strecke, die sie bereits zurückgelegt hatten. Sie waren jetzt lange genug unterwegs, um sich eine Pause zu gönnen. Die Steilwand, die sie bei ihrem ersten Besuch hochgestiegen waren, hatte sich für Chris als unpassierbar erwiesen. Sie waren daher einem Pfad gefolgt, der sie in einer gemäßigten Steigung hinab ins Tal geführt hatte.
»Warte einen Augenblick, ich muss kurz durchatmen.« Chris sackte hinter einem Felsen zusammen, der ihm etwas Schutz vor den heftigen Sandböen bot. Hannah biss sich auf die Lippen. Mitleid erregend sah er aus, blass und ausgezehrt. Kaum lebendiger als der Sandhaufen, auf dem er saß. So würden sie es niemals schaffen. Es war aussichtslos, ihr fiel nichts mehr ein. Sie kniete sich neben ihn und strich ihm die Haare aus dem Gesicht. Er schenkte ihr ein müdes Lächeln, das jedoch nicht über seinen Zustand hinwegtäuschen konnte. Er war am Ende seiner Kräfte.
»Nun, meine Schöne«, murmelte er, »ich fürchte, mein Weg endet hier. Zu dumm. Ausgerechnet jetzt, wo wir es hätten schaffen können, mache ich schlapp. Aber das ist schon in Ordnung. Es gibt nur eine Sache, die ich wirklich bedaure, abgesehen von der Tatsache, dass es mit uns beiden nicht geklappt hat.« Er hustete, und seine Augen flackerten schwach, als würden sie in Kürze erlöschen.
»Es schmerzt, dass ich das Geheimnis des Kometenkerns nun niemals erfahren werde. Wenn ich, wie im Märchen, noch einen Wunsch frei hätte, dann würde ich mir wünschen, dass du ihn berührst und siehst, was ich gesehen habe. Du könntest es schaffen, ihm sein Geheimnis zu entlocken, ich weiß es.«

Damit versank er in nachdenkliches Schweigen.
»Hör auf mit dem Geschwätz«, fuhr sie ihn an, heftiger, als sie eigentlich beabsichtigt hatte. »Natürlich werde ich dich nicht hier zurücklassen, auch wenn dir das gerade gut ins Konzept passt. Warum ertrinkt ihr Männer nur immer in Selbstmitleid? Wie du mir, so ich dir, heißt es nicht so? Du hast mein Leben gerettet, und jetzt hab verdammt noch mal den Anstand, dir deines von mir retten zu lassen. Mir fällt schon etwas ein. Du bleibst hier sitzen und passt auf unsere Sachen auf, während ich losziehe und die Gegend erkunde. Ehrlich gesagt, ich habe keine genaue Vorstellung, wo wir uns gerade befinden, aber vielleicht entdecke ich ein Versteck, in dem wir uns für einige Stunden erholen können.«
Sie gab ihm einen aufmunternden Klaps und verschwand dann zwischen den Schatten der Berge, den Kopf voller Gedanken. Ihre Hand glitt über die Wölbung in ihrer Tasche. Was Chris gesagt hatte, stimmte. Irgendwann würde sie den Stein berühren müssen. Es gab keinen anderen Weg, ihm sein Geheimnis zu entlocken.
Die umliegenden Felsen waren in der sandgeschwängerten Luft nur als dunkelgraue Schemen zu erkennen, die sich wie riesenhafte Steinwesen über sie neigten. Obwohl ihr die Enge und Düsternis zu schaffen machten, empfand sie eine merkwürdige Vertrautheit. Anderen Menschen mochte es vorkommen, als sähe es hier überall gleich aus, aber Hannah hatte im Laufe der Jahre ein untrügliches Gespür für Felsformationen entwickelt. Im *Tassili N'Ajjer* hätte man sie an jeder beliebigen Stelle ohne Karte und ohne Kompass aussetzen können. Aufgrund der unterschiedlichen Felsformationen hätte sie trotzdem sofort gewusst, wo sie sich befand. Und dieses fotografische Gedächtnis sagte ihr, dass sie schon einmal hier gewesen war. Sie hielt inne und sah sich gründlich um. Die zwei Steintürme rechts und links von ihr kamen ihr selbst durch den

dichten Staubvorhang bekannt vor. Richtig! Sie befand sich am Eingang des Canyons, den sie vor beinahe zwei Wochen erstmals betreten hatten, jene sichelförmige Schlucht, die den *Adrar Tamgak* von West nach Ost durchschnitt. Sie hatte den alten Weg gefunden. Ausgezeichnet! Von hier aus wusste sie genau, wie es weiterging. Sie hatte die Karten oft genug studiert, um sich im Umkreis von hundert Kilometern zurechtfinden zu können. Vor ihr, in etwa fünfzig Kilometern Entfernung, lag die Oase Iférouane. Dort lauerte der Feind. Sie mussten zusehen, dass sie so schnell wie möglich die Distanz zwischen sich und der Oase vergrößerten. Von ihrer derzeitigen Position aus erstreckte sich der bogenförmige Canyon etwa dreißig Kilometer nach Osten. Der Weg da hindurch war unproblematisch, denn sie konnten sich dabei durch einfaches Felsengelände bewegen und waren zudem vor Wind und Wetter geschützt. Hatten sie die Strecke erst geschafft, mussten sie noch einmal vierzig Kilometer durch die *Ténéré* zurücklegen. Das war die Strecke, vor der ihr graute. Da gab es nur Salzpfannen, Treibsandbecken und Ebenen voller messerscharfer Gesteinssplitter. Was die *Ténéré* einmal hat, gibt sie nicht wieder her, so lautete ein altes Sprichwort. Ein erfahrener und gesunder Forscher hätte die Distanz in zwei Tagen zurücklegen können, doch Chris war weder das eine noch das andere. Sie würde all ihr Können und all ihr Wissen aufbringen müssen, um ihn nicht zu verlieren.
Je länger sie darüber nachdachte, desto absurder kam ihr der Plan vor. Aber er war alles, was ihr geblieben war. Mit hängenden Schultern machte sie sich auf den Rückweg, als sie ein dumpfes Röhren vernahm.
Erschrocken zuckte sie zusammen. Der Laut wurde durch den Wind herangetragen und von den Felsen vielfach zurückgeworfen. Zuerst glaubte sie, dass sich ein Fahrzeug näherte, dass die Soldaten Durands sie nun doch gefunden hatten.

Dann hörte sie das Geräusch erneut. Nein, unmöglich, das war kein Fahrzeug. Kein Motor konnte derart unanständig rülpsen. Es waren eindeutig die Laute eines großen Tieres. Hannah wankte in die Richtung, aus der das Geräusch gekommen war. Zuerst sah sie nur Sandschleier, die der unablässige Südwestwind vor sich herblies. Doch nach und nach kristallisierten sich ein langer Hals, muskulöse Beine und darüber ein Torso mit einem unverwechselbaren Buckel aus dem Vorhang aus Sand. Ein Dromedar.
Sehr vorsichtig, um das Tier nicht zu erschrecken, näherte sie sich ihm von der Seite. An der Form und Farbe der Packtaschen erkannte sie unzweifelhaft, dass es eines der Tiere war, die sie beim Angriff auf das Lager verloren hatten. Als das Dromedar seinen Kopf herumwarf, musste sie lachen, so verblüfft war sie, dass von allen Tieren ausgerechnet dieses noch am Leben war. Es war wie ein Wunder.

Ein seltsames Geräusch holte Chris aus einem tiefen Traum. Der Laut kam ihm vage bekannt vor. Ein lautes Grunzen. Er schlug die Augen auf und schrak zusammen, so absonderlich war das Gesicht, das auf ihn herabblickte. Große Augen, pelzige Ohren und eine unablässig kauende Schnauze mit mächtigen gelben Zähnen.
»Boucha?«, stammelte er. Er hob seine Hand, um das Trugbild zu verscheuchen, doch es gelang ihm nicht. Stattdessen begann die Erscheinung an seinem Hemd zu knabbern.
»Boucha!« Während er versuchte, seinen Ärmel zwischen den gelben Zähnen herauszuziehen, erhärtete sich der Verdacht, dass er nicht träumte. »Was um alles in der Welt ...?« Hinter dem muskulösen Rücken des Dromedars tauchte Hannah auf. In ihrem Gesicht war ein breites Grinsen zu sehen. »Es ist doch immer wieder schön, dem Wiedersehen alter Freunde beizuwohnen«, feixte sie. »Boucha scheint dich genauso vermisst zu

haben wie du ihn. Wenn ihr gern ein paar Minuten ungestört sein wollt, verschwinde ich kurz.«
Chris rappelte sich auf und zog energisch an seinem Ärmel, ehe Boucha ihn ganz verschlang. Mit einem beleidigten Grunzen wandte das Dromedar sich von ihm ab. »Wo in drei Teufels Namen hast du bloß den alten Boucha aufgetrieben?«
»Er stand vor dem rutschigen Abhang, über den du ihn geführt hattest, und schien bis in alle Ewigkeit darauf warten zu wollen, dass du ihn wieder zurückbringst«, erläuterte sie. »Nun wird er uns nach Osten führen, nicht wahr Boucha?« Sie klopfte dem Dromedar beruhigend auf die Flanke und wurde mit einem wohligen Röhren belohnt. »Ich habe Reste von unserem Proviant bei ihm gefunden sowie einige Wasserbehälter, die ich mittlerweile aufgefüllt habe. Jetzt hält uns nichts mehr hier, zumal uns das stürmische Wetter einen guten Schutz vor Durand und seinen Kumpanen bietet.«
»Schutz? Na ja, ich weiß nicht«, knurrte Chris, während er den Blick argwöhnisch gen Himmel richtete. Doch Hannah schien das Heulen und Zerren nichts auszumachen. Sie band sich ein Stofftuch über den Mund, so dass ihre Stimme nur noch dumpf an sein Ohr drang. »Natürlich«, lachte sie. »Ihre gesamte Technik arbeitet nur bei schönem Wetter. Helikopter, Nachtsichtgeräte, sogar Satellitenüberwachung, der ganze Schnickschnack funktioniert momentan nicht. Sie müssen mit Autos oder Kamelen raus, und das verschafft uns eine Ausgangssituation, die der ihren zumindest ebenbürtig ist. Wir haben aber einen entscheidenden Vorteil. Wir wissen genau, wohin wir wollen, nämlich nach Osten. Und jetzt rauf mit dir, in den Sattel.«
Chris hatte keinen Schimmer, wovon sie redete. Östlich vom *Adrar Tamgak* war nichts. Da gab es nur Sand und Geröll, so weit das Auge reichte, dazwischen einige Felsen, die wie Inseln aus der tödlichen See herausragten. Die nächste Ansiedlung lag im *Hoggar*, also im Norden – vierhundert Kilometer ent-

fernt und damit außerhalb jeder Reichweite. Aber Osten? Da war doch nichts. Er zwang sich, nicht gleich in einen heftigen Disput mit ihr zu verfallen. Hannah hatte es bisher immer vermocht, ihn zu überraschen. Vielleicht sollte er langsam anfangen, etwas mehr Vertrauen in ihre Fähigkeiten zu entwickeln. Er band sich ebenfalls einen Mundschutz vors Gesicht, dann stieg er unter Ächzen und Schnaufen in den Sattel des wackeligen Wüstenschiffs und gab ihr ein Okay. Die Reise konnte beginnen.

# 26

Das Fort erbebte unter der Wucht des Sturms. Der Wind zerrte und rüttelte mit unaufhörlichem Dröhnen an den Verschlägen, Flugsand schmirgelte an den Fensterscheiben entlang, Regen peitschte über den Hof, und schwere Wolken drückten auf das Land. Seit er hier stationiert war, hatte Durand noch kein solches Unwetter erlebt.
Irene Clairmont saß zusammengesunken hinter dem riesigen Schreibtisch aus Zedernholz und starrte auf die Maserung. Der Tee in ihrer Tasse begann bereits kalt zu werden, und noch immer machte sie keine Anstalten, sich auf ein Gespräch einzulassen. Durand tastete nach seinen Verbänden, während er langsam die Hoffnung verlor, doch noch etwas über den Verbleib von Peters und Carter zu erfahren. Genauso gut hätte er versuchen können, einen Felsblock zum Sprechen zu bringen. Und dabei platzte er vor Neugier. Sie war der Schlüssel zu seinem Auftrag. Sie allein kannte das Geheimnis, das der Meteorit verbarg. Sie hatte ihn gefunden, berührt, Kontakt mit ihm gehabt.
Er nahm einen letzten Schluck aus seiner Tasse, stellte sie auf die Ablage und setzte sich ihr gegenüber. Er wollte noch einen letzten Versuch wagen.
»Wollen Sie mir davon erzählen?«, fragte er, sehr darauf bedacht, nicht in seinen üblichen Tonfall bei Verhören zu geraten.

Irene fuhr mit dem Finger über die Tischplatte, wobei sie der Maserung des Holzes folgte. Sie schien in Gedanken weit weg zu sein.
»Ich bitte Sie, Irene, erzählen Sie es mir. Es ist wichtig.«
Ein trauriges Lächeln huschte über ihr Gesicht, während ihr Finger weiter die Maserung entlangglitt.
»Sie würden es doch nicht verstehen«, murmelte sie.
»Versuchen Sie es«, entgegnete der Oberst, froh darüber, endlich eine Reaktion zu erhalten. »Ich bin ein guter Zuhörer.«
Irenes Finger kam zum Stillstand, und sie hob den Kopf. »Ich glaube nicht, dass Sie sich nur annährend vorstellen können, was dieser Stein für mich bedeutet«, sagte sie mit einem herausfordernden Tonfall. »Es ist ein Gefühl, als würde man jemanden lieben, der einen besser kennt als man selbst. Es ist die vollkommene Erfüllung. Noch niemals habe ich mich so geborgen gefühlt.« Mit einem Seitenblick fügte sie hinzu: »Haben Sie schon einmal das Gefühl tiefer, reiner Liebe empfunden?«
Durand schüttelte den Kopf.
»Sehen Sie. Und darum hat es keinen Sinn, es Ihnen zu erklären.«
»Und doch flehe ich Sie an, es zu versuchen. Ich möchte es verstehen. Irgendwie hängt alles mit diesem Stein zusammen. Bitte, Irene.«
Sie sah ihn an und las in seinen Augen, dass er es ernst meinte.
»Na schön«, seufzte sie, trank ihren Tee und begann ihm in allen Einzelheiten zu erzählen, was sich im *Adrar Tamgak* zugetragen hatte, bis hin zu dem Zeitpunkt, als Durand sie gefunden hatte. Es war ein langer Bericht, und nachdem sie ihn beendet hatte, war sie völlig ausgelaugt. Sie sackte in sich zusammen und richtete die Augen wieder auf die Tischplatte.

Oberst Durand lehnte sich zurück, während er versuchte, sich einen Reim auf das soeben Gehörte zu machen. Zweifellos war Irene Clairmont immer noch nicht wieder bei Verstand. Bei ihren Schilderungen konnte es sich nur um suggestive Wahnvorstellungen halten. Andererseits machte sie rein äußerlich wieder einen klaren Eindruck. Trotzdem, die Geschichten waren zu abenteuerlich, als dass ein nüchterner Charakter wie Durand sie kritiklos akzeptieren konnte. Er ließ sich seine Skepsis indes nicht anmerken, um sie nicht wieder in ihr Schneckenhaus zu treiben, aber ein Stein, der einem Zukunft und Vergangenheit gleichermaßen zeigen konnte? Der Stein der Weisen, nach dem die Menschheit seit Anbeginn gesucht hatte und der das Wissen der Sterne beinhaltete? Dennoch – trotz aller begründeten Skepsis spürte er leichte Zweifel in sich aufkeimen. Was, wenn an der Geschichte doch etwas dran war? Was, wenn Naumann genau gewusst hatte, wonach sie hier suchten? Was, wenn er ihn, Oberst François Philippe Durand, als Versuchskaninchen benutzen wollte? Wenn er ehrlich war, so warf sein Standpunkt nichts als Fragen auf. Antworten hatte im Moment nur Irene zu bieten. War sie also doch glaubwürdig?
Er versuchte, diese unangenehmen Gedanken abzuschütteln.
»Es tut mir furchtbar Leid, was im *Tamgak* geschehen ist. Ihre Freunde …«, wiederholte er sich.
»Nicht alle waren meine Freunde«, unterbrach sie ihn. »Einige waren nur gute Kollegen, aber ich habe seit mehreren Jahren mit ihnen zusammengearbeitet. Wir waren gemeinsam in der Wüste Gobi, im Kongo und in den Anden. So etwas schweißt zusammen. Es tut weh, dass sie nicht mehr am Leben sind.«
Durand senkte die Stimme. »Es gab nichts, was Sie für ihre Rettung hätten tun können. Glauben Sie mir: Hätte ich gewusst, was Carter vorhat, ich hätte sofort geschossen. Aber dass er

eine urzeitliche Falltür öffnen würde, damit konnte niemand rechnen.«
»Carter.« Irene sprach den Namen aus, als wäre er bitter wie Galle. »Er hat uns nur Unglück gebracht. Wussten Sie, dass er für Norman Stromberg, den Multimilliardär, gearbeitet hat?«
Durand hätte es vorgezogen, jetzt nicht lügen zu müssen, aber in diesem Fall war es unumgänglich. Er schüttelte den Kopf mit gespieltem Erstaunen.
»Es ging ihm nur um den Stein, und dafür hätte er uns alle verkauft«, fuhr Irene fort. »Und diese Schlampe Peters hilft ihm auch noch dabei. Wahrscheinlich haben die beiden schon von Anfang an unter einer Decke gesteckt. Und jetzt sind sie mit dem Stein auf und davon. Ich hasse sie!«
In diesem Augenblick wurde Oberst Durand bewusst, dass Irene offensichtlich keine Ahnung hatte, was wirklich hinter den Kulissen gespielt wurde. Sie schien weder zu wissen, dass er über das doppelte Spiel Carters genau informiert war, noch zu ahnen, dass Albert Beck ebenfalls ein falsches Spiel gespielt hatte. Offensichtlich war ihr das ganze Ausmaß des Komplotts nicht klar. Das war ein überaus glücklicher Umstand, den er nutzen musste.
»Kommen Sie«, forderte er sie auf, »ich muss Ihnen etwas zeigen.«
Er nahm sie sanft beim Arm und führte sie zu einem Tisch, auf dem eine genaue Übersichtskarte des *Aïr* sowie der umliegenden Regionen lag.
»Sehen Sie, hier ist eine der genauesten Karten dieser Region. Ich habe selbst daran mitgewirkt«, fügte er ohne Bescheidenheit hinzu. »Sehen Sie sie sich in Ruhe an. Vielleicht kommen Ihnen einige der darauf verzeichneten Orte bekannt vor.«
Der Oberst fegte den Staub von der sonnengebleichten Karte und stellte eine frische Tasse Tee darauf. Irene beugte sich über

den Tisch. Ihr Blick glitt über die feinen Höhenmarkierungen und die markanten Bruchlinien, ohne dass sie sich jedoch anmerken ließ, für welche Region sie sich besonders interessierte. Wenn sie wirklich eine Ahnung hatte, wohin Peters und Carter zu fliehen versuchten, dann wusste sie ihr Wissen geschickt zu verbergen.
»Mögen Sie Ihren Tee nicht?«, fragte er in der Hoffnung, sie möge ihr Geheimnis durch eine unbedachte Bewegung oder ein falsches Wort verraten. Doch da sah er sich getäuscht. Sie schüttelte nur den Kopf und starrte unverwandt auf das Blatt.
»Wie kommt es nur, dass Ihre Karten die Umgebung so viel besser wiedergeben als unsere hochmodernen Satellitenaufnahmen?«
»Oh, das ist leicht zu erklären.« Durand bemerkte erfreut, dass sie an einem Gespräch interessiert zu sein schien, und sei es nur über die Qualität topografischer Karten. Er deutete auf das Tal, in dem sie den Zugang zu der Kaverne gefunden hatten. »Sehen Sie sich diese Stelle einmal genau an, und vergleichen Sie sie mit dem dazugehörigen Satellitenbild. Obwohl es viel detaillierter ist als diese Armeekarte, ist es schwieriger, sich einen Eindruck von der wirklichen Beschaffenheit des Geländes zu machen. Warum? Nun, das liegt in erster Linie daran, dass ein Foto zu viele Informationen enthält. Unwichtiges wird mit der gleichen Präzision dargestellt wie Wichtiges. Es findet keine Selektion statt, wenn Sie verstehen, was ich meine.«
Er rückte ein Stück näher an sie heran. Sie schien sich von seiner Nähe nicht gestört zu fühlen und nickte. »Sie meinen, handgefertigte Karten werden von ihren Zeichnern nach Informationen höherer und niederer Priorität gegliedert?«
»In der Tat, diese Art von Karten enthält nur Informationen, die für Menschen interessant sind. Dadurch werden sie übersichtlicher und anwendungsfreundlicher. Adler oder Geier

mögen sich für die Satellitenaufnahme entscheiden, wir halten es lieber mit den guten alten Armeekarten.«
Ein trauriger Witz, dachte er bei sich. Sie lachte auch nicht. Trotzdem, er musste jetzt das Gespräch weiterführen, durfte es nicht abreißen lassen. »Ein zweiter wichtiger Aspekt ist, dass Sie auf Fotografien immer den störenden Einfluss des Lichts haben. Sie können die Aufnahme noch so oft durch Ihre Computer jagen, Sie werden doch immer wieder Schattenzonen entdecken, die ein völlig verfälschtes Bild wiedergeben. Nur ein Kartograf, der mit den Verhältnissen vor Ort vertraut ist, wird in der Lage sein, diese optischen Täuschungen auszumerzen.«
Er hielt die Zeit für gekommen, einen Vorstoß zu wagen, und ergriff ihre Hand. »Wollen Sie mir nicht endlich verraten, wohin die beiden zu fliehen versuchen?«
Irene schien auf diese Frage gewartet zu haben. »Welche Veranlassung hätten Sie dann noch, mich am Leben zu lassen?« Sie sah ihn herausfordernd an. »Diese Information ist meine einzige Sicherheit. Ich wäre dumm, sie voreilig auszuplaudern.«
Das war genau die Antwort, die Durand erwartet hatte, und es bestätigte ihm, dass sie wieder vollkommen Herr ihrer Sinne war. Wenn er die Information wirklich haben wollte, musste er feinfühlig vorgehen. Er nahm seinen ganzen Mut zusammen und strich eine Haarsträhne aus ihrem Gesicht.
»Wie alt sind Sie, Irene?«
Überrascht hob sie den Kopf. »Warum fragen Sie das?«
»Weil ich Sie überzeugen möchte, mir zu vertrauen.«
Sie überlegte kurz, dann reckte sie ihr Kinn vor und antwortete: »Ich werde im Januar dreiundvierzig.«
Durand bemühte sich um ein Lächeln, von dem er hoffte, es möge warmherzig wirken. »Ich habe es vermutet. Bitte halten Sie mich nicht für einen Charmeur, doch Ihrem Aussehen nach

hätte ich Sie auf höchstens fünfunddreißig geschätzt. Aber etwas in Ihren Augen hat mich überzeugt, dass Sie älter sein müssen. Eine Art tieferes Verständnis für die Dinge. Nennen Sie es Weisheit oder Lebenserfahrung, ganz wie Sie wollen.«
Jetzt setzte er zum entscheidenden Vorstoß an. Wenn es jetzt nicht klappte, war er mit seinem Latein am Ende. »Sicher haben Sie schon viel erlebt und viel gesehen. Ich möchte, dass Sie in sich hineinhorchen und das wahrnehmen, was Ihre innere Stimme Ihnen sagt. Glauben Sie, dass ich lüge, wenn ich Ihnen versichere, dass ich Sie unbeschadet gehen lasse? Beantworten Sie diese Frage ganz ehrlich. Unabhängig davon, wie Sie sich entscheiden, ob Sie mir helfen oder nicht, Ihnen wird nichts geschehen. Darauf gebe ich Ihnen mein Ehrenwort. Doch wenn Sie sich für mich entscheiden, sollten Sie es bald tun. Bis morgen früh können Sie sich die Sache durch den Kopf gehen lassen. Sabu wird Ihnen nachher ein Abendessen bringen. Sie dürfen sich auch nach Belieben Bücher aus meiner Sammlung nehmen. Fühlen Sie sich einfach wie zu Hause.«
François Philippe Durand erhob sich, ging zur Tür und wollte gerade den Raum verlassen, als er ihre Stimme hörte.
»*Montagnes Bleues.*«
Er blieb wie angewurzelt stehen, die Türklinke immer noch in der Hand. Dann drehte er sich zögernd um. »Was sagen Sie da? Das hieße ja, sie fliehen in östlicher Richtung. Aber das ist Wahnsinn. Da draußen ist nichts. Die *Montagnes Bleues* liegen am Rand der *Ténéré*, einer Wüste, so unvorstellbar groß und leer, dass es unmöglich ist, sie zu Fuß durchqueren zu wollen. Sind Sie sicher?«
Er sah, dass ihr Finger auf einem bestimmten Punkt auf der Karte ruhte. »Hannah Peters hat mir von ihrer Begegnung mit einem Tuareg erzählt, der ihr die Fundstätte im *Tassili N'Ajjer* gezeigt hat. Sie erwähnte immer wieder, wie gern sie ihn nach erfolgreicher Beendigung der Expedition in seinem Sommer-

lager aufsuchen würde, um ihm für seine Hilfe zu danken. Ich bin ganz sicher, dass sie versuchen wird, bei ihm Unterschlupf zu finden. Sein Name ist Kore.«
Durands Gesicht verfinsterte sich. »Kore Cheikh Mellakh, vom Stamm der *Kel Ajjer?«*
Irene hob erstaunt die Augenbrauen. »Sie kennen ihn?«
»Allerdings. Er ist ein *amahar*, ein hartgesottener, stolzer Bursche, geboren und aufgewachsen in der großen einsamen Leere. Von edler Abstammung und sehr wohlhabend. Er kommt jedes Jahr hierher und hat bisher allen Versuchen widerstanden, sich den Rebellen anzuschließen. Er sagt, Politik ginge ihn nichts an, er fühle sich allein Allah verantwortlich, und so weiter. Einer der letzten wahren Tuareg.«
»Sie sprechen von ihm, als bewunderten sie ihn.«
Durand lachte. »In gewisser Weise ist er mir ähnlich. Ein Traditionalist und echter Sturkopf. Er hat mir schon viele Schwierigkeiten gemacht. Wenn Carter und Peters es wirklich schaffen sollten, zu ihm zu gelangen, könnte es Probleme geben. Sind Sie vertraut mit dem Gastrecht der Tuareg?«
»Ich weiß nur, dass es heilig ist und es einem Frevel gleichkäme, es zu brechen.«
»Genau. Wenn er sie aufnimmt, ist er aufgrund seines Glaubens verpflichtet, sie mit seinem Leben zu verteidigen. Und was Kore betrifft, so könnte das eine haarige Angelegenheit werden.« Er betrachtete sie mit einem wohlwollenden Blick. »Danke, dass Sie mir geholfen haben.«
»Sie haben mir geraten, auf mein Gefühl zu hören, und das habe ich getan. Ich hoffe, dass ich keinen Fehler begangen habe.«
»Das garantiere ich Ihnen. Werden Sie mir auch weiterhin helfen?«
»Das hängt davon ab, was Sie tun werden, wenn wir den Stein haben.«

Durand verschränkte die Arme vor der Brust und strich sich mit einer Hand über sein stoppelbärtiges Kinn.
»Der Mann, der mich um diesen Gefallen gebeten hat, ein ehemaliger Kamerad, arbeitet für ein japanisches Konsortium, dem sehr daran gelegen ist, den Stein in die Finger zu bekommen.« Er legte sein charmantestes Lächeln auf, wohl wissend, dass Irene sein Vorschlag gefallen würde. »Er erwartet, dass ich diesen Job aus reiner Kameradschaft für ihn erledige, aber ich nehme an, dass er mich betrügen wollte. Ich werde verlangen, dass Sie als Eigentümerin des Steins eingetragen werden und die alleinigen Rechte daran besitzen. Sie werden ihn natürlich nicht behalten können, dafür ist er zu wertvoll, aber immerhin werden Sie dabei sein, wenn man ihm seine Geheimnisse entlockt – und nebenher werden Sie ein Vermögen verdienen.«
»Und was hätten Sie davon? Wollen Sie denn nichts von dem Geld?«
Durand schüttelte den Kopf. »Sie schätzen mich falsch ein, sonst wüssten Sie, dass ich mir nichts aus Geld mache. Alles, was ich brauche, ist das hier.« Er deutete auf das umliegende Fort. »Hier kann ich nach Gutdünken schalten und walten, ohne dass mir jemand Vorschriften macht. Zugegeben, die Nächte sind manchmal etwas einsam, aber das ließe sich vielleicht ändern. Möchten Sie sich noch einen zweiten Vorschlag anhören?«
Irene hatte bei seiner letzten Bemerkung spöttisch eine Augenbraue gehoben. »Großer Gott, Durand, Sie wollen mir doch nicht etwa einen Heiratsantrag machen.«
Er lachte. »Nein, da können Sie ganz beruhigt sein. Jedenfalls jetzt noch nicht«, fügte er mit einem charmanten Lächeln hinzu. »Nein, was ich Ihnen vorschlagen möchte, ist Folgendes. Auch ohne den Stein ist das, was Sie dort unten entdeckt haben, eine Sensation. Der Tempel, die Statuen und die gesamte

Anlage werden in den kommenden Jahren Heerscharen von Wissenschaftlern anlocken. Die Bilder werden um die ganze Welt gehen und ein ungeahntes Interesse für die Sahara und ihre archäologischen Schätze auslösen. Wollen Sie nicht diejenige sein, die diese Bilder verkauft? Exklusiv, versteht sich. Der Gouverneur in Agadez, Ben Jamar, ist ein guter Freund von mir. Wir kennen uns schon seit vielen Jahren. Er vertraut mir und wird sich meiner Empfehlung anschließen. Ich könnte mir vorstellen, dass sich die *National Geographic Society* die Finger nach den Exklusivrechten lecken würde. Das würde bedeuten, dass Sie für eine längere Zeit hier arbeiten könnten. Lang genug, um sich näher kennen zu lernen. Was halten Sie davon?«

Irenes Puls hatte sich in den letzten Minuten merklich beschleunigt. Bei seiner letzten Bemerkung stahl sich sogar ein Lächeln auf ihr Gesicht.

»Philippe Durand, Sie sind ein alter Fuchs, das muss ich Ihnen lassen. Mögen Ihre Worte auch von Raffinesse und Durchtriebenheit zeugen, sie haben auf jeden Fall Überzeugungskraft. Wann brechen wir auf?«

»Wenn Sie möchten, morgen früh. Nur wir beide. Es hat keinen Sinn, wenn zu viele von dieser Sache wissen. Ich werde die Führung des Lagers einstweilen in die Hände meines Ersten Offiziers legen. Was halten Sie davon, wenn wir einen von Ihren Hummer-Wagons nehmen? Die machen den Eindruck, als könnten sie dem Sturm widerstehen.«

»Einverstanden«, murmelte Irene. »Wenn Sie nichts dagegen haben, würde ich gern auf das Abendessen verzichten und mich hinlegen.«

»Wohl das Beste, was wir tun können«, entgegnete Durand. »Wir haben eine anstrengende Reise vor uns. *Bonne nuit.*« Er ging zur Tür und hatte sie schon einen Spaltbreit geöffnet, als Irene sich räusperte.

»Monsieur Durand?«
»Ja?« Er spürte, wie ihm die Hitze ins Gesicht stieg. »Kann ich noch etwas für Sie tun?«
»Ich hätte heute Nacht gern Gesellschaft.«
Er blieb noch eine Sekunde lang stehen, dann ließ er die Tür wieder ins Schloss fallen.

# 27

Chris erwachte aus einem tiefen, merkwürdigen Traum. Ihm war, als habe er mehrere Tage auf hoher See verbracht, die Finger um eine Holzplanke gekrallt, die ihn davor bewahrte, in den Tiefen des Wassers zu ertrinken. Das ewige Schaukeln der Wellen war zu einem Teil von ihm selbst geworden, wie ein innerer Motor, der ihn am Leben hielt, während er von einem Dämmerzustand in den nächsten glitt. Unterbrochen wurden die Träume nur von kurzen Pausen, in denen er seinen quälenden Durst stillen musste. Er hatte keine Erinnerung daran, wie viele Tage und Nächte er auf diesem Meer verbracht hatte, aber es mussten viele gewesen sein, denn er fühlte sich ausgelaugt und schwach. Selbst das Öffnen der Augen wurde zur Qual, denn die Lider waren vom Salz des Meeres völlig verklebt. Als er einen ersten zaghaften Blick auf die umliegende Welt warf, glaubte er, sich noch immer in einem Traum zu befinden. Um sich herum sah er blau schimmernde Eisberge, die sich aus den Wogen eines gelben Meeres erhoben. Er sah rund geschliffene stromlinienförmige Gebilde, die sich mit eckigen, scharfkantigen Massen zu einem Labyrinth vereinten.

Ein beängstigender Gedanke sickerte in sein Bewusstsein. Vielleicht schlief er gar nicht, vielleicht war er tot und durchlebte jene mysteriöse letzte Reise, die jeder irgendwann einmal antreten musste. Dann war der Tod ja ganz anders als von

Dichtern und Philosophen beschrieben. Nichts, wovor man sich fürchten musste, sondern ein Ort der Ruhe, der Wärme und der Vollkommenheit.
Doch die ewige Ruhe wurde von einem Geräusch durchbrochen, das inmitten des wogenden Eises misstönend und unpassend klang. Chris rieb sich erneut die Augen, doch das Bild, das er von seiner Umgebung hatte, veränderte sich nicht. Als er schon glaubte, sich getäuscht zu haben, vernahm er das Geräusch erneut, klarer und nachdrücklicher als beim ersten Mal. Es wurde von den blauen Klippen zurückgeworfen und mündete in ein Echo, das sich wiederum hundertfach brach. Eine Sinfonie des Missklangs. Und als sei das noch nicht genug, schob sich ein hässliches Gesicht in sein Blickfeld, das sich ihm auf beängstigende Weise näherte. Eine Zunge kam aus dem schiefen Maul und leckte ihm übers Gesicht. Er schrie auf ... und erwachte.
Schlagartig wurde ihm bewusst, dass er noch lebte.
»Alles in Ordnung mit dir?« Hannah hatte ihr Gesicht bis zur Unkenntlichkeit mit Stofftüchern umwickelt, um sich vor dem Sand zu schützen, den der Wind immer noch von Osten herantrug.
»Du hast geschrien. Geht es dir gut?«, erkundigte sie sich nochmals und gab Boucha einen Klaps mit dem Stock. Das Dromedar wandte sich mit einem protestierenden Röhren ab.
Chris richtete sich im Sattel auf, und sofort meldeten sich die Schmerzen zurück. Doch er zwang sich, sie zu ignorieren, und betrachtete stattdessen die Umgebung. »Was sind das für Eisberge?«, stammelte er und wies auf die blau schimmernden Klippen. »Ich dachte, ich hätte nur von ihnen geträumt.«
»Nein, das hast du nicht.« Hannah öffnete ihr Kopftuch und entblößte ein müdes Lächeln. Die dunklen Ringe unter ihren Augen zeugten von den Strapazen, die sie auf sich genommen hatte. »Das sind die *Montagnes Bleues*, die Blauen Berge. Du

hast sie wohl irrtümlich für Eis gehalten. Sie bestehen aus einer bestimmten Sorte Marmor, der aufgrund seiner kristallinen Struktur nur die blauen Anteile des Lichts reflektiert.« Sie schwankte ein wenig. »Zwei Nächte und einen ganzen Tag waren wir unterwegs, doch nun haben wir unser Ziel fast erreicht. Wir hatten sehr viel Glück. Ich kann es noch gar nicht glauben.«

*»Montagnes Bleues?* In der *Ténéré?* Dann sind wir ja mitten im Nirgendwo. Was redest du da von Glück? Hier gibt es rundherum nur Sand«, murmelte Chris. »Was zum Teufel wollen wir hier?«

»Wir suchen jemanden«, entgegnete Hannah mit einem trotzigen Unterton in der Stimme. »Wenn du es genau wissen willst, wir suchen den Tuareg, der mir damals das Versteck im *Tassili N'Ajjer* gezeigt hat. Er muss hier irgendwo sein Sommerlager haben.«

»Kore?«

»Ich sehe, du erinnerst dich. Er sagte mir, dass ich ihn hier finden würde, und ich habe vor, bei ihm eine Zeit lang unterzutauchen.«

»Es ist Monate her, dass ihr über das Thema gesprochen habt. Was weißt du überhaupt über ihn? Was, wenn er gar nicht hier ist? Hast du dir mal Gedanken darüber gemacht, was wir dann tun sollen? Um uns herum nur Sand, Steine, Felsen. Sieh dich doch mal um, hier gibt es keine Dörfer, keine Hütten, nicht mal Palmen. Wir können von Glück sagen, wenn wir irgendwo eine Quelle aufspüren, um unsere Wasservorräte aufzufüllen. O Hannah, weshalb hast du nicht früher mit mir darüber gesprochen, dann hätte ich dir diese fixe Idee vielleicht noch ausreden können.«

Sie funkelte ihn über den Rand ihrer Brille hinweg böse an. »Das war genau der Grund, warum ich die ganze Zeit geschwiegen habe. Hätten wir noch ewig diskutiert, wären wir

nie und nimmer hier. Für dich war es leicht, du hast dich die ganze Zeit auf Boucha herumschaukeln lassen und geschlafen. Aber ich musste den Weg durch Sand und Sturm finden.«
Chris sah, wie sich Tränen in ihren Augen sammelten. Ächzend schwang er sich aus dem Sattel und schloss sie in die Arme. Er spürte, wie sie sich zuerst dagegen wehrte, doch dann gab sie den Widerstand auf und drückte ihr tränennasses Gesicht an seine Schulter. Sie war wirklich am Ende ihrer Kräfte.
»Warte hier«, schlug er vor. »Ruh dich aus, du hast schon genug geleistet. Ich werde loslaufen und ihn suchen. Wenn er hier ist, werde ich ihn finden.«
Hannah sah in zweifelnd an. »Was ist mit deinen Füßen?«
»Ich schaffe das schon irgendwie, mach dir keine Gedanken. Der Sand ist weich, und ich habe ja noch immer diese geniale Konstruktion an.« Er deutete auf die Ledersohlen. »Außerdem verheilen die Wunden schon ganz gut. Also, leg dich hin und ruh dich aus, ich bin bald wieder zurück.«
Sie war zu schwach, um zu protestieren, also nickte sie und setzte sich neben Boucha in den Sand. »Komm bald zurück«, hörte er sie noch murmeln, dann sackte sie nach hinten und schlief auf der Stelle ein. Chris zog ihr den Kompass aus der Tasche, orientierte sich kurz und schlug dann den Weg ein, der ihn ins Zentrum der Blauen Berge führte.

Er war noch nicht weit gekommen, als er das Klingeln eines Glöckchens vernahm. Es war ein Laut, der so gar nicht in die Einsamkeit dieser Gegend passen wollte. Kurz darauf hörte er ein zweites Geräusch, das ebenso wenig hierher gehörte. Das Meckern einer Ziege.
Er beschleunigte seinen Schritt und folgte dem Klang des Glöckchens. Schon bald sah er auf einem Felsen über sich ein pelziges Gesicht auftauchen. Ein Bart und zwei geschwungene

Hörner sagten ihm, dass er gefunden hatte, wonach er suchte. Mit Mühe erklomm er den Felsen und sah sich einer gescheckten Ziege gegenüber, die um ihren Hals ein bunt besticktes Halsband mit Glöckchen trug. Also musste hier jemand sein. Sein Herz begann vor Freude zu klopfen.

»Komm mal her, meine Kleine«, lockte Chris sie mit der verführerischsten Stimme, die er je zustande gebracht hatte. »Lass dich mal anschauen. Wo ist dein Herrchen, hm?«

Das Tier antwortete mit einem so bedrohlichen Knurren, dass Chris einen halben Meter zurücksprang. Er hatte gar nicht gewusst, dass Ziegen derart bösartig knurren konnten. Da schob sich ein schlanker Körper hinter der Ziege in sein Blickfeld, und er erkannte augenblicklich, dass dies der Urheber des bedrohlichen Lautes war. Chris atmete tief ein. Er stand einem hüfthohen, zähnefletschenden Jagdhund gegenüber. Da er keine Waffe dabeihatte, nicht mal einen Stock, wich er langsam, Schritt für Schritt, vor dem Hund zurück, der zu allem entschlossen schien. Nach einigen Schritten stieß er gegen ein weiches Hindernis, und noch ehe er das zweite Knurren hörte, wusste er, dass er in eine Falle geraten war. Das zweite Tier war ebenso groß, doch war sein Fell mit grauen Strähnen durchwirkt. Die beiden Jagdhunde schienen ein gut eingespieltes Team zu sein, denn sie ließen Chris nicht den geringsten Bewegungsspielraum. Andererseits waren sie so gut erzogen, dass sie ihn nicht gleich an Ort und Stelle zerfleischten. Sie standen einfach nur da, beobachteten ihn und reagierten auf jede Bewegung mit einem weiteren bedrohlichen Knurren. Schachmatt, dachte er.

Plötzlich hoben beide Tiere den Kopf, stellten die Ohren auf und wedelten mit ihren Schwänzen. Es dauerte nicht lange, bis eine hohe dunkle Gestalt hinter einem Felsen hervorkam und mit langen Schritten auf ihn zueilte. Chris bemerkte eine kurze Handbewegung, und sofort verließen die Hunde ihren Posten und eilten an die Seite ihres Herrn. Sekunden verstrichen, in denen sich die beiden Männer gegenüberstanden, ohne ein Wort zu wechseln. Hannahs Beschreibung nach konnte es sich durchaus um den gesuchten Tuareg handeln. Chris wagte einen Versuch.

»Kore? Kore Cheikh Mellakh?«

Der Mann runzelte die Stirn. »Woher kennen Sie meinen Namen? Wer sind Sie?« Die Stimme klang nicht unfreundlich, doch spürte Chris eine wachsame Zurückhaltung. Ganz anders als bei den offenherzigen Tuareg, denen er bisher begegnet war. Er legte die Finger an die Stirn und verbeugte sich. »Verzeihen Sie mein Eindringen. Mein Name ist Chris Carter. Ich bin hier mit einer Forscherin namens Hannah Peters. Erinnern Sie sich an sie?«

»Die Frau, die mit den *kel essuf* redet? Natürlich erinnere ich mich.« Die Augen strahlten mit einem Mal heller und freundlicher. Der Targi löste seinen Mundschutz und entblößte ein breites Lächeln. »Hat sie tatsächlich ihr Versprechen eingelöst, mich zu besuchen? Wo ist sie?«

»Nicht weit von hier, am Fuße der Berge. Die Wanderung aus dem *Aïr* hat sie sehr mitgenommen.«

Kores Lächeln verschwand. »Sie kommen aus dem *Aïr?* Zu Fuß und bei diesem Wetter? Sie müssen den Verstand verloren haben.«

»Wir sind auf der Flucht und wussten keinen anderen Ausweg. Können Sie uns helfen?«

Kore wirkte einen Moment lang nachdenklich, dann legte er den Mundschutz wieder um und pfiff seine Hunde herbei. »Das kann ich so nicht entscheiden. Bringen Sie mich zu ihr.«

Hannah erwachte, und schlagartig waren ihre Erinnerungen wieder da. An den ewigen Marsch, den Sand unter ihren Füßen, der bei jedem Schritt wegrutschte, und an den Wind, der

ihr unablässig ins Gesicht wehte. Sie fühlte sich mehr tot als lebendig.
Der kurze Schlaf hatte ihr kaum Erholung gebracht
Sie griff nach der Feldflasche, trank einen Schluck und benetzte mit dem letzten Rest ihr Gesicht. Dann wurde ihr bewusst, dass ihre Wasservorräte damit aufgebraucht waren. Wenn Chris den Tuareg nicht fand, dann war hier Endstation. Sie würden keinen weiteren Tag überleben. Neiderfüllt blickte sie zu Boucha, der mit stoischer Miene in den Sturm starrte. Er würde sich auf die Suche nach einem Wasserloch machen, wenn sie und Chris schon vertrocknet und mumifiziert unter einer Sanddüne begraben lagen. Nicht zum ersten Mal in ihrem Leben wünschte sie sich, ein Dromedar zu sein.
Als ob das Tier ihre Gedanken gelesen hätte, hob es den Kopf und grunzte. Hannah drehte sich um und sah zwei Männer auf sich zukommen. Chris und ... Kore. Er hatte ihn wirklich gefunden. Sie erhob sich, so gut es ihre schwachen Beine zuließen, und taumelte ihm entgegen. »Kore«, konnte sie noch flüstern, dann kippte sie vornüber in den Sand.
Als sie wieder erwachte, fand sie sich von kühler Dunkelheit umgeben. Sie benötigte einige Sekunden, um zu erkennen, dass sie sich diesmal nicht in einem *khaima*, sondern in einer Höhle befand. Keiner engen, stickigen und geschlossenen Höhle, wie sie erleichtert feststellte, sondern in einem etwa fünfzig Quadratmeter großen Raum, der auf zwei Seiten Öffnungen besaß, durch die kühle, erfrischende Nachtluft hereinströmte. Draußen auf der Ebene erkannte sie Boucha in der Gesellschaft anderer Dromedare, die im hellen Mondschein nach Grasbüscheln suchten. Der Sturm hatte sich also endlich gelegt. Über ihr, an der Höhlendecke, hingen Pfannen und Töpfe, die im lauen Nachtwind gegeneinander schlugen. Verwundert blickte sie sich um. Sie lag auf einem gemusterten Teppich, der auf dem weichen Sandboden ausgebreitet war, umgeben von

weichen Kissen und Decken. Nur wenige Meter von ihr entfernt saßen Kore und Chris an einer Feuerstelle, in ein Gespräch vertieft. Beide rauchten langstielige Pfeifen, die einen wohltuenden und belebenden Duft verströmten. Ihre Stimmen klangen gedämpft zu ihr herüber, doch erkannte sie aus den einzelnen Wortfetzen, dass es um sie ging.
Sie richtete sich auf und bemerkte, dass ihre verschmutzte und zerrissene Kleidung durch eine helle *gandura*, ein traditionelles Leinenhemd der Tuareg, und eine wadenlange, geschnürte Hose ersetzt worden war. Einer plötzlichen Eingebung gehorchend, blickte sie neben sich und erkannte neben ihrem Kopfkissen die vertrauten Umrisse ihrer Umhängetasche. Sie tastete danach und stellte erleichtert fest, dass sich das apfelsinengroße Auge noch immer darin befand. Was immer Chris über ihr Abenteuer erzählt haben mochte, den Stein schien er jedenfalls verschwiegen zu haben. Eine Woge der Erleichterung umfing sie.
In diesem Moment bemerkte ihr Gastgeber, dass sie erwacht war, und kam zu ihr herüber. *»Mademoiselle Peters, comment allez-vous?* Was für eine Freude, Sie wieder wohlauf zu sehen. Möchten Sie sich zu uns setzen und etwas zu sich nehmen? Ich kann Ihnen Tee, Früchte, frisches Brot und etwas Ziegenfleisch anbieten.« Kores Stimme klang genauso warm und freundlich, wie Hannah sie in Erinnerung hatte.
»Es tut gut, Sie wiederzusehen«, erwiderte sie. »Ja, ich würde gern etwas essen. Ich fühle mich, als hätte ich ewig geschlafen.«
»Das haben Sie auch. Siebzehn Stunden, um genau zu sein.« Kore half ihr auf die Beine und führte sie an das Feuer. Er legte eine Scheibe saftiges Ziegenfleisch auf das geröstete Brot, träufelte etwas Joghurt darüber und reichte ihr das Ganze zusammen mit einigen Oliven und frischen Datteln. Hannah schlang das Essen in sich hinein, als habe sie seit Wochen

gehungert. Es war so köstlich, endlich wieder frisch zubereitetes Essen zu bekommen, nach all den Konserven, die sie in der letzten Zeit zu sich genommen hatte. Als sie gegessen hatte, trank sie drei Becher frisches Quellwasser, rülpste zufrieden und lehnte sich zurück. Ihr Gastgeber strahlte übers ganze Gesicht und schickte sich an, ihr eine weitere Portion zuzubereiten, doch sie winkte lachend ab. »Danke, Kore, es war köstlich, aber ich kann unmöglich noch mehr essen. Wenn Sie nicht wollen, dass ich durch Ihre Behausung rolle und Geräusche wie der alte Boucha von mir gebe, sollten Sie vorsichtig sein, mir weitere Köstlichkeiten vorzusetzen. *Lebes.*« Sie verneigte sich und blickte sich um. »Eine schöne Behausung haben Sie hier.«

Kore folgte ihrem Blick. »Ja, es ist einer der schönsten Orte im Garten des Propheten, auch wenn ich nur die heißesten Monate des Jahres hier verbringe. Die Höhle ist geschützt, kühl, verfügt über eine eigene Quelle und ist für jemanden, der sich in der Gegend nicht auskennt, so gut wie unsichtbar. Der ideale Altersruhesitz, wenn Sie so wollen. Wenn ich eines Tages das Umherziehen leid bin, werde ich mich dauerhaft hier niederlassen.«

»Haben Sie keine Verwandten, die Sie aufnehmen?«

Kore lächelte verlegen. »Es gab eine Frau in meinem Leben, meine *targia*, die einzige wirklich große Liebe, wenn Sie so wollen, doch sie ist vor vielen Jahren gestorben. Danach wollte ich mich nicht mehr binden. Sie hat mir zwei Söhne geschenkt, die inzwischen zu stattlichen Männern herangewachsen sind. Sie sind mein ganzer Stolz, doch sie haben sich vom Leben in der Wüste abgekehrt und sind nach Agadir gegangen. Dort leben sie mit ihren Familien. Einmal im Jahr besuchen sie mich, den starrsinnigen alten Mann, der wie ein Einsiedler lebt.« Ein stilles Lächeln stahl sich in sein Gesicht. »Ich liebe beide von ganzem Herzen, aber ich würde niemals mein Leben hier opfern, um ihnen zu folgen. Sehen Sie, ich bin in der Wüste geboren, und hier will ich auch sterben. Die Stadt ist nichts für mich.«

Hannah nickte. »Das kann ich gut nachvollziehen. Ich wollte Ihnen mit dieser Frage auch nicht zu nahe treten. Verzeihen Sie mir, wenn ich zu neugierig war.«

Chris, der lange geschwiegen und an seiner Pfeife gezogen hatte, meldete sich zu Wort. »Sie sagten, für jemanden, der sie nicht kennt, sei die Höhle unsichtbar. Schließt das unseren Verfolger ein?«

Kore schüttelte den Kopf. »Nein. Oberst Durand und seine Rebellen kennen diesen Ort, und sie werden über kurz oder lang hier suchen. Dieser Platz ist nicht sicher.«

An Hannah gewandt fuhr er fort: »Sie müssen entschuldigen, dass Ihr Begleiter mich während Ihres Schlafes über die Situation in Kenntnis gesetzt hat. Er hielt es für ratsam, und ich stimme ihm zu. Unter seiner freundlichen Schale ist Oberst Durand ein gefährlicher Mann, und wenn er Ihnen auf den Fersen ist, dann müssen Sie diesen Ort schnellstens verlassen. Ich habe zwar einige Jagdbüchsen hier, aber sie sind alt und können nicht mit den Waffen des Militärs konkurrieren. Wenn er weiß, wo Sie sich aufhalten, wird er diesen Ort in Schutt und Asche legen.«

Hannah sackte innerlich zusammen. Sie hatte gehofft, hier untertauchen zu können, und nun das. Würde die Jagd denn nie ein Ende nehmen?

»Gibt es keine Möglichkeit, uns in dieser Gegend für eine Weile zu verstecken? Wir sind am Ende unserer Kräfte und haben keine Hoffnung mehr, rechtzeitig aus Durands Machtbereich zu entkommen. Er schreckt vor nichts zurück. Er hat bereits meinen langjährigen Freund Abdu getötet.«

»Ihr Begleiter hat es mir erzählt. Aber ich kann es nur noch einmal bekräftigen. Es wäre Wahnsinn, hier zu bleiben. Es würde auch nicht reichen, die Grenze nach Algerien zu überqueren. Sie verläuft etwa zweihundert Kilometer von hier durch den Wüstensand, ist aber nicht gesichert, und ein Strich auf der Landkarte wird ihn nicht aufhalten. Abgesehen davon verfügt er über einen Hubschrauber, und in der Luft gibt es keine Grenzen.«

Er beobachtete Hannah aufmerksam aus seinen Augenwinkeln. »Irgendetwas scheinen Sie bei sich zu tragen, das er unbedingt in seinen Besitz bringen will.«

Auf Hannahs fragenden Blick hin erläuterte Chris: »Ich habe bisher noch nichts von unserem Fund erzählt. Ich fand, es sei deine Aufgabe.«

Hannah zögerte kurz, doch dann entschied sie sich, Kore zu vertrauen. Er hatte sich ihr gegenüber immer loyal verhalten. Sie atmete tief durch, erhob sich von der Feuerstelle und holte ihre Ledertasche. Als sie sich wieder setzte, ihre dicken Archäologenhandschuhe überstreifte und den kostbaren Inhalt hervorholte, war ihr, als würde der Wind nachlassen und die Wüste in erwartungsvollem Schweigen verharren. Der feuchte Wollpullover, der den mysteriösen Stein vor Lichteinfall schützen sollte, lag schwer auf ihrem Schoß, als sie zu erzählen begann. »Ich weiß gar nicht, wo ich anfangen soll«, begann sie unsicher, und Schweiß trat ihr auf die Stirn. Obwohl es immer noch angenehm kühl war, fühlte sie sich heiß und fiebrig. »Hier in meinem Schoß liegt ein Gegenstand, nach dem Menschen aller Epochen gesucht haben. Eigentlich ist er der Stoff, von dem die Mythen und Legenden berichten, und doch halte ich ihn hier zwischen meinen Händen. Er ist so real wie Sie und ich, obwohl ich in letzter Zeit immer öfter davon träume, dass er nur in meiner Fantasie existiert. Kore, Sie erinnern sich sicher noch an den Tag, an dem Sie mir den Eingang zu dem versteckten Tal im *Tassili N'Ajjer* gezeigt haben.«

»So deutlich, als sei es gestern gewesen.«
»Sind Sie jemals selbst bis zum Ende dieser Schlucht gegangen und haben gesehen, was sich dort befindet?«
Der alte Tuareg begann unruhig auf seinem Polster hin und her zu rutschen, als sei ihm die Frage unangenehm. Es dauerte eine Weile, ehe er antwortete.
»Ja, ich war dort. Einmal, als ich noch sehr jung war.«
»Was haben Sie dort gesehen?«
Kores Stimme wurde leiser, bis nur noch ein Flüstern vernehmbar war. »Die vielarmige Mutter der *kel essuf*. Die Hüterin des allsehenden Auges Allahs. Doch was ich getan habe, war ein Frevel. Uns Muslimen ist es verboten, diesen Ort zu betreten.«
»Und doch haben Sie mich dorthin geschickt. Warum?«
»Weil Sie nicht durch unseren Glauben und unsere Gesetze an das Verbot gebunden sind. Ihnen ist es gestattet, sich dort aufzuhalten und zu forschen. Vielleicht wollte ich, dass Sie es sehen, um mir später davon zu erzählen.«
Zum ersten Mal, seit sie ihm begegnet war, hatte Hannah den Eindruck, dass Kore Angst empfand. Das war umso beeindruckender, als sie ihn für einen Mann hielt, der so leicht nicht aus der Fassung zu bringen war. Sie nickte.
»Sie sollten jedoch nicht vergessen, dass das Wissen sowohl ein Fluch als auch ein Segen sein kann. Die Figur im *Tassili N'Ajjer* ist nur ein verkleinertes Abbild dessen, was sich in den Tiefen des *Tamgak* befindet. Wir haben dort unten eine Tempelanlage gefunden, die vor vielen tausend Jahren von den Vorfahren Ihres und meines Volkes erbaut wurde. Zu Ehren einer Göttin, die heute längst in Vergessenheit geraten ist. Sie besitzt nur ein Auge, ein einziges. Aber dieses Auge hat die Fähigkeit, direkt in die Herzen der Menschen zu blicken. Wenn Sie erlebt hätten, was wir gesehen haben, dann wüssten Sie, dass dieses Auge einer der wertvollsten und geheimnisvollsten Gegenstände ist, die jemals gefunden wurden. Und hier ist es!«

Mit diesen Worten schlug sie den feuchten Stoff zur Seite und entblößte die schimmernde Kugel vor dem fassungslosen Tuareg. Im schwachen Licht des Lagerfeuers war zu erkennen, wie sich die Oberfläche des Materials sofort mit Wasser überzog. Ein kleines Rinnsal begann über Hannahs Handschuhe zu laufen und im Sand der Höhle zu versickern. Minutenlang starrt Kore auf den Kometenkern, beobachtete, wie das Wasser aus dem Nichts zu entstehen schien und in einem beständigen Rinnsal zu Boden floss. Das Geräusch, das dabei entstand, klang seltsam hart und kalt in der warmen Geborgenheit der Höhle. Hannah spürte, wie die Feuchtigkeit das Leder ihrer Handschuhe durchdrang, und glaubte bereits erste Anzeichen einer Bewusstseinsveränderung zu spüren, als Kore unvermutet seinen Arm hob und die Kugel berührte. Es geschah so schnell, dass Hannah nicht reagierte. Hätte sie gewusst, was er vorhatte, hätte sie die Kugel gewiss zurückgezogen.

Kore schloss die Augen und verharrte eine kurze Zeit mit einem Ausdruck im Gesicht, den Hannah als pure Glückseligkeit deutete. Dann zog er seine Hand fort, ließ sich zurück auf sein Lager fallen und blickte sie an. Sie sah ihm an, dass ihn das Erlebnis tief berührt hatte. Der entspannte Ausdruck in seinem Gesicht war tiefer Besorgnis gewichen. »Haben Sie den Stein jemals selbst berührt?« Die Frage kam so unvermutet, dass Hannah nicht in der Lage war, ein umfassendes Geständnis abzuliefern. »Nein«, war alles, was sie stammeln konnte. »Ich ... ich hatte Angst, was er mit mir machen würde.« Sie senkte den Kopf, beschämt darüber, dass sie, als einzige Beteiligte der Expedition, im Grunde gar nicht wusste, wovon sie sprach.

»Ich kann Ihre Angst nachvollziehen. Doch irgendwann wird der Zeitpunkt kommen, wo Sie ihn berühren müssen. Und Sie werden ihn berühren, so viel ist sicher.« Kore schien Verständnis für ihre Vorsicht aufzubringen, doch seine Worte lösten eine dunkle Vorahnung in ihr aus, und ihr wurde klar, wie Recht er hatte.

Der Targi stand auf, ging in den hinteren Teil seiner Höhle und kehrte mit einem uralten, in Leder geschlagenen Buch zurück.

»Ich muss Ihnen etwas zeigen.« Er schlug das Buch auf und Hannah sah, dass es sich um eine uralte Ausgabe des Korans handelte. Sie hatte ein solch edles Exemplar noch nie zuvor gesehen. Staub und Sand rieselten vom Einband, als Kore den schweren Deckel öffnete. Mit äußerster Vorsicht und Konzentration begann er zu blättern. Das Buch war von Hand geschrieben und mit farbigen Symbolen verziert worden. Nach kurzer Zeit schien er gefunden zu haben, was er suchte. Er drehte das Buch herum, so dass Hannah und Chris gut sehen konnten, und legte seinen rissigen Finger auf eine bestimmte Abbildung. Obwohl im Islam figürliche Darstellungen untersagt waren, ließ sich aus dem Wirrwarr von Linien und Flächen deutlich eine Form herauslesen. Hannah hielt den Atem an. Es war der Umriss eines Kopfes, aus dessen Schädeldecke schlangenartige Auswüchse entsprangen. Auf seiner Stirn aber prangte deutlich und unverkennbar ein einzelnes Auge. Kore nickte, als er Hannahs Überraschung bemerkte.

»Das allsehende Auge Allahs«, murmelte er mit einer Stimme, die sein wahres Alter durchklingen ließ. »Es weint um die Menschheit.« Damit deutete er auf die blauen Tränen, die aus dem Auge flossen. »Sie haben es gefunden, so, wie es der Prophet vor vielen hundert Jahren prophezeit hat. Zusammen mit seinem Erscheinen wurde eine große Finsternis vorhergesagt, die die Menschheit in den Untergang treiben und letztlich vom Antlitz der Welt tilgen wird. Dieses Buch ist die Abschrift einer Ausgabe, die es heute nicht mehr gibt. Sie ist Hunderte von Jahren alt und seit vielen, vielen Generationen im Besitz meiner Familie, so lange, dass dieses Buch und diese Abbildung in

Vergessenheit geraten sind. Sie werden sie heute in keinem modernen Koran mehr finden.«

Er klappte das Buch zu und stellte es wieder zurück an seinen Platz. Als er wieder Platz nahm, wirkte seine Miene fest und entschlossen. »Uns Sterblichen steht es zwar nicht zu, Dinge ändern zu wollen, die vor langer Zeit vorausgesagt wurden, aber in diesem Fall ist es etwas anderes. Was vergessen war, soll auch vergessen bleiben. Wir dürfen nicht zulassen, dass das Auge in die Hände Durands fällt. Ich werde Ihnen helfen, aber nur unter einer Bedingung.«

»Was verlangen Sie?«

Er lächelte, und Hannah sah, wie der Schalk in seinen Augen aufblitzte. »Genau genommen sind es drei Bedingungen. Erstens: Sie müssen dafür sorgen, dass das Auge unversehrt bleibt, auf dass künftige Generationen die Chance haben, die Worte Allahs zu entschlüsseln. Zweitens: Sie müssen dafür sorgen, dass der Stein wieder in Vergessenheit gerät. Die Versuchung, die er verkörpert, ist zu groß, als dass die Menschen friedlich damit umgingen. Es würde zum Streit und zum Krieg kommen. Nein, der alte Zustand muss wiederhergestellt werden. So, wie er war, ehe Sie die Ruhe gestört haben.«

Chris musterte den alten Tuareg mit einem kritischen Blick. »Und die dritte Bedingung?«

Kore lächelte verschmitzt. »Hannah wird es Ihnen sagen können. Sie weiß, wovon ich rede.«

Hannah nahm einen letzten Schluck Tee, um sich Mut zu machen. »Ich werde das Auge berühren müssen, als letzter Mensch für die nächsten tausend Jahre.« Mit einem Lächeln fügte sie hinzu: »Auch wenn ich schon beim Gedanken daran weiche Knie bekomme.«

Kore nickte zufrieden. *»Inshallah!* Ich werte Ihre Antwort als Einverständnis.« Mit diesen Worten sprang er auf und begann, Proviant zu packen.

Chris sah ihn irritiert an. »Ich verstehe nicht. Haben Sie vor, von hier zu verschwinden? Ich dachte, wir würden uns hier verschanzen und den Angriff abwarten.«
»Hier? Haben Sie nicht gehört, was ich Ihnen über Ihren Widersacher erzählt habe? Wir werden ihn mit Waffengewalt nicht besiegen können, denn das erwartet er. Nein, wenn wir ihn stoppen wollen, müssen wir geschickter vorgehen. Es gibt nur eine einzige Macht der Welt, die Oberst Durand aufhalten könnte. Wir müssen vorgehen, wie die Tuareg seit jeher vorgegangen sind.«
Hannah beschlich ein ungutes Gefühl. »Heißt das, Sie wollen ihn ... töten?«
Kores Blick traf sie wie ein *takuba*, ein zweischneidiges Tuareg-Schwert. »Glauben Sie im Ernst, dass er uns freundlich um den Stein bittet und Sie dann laufen lässt, wenn Sie sich weigern? Er wird Sie umbringen, den Stein an sich nehmen und Ihre Leichen im Sand verscharren. Wir spielen hier keine Spielchen wie die Europäer, hier gilt nur das Gesetz des Stärkeren. Wenn Sie am Leben bleiben wollen, dann helfen Sie mir, wir haben noch wichtige Vorbereitungen zu treffen.«
Als ob er seinen Worten Nachdruck verleihen wollte, ließ er seinen scharfen, krummen *gumia* mit einem Schnappen in die Scheide an seinem Gürtel fahren.

# 28

Die aufkommende Mittagsglut begann Chris zu lähmen, als Kore zum ersten Mal einen Halt einlegte. Rings um sie herum erstreckte sich eine tote, öde Ebene, so weit das Auge reichte. Die Oberfläche des Mondes konnte nicht einsamer sein. Stunde um Stunde hatten sie auf ihren *meharis* zurückgelegt, ohne eine einzige Rast, ohne eine einzige Pause. Dabei hatte Chris schon beim Aufstieg in den Sattel gemerkt, dass sich sein Hinterteil noch nicht von der strapaziösen Reise aus dem *Aïr* erholt hatte.

Jetzt, nach beinahe vier Stunden Ritt, spürte er sein Rückgrat nur noch als eine einzige schmerzende Nervenbahn. Wenigstens hatte der konstante Ostwind aufgehört, ihnen den Sand in die Augen zu treiben. Die Luft stand still wie unter einem Glasdach.

Chris kniff die Augen zusammen und beobachtete Kore. Der alte Tuareg war von seinem Reittier abgestiegen und untersuchte den Boden. Immer wieder scharrte er den Sand mit seinem Fuß beiseite, ging dann wieder zu einer anderen Stelle und wiederholte das Ganze. Es war offensichtlich, dass er etwas suchte. Chris blickte zu Hannah hinüber, die über das seltsame Gebaren ihres Führers ebenso erstaunt zu sein schien wie er.

»Was tut er da?«, flüsterte er, bemüht, seine Stimme so sehr zu dämpfen, dass sie nicht an die scharfen Ohren des Tuareg drang.

»Ich weiß auch nicht, ich könnte mir nur vorstellen, dass er nach einer *fesch-fesch* sucht«, murmelte Hannah zurück, »obwohl das ganz und gar nicht die Gegend dafür ist.«

»...?«

»Ich habe selbst noch nie eine gesehen, aber unter den Tuareg existieren die wildesten Gerüchte darüber. Ganze Karawanen sollen schon darin versunken sein, aber das ist natürlich Unsinn. Es handelt sich um Treibsandzonen, die tatsächlich sehr gefährlich sein können. Manchmal bilden sich am Fuße großer Dünen Wasserlinsen unter dem Sand, die bei einem plötzlichen Gewicht, wie es ein unbedarfter Wanderer oder ein Kamel erzeugen, nachgeben und den Betroffenen in Sekundenschnelle versinken lassen. Aber hier gibt es keine Dünen, nur diese entsetzliche Leere.«

»Wie kann er sich hier überhaupt zurechtfinden?«, murmelte Chris, dem langsam unheimlich zumute wurde. »Die Gegend sieht seit Stunden gleich aus. Kein Baum, kein Strauch, nichts, woran man sich orientieren könnte.«

Kore hatte sich inzwischen etwa zwanzig Meter von ihnen entfernt. Seine Schritte waren immer vorsichtiger geworden, so dass er am Ende sogar die Hände zu Hilfe nahm, um den Boden abzutasten. Plötzlich blieb er stehen, grub einige Zentimeter in den glühenden Sand und stieß dann einen Pfiff aus.

»Hier ist es. Ich habe es gefunden«, schallte seine Stimme zu ihnen herüber.

Als er sah, dass Hannah und Chris zu ihm reiten wollten, erhob er jedoch warnend seine Hand.

»Halt, gehen Sie keinen Schritt weiter. Ich komme zu Ihnen zurück.«

»Wonach suchen Sie eigentlich?«, fragte Chris, der es vor Neugier kaum noch aushielt. »Nach einer *fesch-fesch?*«

Er hoffte, den Tuareg mit seinem Wissen beeindrucken zu können, doch der alte Mann blickte ihn nur stirnrunzelnd an.
»Wie kommen Sie denn darauf? Sieht das hier etwa wie eine Gegend aus, in der es Treibsand geben könnte?«
Da Chris keine Ahnung hatte, wie eine Treibsandzone auszusehen hatte, zuckte er nur mit den Schultern.
Kore wendete sein Dromedar. »Nein, es ist etwas ungleich Gefährlicheres. Dies ist das Reich der *sebkah*, Allahs Fluch für die Ungläubigen. Es gibt nichts Vergleichbares auf der ganzen Welt.«
»Ein Salzsee?«, platzte Hannah heraus. »Wo soll der denn sein? Ich kann nichts erkennen.«
Kore deutete auf den Boden wenige Meter vor ihren Füßen. »Sehen Sie die seichte Stufe dort vorn? Sie zieht sich, so weit das Auge reicht. Das ist die ehemalige Uferzone eines riesigen Binnenmeeres. Bis vor einigen hundert Jahren war hier noch Wasser zu finden. Doch die Trockenheit hat dazu geführt, dass sich die gesamte Oberfläche mit einer Kruste überzogen hat. Normalerweise ist das Salz aus vielen Kilometern Entfernung als blendend weiße Linie zu erkennen, aber der Sturm der vergangenen Tage hat die *sebkah* mit Sand zugeweht. Wir müssen jetzt sehr vorsichtig sein und uns beeilen. Es kann nicht mehr lange dauern, bis Durand uns eingeholt hat.«
Kore trieb sein Dromedar an und schlug einen sanften Rechtsbogen ein, immer darauf bedacht, der Uferbegrenzung nicht zu nahe zu kommen. Chris folgte ihm, so gut er konnte, wobei er sich dabei eher an den Spuren von Kores Reittier orientierte als an der Bodenstufe, denn sosehr er sich auch bemühte, es gelang ihm kaum, den zarten Absatz im Sand zu erkennen. Zum wiederholten Male fragte er sich, wie Kore es schaffte, sich in dieser Einöde zurechtzufinden. Nicht auszudenken, was passiert wäre, hätte er den richtigen Punkt verpasst.

Nach zwei Kilometern stieg ihr Führer erneut ab, prüfte den Boden und nickte zufrieden. »Hier ist die Stelle, die ich gesucht habe. An diesem Punkt ist es für Mensch und Tier ungefährlich, über die Kruste zu gehen. Bleiben Sie bitte trotzdem in meiner Spur, denn in nur wenigen Metern Entfernung ist das Salz wieder dünner«, fügte er mit ernster Miene hinzu.

»Müssen wir denn unbedingt ...?«, rief Chris ihm zu. Er spürte, wie ein Gefühl von Panik in ihm aufstieg. »Können wir nicht einfach weiter dem Ufer folgen?«

»Nur wenn wir fliehen wollten, doch wir werden uns Durand stellen.«

»Uns ihm stellen?«, platzte es aus Chris heraus. »Ich dachte, das sei genau das, was wir nicht tun wollten. Um uns mit ihm ein Feuergefecht zu liefern, wäre Ihre Höhle doch viel geeigneter gewesen. Warum nur haben Sie uns in diese verdammte Einöde geführt?«

Er spürte, wie sich Hannahs Hand sanft auf seinen Arm legte. »Lass das, Chris. Hör auf, ihn zu kritisieren. Ich bin sicher, dass Kore genau weiß, was er tut.«

»Wir Tuareg kämpfen seit Tausenden von Jahren auf dieselbe Weise«, erklärte Kore mit stolz erhobenem Kopf. »Nicht, indem wir uns feige, wie die Ratten, in irgendwelchen Löchern verkriechen, sondern auf ebener Fläche, Auge in Auge mit unserem Gegner. So wie der Löwe und die Antilope. Auf diese Weise haben wir uns gegen die kriegerischen Völker aus dem Osten und die plündernden Horden aus dem Süden erfolgreich verteidigt, und ich werde mit dieser Tradition nicht brechen.«

Das war alles, was Chris in der nächsten halben Stunde aus ihm herausbrachte.

Kore hielt es nicht für nötig, ihnen mehr Informationen als unbedingt erforderlich zu geben, und Chris hielt es für unangebracht, weiter zu insistieren. Nicht nach dem letzten Blick, den Kore ihm zugeworfen hatte.

Als ihr Führer einige Zeit später anhielt, hatte die Hitze Chris dermaßen ermüdet, dass er nur noch kraftlos im Sattel hing.

»Hier werden wir unser Lager aufschlagen.« Kores Worte drangen wie aus weiter Ferne an sein Ohr, doch ihre Bedeutung brachte Chris schlagartig in die Realität zurück. »Ich verstehe nicht. Heißt das, wir werden hier bleiben, hier mitten auf dem Salzsee?«

»So ist es.«

Er sah sich um, so gut er es vermochte, denn die helle Sandfläche stach mit gnadenloser Härte in seine Augen. Über der Ebene kochte die Luft. Hitzeschlieren flimmerten über den Boden und täuschten den Blick. Es schien, als seien sie von Wasser umgeben. Chris hätte sich nie träumen lassen, am helllichten Tage jemals solche Angstattacken zu erleben. Alles in ihm sträubte sich dagegen, nur eine einzige weitere Minute hier zu verweilen. Die Temperaturen waren mörderisch, sie waren umgeben von einem tückischen Salzsee und mussten wie eine Opferziege darauf warten, von einem Löwen in Gestalt Oberst Durands gejagt und verspeist zu werden. Mit leisen Flüchen beobachtete er, was Kore tat. Der Tuareg ging um die Dromedare herum, legte ihnen die Hand auf die Nüstern, wobei sich eins nach dem anderen zur Rast niederlegte. Aus den Tiefen ihres Magens begannen die Tiere Pflanzenfasern hochzuwürgen und genüsslich darauf herumzukauen.

»Ich werde Sie für eine kurze Weile allein lassen müssen. Setzen Sie sich am besten in den Schatten der *meharis*, ich habe noch etwas zu erledigen.«

Noch ehe Chris fragen konnte, was das jetzt wieder zu bedeuten hatte, lief Kore mit weiten Schritten in die Richtung, aus der sie gekommen waren. Er schüttelte den Kopf. »Kannst du dir vorstellen, was er vorhat?«

»Keine Ahnung. Aber Kore überlässt nichts dem Zufall, da kannst du sicher sein. Komm, setz dich.«

Chris löste sein Kopftuch und ließ sich neben ihr nieder, mit dem Rücken an Bouchas Flanke gelehnt. Hannahs Nähe weckte Erinnerungen an eine Zeit, in der sie öfter nebeneinander gesessen und sich unterhalten hatten. Es schien eine Ewigkeit her zu sein. Er seufzte.

»Schwere Gedanken?«

»Hm? Nein, im Gegenteil. Ich habe gerade an den Tag gedacht, an dem wir den Eingang zur Krypta gefunden haben. Bevor alles begann ...«

»Verstehe.«

»Es kommt mir so vor, als wäre ich damals ein anderer Mensch gewesen.«

Sie nickte. »Es ist inzwischen viel geschehen. Weniges davon war gut.«

Sie schien eine Weile in Gedanken zu versinken, ehe sie weitersprach. »Aber das mit uns war gut.«

»Ich freue mich, dass du das auch so siehst. Warum nur musste alles schief gehen? Es tut mir so Leid, was ich ...«

Sie legte ihren Finger auf seine Lippen und brachte ihn zum Schweigen. Ihre Hand wanderte seinen Nacken empor und zog ihn zu sich herüber.

Als sie sich küssten, spürte er, dass ihre Lippen rau und rissig waren. Nicht so wie an jenem Tag, als sie sich geliebt hatten. Aber es war ihm egal. Der Kuss hätte einen Toten zum Leben erwecken können. Er war wie ein Versprechen für die Zeit danach ...

Als sie sich voneinander lösten, hatte sich etwas verändert. Er sah in ihre Augen und spürte, dass die Mauer zwischen ihnen zu bröckeln begann. Es schien, dass sie sich zum ersten Mal so

sahen, wie sie in Wirklichkeit waren, mit all ihren Fehlern und Schwächen. Und das war ein wunderbares Gefühl.
Hannah schien das genauso zu sehen, denn statt den Augenblick zu zerreden, griff sie nach seiner Hand und drückte sie. Sie lehnte sich nach hinten, gegen die warme Flanke des Tieres und schloss die Augen.
Chris versuchte währenddessen herauszufinden, wohin Kore verschwunden war. Er beschirmte seine Augen mit der Hand und suchte den Horizont ab. Nach einer Weile entdeckte er einen kleinen flimmernden Punkt in weiter Ferne, der auf merkwürdige Art hin und her zu zucken schien. Mal war er groß und aufrecht, dann wieder klein und geduckt. Es hatte beinahe den Anschein, als würde dort ein Mensch auf allen vieren kriechen. Der Punkt wanderte langsam weiter nach rechts, wobei er nicht aufhörte, seltsame Verrenkungen zu vollführen. Chris schob das Phänomen auf die flirrende Luft, die Kores Umrisse verbog und verzerrte. Er hielt die Erscheinung aber für nicht Aufsehen erregend genug, um Hannah aus ihrem Halbschlaf zu wecken. Aber merkwürdig war es schon, was ihr Führer da machte. An einem bestimmten Punkt richtete er sich zu seiner vollen Größe auf und blieb einige Minuten regungslos stehen. Chris vermutete, dass er ihre Spur bis zu dem Punkt zurückverfolgt hatte, an dem sie zum ersten Mal an das Ufer des Salzsees gestoßen waren. Doch zu welchem Zweck? Eine Weile schien es, als rührte sich Kore nicht vom Fleck, doch dann hatte Chris den Eindruck, dass die Umrisse des Tuareg deutlich größer wurden. Er kniff die Augen zusammen. Tatsächlich, Kore kam näher. Er ging über die dünne Salzkruste. Immer wieder bückte er sich und wischte mit seinen Händen über den Sand. Dann erhob er sich wieder und ging ein paar Schritte, ehe er die Bewegung wiederholte. Chris sah es jetzt ganz deutlich. Kore malte etwas mit seinen Händen auf den Boden. Er hatte sie fast erreicht, als es Chris wie

Schuppen von den Augen fiel. Kore imitierte die Trittsiegel von Dromedaren. Langsam dämmerte ein Verdacht in ihm, und als ihm klar wurde, was Kore getan hatte, zerstreuten sich alle Zweifel. Er stand auf, lächelte Kore respektvoll an und machte eine leichte Verbeugung. Auch Hannah war inzwischen erwacht und hatte die Ankunft ihres Führers beobachtet. Auch sie schien zu verstehen, worin seine List bestand.
Kore begann wortlos damit, ein kleines Nomadenzelt abzuladen und aufzubauen. Hannah half ihm dabei, und schon nach kurzer Zeit hockten die drei Flüchtlinge unter dem schützenden Stoff, inmitten der endlosen Weite, und warteten.

Langsam, im Schritttempo schob sich der dunkelblaue Hummer-Wagon über die letzte Düne, ehe er im Angesicht der endlosen Ebene, die sich vor ihm ausbreitete, zum Stillstand kam. Durand spähte in die Ferne und schüttelte ungehalten den Kopf. Irgendetwas stimmte nicht. Waren die drei wirklich so dumm, oder was steckte dahinter? Bisher entsprach das, was sie gefunden hatten, genau seinen Erwartungen. Die verlassene Höhle, darin verschmutzte Mullbinden, dreckige Kleidungsstücke, eine umgestoßene Teekanne und hastig zusammengerollte Schlafmatten, darüber der Geruch von gebratenem Fleisch und warmer Asche. Alles deutete auf einen überhasteten Aufbruch hin.
Chris und Hannah hatten den verschrobenen alten Tuareg also tatsächlich überzeugen können, ihnen zu helfen. Nun ja, er hatte es nicht anders erwartet. Genau genommen wäre er sogar enttäuscht gewesen, hätte er die beiden allein und ohne Hilfe an der nächsten Düne aufgegriffen. Kores Gegenwart erschwerte die Jagd, gestaltete sie aber auch interessanter.
Durand war neugierig gewesen, welchen Weg der alte Fuchs einschlagen würde, um ihn abzuschütteln. Dass er sie in

die *Ténéré* führen würde, damit hatte er am wenigsten gerechnet.
Er öffnete die massive Autotür und trat ins gleißende Sonnenlicht. Vor seinen Füßen erstreckten sich unverkennbar die Spuren dreier Dromedare, die seit einigen Kilometern unverändert in ein und dieselbe Richtung wiesen. Mitten hinein in die schrecklichste aller Wüsten. Dort, wohin die Spuren führten, war nichts, nur Staub, Sand und Hitze. Und das auf eine Entfernung von tausend Kilometern.
Durand trat fluchend in einen Sandhaufen. Hätte er geahnt, dass dieser durchtriebene Hund sie in die Ebene führen würde, wäre er natürlich umgekehrt und hätte den Helikopter genommen. Dann wäre alles nur noch eine Frage von Minuten gewesen. Andererseits hätte eine solche Aktion viel Aufmerksamkeit auf sich gezogen. Er schüttelte den Gedanken ab. So oder so würden sie die Flüchtlinge bald eingeholt haben. Doch er wurde das unangenehme Gefühl nicht los, dass Kore das wusste, und dieses Gefühl verursachte ihm Magenschmerzen. Brummig stieg er wieder ein und schlug die Tür hinter sich zu.
»Und?«
»Ich verstehe das nicht. Er hätte sie in den *Hoggar* führen können oder entlang seiner Peripherie, bis hinein nach Algerien. Es gibt dort Dutzende von Verstecken, in denen sie sich verbergen könnten. Er hätte sie nachts führen können, wie es bei den Tuareg üblich ist, wenn sie sich vor fremden Blicken schützen wollen. Stattdessen geht er in die Wüste, und das mitten am Tag. Ich verstehe das nicht.«
Kopfschüttelnd starrte er aus dem Fenster.
»Vielleicht ist er doch nicht so clever, wie du vermutet hast«, entgegnete Irene, die hinter dem Lenkrad des schweren Autos saß. Durand hatte ihr nach einigen Kilometern widerspruchslos die Kontrolle über das Fahrzeug überlassen, nachdem er

bemerkt hatte, wie schwierig es zu bedienen war. »Vielleicht habe ich ihn wirklich überschätzt«, brummte er, »vielleicht hat ihm die Sonne das Gehirn inzwischen getrocknet, oder er ist einfach nur senil geworden. Aber so ganz daran glauben kann ich nicht. Er hat etwas vor, und es macht mich wahnsinnig, dass ich nicht weiß, was. Fahr einfach weiter und folge den Spuren. «

Irene gab ihm einen flüchtigen Kuss auf die Wange. »Mach dir keine Sorgen. Bei unserem Tempo werden wir sie im Nu eingeholt haben. Ich kann seine Nähe schon spüren.« Der Blick, den sie ihm dabei zuwarf, erfüllte ihn mit Misstrauen. Da war wieder dieses Schimmern in ihren Augen.

Der Boden, über den sie in der nächsten halben Stunde fuhren, war steinhart, so dass Irene den Luftdruck in den Reifen erhöhen konnte. Das Fahrzeug glitt jetzt wie über Eis. Ein Gefühl, das täuschte, denn im Inneren des Fahrzeugs stiegen die Temperaturen unaufhaltsam an. Irene sah auf das Thermometer und fluchte leise.

»Irgendetwas nicht in Ordnung?«

»Die Klimaanlage schafft es nicht mehr. Der Motor beginnt bereits zu überhitzen. Da draußen müssen Temperaturen herrschen wie in einem Stahlwerk.«

»Was willst du tun?«

»Was wohl? Klimaanlage aus und Heizung an. Etwas anderes bleibt uns nicht übrig. Wir müssen die Hitze aus dem Motorgehäuse ableiten. Mach dein Fenster auf.«

Durand gehorchte widerspruchslos. Insgeheim genoss er die Erfahrung, von einer Frau Befehle zu erhalten. Er schmunzelte. Es gab für alles ein erstes Mal. Er war noch damit beschäftigt, sein schweißgetränktes Oberhemd auszuziehen und als Schutz vor dem glühend heißen Luftstrom, der aus dem Gebläse kam, über die Beine zu legen, als er etwas vor sich in der Wüste aufscheinen sah.

»Stopp! Halt auf der Stelle an.«
Irene trat in die Eisen, und der Hummer-Wagon schlitterte und rutschte, ehe er einige Meter weiter zum Stillstand kam. Durand griff nach seinem Feldstecher, öffnete die obere Luke und spähte aus dem Dach des Wagens.
Ein Gefühl des Triumphs stieg in ihm auf. »Da sind sie! Wir haben sie.«

# 29

Ich wusste, dass wir sie kriegen.« Durand presste das Fernglas an seine Augen. »Scheinen unter ihrem Zelt Zuflucht vor der Mittagshitze genommen zu haben. Kann nicht mehr lange dauern, bis sie uns entdecken.«

Mit diesen Worten tauchte er ab und beugte sich in den hinteren Teil des Wagens, in dem die Gewehre, allesamt Präzisionswaffen, gelagert waren. Er wollte nichts dem Zufall überlassen und die unangenehme Arbeit so schnell wie möglich hinter sich bringen. Im Grunde verabscheute er das Töten, aber in diesem Fall war es unumgänglich. Er musste zuschlagen, ehe Kore es tat. Und es durfte keine Zeugen geben. Er würde abdrücken, sobald sich jemand regte oder den Versuch unternahm, zu entkommen. Kopfschuss, das war die sauberste Lösung. Schnell, präzise und human. Durand wuchtete sich wieder aus dem Schiebedach und nahm sein Ziel ins Visier. Durch die Zieloptik sah er aber nur die Füße der Flüchtenden sowie Teile ihrer Arme und Beine. Die Gesichter waren im Schatten verborgen. Es blieb ihm nichts anderes übrig, als seine Opfer in die Sonne zu locken.

»In Ordnung«, sagte er zu Irene, »bringen wir es zu Ende. Fahr im Schritttempo an sie heran. Ich werde sie im Visier behalten und abdrücken, sobald einer von ihnen es wagt, seinen Kopf herauszustrecken.«

Hannah spürte, wie die Angst an ihr emporkroch. Das dunkelblaue Fahrzeug näherte sich wie ein bösartiger Käfer, der im kalten Licht der Sonne bläulich schimmerte. Zuerst war es nur eine Luftspiegelung gewesen, die über dem Horizont zu schweben schien wie eine dunkle Wolke. Doch mit der Zeit nahm die Wolke Konturen an, wurde kantiger und gedrungener, bis sie den Boden berührte und auf sie zuzukriechen begann. Sie hatte diese Autos schon immer verabscheut, aber jetzt verwandelte sich diese Abneigung in eine handfeste Panik. Die Bedrohung, die von der bulligen Karosserie ausging, war kaum noch zu ertragen.
»Wir müssen hier weg«, zischte sie und machte Anstalten, aufzustehen, doch Kores eisenharter Griff hielt sie zurück.
»Hier geblieben«, fauchte er zurück. »Sobald Sie den Schatten verlassen, sind Sie tot. Ich wette, dass uns Durand in diesem Augenblick im Visier hat. Er ist ein glänzender Schütze. Sie würden den Schuss nicht mal mehr hören, ehe er Sie zerfetzt. Also gehen Sie aus dem Licht, und bleiben Sie ruhig.«
»Was ist, wenn er den Braten riecht?«, gab Chris zu bedenken. »Er ist ein ziemlich schlauer Bursche und kennt die Wüste gut. Er könnte wissen, dass es hier Salzsümpfe gibt.«
»Aber er weiß nicht, wo sie sind. Sie verändern ihre Position im Laufe der Zeit. Abgesehen davon, wird ihn die Sandschicht täuschen. Aber Sie haben natürlich Recht. Es könnte sein, dass er den Trick durchschaut.«
»Und was würde dann geschehen?«
Kore sah sie an und schwieg.

»Jetzt ist es gleich so weit«, drang Irenes Stimme zu ihm herauf. »Ich kann den Stein schon beinahe mit den Händen greifen. Er strahlt wie ein Stern. Kannst du ihn sehen? Sein Licht ist heller als die Sonne an einem Wintermorgen.«

Durand hörte ihre Stimme und löste seinen Blick vom Objektiv. »Alles in Ordnung mit dir?«
»Er strahlt wie ein Licht in dunkler Nacht. Hörst du den Gesang der Sterne? Ich kann es kaum erwarten, wenn du ihn zum ersten Mal berührst. Es ist, als würdest du Vergangenheit, Gegenwart und Zukunft gleichermaßen begegnen. Die dreigeteilte Göttin, verstehst du? Ich kann es kaum erwarten ...«
Der Oberst fluchte innerlich. Das hatte ihm gerade noch gefehlt. Nur noch etwa hundertfünfzig Meter, und ausgerechnet jetzt begann Irene durchzudrehen. Dabei hatte er so darauf gehofft, dass sie wieder einen klaren Kopf hatte. Aber das war jetzt nebensächlich. Er konnte sich in diesem Moment nicht um ihr Wohlbefinden kümmern. Jede Sekunde war kostbar. Er schickte sich an, wieder durch das Okular zu blicken, als sich ein kleiner Salzmoskito auf seiner Nase niederließ. Durand blickte sich um. Die Luft war erfüllt von Schwärmen dieser winzigen Blut saugenden Insekten. Merkwürdig. Wo diese Biester waren, musste auch Wasser sein. Vor ihnen verliefen die Spuren der Dromedare weiter geradeaus. Gleichzeitig bemerkte er eine feine Stufe im Sand, die sich bis zum Horizont zog. Eine Stufe? Hier? Auf einmal war er hellwach, sämtliche Warnlampen blinkten. Alles deutete darauf hin, dass sie drauf und dran waren, in eine Falle zu laufen.
»Halt auf der Stelle an! Irene, hörst du mich? Ich rede mit dir. Irene!«
Doch statt einer Antwort drangen nur wirre Wortfetzen an sein Ohr. Panik ergriff ihn. Sie reagierte nicht, ganz in Gegenteil: Sie setzte die Fahrt mit unverminderter Geschwindigkeit fort. Durand ließ sich wie ein Stein ins Innere des Fahrzeugs fallen, um zu retten, was zu retten war. Doch in diesem Moment gab es einen kleinen Ruck, und sie befanden sich jenseits der Stufe.
»Halt an!«, kreischte er, während er versuchte, ihr ins Lenkrad zu greifen. »Du sollst anhalten, verflucht noch mal!«

Irene blickte ihn aus ihren unergründlichen Sphinxaugen an und trat aufs Gas.

Ein Knacken wie von berstendem Eis drang an ihre Ohren. Der Boden vibrierte. Hannah, die sich während der letzten Sekunden in die Arme von Chris verkrochen und ihren Kopf an seine Brust gedrückt hatte, blickte auf. Vor ihren Augen begann das schwarze Monster im Sand zu versinken, unaufhörlich, Zentimeter für Zentimeter sackte das Heck weg. Dieser Anblick war so befremdlich, dass Hannah sich nicht länger beherrschen konnte. Sie musste sich dieses Schauspiel aus der Nähe ansehen.

»Halt, wo willst du hin?« Chris hatte sie am Arm gepackt. »Es ist viel zu gefährlich. Die Salzkruste ist jetzt überall rissig. Du würdest versinken, genau wie sie. Hier, nimm das.« Er reichte ihr das kleine Fernglas, das er stets bei sich trug.

Es dauerte eine Weile, doch dann sah sie es. »Mein Gott, da ist Irene. Dieser Schweinehund von Durand hat Irene als Gefangene bei sich.«

Sie setzte das Glas ab und reichte es Chris, damit er sich selbst überzeugen konnte. »Du hast Recht«, murmelte er. »Sie scheinen miteinander zu kämpfen.«

»Wir müssen ihr helfen. Wir müssen versuchen, sie aus diesem Auto zu befreien. Kommt mit!« Damit sprang sie auf und rannte los.

Das Geräusch, das der Wagen von sich gab, als er sich zur Seite neigte und zu sinken begann, war Ekel erregend. Es klang wie das Schmatzen einer großen hungrigen Schnecke, die ihr Opfer einsaugte. Mit Entsetzen sah Durand, wie sich die Kruste aufwölbte, zerbrach und einen Blick auf den darunter liegenden grünlichen Salzbrei freigab. Angst ergriff sein Herz mit eiserner Faust. Er wusste, was es bedeutete, in einem Salzsumpf zu

versinken, hatte er doch vor vielen Jahren einen seiner Kameraden in einer *sebkah* verloren. Es war ein langsamer, qualvoller Tod gewesen, und die Schreie seines Kameraden hatten ihn noch jahrelang in seinen Träumen verfolgt.
Das Fahrzeug war bereits so tief eingesunken, dass der Salzbrei an seiner Tür hochschwappte. Der nahe Tod ließ ihn auf einmal ruhig werden, und sein Soldatenverstand begann mit der Präzision eines Uhrwerks zu arbeiten.
»Raus hier, Irene, aufs Dach. Schnell, schnell!« Mir flinken Bewegungen schwang er sich durch die Luke auf das stark geneigte Autodach und zog Irene hinter sich her. Wie er ihrem verwirrten Blick entnahm, hatte sie von dem ganzen Ausmaß ihrer Misere noch nichts bemerkt. Sie hockte nur da und klammerte sich an ihn wie ein verängstigtes Kind. Während er beruhigend mit seiner Hand über ihren Kopf strich, sondierte er die Lage. Rund um das Auto war die Salzkruste viele Meter weit aufgerissen. Durand stellte mit Schrecken fest, dass sie verloren waren. Die *sebkah* wurde von den Tuareg als Fluch Allahs bezeichnet, und er konnte dieser Einschätzung nur beipflichten. Was sie einmal in ihrer Gewalt hatte, das gab sie nicht mehr her. Es gab kein Entkommen.
In diesem Moment bemerkte er, dass eine einzelne Person das Lager verlassen hatte und mit zaghaften und vorsichtigen Schritten auf sie zukam. Es war Hannah Peters.
Wollte sie ihnen helfen oder sich an ihrem Unglück weiden?
»Hannah, komm zurück! Das ist doch Wahnsinn!« Chris Carters Stimme hallte über die Ebene. Er hatte ebenfalls das Zelt verlassen und wollte hinter ihr herlaufen, wurde jedoch von einem vermummten Targi daran gehindert. Die beiden Männer schienen miteinander zu ringen, aber Carter war dem Tuareg hoffnungslos unterlegen. Der großen schlanken Gestalt nach zu urteilen, handelte es sich dabei um niemand Geringeren als

Kore Cheikh Mellakh vom Stamm der *Kel Ajjer,* seinen alten Widersacher.

»Bleib stehen, ich bitte dich!«, brüllte Carter, doch die Archäologin machte keine Anstalten, seiner Aufforderung Folge zu leisten. Sie war jetzt auf dreißig Meter an das Fahrzeug herangekommen. Durand konnte ihr Gesicht erkennen. Es war durch die Entbehrungen der letzten Tage deutlich gezeichnet, und doch schwang ein Anflug von Mitleid in ihren Augen. Die Frau war nicht gekommen, um Zeuge ihres Untergangs zu werden, so viel war sicher. Sie stand einfach nur da und blickte mit schreckgeweiteten Augen zu ihnen herüber. In diese Hilflosigkeit hinein stieß Irene Clairmont unvermittelt einen Fluch aus, riss Durand mit einem wütenden Aufschrei das Gewehr aus der Hand, zielte auf Hannah und feuerte. Die Kugel schlug wenige Meter neben Hannah ein und wirbelte eine Hand voll Sand in die Luft. Doch der Rückstoß der Waffe war so stark, dass er Irene von den Füßen riss. Sie taumelte, ruderte mit den Armen und fiel. Mit einem Klatschen landete sie in der Salzlake und strampelte panisch.

»Nein, hör auf damit. Beweg dich nicht!«, rief Durand, während er auf die Motorhaube kletterte und ihr Bein zu packen versuchte. Doch sie war zu weit entfernt. Schon sank das Fahrzeug langsam zur Seite. Geistesgegenwärtig kletterte Durand auf die andere Seite und stellte das Gleichgewicht wieder her. Mit Entsetzen beobachtete er, wie seine Gefährtin kreischend und strampelnd im grünweißen Mahlstrom vor seinen Füßen versank. Er wandte sich ab.

Wie gelähmt starrte Hannah auf die Tragödie, die sich vor ihren Augen abspielte. Nun wusste sie, warum sie hergekommen war. Sie erwartete eine Antwort. Eine Antwort auf die Frage, die sie am meisten beschäftigte. Warum? Warum die Verfolgung, warum das Töten, warum dieser Hass?

Doch musste sie zusehen, wie der Stein ein weiteres Opfer forderte. Sie hatte den Wahnsinn in Irenes Augen gesehen, als sie mit der Waffe auf sie zielte, und die Enttäuschung, als der Schuss danebenging. Und sie hatte die kindliche Verwirrung gesehen, als sie ein letztes Mal zu ihr herüberblickte, ehe sie für immer in den Tiefen der *sebkah* versank.

Stille breitete sich aus. Oberst Durand hatte seine Hände in tiefer Verzweiflung vors Gesicht geschlagen. Er zitterte am ganzen Körper. Es schien, als hätte er keine Gefangene, sondern eine Geliebte verloren.

Hannah war so verstört, dass sogar die Tränen ausblieben. Alles war verkehrt. Wie sie diesen Stein hasste. Er machte aus Feinden Freunde und aus Freunden Feinde. Er stellte alles auf den Kopf, verdrehte und verbog die Menschen, bis sie zu seelenlosen Hüllen wurden. Wenn es etwas durch und durch Böses auf dieser Welt gab, so war es dieser Stein.

In diesem Moment fasste sie einen Entschluss. Sie wollte der unheilvollen Spirale ein Ende bereiten. Das Töten und Sterben sollte ein Ende haben, und zwar jetzt und hier.

»Oberst Durand!« Ihre Stimme zitterte, so erschüttert war sie. »Sagen Sie mir bitte, was ich tun kann, um Ihnen zu helfen. Ich möchte, dass wir diesen Irrsinn friedlich zu Ende bringen. Von mir aus können Sie den Stein haben, nur lassen Sie uns mit diesem sinnlosen Töten aufhören.«

Die Stimme, die ihr antwortete, war die eines gebrochenen Mannes. »Irene«, murmelte Durand, während er den Kopf hob und auf die Stelle starrte, an der die Reporterin versunken war. »Ich hatte so gehofft, hätte es mir so gewünscht. Aber in diesem trostlosen Land ist jede Hoffnung vergebens. Es gibt keine Rettung. Nicht für uns.«

Mit diesen Worten griff er nach seiner Pistole. Er zog sie langsam aus dem Halfter, entsicherte sie und richtete den Lauf auf Hannah.

»Ich werde nicht zulassen, dass Sie mich ein zweites Mal besiegen«, sagte er. »Noch einmal werde ich Ihnen diesen Triumph nicht gönnen.«
Sie blickte ihm in die Augen. Seltsam, sie empfand nicht die geringste Angst. Der Tod hatte seinen Schrecken verloren.
Durand nickte ihr zu, lächelte traurig, beinahe entschuldigend. Dann führte er die Waffe an seine Schläfe und drückte ab.

Die Nacht war kühl und sternenklar, als die Reisenden endlich in Kores Höhle zurückkehrten. Sie hatten noch gewartet, bis der letzte Rest des schweren Autos in den Tiefen des Salzsumpfes versunken war, dann waren sie aufgebrochen. Niemand würde je erkennen können, was hier geschehen war. Hannah fühlte sich unendlich leer und ausgebrannt. Irene und Durand waren die letzten beiden Menschen gewesen, die außer Chris, Kore und ihr von der Existenz des Steins wussten. Sie hatten ihr Geheimnis mit ins Grab genommen. Natürlich wussten Durands Männer von der Existenz der unterirdischen Tempelanlage, aber das war nicht weiter dramatisch. Es würde eine Untersuchung geben, und mit großer Wahrscheinlichkeit würde man die Tempelanlage untersuchen, kartieren und dokumentieren. Sie allein barg Material für mehrere Jahrzehnte archäologischer Arbeit. Es würde wissenschaftliche Kongresse, Veröffentlichungen und Vorträge geben. Menschen würden auf der Bildfläche erscheinen, bemüht, sich den Ruhm und die Anerkennung für die Entdeckung an ihre Fahnen zu heften, aber sie würden auch wieder verschwinden, verbleichen wie Sterne im Angesicht der aufgehenden Sonne. Doch von dem Stein würde niemand erfahren. Das, worum sich alles in den letzten Tagen gedreht hatte, würde wieder in Vergessenheit geraten.
Hannah wurde klar, dass sie mit der Entscheidung, was nun zu geschehen hatte, ganz allein stand. Weder Chris noch Kore

würden ihr die schwere Last abnehmen können. Doch bevor es so weit war, würde sie das Auge berühren müssen. Kore hatte Recht. Es gab keinen anderen Weg.

Die Höhle war dunkel, als sie eintrafen, und ihr Gastgeber machte sich sofort daran, ein Feuer zu entfachen, schweigsam, wie immer. Als die Flammen aufloderten, sahen sie, dass ihre Verfolger die Höhle zwar durchsucht hatten, dabei aber sehr respektvoll mit dem Besitz des Tuareg umgegangen waren. Keiner der wertvollen Krüge war zerstört worden, ebenso wenig waren Schmuckgegenstände oder die prächtige Ausgabe des Koran entwendet worden. Man mochte Durand vieles vorwerfen können, aber ein Dieb war er gewiss nicht gewesen.

»Gibt es hier einen Ort, an dem ich ungestört sein kann?«, fragte Hannah, nachdem Kore sich ans Feuer gesetzt hatte.

»Sie möchten es hinter sich bringen, nicht wahr?« Der alte Tuareg sah ihr in die Augen und lächelte verständnisvoll. »Es ist sicher das Beste für Sie. Möchten Sie sich vorher noch etwas stärken?«

»Nein, ich muss jetzt schnell handeln, solange ich noch den Mut dazu habe.«

Kore nahm ihre Hand und führte sie hinaus auf ein Plateau oberhalb der Höhle, von dem aus man einen zauberhaften Blick auf die umliegenden Felsformationen hatte.

»Dies ist mein Gebetsplatz«, erläuterte er. »Es gibt keinen besseren Ort, um seinem Schöpfer gegenüberzutreten. Ich wünsche Ihnen alles Gute.« Er strich ihr übers Haar und kehrte in seine Höhle zurück.

Hannah kniete sich nieder und betrachtete die nächtliche Wüste. Der Himmel war so klar, dass die Sterne auf sie herabzusinken schienen. Der Mond tauchte die Welt in sein Silberlicht, so dass selbst vereinzelte Tautropfen an den Gräsern wie Diamanten funkelten. Der laue Wind trug das Zirpen einer

Grille zu ihr herüber, und von weither erklang der Ruf eines Ziegenmelkers, der einsam durch die Nacht flog.
Hannah nahm ihren Mut zusammen, öffnete die Tasche und entnahm ihr den wertvollen Inhalt. Mit raschen Bewegungen schlug sie den feuchten Wollstoff zur Seite. Nun lag der Stein offen vor ihr. Seine gewölbte und genarbte Oberfläche glänzte unwirklich im Licht des Mondes. Jetzt ist es so weit, dachte Hannah, jetzt gibt es kein Zurück mehr.
Sie hielt den Atem an, schloss die Augen, dann legte sie beide Hände auf die Kugel.

Chris ließ eine Hand voll Sand durch seine Finger rieseln. Er hasste diese Warterei. »Ich finde, es ist leichtsinnig, sie so lange allein zu lassen. Vielleicht sollte ich mal nach ihr sehen.«
Kore nahm einen tiefen Zug aus seiner Pfeife. »Lassen Sie sie in Ruhe. Sie kommt schon klar. Sie ist schon immer allein klargekommen, seit sie vor vielen Jahren in dieses Land kam.«
»Sie verstehen das nicht. Das Auge der Medusa stellt eine Macht dar, mit der es kein Mensch aufnehmen kann. Ich weiß, wovon ich rede, ich habe gesehen, wozu es fähig ist.«
»Begehen Sie nicht den Fehler, sich mit ihr zu vergleichen. Diese Frau ist in ihrem Willen stärker als wir beide zusammen.«
Chris schnaubte wütend und verschränkte die Arme, doch Kore fuhr ungerührt fort: »Sie möchten gern ihr Beschützer sein, habe ich Recht? Doch dafür ist es viel zu früh. Lernen Sie erst einmal, sich selbst zu beschützen.«
Jetzt hatte Chris endgültig genug. »Warum können Sie mich eigentlich nicht leiden? Sie kennen mich doch gar nicht. Habe ich Ihnen jemals Unrecht zugefügt?«
Kore wiegte seinen Kopf hin und her. »Sie haben ihr einen großen Schmerz zugefügt, das kann ich spüren. Ich weiß, dass das für einen Menschen aus der Zivilisation schwer zu

verstehen ist, aber zwischen uns, die wir die Wüste lieben, besteht ein Band, ein Verständnis füreinander, das keine Worte braucht.«

»Verschonen Sie mich mit Ihrem Wüstenmystizismus. Ich lebe schon zu lange unter fremden Völkern, als dass ich Ihren magischen Flausen noch irgendeine Bedeutung zumessen würde.«

»Mag sein, dass Sie viel Zeit dort verbracht haben, aber waren Sie wirklich dort? Haben Sie sich wirklich für die Menschen interessiert, mit denen Sie dort zusammengelebt haben? Was wollten Sie dort? Filme drehen, die den sensationslüsternen Menschen Ihrer Welt billiger Zeitvertreib sind? Oder wollten Sie ihnen ihre Schätze abluchsen? Aha, ich sehe, dass ich gar nicht so falsch liege.«

Chris fühlte sich unwohl. Die klaren Augen des Tuareg schienen direkt in sein Herz zu blicken. Er wollte etwas erwidern, aber die Stimme blieb ihm im Hals stecken.

Kore nickte. »Sie brauchen sich deshalb keine Vorwürfe zu machen, es ist nur menschlich. Weder Sie noch ich sind frei von Schuld. Es gibt nur noch wenige unter uns, die ein reines Herz besitzen. Hannah ist eine von ihnen. Deshalb wird sie den Test bestehen.«

Chris blickte auf und spürte, dass der alte Tuareg Recht hatte. Er hatte Recht, verdammt noch mal, auch wenn er sich das selbst nur schwer eingestehen konnte. Er lächelte Kore an und streckte ihm in einer Geste der Versöhnung die Hand entgegen. Der Tuareg schlug ein und reichte ihm danach die Pfeife.

Es mochte vielleicht eine Stunde vergangen sein, in der die beiden Männer schweigend zusammensaßen, als Hannah die Höhle betrat. Chris sprang auf und führte sie an das Feuer. Sie war geschwächt, das konnte er sehen, aber da war noch etwas anderes. Zutiefst beunruhigt starrte er in ihre Augen, glaubte er doch, dass sie, so wie alle anderen, von der seltsamen Sucht

befallen sei. Doch er erkannte sofort, dass er sich irrte. Auf ihrem Gesicht lag der Ausdruck tiefster Zufriedenheit, als sei sie von einer zentnerschweren Last befreit.
»Alles in Ordnung mit dir?« Die Frage klang in seinen eigenen Ohren dumm und unpassend, aber er war doch erleichtert, als sie nickte.
»Ja. Jetzt ist alles in Ordnung. Danke, Kore, dass Sie mich gedrängt haben, diesen schweren Schritt zu tun.«
Chris hielt es vor Spannung nicht mehr länger aus. »Was hast du gesehen? Hast du etwas herausgefunden? Bist du auch in die Vergangenheit gereist, so wie ich?«
»In die Vergangenheit, in die Zukunft und an Orte jenseits deiner Vorstellungskraft.« Sie atmete schwer. »Aber ich kann dir nicht davon berichten. Noch nicht. Jetzt, wo ich weiß, was es ist, bin ich nur noch müde. Ich könnte ewig schlafen.«
»Legen Sie sich hin, Hannah, ruhen Sie sich aus. Morgen ist ein neuer Tag.« Kore nahm Hannah bei der Hand, begleitete sie zu ihrer Schlafstatt und legte seine Hand auf ihre Stirn.
»Träumen Sie schön, *Mademoiselle*. Ich bin sehr stolz auf Sie.«
Chris hörte, wie sie ihm antwortete: »Kore, was soll ich nur mit dem Auge machen? In meine Welt kann ich es nicht mitnehmen, und hier kann ich es auch nicht lassen. Es ist zu gefährlich.«
Der Tuareg nickte. »Machen Sie sich keine Sorgen. Entspannen Sie sich. In einigen Tage werde ich Sie zurück nach Djanet bringen. Dort werden Sie die Antwort auf Ihre Frage finden.«

# 30

Zwei Wochen später ...

Die Sonne ging auf über den rauen Felstürmen des *Tassili N'Ajjer*, so wie an jedem Tag seit Menschengedenken. Und doch war an diesem Morgen etwas anders. Chris spürte es, als er erwachte. Er sah sich um, doch alles war so, wie er es in Erinnerung hatte. Hinter ihnen ragte die steile Felswand auf, in deren Mitte sich der Durchlass befand, der sie zu dem magischen Kreis führte. Es schauderte ihn immer noch ein wenig, wenn er daran dachte, wie er damals die Schlucht betreten und den ersten Blick auf die Medusenskulptur geworfen hatte. Bis an sein Lebensende würde ihm dieser Moment unvergesslich bleiben.

Hannah saß neben ihm und blickte hinunter in die Ebene. Es schien, als habe sich der trübe Schleier, der sie so lange bedrückt hatte, aufgelöst, so dass sie wieder frei und unbeschwert atmen konnten. Chris streckte sich, richtete sich in seinem Schlafsack auf und versuchte, die Kälte aus seinen Gliedern zu vertreiben. Plötzlich blickte er sich überrascht um.

»Wo ist Kore?«

Sie stellte einen Topf mit Wasser auf den Gaskocher. »Er ist gestern Nacht gegangen, als du schon fest geschlafen hast. Er meinte, seine Aufgabe sei erfüllt, und ist in sein Sommerlager zurückgekehrt. Er hat Boucha mitgenommen. Ich hoffe, das ist in Ordnung für dich.«

»Wie schade, ich hätte beiden gerne noch Lebewohl gesagt und mich bei Kore für alles bedankt.«

»Er wollte dich nicht stören. Außerdem sind lange Abschiede und Dankesbekundungen nicht Sache der Tuareg. Du kennst sie ja.«

Chris schüttelte den Kopf. »Ganz werde ich sie nie verstehen. Sie gehören zu einer anderen Welt.«

Hannah blickte nachdenklich auf die Kieselsteine vor ihren Füßen. Sie hob einen auf und ließ ihn durch ihre Finger gleiten. »Da hast du Recht. Selbst für mich, die ich schon seit einer halben Ewigkeit hier lebe, sind sie immer noch ein Mysterium. Ich liebe sie, doch sie werden mir auf ewig fremd bleiben, genau wie die Wüste. Ich glaube, für mich wird es Zeit, eine Pause einzulegen. Ich werde die Wüste verlassen.«

»Weißt du schon, was du tun willst?«

Sie warf den Kiesel im hohen Bogen über die Felskante. »Keine Ahnung. Nur eines will ich nicht: nach Hause zurückkehren. Noch nicht.«

»Dann komm doch mit mir. Ich werde Stromberg bitten, mich aus seinen Diensten zu entlassen, und danach in meinen alten Beruf zurückkehren. Du könntest dich in Washington um eine Professur bewerben.«

»Möchtest du das wirklich?«

»Mehr als alles andere. Besonders jetzt, da wir hier alles erledigt haben.«

Sie sah ihn mit einem skeptischen Blick über den Rand ihrer Brille hinweg an. »Alles? Nein. Es gibt eine Sache, die wir noch nicht zu Ende geführt haben. Ich habe mich gestern lange mit Kore darüber unterhalten und glaube jetzt zu wissen, was zu tun ist. Möchtest du mitkommen?«

Was für eine Frage. Er sprang aus seinem Schlafsack, reichte ihr seine Hand und zog sie auf die Füße. Dann verneigte er sich galant. »Nach Ihnen, *Mademoiselle.«*

Hannah ging zurück zu dem niedrigen Zelt und holte eine hölzerne Schatulle hervor, die über und über mit kunstvollen Intarsien verziert war. Kore hatte darauf bestanden, dass sie dem Auge einen angemessenen Ort zur Aufbewahrung gaben, und ihnen die wertvolle Schatulle geschenkt.

»Du willst das Auge wirklich hier lassen?«

Sie nickte, und um ihren Entschluss zu bekräftigen, trat sie mit schnellen Schritten in das Halbdunkel zwischen den Felsen.

Chris folgte ihr, und schon wenige Minuten später befanden sie sich im magischen Kreis, jenem verborgenen Gebetsplatz der Tuareg, an dem alles seinen Anfang genommen hatte. Hannah ging zu dem ausgetrockneten Brunnen im Schatten der uralten Zypresse. Sie setzte sich auf den Rand und winkte Chris zu sich. »Wenn du möchtest, erzähle ich dir jetzt, was ich erlebt habe, in jener Nacht, als ich den Stein berührte.«

Endlich, durchfuhr es Chris. Seit Tagen brannte er darauf, das Geheimnis zu erfahren, aber Hannah hatte jedes Mal abgeblockt, wenn er sie darauf ansprach. Jetzt war es endlich so weit. »Natürlich«, erwiderte er und setzte sich zu ihr.

Sie schwieg eine Weile, um Kraft für ihre Erinnerungen zu sammeln.

»Ich glaube, dass ich den ersten Teil überspringen kann. Du hast ihn ja selbst erlebt. Ich meine den Teil mit den Funken und den Fragmenten aus den Vergangenheit. Ich habe das alles gesehen, genau wie du, und ich kann dir versichern, es war eine der schmerzhaftesten Erfahrungen meines Lebens. Noch einmal zu erleben, wie es zum Bruch zwischen mir und meinem Vater kam, war sehr schmerzhaft. Doch irgendwann war es vorbei, und ich befand mich eingeschlossen in einer Kugel, die mit ungeheurer Geschwindigkeit durch den Weltraum zu rasen schien.«

Sie lächelte verlegen. »Es mag lächerlich klingen, aber ich konnte während dieser Zeit die Nähe Gottes spüren. Das Weltall ist so unvorstellbar groß, dass alle Worte versagen. Ich habe Dinge gesehen, für die es keine Beschreibung gibt. Einen bewohnten Planeten, von Lebewesen bevölkert, die unserer Medusa bis aufs Haar gleichen. Dort gibt es klingende Bäume und silbernen Regen. Es gibt einen unvorstellbar großen Ozean, der mit dunkler Stimme spricht, während die Welt rundherum in Schweigen versinkt. Ich sah all die Sternenkonstellationen, die wir auf Felswänden und Höhlendecken gefunden haben. Sternenbilder, wie sie die Medusen von ihrem Planeten aus sehen.

Dann wurde ich unterwiesen. Ich erfuhr von der Lehre des Wassers. Ich lernte, dass Wasser die wertvollste Substanz in unserem Universum ist. Die Basis allen Lebens. Wasser lässt selbst auf Welten Leben entstehen, die trostlos und öde erscheinen. Welten, gegen die die Sahara ein Garten Eden ist. Ich sah, wie auf heißen Steinkugeln neues Leben entsprang, allein durch die Kraft des Wassers. Mir wurden Technologien vorgeführt, die es auf einfachste Art ermöglichen, einen ganzen Planeten in ein blühendes Paradies zu verwandeln. Nutze seine Kraft und erschaffe Leben aus Leblosigkeit. Das ist die Botschaft, die in der Tiefe des Auges verborgen ist.«

»Aber warum ist dann jeder verrückt geworden, der längere Zeit mit der Kugel verbracht hat?«

»Weil es eine Sicherung zu geben scheint. Die Absender des Auges wollten offenbar sichergehen, dass diese Information nur Lebewesen zugänglich ist, die einen bestimmten Grad der Entwicklung erreicht haben. Um Missbrauch durch Einzelne vorzubeugen, wird jeder, der das Wissen erlangen möchte, erst einem Test unterzogen. Das Muster, das ich herauszulesen glaubte, lautet: Erkenne dich selbst, dann bist du bereit, Neues zu erkennen.«

Chris runzelte die Stirn. »Ein Datenspeicher mit eingebautem Passwort also?«
»Ich würde es eher ein Samenkorn nennen, millionenfach ausgestreut, auf der Suche nach intelligentem Leben.« Sie grinste ihn an. »Oder ein Beatles-Album, wenn du so willst.«
»Wie bitte?«
»Erinnerst du dich an die Raumsonden *Voyager 1* und *2*, die 1977 zu Jupiter und Saturn geschickt wurden? Sie trugen goldene Bildplatten bei sich, auf denen Bilder und Geräusche von der Erde zu sehen und zu hören waren, unter anderem ein Song von den Beatles. Auf der Vorderseite war der genaue Standort der Erde im Weltall mit Hilfe auffälliger Pulsare dargestellt. Diese Platten sollten fremden Lebewesen von unserer Existenz berichten und ihnen zeigen, wo sie uns finden können. Ist doch möglich, dass das Auge genau dieselbe Funktion erfüllt, natürlich viel differenzierter.«
»Ausgesandt, um die Erde zu befruchten«, murmelte Chris. »Ausgesandt zum Nabel der Welt.«
»Was redest du da? Nabel der Welt?«
»Ach, das war nur so eine Idee, über die ich mich mit Gregori unterhalten habe.« Er dachte kurz daran, wie gern er das Gespräch mit dem sympathischen Geologen fortgesetzt hätte. »Und weshalb sind alle außer dir an dieser Hürde gescheitert? Ich will doch mal davon ausgehen, dass die Menschheit ausreichend genug entwickelt ist, um von diesem Wissen profitieren zu können.«
»Offensichtlich nicht. Jedenfalls nicht, was die Mehrzahl der Bewohner dieses Planeten betrifft. Alle, einschließlich Irene und Malcolm, kamen über die erste Hürde nicht hinweg. Sie waren gefangen in ihrer eigenen Vergangenheit. Darum mussten sie immer und immer wieder den Kontakt mit dem Auge suchen. Sie wurden süchtig nach sich selbst und weigerten sich, das Auge mit anderen zu teilen. Aber erinnere dich an die

vier hoch gewachsenen Frauen auf den Felsbildern, ich meine diejenigen, die diesen Heiligenschein um ihre Köpfe trugen. Sie schienen stark genug gewesen zu sein, die Hürde zu nehmen und an das verborgene Wissen zu gelangen. Alle anderen jedoch begannen einen Krieg um die Kugel, einen Krieg, der so fürchterlich war, dass er sie alle in den Untergang getrieben hat. Die vier flohen und brachten das Auge in den Tiefen des *Tamgak* in Sicherheit. Sie errichteten mit dem neu erworbenen Wissen einen prächtigen Tempel aus Obsidian, der zur letzten Ruhestätte des Auges werden sollte. Sie waren die einzigen Menschen, die das Auge für würdig befunden hat, seine Erkenntnis zu teilen.«

Chris sah ihr tief in die Augen und lächelte. »Die Einzigen außer dir.«

Sie seufzte. »Ja, außer mir. Doch ich fühle mich nicht stark genug, die Kugel gegen den Rest der Menschheit zu verteidigen. Ich werde dafür sorgen, dass sie wieder in Vergessenheit gerät. So lange, bis die Menschheit eine höhere Stufe erklommen hat und aufhört, nur an sich selbst zu denken.«

»Aber was willst du tun? Du willst das Auge doch nicht etwa ...?«

»Doch genau. Ich werde genau das tun, was Kore von mir verlangt hat. Und zwar hier und jetzt.«

Sie nahm die Schatulle, hielt sie über den Rand des ausgetrockneten Brunnens und ließ sie dann los. Es dauerte eine kleine Ewigkeit. Dann vernahmen sie tief unter sich einen schwachen Aufprall – als wäre die Schatulle in ein weiches Schlammbett gefallen.

Als Chris zu Hannah hinübersah, bemerkte er, dass sie weinte. Was musste das für ein Verlust für sie sein. Er konnte es ihr gut nachfühlen. Dieser Fund war alles, was sie sich von ihrem Leben erhofft hatte, alles, worauf sie hingearbeitet hatte. Und nun hatte sie sich freiwillig davon getrennt. Aber vielleicht

war das jenes Zeugnis der Weisheit, deretwegen sie auserwählt worden war.
Er nahm sie in seine Arme und spürte, wie sie zitterte. Es dauerte eine Weile, bis sie sich beruhigt hatte und von ihm löste. »O je«, schniefte sie. »Jetzt habe ich deine Jacke voll geheult.« Sie fing an, mit ihrem Ärmel an ihm herumzuwischen, doch er hielt ihren Arm fest, zog sie zu sich heran und küsste sie. Er fuhr durch ihr Haar und streichelte ihre tränennassen Wangen, bis sie wieder lachte.
»Ich liebe dich«, flüsterte er. »Ich liebe dich so sehr, dass es wehtut.« Er nahm ihr Gesicht zwischen seine Hände und küsste sie noch einmal. Leidenschaftlich.
Als sie sich voneinander lösten, strahlten ihre Augen, und ihr Lächeln schien den ganzen Ort zu verzaubern. Es kam ihm vor, als würde es die Wüste zum Blühen bringen und sogar der alten Zypresse neues Leben einhauchen. Dies war der magische Kreis. Wahrhaftig eine würdige Ruhestätte für das Auge der Medusa. Er nahm Hannahs Hand und zog sie mit sich. »Komm«, sagte er. Doch da fiel ihm noch etwas ein. »Was ist eigentlich aus den vier heiligen Frauen geworden, nachdem sie die Höhle verlassen haben?«
Hannah starrte versonnen zu dem uralten Baum. »Darüber kann man nur spekulieren. Ich könnte mir aber vorstellen, dass sie eine Art Unsterblichkeit erlangt hatten, übers Meer nach Norden gegangen sind und mit ihrem fortgeschrittenen Wissen eine Stadt gegründet haben. Und das Matriarchat eingeführt«, setzte sie augenzwinkernd hinzu. »Das war vor vielen tausend Jahren. Diese Stadt ist deswegen so bemerkenswert, weil viele Forscher der Meinung sind, dass es sich hierbei um die älteste Stadt der Welt handelt, älter noch als Jericho. Und man hat sich nie erklären können, woher ihre Gründer stammten.«
»Wie kommst du darauf, dass da eine Verbindung zu unserer Medusa bestand?«

Hannah lächelte. »Weil man dort die dreigeteilte Göttin anbetete und die Einwohner sich darauf verstanden, Gegenstände aus Obsidian zu formen.«
»Und wie heißt diese Stadt?«
»Çatal Hüyük.«

An einem kühlen und regnerischen Morgen im November, zwei Jahre später, kehrte Kore Cheikh Mellakh vom Stamm der *Kel Ajjer* in sein Jagdgebiet am Fuße des *Tassili N'Ajjer* zurück. Dies würde der letzte Winter sein, den er hier verbrachte, spürte er doch, dass er zu alt für diese langen Reisen wurde. Noch ein letztes Mal wollte er die Schönheit und Pracht der Berge sehen, in deren Schatten er vor so vielen Jahren geboren wurde. Noch ein letztes Mal wollte er hier auf die Jagd gehen und eine Antilope erlegen.
Seine Füße führten ihn zielstrebig an den Ort, an dem er Hannah Peters zum ersten Mal begegnet war. Er war erfüllt von Neugier. Etwas hatte sich in seinen heimatlichen Bergen verändert, das spürte er. Doch er wusste nicht, ob zum Guten oder zum Schlechten.
Unruhe trieb ihn an. Leichtfüßig huschte er über die Felsen wie ein Leopard, der einer Fährte folgte. Sein Jagdinstinkt führte ihn direkt hinein in die Schlucht, zwischen den mächtigen Blöcken hindurch bis zum magischen Kreis, zum versteckten Gebetsplatz der Tuareg im Schatten der alten Zypresse. Noch ehe er etwas anderes wahrnehmen konnte, hörte er das Plätschern von Wasser. Er brachte sein Gewehr in Anschlag, trat zwischen den Felsen heraus ins Licht und rieb sich verwundert die Augen.
Inmitten der Trockenheit der Wüste hatte sich eine Oase gebildet. Grünes Gras bedeckte den Boden, Moose und Flechten die Felswände. Der Brunnen, der seit so vielen Jahren trocken gelegen hatte, sprudelte über von herrlichem klarem Berg-

wasser. Die alte Zypresse sah jünger und lebendiger aus denn je. Kore fühlte sich wie im Inneren eines riesigen Edelsteins, eines Smaragds von unvorstellbarer Größe.
Er nickte zufrieden. Hannah Peters hatte begriffen. Sie hatte eine weise Entscheidung gefällt und dem allsehenden Auge Allahs einen würdigen Ruheplatz gegeben. Gleich morgen würde er die Botschaft in alle Himmelsrichtungen schicken, dass der in Vergessenheit geratene heilige Platz endlich wieder ein Ort des Gebets war.
Als er sich satt gesehen hatte, bemerkte er eine Bewegung am anderen Ende des Rundes, dort, wo der Bach, der aus dem Brunnen gespeist wurde, zwischen den Felsen verschwand. Ein Tier stand dort mit gesenktem Kopf und stillte seinen Durst. Durch seine Ankunft aufgeschreckt, hatte es den Kopf gehoben und starrte zu ihm herüber. Es war eine Addaxantilope. Ein herrlicher Bock mit prächtig geschwungenen Hörnern.
Kore lächelte. Er ließ das Gewehr sinken, wandte sich um und verschwand lautlos.

# Dank

All jenen Menschen, die mir ihre Zeit geopfert, mich inspiriert, ermuntert und auch kritisiert haben, bin ich zu großem Dank verpflichtet.
Bruni Fetscher, meiner Lebensgefährtin, die mir mit Rat und Tat zur Seite stand und mir half, die nötige Ruhe fürs Schreiben zu finden. Keine leichte Aufgabe – bei zwei halbwüchsigen Söhnen.
Rainer Wekwerth, der mich immer wieder aufbaute, wenn mich der Mut verlassen hatte, und mir jederzeit mit professionellen Ratschlägen zur Seite stand.
Andreas Eschbach, der mir mit seiner Erfahrung und seinen großartigen Romanen vor Augen führte, wozu Worte imstande sind.
Michael Marrak, dessen differenzierte Verbesserungsvorschläge mir klar machten, dass der Teufel im Detail steckt.
Meike Reichle, für Kritik und Anregung.
Prof. Dr. Gerhard Bischoff für die tiefen Einblicke in die innersten Erdprozesse.
Bastian Schlück, meinem Agenten, für seine Geduld und seinen unnachgiebigen Optimismus.
Jürgen Bolz, meinem Lektor, dessen Sachkenntnis, sowohl in schriftstellerischer als auch in inhaltlicher Hinsicht, dem Buch den letzten Schliff gegeben hat.
Und *last but not least* meiner Verlagslektorin Carolin Graehl für ihren Mut, in diesen schwierigen Zeiten einem unbekannten Autor eine Chance zu geben.

Thomas Thiemeyer

# Reptilia

Roman

Als der junge Genetiker David Astbury von Emilys verzweifelter Mutter um Hilfe gebeten wird, fliegt er mit einem Expeditionsteam in den undurchdringlichen Dschungel des Kongo. Bald stößt er auf Spuren grausamer Kämpfe und erkennt, dass die entscheidende Konfrontation mit dem monströsen Reptil nahe ist. Und schaudernd beginnt er Emilys Motive zu begreifen: Das Tier besitzt Fähigkeiten, die von unschätzbarem Wert für die Menschheit sind – gespeichert in seinem Erbgut. David muss es um jeden Preis vor seinem rachedurstigen Team schützen. Er wird dabei der Verlierer sein. Wenn nicht ein Wunder geschieht ...

Wenn Sie in diese mysteriöse Welt
mit ihren dunklen Geheimnissen
eintauchen wollen,
dann lesen Sie hier weiter:

Knaur

# Leseprobe

aus

Thomas Thiemeyer

# Reptilia

Roman

erschienen bei

Knaur

*Donnerstag, 4. Februar*
*Im Regenwald des Kongo*

Namenlose Ewigkeit.
Welt aus Jade.
Vergessenes Reich voller Wunder.
Wie ein schwärender, dampfender Ozean aus Chlorophyll überzog der Dschungel das Land. Träge gegen die Ufer der Zeit schwappend, bereit, das Licht der Sonne aufzusaugen, die jenseits des Horizonts emporstieg. Ein neuer Morgen ergoss sich über die Kronen der Bäume und vertrieb die Dunkelheit in die Tiefe des Urwalds.
Mit dem Licht kamen die Stimmen. Das Kreischen der Graupapageien, das Schnattern der Schimpansen, das Zirpen der Vögel. Bunte Farbtupfer stiegen aus dem schützenden Blätterdach auf und fingen die ersten Lichtstrahlen ein. Schwalbenschwänze, Pfauenaugen und Monarchfalter umkreisten einander im schweren Duft der Blüten. Sie tanzten einen taumelnden, berauschten Tanz, der nur vom gelegentlichen Zustoßen hungriger Gabelracken unterbrochen wurde, die blitzschnell auftauchten und nach einem kurzen Aufleuchten ihres stahlblauen Gefieders wieder in der Dunkelheit verschwanden, den Schnabel voller Futter für die immer hungrige Brut.
In den Tiefen des Dschungels war von der Ankunft des Tages noch wenig zu spüren. Die ganze Nacht hindurch hatte es geregnet. Der Morgennebel hing wie eine herabgefallene Wolke zwischen den mächtigen Stämmen der Urwaldriesen und verschluckte jeden Laut.
Egomo lief leichtfüßig über den Untergrund, der knöcheltief mit einer Schicht halb verwester Pflanzenfasern bedeckt war. Der Boden war aufgeweicht und federte bei jedem Schritt. Fast

hätte man glauben können, eine Antilope zu beobachten, so flink war der Pygmäenkrieger unterwegs. Er glitt durch die Dämmerung, während er Dornengestrüpp auswich und unter Luftwurzeln hindurchkroch. Die Tropfen auf seiner Haut funkelten im ersten Morgenlicht wie Kristalle.

Egomo gehörte zum Stamm der Bajaka. Schon früh am Morgen hatte er die einfachen Blätterhütten seines Dorfes verlassen und war in die Finsternis des Regenwaldes eingetaucht. Ziel seiner Jagd war der Zwergelefant, ein geheimnisumwittertes Geschöpf, das alle außer ihm für ein Hirngespinst hielten.

Einige behaupteten, es handele sich um einen jungen Doli, so nannten die Bajaka die scheuen Waldelefanten. Aber er hörte nicht auf ihr Gerede. Er wusste, dass der Zwergelefant keine Einbildung war, und er war sich sicher, wo er suchen musste. Mit federnden Schritten bahnte er sich seinen Weg durch das Dickicht. Irgendwo über dem Horizont war die Sonne aufgegangen, hier unten jedoch, im Reich des ewigen Dämmerlichts, herrschte noch Stille.

Egomo war der Einzige seines Stammes, der behaupten konnte, den Zwergelefanten jemals gesehen zu haben. Drei Jahre war es jetzt her, dass er dem scheuen Bewohner der Sumpfwälder Auge in Auge gegenübergestanden hatte. Seit dieser Zeit war kein Tag vergangen, an dem er nicht auf ihn angesprochen wurde, kein Tag, an dem er nicht an ihn gedacht hatte. Die Skepsis, mit der man seiner Geschichte begegnete, war groß, doch noch größer war die Neugier. Selbst die erfahrenen Jäger lauschten gebannt seinen Worten, und immer wieder musste er von jener schicksalhaften Begegnung erzählen. Mit Schlamm überzogen hatte der Zwergelefant vor ihm gestanden, nur wenige Meter von ihm entfernt, halb verborgen in dem meterhohen Sumpfgras rund um den Lac Télé. Aufmerksam, wie er war, hatte er Egomo sofort bemerkt, doch hat-

te er noch einige Sekunden verharrt, ehe er mit einem protestierenden Schnauben im Wasser verschwunden war. Vielleicht war das der Grund, warum bisher nur Egomo den Elefanten gesehen hatte: Niemand aus seinem Volk hatte sich jemals so weit an den verfluchten See herangewagt. Der Lac Télé lag in der verbotenen Zone. Es ging das Gerücht, dort lebe ein Ungeheuer. Tief auf dem Grund des Sees warte es darauf, dass unvorsichtige Menschen sich zu nahe an das Gewässer heranwagten, um sie dann zu packen und in die grüne Tiefe zu ziehen. Niemand hatte dieses Wesen bisher zu Gesicht bekommen, doch alle Pygmäen im Umkreis von tausend Kilometern kannten die Sage von *Mokéle m'Bembé,* der so riesig war, dass er ganze Flüsse aufstauen konnte. Hartnäckig hielten sich Gerüchte, dass vor über dreißig Jahren eines jener Ungeheuer getötet worden war. Doch von wem, das wusste niemand. Auch nicht, was man mit dem Kadaver gemacht hatte. Fragte man genauer nach, so hieß es, man habe die Informationen vom Freund eines Freundes eines entfernten Verwandten, der mit großer Wahrscheinlichkeit nicht mehr am Leben war. So verhielt es sich ja immer mit derlei Geschichten.
Egomo hielt kurz inne und hob den Kopf, um sich zu orientieren. Er glaubte nicht an die Existenz des Ungeheuers – die Geschichte war nach seiner Überzeugung in die Welt gesetzt worden, um kleine Kinder zu erschrecken und dafür zu sorgen, dass sie ihren Eltern besser gehorchten. Doch den Zwergelefanten gab es tatsächlich, genauso wie den Lac Télé. Wie sehr Egomos Schicksal mit dem des Sees verknüpft war, zeigte sich, als eines Tages eine weiße Frau zusammen mit einigen Begleitern in ihr Dorf kam. Es mochte sechs oder sieben Monate her sein. Sie hatte von Nachbarstämmen gehört, dass er der Einzige war, der sich in das verbotene Gebiet vorwagte. Sie lobte ihn für seine Tapferkeit und überhäufte ihn

mit Geschenken, nur um etwas über den See und dessen Geheimnis zu erfahren. Irgendwann wurde ihm ihre Neugier jedoch lästig, und als er ihr unverhohlen einen Antrag machte, stellte sie die Schmeicheleien ein. Doch in der Zwischenzeit war sein Ansehen in den Augen der Dorfbewohner gestiegen. Nicht dass er sich ernsthaft Hoffnung gemacht hatte, diese Frau für sich zu gewinnen. Eigentlich hatte er nur Kalema eifersüchtig machen wollen, und das war ihm, so glaubte er, gelungen. Sie ließ sich natürlich nichts anmerken, doch bei ein, zwei Gelegenheiten ertappte er sie dabei, wie sie ihm lange, sehnsüchtige Blicke zuwarf. Da wusste er, dass sie genauso verliebt war wie er. Alles, was er jetzt noch brauchte, um sie für sich zu gewinnen, war etwas Zeit und Glück bei der Jagd. Egomo war fest entschlossen, den Zwergelefanten zu erlegen und mit dem toten Tier in sein Dorf zurückzukehren. Und wenn er schon nicht das ganze Tier dorthin bringen konnte, so doch wenigstens den Kopf, einen Fuß oder einen Stoßzahn. Hauptsache irgendeine Trophäe.

Was aus der weißen Frau geworden war, wusste er nicht. Sie war nach ungefähr einer Woche wieder verschwunden, es hieß, zum Lac Télé. Er hatte nie wieder etwas von ihr gehört oder gesehen.

Egomo blieb wie angewurzelt stehen und hob den Kopf, als er ein tiefes, grollendes Röhren vernahm, das durch den Urwald hallte. So etwas hatte er noch nie zuvor gehört. Nicht dass ihm die Laute von Flusspferden, Wasserbüffeln und anderen großen Tieren fremd waren, aber das hier war etwas anderes. Geradezu unheimlich.

Auch die Geräusche der anderen Waldbewohner waren schlagartig verstummt. Als habe sich der Dschungel in ein riesiges, lauschendes Ohr verwandelt. Egomo presste sich an einen Stamm und griff nach seiner Armbrust. Er hielt die Luft an.

Kurz darauf erklang das Geräusch von neuem. Doch diesmal ähnelte es eher einem Heulen. Einem Heulen, als fegte ein Sturm über die Wipfel der Bäume. Es schien eine Ewigkeit anzuhalten, ehe es erstarb und in der Ferne verhallte.
Egomo lief ein Schauer über den Rücken. Das Heulen hatte wie eine Mischung aus Zorn und Trauer geklungen. Für einen Moment überlegte er, ob es sich vielleicht um einen von diesen Riesen handelte, die man immer öfter dabei beobachten konnte, wie sie sich durch den Wald fraßen. Eines von diesen rostzerfressenen, stinkenden Ungeheuern, die ganze Bäume verschlangen, um Platz für Straßen zu schaffen. Nein, entschied er. Die klangen anders. Sie besaßen keine Seele.
Das Gebrüll stammte von einem Tier. Einem sehr großen Tier. Es kam genau aus der Richtung, in die er wollte.

*

Dichter Tabakrauch schlug mir entgegen. Lady Palmbridge und zwei Männer saßen um einen Couchtisch, rauchten und blickten mich neugierig an.
»Endlich!« Die Gastgeberin stand auf und kam mir entgegen. Ich war überrascht, wie klein sie war. Ihr graues Haar war zu einem Knoten zusammengebunden, und ihre Augen und die Fältchen um ihren Mund zeugten von einem unbeugsamen Willen. Man konnte noch erahnen, dass sie früher eine Schönheit gewesen war.
»Wie schön, Sie zu sehen, lieber David. Ich freue mich, dass Sie meiner Bitte gefolgt sind und sich ins Flugzeug gesetzt haben. Lassen Sie sich ansehen. Wie gut Sie aussehen! Kaum zu glauben, aber aus dem Jungen ist ein stattlicher Mann geworden. Mit einem Gespür für gute Kleidung, wenn ich das hinzufügen darf.« Sie ergriff meine Hand und schüttelte sie herzlich. »Meine

Herren, darf ich Ihnen den Sohn meines Freundes und Weggefährten Ronald Astbury vorstellen? Ein Jammer, dass der alte Charmeur nicht mehr unter uns weilt. Er starb vor fünf Jahren, etwa zum selben Zeitpunkt wie mein geliebter Mann. Mit diesen beiden Menschen ist ein Teil meiner Jugend gegangen.«
Sie schien kurz in Gedanken zu versinken, doch dann hob sie ihren Kopf und wandte sich den beiden Männern zu, die sichtlich Mühe hatten, sich aus den schweren Ledersesseln zu erheben.
»Bitte behalten Sie doch Platz«, sagte ich und ging auf sie zu. Die beiden Männer nahmen mein Angebot dankbar an. Der eine, ein fast zwei Meter großer Hüne mit scharf geschnittener Nase und einem hohen Haaransatz, streckte mir seine Pranke entgegen. Sein Unterarm war mit zahlreichen Narben überzogen. »Stewart Maloney«, sagte er. Seine Stimme war, ebenso wie sein Händedruck, überraschend sanft und angenehm. Trotzdem glaubte ich in seinen Augen ein Funkeln zu erkennen, das auf einen unnachgiebigen Willen schließen ließ. Mein Blick fiel auf ein merkwürdig archaisch anmutendes Amulett, das er um den Hals trug. Eine stilisierte Echse, eingefasst in einen runden Rahmen aus Holz, der mit zahlreichen Gravuren verziert war. »Dies hier ist mein Assistent«, stellte er mir seinen Begleiter vor.
Ich blickte ihn überrascht an. Der Mann war ein Aborigine, sein Lächeln reichte von einem Ohr zum anderen. Als ich zu Boden blickte, bemerkte ich, dass er keine Schuhe trug. Er nahm seine kleine Holzpfeife aus dem Mund und reichte mir seine Hand. »Sixpence«, sagte er mit jener unverwechselbaren Stimme, die ich schon durch die Tür gehört hatte. »Freut mich, Sie kennen zu lernen.«
»Ganz meinerseits«, entgegnete ich, nahm seine Hand ... und beging damit einen kapitalen Fehler. Hätte ich gewusst, über

was für einen eisernen Griff dieser Mann verfügte, wäre ich vorsichtiger gewesen.
Als er meine Hand wieder losließ, glaubte ich, unter meiner Haut befänden sich nur noch Knochensplitter. Schlagartig wurde mir bewusst, weshalb Maloney mit diesem merkwürdigen Akzent sprach und weshalb mir sein Amulett so bekannt vorkam. Er war ebenfalls Australier, und das Amulett war ein Traumfänger.
Lady Palmbridge lächelte mich an, als hätte sie meine Gedanken gelesen. »Mr. Maloney und Mr. Sixpence haben die Reise von der anderen Seite der Erde aus demselben Grund angetreten, aus dem ich auch Sie hergebeten habe. Doch davon möchte ich Ihnen erst heute Abend nach dem Dinner erzählen. Jetzt würde ich mich freuen, wenn Sie sich alle wie zu Hause fühlten. Was darf ich Ihnen anbieten, David? Brandy, Whisky oder lieber einen Sherry?«
Ich blickte kurz auf die Gläser der anderen und entschied mich spontan für Whisky. Nicht weil ich ihn besonders mochte, sondern weil niemand etwas anderes trank. Mrs. Palmbridge nickte Aston zu, der mit wackeligen Schritten auf die Bar zusteuerte. So prunkvoll die Villa auch war, ohne Emily war sie ein luxuriöses Altersheim.
»Scotch oder Bourbon, Sir?«, fragte der Butler.
»Scotch – ohne Eis bitte.« Ich fühlte mich, als würde ich einen halben Meter neben mir stehen. Wo war ich hier nur hineingeraten? Die Lady führte mich zu einem Sessel an der schmalen Seite des Tisches gegenüber von Maloney und Sixpence. Ich ließ mich hineinsinken. Der erste Eindruck hatte nicht getrogen. Die Sessel waren himmlisch. Unsere Gastgeberin wartete, bis ich meinen Drink hatte, dann hob sie ihr Glas. »Auf Sie alle, dass Sie die Mühe auf sich genommen haben, um einer alten Frau aus der Klemme zu helfen. Möge unser Treffen unter

einem guten Stern stehen.« Sie kippte den Inhalt ihres Glases in einem Zug hinunter und ließ sich nachschenken.
Während ich noch über das seltsame Benehmen unserer Gastgeberin staunte, fragte ich mich, was diese dunklen Worte zu bedeuten hatten. Der Whisky war wie zu erwarten ausgezeichnet. Weich und ölig rann er die Kehle hinab und erzeugte im Magen eine wohlige Wärme.
»Nun, David, erzählen Sie. Wie gefällt Ihnen das Leben an der Universität? Ist es immer noch dieselbe Mühle wie zu meiner Zeit?«
Ich blickte verlegen in die Runde. »Das zu beurteilen, fällt mir schwer, Madam, aber ich denke, es hat sich nicht viel verändert, seit Sie studiert haben. Es ist eine sehr träge Institution für jemanden, der etwas bewegen möchte. Immerhin durfte ich vor kurzem meine erste Gastvorlesung über intrazelluläre Signalwege halten. Ein gewaltiger Durchbruch.«
Lady Palmbridge wandte sich an Maloney, der mich mit einer Mischung aus Skepsis und Belustigung anschaute.
»Zu Ihrer Information, mein lieber Stewart: David strebt eine Professur am Imperial College in London an. Das Imperial College ist die zweitbeste Eliteuniversität Englands, wohlgemerkt. Noch vor Oxford, aber leider hinter Cambridge.«
»Nun, ich hoffe, dass wir diesen Missstand in den nächsten Jahren beheben werden«, warf ich augenzwinkernd ein.
»Da bin ich mir sicher. David hat übrigens über ein Thema aus der strukturellen Biologie promoviert, ein sehr viel versprechender neuer Forschungszweig aus dem Bereich der Genetik. Wenn wir mehr Zeit haben, würde ich mich mit Ihnen darüber gern noch ausführlich unterhalten.«
»Mit Vergnügen«, entgegnete ich und nahm einen weiteren Schluck. Währenddessen fuhr Mrs. Palmbridge fort: »David tritt in die Fußstapfen seines Vaters, einem der großartigsten

Taxonomen und Artenkundler, der je gelebt hat. Mit dem Unterschied, dass Ronald ein Weltenbummler war. Ihn zog es hinaus, er musste immerzu unterwegs sein. Ich habe noch nie einen so rastlosen Menschen erlebt wie ihn. Mein Mann und er waren Kollegen. Die beiden haben, so viel darf ich ohne falsche Bescheidenheit hinzufügen, wichtige Grundlagenforschung betrieben. Doch genug von der Vergangenheit und zurück zu Ihnen, David. Sie scheinen so ganz anders veranlagt zu sein.«

»Stimmt«, gab ich unumwunden zu. »Vater hat mich lang genug um den halben Erdball geschleift, so dass ich mir darüber klar werden konnte, dass dies nicht das Leben ist, was mir vorschwebt. Ich halte mich am liebsten in meinem Labor auf, mache die Tür hinter mir zu und forsche in Ruhe.«

Lady Palmbridge lächelte wissend, ehe sie sich wieder Maloney zuwandte. »Sie können sich nicht vorstellen, welch dorniger Pfad zwischen einer Assistentenstelle und einer Professur liegt. Einem Mann wie Ihnen, der aus der Feldforschung kommt, wenn ich das so formulieren darf, muss die Universität vorkommen wie ein fremder Planet.«

»Für mich wäre das nichts«, brummte Maloney in sein Glas. »Bei allem Respekt, aber ich halte es da eher mit ihrem Vater, Mr. Astbury. Ich brauche frische Luft in den Lungen und Adrenalin im Blut. Mit Büchern und Vorlesungssälen kann ich nichts anfangen.«

»Interessant«, hakte ich mit leicht bissigem Unterton nach. »Was für eine Art Feldforschung betreiben Sie denn?«

»Mr. Maloney und sein Assistent sind zwei der besten Großwildjäger auf diesem Planeten«, schaltete sich Lady Palmbridge ein und fügte mit einem Augenzwinkern hinzu: »Sie sind sozusagen dafür zuständig, dass den Universitäten ihre Untersuchungsobjekte nicht ausgehen. Sie gehören zu den

wenigen Menschen, die jemals ein lebendes Okapi in freier Wildbahn gesehen und gefangen haben. Was, würden Sie sagen, war der schwierigste Fang Ihres Lebens, Mr. Maloney?«
Maloney zögerte, und ich sah, wie seine Kaumuskulatur unter der perfekt rasierten Haut arbeitete. Er schien unentschlossen zu sein. Schließlich sagte er: »Das war vor drei Jahren auf Borneo, in der Nähe von Ketapang. Ein sechs Meter langes Leistenkrokodil, ein unglaubliches Monstrum. Für ein lebendes Exemplar dieser Größenordnung bekommt man heute auf dem freien Markt umgerechnet eine halbe Million Dollar. Es sah aus wie der Gott der Krokodile.«
»Stammen daher die Verletzungen?« Ich deutete auf seine Unterarme.
»Nein«, sagte er. Für einen kurzen Moment glaubte ich wieder dieses Funkeln in seinen Augen zu bemerken, dann fuhr er fort: »Ich hatte dem Biest drei Betäubungsgeschosse in den Bauch gejagt. Es schlief wie ein Baby, jedenfalls glaubten wir das. Wir wollten es gerade mit einer aufwändigen Hebevorrichtung aus dem Wasser in eine Holzkiste hieven, als es aufwachte, sich befreite und wild um sich schlagend zwischen die Helfer fiel. Sie ahnen nicht, wie schnell ein Krokodil sein kann. Ich war noch nicht mal dazu gekommen, mein Gewehr zu entsichern, da hatte es schon drei meiner Männer getötet. Danach verschwand es, eine Blutspur hinter sich herziehend, im brackigen Fluss.« Maloney nahm den letzten Schluck aus seinem Glas und ließ sich von Aston nachschenken.
»Und wie haben Sie es schließlich gefangen?«, fragte ich.
»Vier Tage hat das gedauert«, sagte er. »Jede Nacht kam das Vieh aus dem Wasser, um sich einen von uns zu holen. In der zweiten Nacht drang es sogar in eines unserer Zelte ein und schnappte sich den Koch.« Er gab ein trockenes Lachen von sich.

»Weshalb haben Sie nicht das Lager gewechselt oder die Jagd aufgegeben?«

Maloney sah mich an, als verstünde er nicht, wovon ich redete. »Am dritten Tag verließen uns die Helfer«, fuhr er fort. »Sie sagten, wir hätten den Mowuata, den Gott des Wassers, erzürnt, und sie könnten uns nicht mehr unterstützen. Also haben Sixpence und ich Posten am Ufer bezogen und gewartet. Und das Krokodil hat auch gewartet, vierzig Meter von uns entfernt im Wasser. Wir konnten seine Augen sehen, die bösartig zu uns herüberschielten, Tag und Nacht. Haben Sie schon einmal einem Krokodil in die Augen gesehen, wenn es Jagd auf Sie macht, Mr. Astbury? Es hat absolut reglose Augen, wie die Augen eines Toten. Ich sage Ihnen, es gibt nichts Vergleichbares auf dieser Welt. Weder Sixpence noch ich schliefen in dieser Zeit. Die Gefahr, dass einer von uns unaufmerksam wurde, während der andere ruhte, war zu groß. Sechsunddreißig Stunden saßen wir dem Krokodil gegenüber und warteten. Es war der härteste Nervenkrieg, den ich jemals ausgefochten habe. Am Morgen des vierten Tages nach unserer Ankunft kam das Monstrum dann endlich aus dem Wasser. Langsam und gemächlich. Es machte keine Anstalten, uns anzugreifen oder zu fliehen. Es stand einfach nur da, mit hängendem Kopf und ließ sich von uns betrachten. Zuerst vermuteten wir, dass es ein Trick war. Krokodile können sehr verschlagen sein, aber in diesem Fall war es etwas anderes. Seine gesamte Erscheinung zeugte davon, dass es Frieden mit uns schließen wollte. Es respektierte uns, weil wir keine Angst vor ihm hatten.«

»Für ein Krokodil ein sehr ungewöhnliches Verhalten, finden Sie nicht?«, streute ich ein und verfluchte im selben Augenblick mein vorlautes Mundwerk.

»Warum?« Maloney rutschte auf seinem Sessel nach vorn

und wirkte auf einmal wie ein Raubtier, bereit zum Sprung. Alle blickten mich erwartungsvoll an. Jetzt hatte ich den Salat.

»Nun ja, ich habe noch nie davon gehört, dass ein Krokodil zu einer solchen, sagen wir mal, menschlichen Regung fähig ist. Krokodile sind eigentlich recht dumm. Begriffe wie Frieden oder Respekt haben im Leben eines Krokodils keine Bedeutung«, fügte ich hinzu.

»Wenn Sie das sagen.« Maloney schenkte mir ein kaltes Lächeln.

»Wie auch immer ...«, sagte ich, um dem Jägerlatein endlich ein Ende zu bereiten und die unangenehme Situation zu umspielen, »... dann konnten Sie es betäuben, einfangen und die halbe Million kassieren.«

»Nein.« Maloneys Augen trafen mich mit einer Härte, dass es mir kalt den Rücken herunterlief. »Ich habe es getötet. Mit einem Kopfschuss aus nächster Nähe. Sein Schädel hängt heute in meinem Haus in Leigh Creek. Sie können ihn dort besichtigen, wenn Sie mal in der Gegend sind.«